La passion selon cinq matous

DU MÊME AUTEUR

Les Pianos de la victoire, Terre de poche, 2022.
Le Voyage du fleuve, Éditions de Borée, 2022.
La Promesse des jours heureux, Éditions Christine Bonneton, 2021.
Les Soleils de sable, Éditions de Borée, 2020.
La Couleur oubliée de l'arc-en-ciel, Éditions de Borée, 2019.
Le Pays de l'impossible hiver, Éditions de Borée, 2018. Terre de poche, 2020.
Les Roses sauvages du maquis, Éditions de Borée, 2017. Terre de poche, 2019.
Trois femmes dans la tourmente, Éditions de la Différence, 2016. Terre de poche, 2018.
La Page arrachée, Éditions de la Différence, 2015. Terre de poche, 2017.
Rumeurs dans la cour d'école, Éditions Lucien Souny, 2014.
La Fabuleuse histoire de la pétanque, Éditions Lucien Souny, 2013.
Les Cigales en héritage, Éditions Lucien Souny, 2012.
Le Fils volé, Éditions Lucien Souny, 2011.
La Maestra, Presses Littéraires, 2010.
La Passion selon cinq matous, Presses Littéraires, 2006. Éditions Lucien Souny, 2009. France Loisirs, 2010.
L'Œuvre des frères Bec, Presses Littéraires, 2009.
Papier bonbon, Presses Littéraires, 2007.
Luta et les siens, Presses Littéraires, 2007.

Martine Pilate

LA PASSION SELON CINQ MATOUS

Christine Bonneton POCHE

Direction éditoriale
Hélène Tellier

Éditeur
Joseph Vebret

Correctrice
Delphine Gay

Conception graphique
Vivien Therme/Francis Rossignol

Composition
Atlant'Communication

2, rue Colombier – ZA Les Vignettes – 63400 Chamalières
www. Editions-bonneton
ISBN : 978-2-3848-7050-9

Christine Bonneton éditeur,
un département de Losange éditions

Partie I
La Vallée dorée

En cet après-midi lumineux de fin juin, le soleil est encore trop haut dans le ciel pour qu'il soit raisonnable d'envisager de mettre le nez dehors. Ne pas interrompre une sieste réparatrice qui va vous permettre de passer une bonne partie de la nuit à vous esbigner[1] avec les amis. On a tant de choses à se raconter et à partager chaque soir. Alors, ce repos quotidien s'impose pour retrouver cette forme qui va leur assurer de longues soirées parfois aventureuses.

Et puis, il fait si doux, c'est le paradis sur terre, étendu de tout son long sur ce canapé du salon où les volets baissés dès la matinée permettent de retenir un peu de cette fraîcheur apportée par la nuit. Il faut compter une bonne heure encore avant que les rues désertées ne retrouvent leur activité, que leurs papés se regroupent sur le seuil, et que les effluves du pastis s'envolent de la terrasse du bistrot du père Amédée.

Ensuite viendra ce moment béni où les senteurs de basilic mêlées à celles de ces légumes de l'été donneront le signal des préparatifs pour le repas vespéral. C'est l'heure où les cinq compères vont se retrouver et, entre matous de bonne compagnie, entamer leur heure espagnole.

Les paupières mi-closes, perdu dans ces considérations matérialistes et dans la volupté de l'instant présent, Tiger étire une patte de devant comme pour éviter l'ankylose. Tout à l'heure, après une toilette affinée et un lissage de fourrure en règle, il ira rejoindre la bande, mais, dans l'immédiat, seules les moustaches restent en alerte. C'est déjà bien assez, surtout quand

1. S'évader.

on est un chat du Midi, d'un de ces petits villages de l'Hérault hauts en couleur, où tout le monde se connaît parce que, à l'exception de ces estrangers[2] venus s'implanter sur la commune, tout le monde est le cousin d'un cousin.

Tiger – attention à bien prononcer à l'anglaise, avec le son « aï », monsieur y tient, c'est son côté snob de chat de gouttière –, ils avaient voulu l'appeler Tigrou quand ils l'avaient recueilli. En fait de recueillir, c'est lui qui les avait séduits et qui s'était imposé en se blottissant contre elle, puis dans ses bras à lui, en ronronnant au point de s'époumoner et en les marquant tous deux de ses phéromones. Enfin, si ça leur fait plaisir de croire que c'est eux qui l'ont choisi... L'essentiel est qu'il soit là, la panse repue, sans souci du lendemain, à se prélasser sur leur, pardon... sur « notre » canapé !

Tigrou, c'est un nom de chaton, de petit minet, pas d'un gros matou tigré qui avait réussi à échapper aux chasseurs et dont les deux plombs qu'il portait toujours sous son jabot attestaient sa capacité à survivre. Il aurait eu l'air de quoi en acceptant de répondre à des « Tigrou, Tigrou » puérils et avilissants ! Question de dignité !

Avant lui, ils avaient recueilli, quelques années plus tôt, un chat de petite taille, râblé et tout en muscles, avec de faux airs de siamois, qui ne pensait qu'à se faire câliner et protéger, car l'audace n'était vraiment pas son fort. Ils étaient donc devenus des frères, comme ils disent, Tiger le jeune et Virgule l'ancien, qui affichait déjà, d'après le vétérinaire, un bon nombre de printemps.

Pourquoi Virgule ? Tout simplement parce que son ornement caudal, qui ne ressemblait en rien à une véritable queue de chat, longue, souple et effilée, se limitait à un petit bout d'appendice cassé en forme de virgule.

Virgule et Tiger, s'ils s'aimaient et vivaient en assez bonne tolérance, n'avaient pas les mêmes activités. Leur différence

2. Étrangers.

d'âge, près de huit ans à ce qu'avait estimé « le bègue », vétérinaire de la bourgade voisine consulté une fois de plus, leur imposait un rythme de vie différent. De plus, Virgule était affligé d'un strabisme convergent qui le pénalisait en bien des occasions.

Virgule et Tiger affichaient des comportements de chats bourgeois, vivant sans tracas, n'ayant plus le souci des amours impératives depuis que « le bègue » était intervenu sur leur virilité. Chats de salon avec, malgré tout, quelques relents de gouttière.

Le plus drôle dans cette aventure castratrice, ce fut quand elle emmena Virgule chez « le bègue ». Lui et leur fils, sous le charme des grands yeux ronds et loucheurs, de ses poses confiantes et langoureuses, et de ce trop-plein d'amour dont il avait peut-être manqué auparavant, voulaient garder le nouvel arrivant. Elle aussi, il faut le reconnaître.

Mais, toujours pragmatique, elle redoutait que, par temps de roucoulades, il ne quitte la maison, s'exposant à tous les dangers d'une campagne faite de chasseurs, de prédateurs et traversée par de petites routes fréquentées par des automobilistes qui avaient peu d'états d'âme à bousculer un chat en goguette. Par tranquillité pour tout le monde, il devait perdre ses mâles ornements.

— Vous avez vu sa queue ? Elle a été coupée ?

— Non, non, c'ééééé noooormaleeeeee, bredouilla le vétérinaire.

La patience n'étant pas son fort, elle n'eut pas le courage de poursuivre au-delà l'interrogatoire et laissa sans autre commentaire son chat entre les mains expertes de l'homme au ciseau.

Peu de temps se passa. Virgule avait oublié les affres de l'opération et se portait à merveille, encore plus passif qu'auparavant. Alors qu'elle était en course, une cousine, très fière de sa trouvaille, l'interpella devant le boulanger :

— Té, ton chat, j'ai vu un article sur lui, enfin sur sa race. C'est pas un chat de rien. Il faut que je te porte le journal. Tu verras !

Elle eut tôt fait de sonner à la porte, journal en main, pour venir se faire offrir un petit café.

— Regarde, c'est bien lui : allure chaloupée, cris du siamois, couleur beige et blanc, le train arrière plus haut, etc.

Il ne faisait aucun doute que Virgule appartenait à cette caste aristocratique des bobtails japonais dont les ancêtres nippons, les Mi-Ké, étaient embarqués à bord des bateaux. Ils avaient pour mission de grimper aux mâts afin de chasser les âmes des naufragés qui s'y accrochaient dans l'espoir d'entraîner, telles les sirènes, les marins dans les profondeurs.

Race noble parmi les nobles, la reproduction difficile rapportait une petite fortune à son propriétaire. Le dernier mariage s'était passé entre une dame américaine et un prétendant français. De cette union n'étaient nés que trois chatons que l'on s'était disputés à prix d'or. Hélas, pour Virgule comme pour eux, c'était un peu tard ! Dommage ! Mais qui était le plus à plaindre dans ces circonstances ?

En raison de cette différence d'âge et de son tempérament, Virgule ne fréquentait pas le club des cinq, mais se délectait des histoires que ne manquait jamais de lui rapporter son rôdeur de Tiger.

Cinq matous : Tiger, bien entendu, Rapapouègue, chat sans famille et amoureux de Calamity, le troisième membre de cette haute confrérie, Doudou la fripouille et le beau Félix. Quatre garçons et une fille. Une fameuse équipe indissociable et que tous connaissaient au village.

Gratifiés naturellement d'une véritable horloge interne les dotant d'un sens de l'heure très précis, ils se retrouvaient donc, à cette époque de l'année, vers les cinq heures de l'après-midi, tout près du banc des papés, installés devant chez Roure. Tous ces anciens, à la langue bien pendue, n'en finissaient pas de galéjer[3] sur le dos de leurs victimes, et leurs

---

3. Raconter des histoires.

histoires s'étoffaient à chaque fois d'un peu plus de détails croustillants.

C'était toujours un régal pour cette compagnie féline que de les écouter, d'autant plus que les vieux ne se montraient jamais agressifs à leur égard, même si parfois ils avaient à essuyer de leur part quelques-unes de leurs plaisanteries douteuses.

— Té, vous avez vu le chat de la Marie-Louise ? Il doit être bien gâté celui-là, à voir son poil brillant. Elle ne doit pas lui servir des escoubilles[4]. On dit qu'elle le fait bon, le manger. À voir son Félix, je veux bien m'y mettre à sa table !

— Pardi ! que tu t'y mettrais à sa table, comme tu dis. Mais, femmeleur[5] comme tu l'es, on peut se demander où tu situes sa table, certainement sous le tablier, et encore plus sous le jupon. Ton poil, tu voudrais bien qu'elle te le caresse pour mieux le faire briller…

Les éclats de rire se mêlaient aux protestations et les conversations s'enchaînaient. Mais grâce à tous ces anciens, ils étaient au courant de tout ce qui se passait ou allait arriver au village.

Bientôt, les estivants reviendraient, débarquant en pays conquis avec leurs certitudes citadines, comme si on avait attendu après eux pour vivre. Aussi, quand les villageois pouvaient leur jouer un tour à leur façon, ils ne s'en privaient surtout pas. Les commentaires allaient bon train, et les informations aussi par la même occasion.

Il faut dire que le petit village était des plus séduisants avec sa circulade de vieilles ruelles, ses restes de fortifications moyenâgeuses, ses maisons couvertes de tuiles aux tons passés par le soleil et agglutinées en hémicycle au sommet d'une petite colline dont les pentes douces s'ornaient de vignobles feuillus d'un vert presque bronze où, à cette époque de l'année, les grappes commençaient à se former.

---

4. Des restes, des abattis.

5. Coureur de jupons.

On y atteignait presque les cinq cents âmes, mais, subvention oblige, on se débrouillait toujours pour dépasser le chiffre fatidique des cinq cents, condition indispensable pour toute commune en mal de financement. Pour ce faire, le procédé le plus courant était de garder sur la liste des électeurs les morts de l'année précédente et d'y ajouter, bien entendu, les nouveaux venus. Ainsi, on rabiotait toujours auprès des autorités territoriales quelques sous supplémentaires si nécessaires à la vie de la commune.

Le maire, de tendance socialiste, s'entendait relativement bien avec monsieur le curé qui affichait ouvertement son attachement au parti de droite, en place au gouvernement. Nous étions loin des frasques de Don Camillo et de Peppone, même si quelques enragés de rouges, extrémistes impénitents – en fait, au nombre de trois –, ne se privaient pas d'épingler le curé, ni même de le provoquer sans vergogne.

Ces cervelles de pois chiches, endoctrinées à souhait, subissaient systématiquement les répliques de leur victime sans se rendre bien souvent compte du ridicule dont ils s'affublaient eux-mêmes. Ces querelles ravissaient nos pattes de velours qui ne manquaient jamais de leur tourner autour dès qu'un attroupement se formait et que les langues se déliaient.

Une soirée, alors que nos trois administrés en question s'étaient joints au groupe installé sur la placette face à la mairie, le curé, qui rentrait à son domicile, s'arrêta pour le bonsoir. Il ne s'éternisa guère, car il était attendu par la fille de l'épicière et le fils Hernandez qui devaient prochainement convoler en justes noces. Le rituel leur imposait une préparation à laquelle il eût été inconvenant de ne pas souscrire pour des ouailles soucieuses du qu'en-dira-t-on et des traditions ancestrales. Le clou de la fête restait cette incontournable consécration religieuse, prélude aux agapes et aux festivités de la noce.

Tandis que l'homme d'Église s'éloignait, il entendit derrière son dos un superbe « croa, croa, croa », qu'il n'était pas difficile d'attribuer à l'un des trois mécréants

qui n'attendaient que la riposte du prêtre pour enchaîner et le ridiculiser en public. Les papés, devant tant d'irrespect, retenaient leur respiration, comptant bien sur une réponse cinglante qui remettrait les esprits en place. Ils ne tardèrent pas à être satisfaits.

Sans se retourner, le brave curé lança bien fort de sa grosse voix bourrue et tonitruante :

— Croa, croa, croa. Le corbeau croasse toujours avec joie et force quand il repère une belle carogne[6]. Alors, quand il y en a trois…

Le bec cloué, les trois compères se turent, laissant retentir les rires qui fusaient de leur entourage. Vexés, ils quittèrent rapidement l'assemblée qui se gaussait d'eux, prenant même à témoin nos matous.

*
* *

Ce soir-là, il fut question de l'arrivée au village de ce nouvel habitant, un gringalet aussi maigrichon que pâlichon. Il avait acheté une de ces maisons dites de village, sans jardin, insérée parmi les dernières habitations de cette rue Haute qui débouchait sur la place de l'Église.

La façade s'ouvrait, au rez-de-chaussée, sur un grand magasin[7] viticole, dont l'encadrement du portail cintré était appareillé de pierres de taille, mangeant toute la largeur de la maison. On accédait à la partie logement par un étroit escalier en raidillon. Un balcon de fer forgé, dans le plus pur style ibérique du XIXe siècle, desservait les pièces du premier étage. Celles-ci étaient percées de trois portes-fenêtres dissimulées par des volets de bois pliants dont la peinture verte s'écaillait. L'étage supérieur, quant à lui, n'était doté que de simples fenêtres.

---

6. Charogne.

7. Local, hangar qui abrite les cuves à vin et le matériel viticole.

Il se dégageait une harmonie de style de toutes ces demeures de la rue Haute, qui avaient été construites à la même époque. On pouvait lire la date de l'édification de certaines d'entre elles sur un claveau de leur magasin. Mais toutes affichaient une certaine aisance acquise par ceux qui les avaient fait bâtir.

L'acheteur, qui faisait en cette soirée les frais de la conversation, ne venait apparemment pas s'installer pour de bon ; toutefois, plus tard, il y prendrait sa retraite, et en attendant il y passerait ses vacances. On connaissait très peu de choses sur lui. Il devait être célibataire, car il s'était toujours présenté seul, tant pour se renseigner que pour visiter et signer chez le notaire.

— Vous l'avez déjà vu, ce môssieur Lepetit qui a acheté la maison du père Victoria ? C'est encore un de là-haut avec son accent pointu. Ceux-là, ils sont pleins de sous et ils viennent chez nous. D'ailleurs, Lepetit, c'est pas un nom de chez nous !

— Allez, personne n'en voulait de la maison. Il paraît que le vieux Victoria, il a jamais arrangé chez lui et qu'il y a tout à refaire : l'électricité, le chauffage, même la robinetterie qui fuit de partout quand encore elle marche. La famille n'en voulait pas de cette maison, d'autant plus qu'elle est sombre comme un cul de poule et qu'ils viennent de faire construire. Finalement, ça les arrange bien, ça leur fait des sous qui rentrent !

Les hypothèses allaient bon train, et il fallut peu de temps pour revêtir d'un habit complet cet étranger, le parant d'une profession, de qualités et de défauts qu'ils ignoraient, mais qu'ils imaginaient sans peine.

— En tout cas, on aura une belle chasse au tamarou. Celui-là, il va tomber en plein dedans, vous verrez.

La chasse au mythique tamarou, rien de tel pour émoustiller les esprits, que l'on se tienne sur deux jambes ou sur quatre pattes. Tous s'en régalaient d'avance. On allait bien

rire sur le dos du Parisien, et nos cinq compères s'en lissaient les moustaches de joie.

Rapapouègue était le seul de cette fameuse équipe à n'avoir pas de foyer. Il était ce qu'il convient d'appeler un chat abandonné. En contrepartie, cela lui valait de n'avoir pas subi d'émasculation. Pourtant, il aurait tant aimé appartenir à une famille, se faire dorloter, rentrer douillettement chez lui les soirs de froidure et se lover sur de moelleux coussins. Ne pas avoir à mendier ou à voler, ou même à faire les poubelles pour s'assurer une pitance quotidienne.

Les papés, qui connaissaient ce délaissement, lui apportaient souvent du gras de jambon ou des restants de viande. La vieille Augustine lui déposait tous les jours une soucoupe de lait devant sa porte. Mais le souhait de Rapapouègue était surtout de pouvoir se reposer sur un maître qui le dorloterait, qui le caresserait et surtout qui le garderait près de lui.

En outre, ce jeune mâle viril était tombé très amoureux de mademoiselle Calamity, vierge pudique qui se réservait pour le grand amour. Elle aussi aurait bien aimé qu'il soit son prétendant. Mais, chatte de bonne famille, les siens n'auraient pas accepté qu'un rôdeur puisse être le père de sa progéniture. Ils auraient pourtant fait un beau couple ; lui, presque tout blanc si ce n'était une étoile noire sur l'œil gauche accentuant son regard vairon, et elle, aux grands yeux d'un vert lumineux, qui arborait une robe noire marquée d'une touffe de poils blancs sur son plastron.

Alors, chacun retenait ses impulsions en espérant un miracle. Les miaulements du matou s'enrouaient de plus en plus quand il la rencontrait, et elle n'osait plus le regarder droit dans les yeux de peur de succomber. Leurs trois amis déploraient le tragique de cette situation aux amours contrariées.

La discussion s'anima d'abord autour du tamarou et du couillon qui allait en faire les frais. Doudou, le bouillant qui n'hésitait jamais à exprimer les plus folles de leurs idées, se mit à imaginer un scénario qu'il soumit aussitôt à ses confrères.

— Puisque le Parisien est seul et que tu l'es aussi, pourquoi n'essaies-tu pas de te faire adopter par lui ? Il faut que tu le séduises et vous unirez vos solitudes. C'est vrai qu'il n'a pas l'air flambant, il ne doit pas avoir beaucoup d'amis. C'est peut-être l'occasion ou jamais. On va t'aider.

Personne dans le village n'ayant voulu jusque-là le recueillir chez soi, il ne restait plus à Rapapouègue qu'à se faire accepter par un nouveau venu. L'idée était séduisante et le plan pouvait rapidement être mis en œuvre.

Ce soir-là, les compères se quittèrent tout excités par leur projet. Calamity encore plus que ses amis, car cette adoption lui laissait présager ces roucoulades dont elle rêvait. Son amour de félin deviendrait enfin un chat de famille, fréquentable pour une tendre et jeune minette comme elle.

*

**

Le nouvel arrivé au village, André Lepetit, ne demandait qu'à s'intégrer et être accepté par cette confrérie au sein de laquelle il envisageait bien, dans un avenir éloigné, de vivre. Il alla chercher son pain, essayant d'établir le contact avec la boulangère. Ce qui ne fut pas difficile, car, dans notre Midi, les gens ne sont pas avares de palabres, et ce d'autant plus quand on est commerçant. Il faut séduire le client et le fidéliser.

Il s'arrêta devant les papés, les salua. Il se prêta volontiers au jeu de leurs questions et s'intéressa à leurs activités passées, au travail de la vigne et à son évolution. Il les interrogea longuement, leur demandant aussi conseil. Les vieux se faisaient un devoir, et une fête, d'étaler leur savoir et leurs recommandations. Régulièrement se joignaient à eux des plus jeunes qui venaient se détendre, la journée finie. Il ne leur fut pas difficile d'en arriver à parler de la chasse et du gibier.

— Y a pas la chasse en ce moment. Elle est fermée pour le gibier volant comme pour celui à poil, à l'exception d'une

chasse un peu spéciale qui n'est autorisée que trois fois par an. Té, d'ailleurs, vous tombez bien, elle va être autorisée pour la Saint-Henri, la veille du 14 juillet. Si vous voulez, on vous y emmène.

— Je n'ai pas de fusil et je dois avouer que je n'ai d'ailleurs jamais chassé.

— Bé, c'est pas un problème. Pas besoin de fusil pour chasser le tamarou. Faut pas vous inquiéter, nous avons tout ce qu'il nous faut. C'est plutôt histoire d'être tous ensemble. Souvent, on rentre bredouille, mais quand on ramène un tamarou, alors là, je vous prie de croire que c'est la fête.

André Lepetit, tout ravi de se voir accepté, interrogea longuement les papés, qui ne se firent pas prier pour donner moult détails sur cette bête mystérieuse que tout honorable chasseur se devait d'avoir capturée au moins une fois dans sa vie. La nouvelle se répandit rapidement dans les chaumières : le 13 prochain, on organiserait une battue au tamarou en l'honneur du nouvel arrivant.

Ce fameux soir arriva enfin et, munis de sacs de jute, de casseroles et de gourdins, les villageois investirent le bois des Condamines pour y traquer l'animal rarissime. La bonne humeur couvrait l'hilarité dont André faisait les frais. L'anxiété, par contre, sourdait chez les félins qui espéraient que leur ami trouverait enfin une solution à son problème de solitude. Ils suivirent le cortège, bien que la marche fût longue pour leurs délicats coussinets.

On fit s'accroupir André à la croisée d'une sente étroite qui se faufilait entre les cades odorants et les troncs rugueux des chênes kermès au feuillage épineux. Serrant un gourdin dans sa main droite, il tenait de sa main gauche le sac ouvert, au fond duquel ils avaient préalablement glissé un vieux morceau de fromage de bique dont l'odeur aurait fait fuir n'importe quel être sensible.

— Nous allons te faire les rabatteurs. Tu n'as plus qu'à attendre et, dès qu'il y en a un qui arrive, tu l'assommes et tu

le fermes dans le sac avant qu'il ne reprenne ses esprits. Pas besoin de le tuer, le boucher s'en chargera. On va se mettre en cercle. La dernière fois, il y en a eu un qui est sorti de par là. C'était une femelle, elle a dû y laisser des petits. On a peut-être bien une chance.

Un concerto de coups donnés sur des casseroles retentit dans le sous-bois pendant une bonne demi-heure. La nuit tombait et les bruits s'estompèrent. André sentait l'ankylose s'emparer de ses mollets et de ses cuisses. Mais il tenait à ce que l'on soit fier de lui au village. Puis la fatigue commença à le gagner.

Plus aucun son ne provenait du sous-bois quand, tout à coup, il entendit des herbes qui craquaient, un bruit faible certainement provoqué par les pas agiles d'un petit animal. À cette heure de la nuit, il en connaissait peu qui s'aventuraient dans la nature. D'après les caractéristiques évoquées au sujet du tamarou, ça ne pouvait pas être lui : il aurait fait beaucoup plus de bruit.

Le temps lui sembla long. La perspective de se retrouver tout seul au milieu de ces feuillages sombres et inhospitaliers, avec les ombres desquelles une lune presque pleine jouait, se mit à lui peser. Et si on lui avait tout simplement joué un bon tour ? N'avait-il pas déjà quelque part entendu parler d'une chasse au dahu assez similaire à ce qu'il était en train de vivre ?

Alors qu'il s'apprêtait à rebrousser chemin, il tressaillit, car deux yeux lumineux semblaient le fixer. Un renard peut-être ? ou une belette ? Pourvu que la bête ne soit pas agressive ! Non, c'était tout simplement un chat blanc qui s'avançait vers lui, tranquillement, et qui entreprit de se frotter à lui, les yeux mi-clos et ronronnant de plaisir.

— Au moins un qui est content de me voir et qui ne fait pas semblant, murmura le chasseur, penaud à cause de sa bêtise.

Rapapouègue sentait que la sauce commençait à prendre. Parisien ou Héraultais, peu lui importait du moment qu'il pouvait trouver un foyer à la mesure de son besoin d'affection.

Et de se frotter, de se refrotter contre les jambes d'André, de l'investir de ses phéromones pour mieux l'imprégner de son odeur. Et ron, et ron, les oreilles baissées, les moustaches en arrière et les paupières mi-closes, attendant la caresse que finit par lui donner un André qui tombait sous le charme.

— Bah ! après tout, pas de tamarou, mais un ami. Tu dois bien avoir un maître pour te montrer aussi câlin, je ne peux pas te prendre avec moi. Pourtant...

— Mais moi, je veux que tu me gardes, semblaient dire les ronrons du matou.

André lâcha son gourdin, jeta son sac sur l'épaule, telle une écharpe, et entreprit de rentrer chez lui. Rapapouègue lui emboîta le pas en laissant échapper de petits miaulements répétés et plaintifs qu'il voulait persuasifs. L'homme se retourna une fois ou deux, essayant de décourager la bête. Mais rien n'y fit.

— Puisque je n'ai pas mon tamarou, je ne rentrerai pas bredouille. Allez, viens, le chat, tu as l'air d'en avoir plein les pattes ! Tu as dû te perdre. Je vais te porter.

C'était exactement le but du jeu. Le séducteur se laissa bien entendu attraper, se blottit contre celui qu'il venait de choisir, laissant échapper des miaous ponctués de soupirs d'abandon.

— Si personne ne te réclame, je te garderai. Après tout, nous rapprocherons nos deux solitudes.

À cette heure bien avancée, le village avait sombré dans le sommeil, à l'exception de quelques farceurs qui tenaient à voir le retour de leur victime. Ils s'attendaient à un André dépité et rageur, ils le trouvèrent souriant béatement et parlant tendrement à l'animal qu'il tenait dans ses bras et qui n'avait, bien entendu, rien d'un tamarou. Mais qui peut savoir à quoi ressemble un tamarou ?

— Je n'ai pas perdu mon temps, j'ai trouvé mon tamarou, et le meilleur, comme vous pouvez le voir. Il s'est laissé piéger sans rechigner.

— Fan de pu… C'est le Rapapouègue ! Le pot de colle !

André sentit la sueur lui monter au front et son cœur battre plus vite. Ainsi donc, le matou avait un maître…

— Il est à personne, ce chat. Il est brave comme tout. On l'appelle Rapapouègue, car il est comme ces herbes qui s'agrippent tellement à vous, dès que vous passez à leur portée, qu'il vous faut des heures pour vous en défaire.

— Alors, vous croyez que je peux le garder ?

— Pardi que vous pouvez le garder ! D'ailleurs, je suis certain qu'il ne demande que ça. Pour les souris, je ne le crois pas très bon, mais, pour ce qui est de se faire caresser, vous allez être servi.

Le plan avait marché, Rapapouègue avait trouvé un foyer. Il allait tout faire pour le mériter. Il pourrait enfin courtiser sa belle Calamity au vu et au su de tous, et leurs petits ne seraient pas des bâtards. Une ombre subite passa au tableau :

— Pourvu qu'il ne m'emmène pas chez « le bègue » et que je ne me retrouve pas comme mes trois amis avant d'avoir pu courtiser comme il se doit ma belle Calamity !

Ce Parisien avait l'air d'un brave homme un peu nigaud. Il ne devait pas avoir l'habitude des animaux de compagnie. Certainement qu'il le laisserait mener sa vie diurne s'il se tenait tranquille et respectait en tout point le règlement et l'affection qui les lieraient. Cette nuit-là fut la première qui vit s'endormir un Rapapouègue tranquille et serein sur un coussin de salon, la tête lovée dans ses pattes et rêvant de lendemains désormais sécurisés.

*

* *

Sur le coup de onze heures, juste avant le déjeuner, les papés s'étaient retrouvés pour évoquer la chasse de la nuit précédente. Doudou, Félix et Tiger, encore plus curieux que d'habitude, ainsi que Calamity, inquiète, dont le cœur

n'avait cessé de battre la chamade, les avaient rejoints, espérant des nouvelles de leur collègue. Les langues allaient bon train, les rires fusaient, surtout quand ils se mirent à évoquer la prise du chasseur.

— Un chat, et le Rapapouègue en plus ! Celui-là, il va nous manquer quand le Parisien va l'emmener avec lui à la fin des vacances.

— Il partira avec quelque chose de chez nous, là-haut...

— Il va faire du lard, en ville. Quand on le reverra, il sera gras comme un chat de juge.

Aucun de nos matous n'avait, en fait, réalisé que cette adoption de leur compagnon impliquerait aussi son départ, et surtout pas Calamity que cette nouvelle bouleversa. Elle se dit qu'ils n'avaient plus de temps à perdre en longs préliminaires s'ils voulaient pouvoir vivre pleinement cette belle histoire, au moins le temps d'un été.

Les moustaches à l'arrière, les oreilles négligemment baissées, Doudou se remémorait la façon dont il avait adopté son second maître. Ses compagnons connaissaient son histoire, Félix était déjà son ami à cette époque.

Tout avait en fait commencé quand le couple chez lequel il vivait, au demeurant fort aimant à son égard, avait décidé de quitter le village pour un autre distant d'une bonne dizaine de kilomètres. Là-bas, Doudou ne connaissait personne. Certains disaient que quelques chiens querelleurs et redoutables n'hésitaient pas à faire un mauvais sort aux chats infortunés qui se risquaient trop près d'eux.

Une autre chose tourmentait notre Doudou. Bien que ce soit la guerre ouverte entre le boulanger et lui, il n'avait pas envie de le quitter ou, plus précisément, de quitter cette fournée chaude et odorante des petits matins où il venait finir sa nuit lové sur un moelleux sac de farine, attendant que son petit déjeuner finisse de cuire au four. Pourtant, dès qu'il l'apercevait, le boulanger, Jules Bardini, le menaçait de sa pelle et le coursait.

Il faut reconnaître qu'il avait de bonnes raisons d'être furieux après le matou, car le morceau favori de ce pique-assiette, ce n'était rien moins que les pointes des croissants, toutes croustillantes, que Jules laissait refroidir sur la maie refermée. Doudou ne se lassait pas de ce morceau de choix et passait, sans complexe pour le travail de l'homme, d'un croissant à l'autre. Il convient aussi de préciser que du poil noir perdu dans la farine était du plus mauvais goût, aussi bien pour le boulanger que pour ses clients.

Un œil sur sa fournée et l'autre sur le matou, Jules arrivait malgré tout à avoir la situation en main. Il recouvrait ses sacs de farine, mais, à l'approche des beaux jours, le chat marquait plus que jamais son passage par une toison en pleine mue, exaspérant encore davantage le brave homme qui, au demeurant, n'aurait jamais fait de mal à une mouche.

Doudou s'était caché lorsqu'ils avaient bouclé le camion de déménagement. Il n'avait pas répondu à leurs appels non plus, malgré un fort pincement au cœur. Il n'avait guère envie de quitter le village, d'autant plus qu'il roucoulait agressivement auprès d'une belle peu farouche qui ne le repoussait pas et qu'il avait l'intention d'honorer le plus tôt possible.

Cette nuit-là, il s'introduisit directement dans le fournil. Il allait commencer son somme réparateur quand il entendit des grignotis sur sa droite. Puis ce fut sur sa gauche qu'il surprit des rongeurs au travail. Plus de doute : ils étaient sur leur territoire, pardon... sur celui de Jules ! L'instinct revenant, il se sentit investi du devoir de protéger le bien de celui qui l'hébergeait. Ce fut une rude chasse qui laissa trois ratons sur le carreau, un sac de farine répandu au sol et quelques autres menus dégâts.

— C'est encore ce chat de malheur qui a fait des siennes. Cette fois, si je l'attrape, c'est moi qui vous le dis, il va passer un mauvais quart d'heure ! s'écria le boulanger furieux à la vue du chamboulement.

Sa colère tomba net quand il vit les cadavres. Il comprit aussitôt ce qui avait dû se passer. Il s'en voulut de s'être laissé emporter contre celui qui avait défendu son bien.

— Peuchère[8], il a fait son métier de chat ! Après tout, même si c'est un larron, j'ai besoin d'un greffier pour me débarrasser de ces fichues souris. Peut-être bien qu'il faudrait que je le garde, d'autant que ces maîtres sont partis en le laissant.

Jules rangea le désordre de son fournil. Le chat n'avait toujours pas réapparu, craignant des représailles. Les effluves de la fournée à peine sortie du four se répandaient, chatouillant agréablement les narines et l'estomac. Toujours point de chat malgré l'appétit qui devait lui tirailler les entrailles.

— Après tout, ça me fera un compagnon, même s'il ne sait que miauler. Je me sens bien seul parfois à faire mon pain. Au moins, il sera toujours d'accord avec ce que je dirai, celui-là !

Et le boulanger de lancer des « Doudou, Doudou » à la ronde. Ce dernier, très sensible aux intonations d'une voix, comme tous les chats, comprit qu'il n'y avait pas de danger pour lui et s'avança retrouver Jules, à pas mesurés, la tête penchée et l'œil suppliant. En comédien averti qu'il était.

— Écoute, le chat. Je te garde, mais pas touche à ma fournée ! Je te donnerai un croissant chaque matin, rien que pour toi. Mais que je ne t'y prenne pas à mordiller les autres, ou tu auras du bâton ! Je vais te faire un lit avec les vieux sacs, ce sera confortable, tu verras. Et tu oublies mes sacs de farine !

Jules ne put s'empêcher de sourire en réalisant qu'il venait de parler à un chat comme si l'animal pouvait comprendre quelque chose à son laïus. Qu'il connaissait bien mal les chats !

— Bien sûr que je t'ai compris, mon Jules. Tu m'acceptes, à chacun son rôle. Je te promets que je laisserai tes autres croissants tranquilles et que je dormirai sur la couche que tu vas me préparer et non plus sur les sacs de farine. Je

8. Le pauvre.

ferai un malheur à toute souris qui osera approcher de ton fournil, tu peux compter sur moi.

Le boulanger, perplexe, regardait le matou. Il lui semblait non seulement que l'animal enregistrait tout ce qu'il lui disait, à voir son regard complice et son attitude soumise, mais aussi qu'il lui avait répondu.

— Après tout, il doit bien exister un langage chat pour qu'ils se comprennent entre eux.

Depuis ce jour, le pacte ne fut jamais rompu, à la satisfaction des deux parties. Doudou honora son contrat, et chaque matin son ami le boulanger lui déposait un croissant de la nuit devant sa couche. Les câlins ne tardèrent pas entre eux, et l'homme bourru fondit devant son compagnon. Dans la journée, bien entendu, chacun vaquait à ses occupations, mais les premières heures du matin leur étaient communes.

La conséquence la plus visible fut l'embonpoint que ne tarda pas à afficher un Doudou gourmand et repu, dormant plus que son compte, d'autant que toute souris bien maligne ne revient jamais sur les lieux de son crime quand elle a dû y affronter le danger.

*

**

Chaque village comptait toujours un fada[9] au sein de ses ouailles. Le Nando, diminutif de Fernando, était le seul fils d'une famille d'Italiens venue faire une saison à la vigne. Ils arrivaient des Pouilles, dure région du Sud italien, où les parents tiraient le diable par la queue avec peu d'espoir de voir un jour leur situation s'améliorer. Or, il y avait Nando qui approchait de ses dix ans et pour lequel il fallait trouver une solution afin qu'il puisse accéder un jour à une vie plus décente.

---

9. Niais.

Sociables et gros travailleurs, aussi bien lui qu'elle, ils furent rapidement acceptés par les villageois auxquels ils se confièrent, racontant leurs misérables conditions de vie *a casa*[10]. Ils connaissaient suffisamment de rudiments de notre langue pour parvenir à se faire comprendre, aussi écorché que puisse être leur vocabulaire, émaillé d'expressions qu'ils avaient ramenées de là-bas. Toute leur fortune résidait en ce gros balluchon et cette énorme valise entreposés au mas où leur patron les avait logés.

Notre région, essentiellement viticole, assurait un travail quasi régulier avec, bien entendu, de lourdes pointes au moment des vendanges. Les bons ouvriers manquaient toujours pour surveiller la vigne, espoudasser[11] par temps de froidure ou tailler dès les premiers beaux jours. Sans compter les traitements qui requéraient beaucoup de disponibilité.

— Je peux tout faire dans les vignes et ma femme aussi. Je sais travailler la terre, c'est ce que je faisais au pays. Le sol y est autrement plus dur – que de la caillasse ! – et le soleil est plus rude.

S'ensuivirent bon nombre de questions et autant de réponses. Le dialogue était instauré entre ces exilés et les locaux.

— Notre Nando, il n'est pas plus bête qu'un autre, mais il est surtout très lent, et encore plus maladroit. Nous n'avions pas le temps de le surveiller et de l'aider comme nous aurions dû le faire. Là-bas, il n'y a rien pour les petits dans son genre. On les laisse de côté.

Spontanément, un élan de solidarité et de générosité souleva le village. Le viticulteur leur proposa d'habiter le mas en assurant au père qu'il ferait appel à lui au moindre surcroît d'activité, ce qui se produisait régulièrement. Bien sûr, le mazet aux épais murs de pierre ne ressemblait en rien à une véritable maison : il ne comprenait que deux petites

---

10. Au pays.

11. Pré-tailler la vigne.

pièces avec pour tout chauffage une cheminée. Vu l'exiguïté de la demeure, il ne serait pas bien difficile de se protéger des froidures hivernales. Entre les vieilles souches arrachées et le bois qu'ils pourraient ramasser, ils pourraient tenir. Le manque d'électricité ne devrait pas les gêner puisqu'ils n'en avaient pas non plus au pays. Le puits fournissait une eau potable et agréable à boire, fraîche été comme hiver. En attendant mieux, ils avaient là un toit pour les protéger des intempéries et abriter leur intimité familiale.

Les villageois investirent leurs greniers. L'un donna une couverture, l'autre un peu de vaisselle, des vêtements chauds, etc. Jusqu'aux frères Sanchez qui leur portèrent les troncs des vieux oliviers qu'ils venaient de déplanter.

— L'olivier se consume lentement, comme ça vous pourrez garder la chaleur dans la nuit.

Pour la première fois de sa vie, le jeune Nando chaussa des bottes de caoutchouc au moment des fortes averses de l'automne et put se rendre à l'école communale vêtu comme les autres enfants, même si ses vêtements avaient déjà été portés par d'autres.

Les années passèrent. Le père, grâce à un travail acharné, s'était forgé une réputation d'homme de confiance. Son épouse ne ménageait pas sa peine non plus. Elle faisait des ménages. Puis, sa journée finie, après le repas du soir, elle rejoignait son mari aux vignes pour l'aider dans son labeur.

Tant de sueur connut sa récompense. Ils réussirent à faire l'acquisition d'un petit terrain à l'entrée du village : ils y bâtirent une maisonnette pourvue d'un beau toit de tuiles à deux pentes, avec, comble du luxe, une salle de bains et un chauffage central.

Tout aurait été pour le mieux si Nando n'avait pas semblé un peu attardé : il était légèrement différent des autres jeunes de son âge, même s'il avait très rapidement acquis un français sans accent. Il souriait béatement à la ronde, ne sachant jamais discerner le vrai de la plaisanterie ; bref, c'était un gobe-tout

qu'au demeurant tout le monde aimait bien. Malgré tout, il avait réussi son certificat d'études, remplissant de fierté ses parents. Toutefois, sa lenteur continuait à exaspérer son père qui était loin d'avoir les deux pieds dans le même sabot.

Nando n'était en fait atteint que d'une dyslexie très prononcée qui le déstabilisait, lui faisant perdre ses repères et touchait la latéralisation. Il était bien tard quand on comprit d'où venaient ses difficultés. Le suivi et l'aide d'une orthophoniste permettaient certes d'obtenir des améliorations, mais elles mettaient plus de temps à apparaître chez un sujet à l'adolescence avancée.

Arriva le jour où Nando fêta ses dix-huit printemps. Comme tous les jeunes de son âge, il voulait passer le permis de conduire. Il en parlait, de ce permis – sésame vers la liberté –, et il en reparlait, rebattant les oreilles des papés auxquels il exposait ses projets. Jusqu'aux matous qu'il prenait à part pour leur expliquer la nécessité d'obtenir ce fameux papier rose.

Une osmose s'était créée entre nos cinq amis à quatre pattes et ce benêt de Nando qui les adorait. Il semblait avoir appris leur langage tant il communiquait avec eux. En réalité, il les avait observés dans leurs moments de joie, où les ronronnements se faisaient exubérants, dans leurs instants de tristesse, qui couvraient d'un masque douloureux leur visage éloquent, dans leur agressivité même, où ils soutenaient fermement le regard auquel ils étaient confrontés et gonflaient leurs babines.

Nos cinq mistigris savaient aussi interpréter les expressions que prenaient les lèvres de leur ami, le regard qu'il lançait à son entourage, les moments de tristesse et de déception qu'il essayait de dissimuler. L'amitié, c'est se comprendre sans avoir à prononcer un mot : seul le cœur parle. Ce courant passait entre les félins et le jeune homme.

L'excitation de leur ami les gagnait et, loin de s'en gausser, ils s'impatientaient de le voir prendre le volant. Monsieur

le maire se proposa de l'initier à la conduite, tandis qu'il suivrait les cours de code à l'auto-école.

— Installe-toi bien. Ce n'est pas difficile. Tu as trois pédales sous les pieds : la première pour accélérer, celle du milieu pour freiner et celle de gauche pour embrayer quand tu changes les vitesses.

Le maire l'emmena sur une petite route peu fréquentée qui ne desservait que quelques maisons. Après moult explications sur le démarrage, les vitesses, un rappel de l'utilisation des pédales de gauche et de droite, il entreprit de débuter l'aventure de la conduite.

Si Nando avait bien compris pour la pédale du centre, les deux autres semblaient lui poser un problème quasi insurmontable. Où était la droite et où était la gauche ? Le maire, qui ne voulait pourtant pas renoncer, revint, écarlate et bouillant, de cette pénible leçon. Nando percevait la contrariété de l'édile municipal devant sa difficulté à comprendre le système des pédales.

Le jeune homme ne se sentait pas d'humeur à affronter les commentaires, compatissants ou ironiques, que ne manqueraient pas de lui servir les papés. Il resta à l'écart, bientôt rejoint par ses cinq amis chats. Il leur expliqua son désarroi, combien il aimerait réussir pour satisfaire ses parents, pour faire plaisir au maire et pour concrétiser les projets qui lui tenaient à cœur. Il réalisa alors qu'il ne s'adressait qu'à des animaux et que ceux-ci ne pourraient pas le comprendre ni lui répondre.

— Mais ça me fait du bien de tout vous raconter. Au moins, vous ne pourrez pas vous moquer de moi.

Les chats le regardaient et observaient son air déçu, les larmes qui lui montaient aux yeux. Ils ne pouvaient pas accepter de voir leur ami aussi déconfit. Il leur fallait l'aider à solutionner son problème. Ainsi, ils lui prouveraient que la compréhension et l'échange sont possibles et que le langage des sentiments est le même, que l'on soit homme ou animal.

Se consultant, ils finirent par avoir une idée de génie. Rapapouègue, le tout blanc, se plaça près du pied droit de Nando, et Calamity, la noire, près du pied gauche. Si la dyslexie du jeune homme ne lui permettait pas de discerner la droite de la gauche, il pouvait malgré tout associer ou différencier les couleurs. Il eut tôt fait de comprendre leur stratégie.

— Vous êtes des génies, je vous ai compris. Le blanc, c'est pour accélérer ; le noir, c'est pour embrayer. Je vais demander au maire de peindre les pédales. Attendez-moi, je vais chercher mes chaussures.

Il ne tarda pas à revenir avec deux paires de chaussures, l'une blanche et l'autre noire. Sous le regard attentif des chats, il mit son pied droit dans le soulier blanc et son pied gauche dans le soulier noir. Pour qui sait les observer, il est évident que les chats savent exprimer leur satisfaction, et ceux-là souriaient tout autant que Nando.

Les rires fusèrent et les commentaires allèrent bon train quand on vit le Nando ainsi équipé.

— Il n'est même plus bon pour se chausser. Ce doit être la nouvelle mode, encore un coup de ces punks !

Le maire, sidéré par l'accoutrement, ne put s'empêcher de lui en faire la remarque, mais, en entendant la proposition, somme toute des plus logiques, de Nando, il peignit en blanc la pédale d'accélération, et l'autre en noir. Devant l'efficacité du procédé, il renonça à tout commentaire. Nando put enfin se lancer dans un apprentissage sérieux de la conduite.

Le jour du permis, Nando, qui avait conscience du ridicule qu'il risquait d'afficher, voulut se montrer plus discret. Il enfila cette fois des chaussures de même couleur, mais il mit des lacets blancs à celle de droite et des noirs à celle de gauche afin de ne pas perdre ses repères.

Et ce fameux permis, le « *bianc'i negro*[12] », comme l'avaient surnommé les villageois moqueurs, il finit par le

12. Blanc et noir.

décrocher envers et contre tout. Ce jour-là, il dut offrir le pastis et tout le monde se réjouit pour lui. Par la suite, il continua à porter des lacets de couleurs différentes et ne connut aucun problème de conduite.

Après avoir été l'objet de railleries, il avait fini par susciter l'admiration des villageois pour son ingéniosité. Apprendre une autre langue que la sienne sert toujours. De l'italien, sa langue natale, il était donc passé au français. Seuls lui et les cinq matous savaient qu'il comprenait aussi la langue féline. Mais ceci resta un secret entre eux.

*
**

L'été s'installait et l'on se disputait le pastis en treize points à la pétanque sur la grand-place avant d'aller dîner. Puis l'on sortait à la fraîche, et chaque coin de ruelle voyait son petit groupe attitré, qui devant un jardin, qui sur le pas d'une porte, sur un pan de mur ou un banc communal. Depuis des années, les groupes s'étaient constitués par affinité, parfois par âge ou encore par sexe.

Nos cinq matous restaient fidèles aux papés de chez Roure, tellement habitués à leur présence qu'ils ne manquaient pas de s'étonner si d'aventure l'un d'entre eux manquait au rendez-vous. Les mimiques de Rapapouègue et de Calamity ne passaient pas inaperçues et les amusaient.

En effet, si Rapapouègue laissait à présent éclater son penchant et sa tendresse envers sa dulcinée, Calamity le lui rendait bien en se montrant, envers son entourage, câline comme elle ne l'avait jamais été, affichant sans pudeur son attirance pour lui. Elle se frottait constamment aux jambes des anciens ou contre les pieds de leur chaise, quémandant sans cesse les caresses.

Elle agissait de même auprès de sa famille, qui se composait des parents et de leur jeune fils encore à l'école communale.

Jouant de sa séduction, elle se mettait sur le dos et l'enfant se régalait à caresser la fourrure de son ventre, particulièrement douce, alors qu'elle laissait éclater de tendres ronrons dont la tonalité montait rapidement en intensité.

À l'extérieur, elle se rapprochait au plus près de son sensuel galant qui n'attendait que des manifestations amoureuses de sa part pour affirmer ses sentiments et sa volonté de concrétiser leur union. D'autant plus que, vivant avec André, il ne connaissait plus le stress de la solitude ni le manque de caresses. Et quand André quittait les papés, la nuit venue, son Rapapouègue était toujours sur ses talons.

Petit à petit, André livra son histoire à ses nouveaux amis qui l'écoutaient et apportaient leurs commentaires. Enfant de l'Assistance, il s'était somme toute bien tiré d'affaire. Il avait eu la chance d'évoluer dans une famille d'accueil qui l'avait accepté sans réserve et l'avait gardé le temps de l'adolescence, lui permettant ainsi de poursuivre des études qui l'intéressaient. Bonnes notes à l'appui, grâce à son acharnement au travail et à ses capacités intellectuelles, il avait décroché une bourse et fréquenté une université.

Malgré tout, l'abandon de ses géniteurs lui avait laissé de profondes et irrémédiables lésions, le frustrant d'un contact aisé avec les autres, nonobstant ses aspirations. En contrepartie, il l'avait doté d'une volonté et d'une ténacité à toute épreuve : il s'était plongé dans les études, ou plus exactement il s'était retranché derrière elles. Toutefois, maintenant qu'il atteignait les trente-cinq ans, il commençait à faire figure de célibataire endurci. Pourtant, il aurait tant aimé avoir son foyer à lui et rattraper toutes ces années d'enfance marquées par le manque de parentèle.

Bien sûr, il avait eu quelques aventures féminines, mais, jusque-là, il n'avait connu que des échecs. Professeur d'économie, il était apprécié par ses étudiants et, parmi les enseignants, il était celui qui connaissait le plus faible taux

d'absentéisme. Mais, sorti des remparts de l'enseignement, il était tellement maladroit qu'il n'arrivait jamais à s'intégrer à autre chose que des groupes de travail.

Or, voilà que ce chat ne lui demandait rien, ou si peu, et qu'en contrepartie, il lui offrait tant de chaleur, de complicité. En fait, tous les deux découvraient la vie en communauté, et chacun des deux comparses s'en félicitait.

Le soir, rentrés chez eux, ils entamaient de longues discussions où André faisait les questions et les réponses, le nez contre la truffe de son matou qui, couché tout près de lui, appréciait tout particulièrement ces instants de connivence.

— Toi au moins, tu as du succès auprès des femmes. Ta petite Calamity n'a d'yeux que pour toi. Veinard !

— Ce n'est pas en fréquentant tes vieux, aussi gentils qu'ils puissent être, que tu vas te caser. Des jeunettes, des bonnes à marier, il en reste encore quelques-unes dans le village. Et puis, il y a aussi les touristes. Mais attention, tu en trouves une qui aime les chats ! C'est le lot ou rien !

Mais c'était bien ainsi que l'entendait désormais André. Pour la première fois de sa vie, il était responsable d'une autre vie que la sienne et pouvait s'épancher librement, sachant qu'il ne serait pas rejeté.

Les papés, qui s'étaient mis dans la tête de le caser, eurent vite fait de détailler toutes les opportunités féminines qui pourraient se présenter à André, sans, bien entendu, lui en parler. Il fallait trouver la perle, et ensuite ils aviseraient et tâteraient le terrain de part et d'autre. Les prétendantes n'étaient pas nombreuses, tant parmi les femmes du village que parmi celles qui avaient quitté leur famille pour partir vivre à la ville.

André n'était déjà plus un damoiseau de première jeunesse non plus. Toutefois, il pourrait faire figure de parti tout à fait intéressant, mûri par l'âge, avec une bonne situation, ce qui était un atout à mettre en avant, et, bien que

maigrelet, il était tout à fait présentable. Sans oublier qu'à présent il était propriétaire au village.

Les papés en profitèrent pour tailler sans complexe un costume à toutes celles qu'ils passèrent en revue. L'occasion était trop belle. Les rires fusaient, mais s'étouffaient à l'approche de quiconque. Et ils ne se privèrent pas de se moquer, loin de là ! Elles défilèrent toutes, les candidates au mariage. Ils s'en prirent même à certaines des villages voisins. L'une était une repousse-envie, l'autre devait être particulièrement rassise, une autre encore aimait trop les sous, celle-là peut-être, mais… Ils hésitèrent parfois, rarement toutefois. Ils ne voyaient rien de bien concret à proposer à leur nouvel ami, jusqu'à ce que l'un d'eux s'exclame :

— On n'a qu'à faire comme Aloïs, pardi !

Sur ces entrefaites, André les avait rejoints et avait pu entendre leur dernière remarque.

— Qui est cet Aloïs dont vous parlez ? Je suis toujours preneur d'une de vos bonnes histoires du cru.

— C'est l'ancien boulanger d'ici, peuchère ! Celui qui avait le fournil avant que le Jules Bardini ne le rachète.

— Une bien drôle d'histoire, le pauvre.

André sentait qu'ils avaient tout autant envie de lui conter l'histoire de ce pauvre boulanger que lui de l'écouter. Pour la forme, ils se firent un peu tirer l'oreille, mais ne tardèrent pas à démarrer.

Les chats non plus ne connaissaient pas cette aventure. Elle remontait à bien des années. Ils appréciaient tout particulièrement ces moments de laisser-aller où ils pouvaient investir sans complexe les genoux des narrateurs et des auditeurs passionnés qui, dans un geste automatique, leur prodiguaient cette caresse favorite qui consistait à leur gratter le haut de la tête et le cou, éveillant ainsi doucement leur sensualité. Ils en oubliaient le temps et, les moustaches en arrière, finissaient par s'assoupir paisiblement tout en ronronnant en sourdine.

— Té, Henri, commence, vaï[13], puisque c'est toi qui l'as découvert le premier.

— Bon, si tu y tiens ! Alors il faut dire que l'Aloïs était un brave homme courageux qui ne ménageait pas sa peine. Après la mort prématurée de son épouse, il avait épousé en secondes noces une petite jeunette qui avait bien dans les dix ans de moins que lui. Mignonne, la Pomponette. Vous savez, comme dans le film de Pagnol !

Le récit s'enclenchait et tout le monde prêtait l'oreille, qui pour opiner, qui pour rappeler certains détails que le conteur pouvait omettre par oubli ou par ignorance. Donc, sur le coup de onze heures, notre boulangère, après avoir préparé le déjeuner qu'elle n'aurait plus qu'à faire réchauffer pour le repas de midi, venait rejoindre son mari au magasin, servait le pain et tenait la caisse. Lui se levait très tôt, car il avait compris que ses meilleurs clients étaient ces viticulteurs qui partaient à la vigne souvent dès potron-minet, avant même le lever du soleil.

S'attablant à son travail dès la toute première heure, il sortait sa fournée fleurant bon la pâte croustillante en même temps qu'ils partaient au travail. L'odeur alléchante du pain chaud les mettait en appétit et les encourageait pour leur matinée de labeur. « Bon pain et bon vin aident à manger le chemin. » Jamais ils n'auraient manqué ce rituel de passer chez Aloïs pour prendre soit une fougasse craquante, soit un pain pour leur « collation » de dix heures ou, pour les plus gourmands, des croissants et des pains au chocolat. D'autant plus qu'Aloïs, qui les connaissait tous bien, se conformait à leurs préférences et à leurs horaires.

En fait, Aloïs était le seul boulanger des villages avoisinants à assurer un ravitaillement aussi matinal, et il eut tôt fait de récupérer toute une clientèle *extra muros*. Plus tard

---

13. Allez ! Vas-y !

dans la matinée viendraient les ménagères auxquelles il servirait une nouvelle fournée, ayant épuisé celle du matin.

Bien entendu, son chiffre d'affaires s'arrondit considérablement. Il entreprit alors la fabrication de pains plus artisanaux pour la journée et se spécialisa dans des recettes anciennes qui ne manquèrent pas de séduire les amateurs de ce bon pain du temps jadis. De plus, il avait conservé le vieux four que son père, boulanger avant lui, avait fait construire selon des règles ancestrales.

Les clefs de la réussite étaient réunies. Il se mit à investir dans de petits appartements qu'il faisait rénover et qu'il mettait en location. En peu d'années, il ne put plus assumer seul une comptabilité qui les dépassait, lui et son épouse peu douée pour ce genre d'écritures. Ils envisagèrent donc de faire appel, pratique courante, à un comptable extérieur qui viendrait régulièrement tenir les comptes.

Chaque année, à la fin des vendanges, le couple s'octroyait quelques vacances et partait vers de lointains horizons. Madame avait changé ses habitudes vestimentaires et fréquentait à présent des magasins plus huppés qui correspondaient mieux à leur compte en banque. Après tout, ils récoltaient les fruits de leur travail méritant et honorable, surtout lui qui travaillait avec ardeur lorsque tout le monde dormait. Et personne n'y trouvait à redire, bien au contraire.

Puis, un beau jour, ce fut le drame. Aucun effluve de levain ni de pain chaud n'envahissait l'air de ce matin printanier. Henri, de la ferme des Mattes, alors qu'il partait espoudasser sur le coup de cinq heures, était allé à la boulangerie chercher sa fougasse quotidienne. Dans la boutique, à sa grande surprise, pas de pain, encore moins de fougasse. Depuis le couloir, il pouvait apercevoir une lumière. Seule la lampe du fournil était éclairée, mais d'odeur toujours point.

— Hé, boulanger, tu as un problème ? Tu ne te sens pas bien ?

Intrigué et inquiet de ne voir personne, Henri s'avança sur la pointe des pieds vers le saint des saints et pénétra dans le fournil. Le boulanger était assis à sa petite table de bois foncé patinée par des décennies de service, les coudes posés au milieu des papiers éparpillés, la tête dans les mains. Henri insista :

— Dis, ça ne va pas ? Tu n'as pas fait le pain aujourd'hui ? Tu veux que j'appelle ta femme ?

— Non, je n'ai pas fait le pain et je n'ai plus le cœur à faire le pain. Celle-là, tu ne l'appelles pas !

Dans un parler saccadé, entrecoupé de hoquets, Aloïs lui expliqua alors que sa chère et jeune épouse l'avait tout bonnement quitté pour rejoindre le comptable, qui pourtant affichait un plus grand nombre d'années que lui. Mais ce dernier savait tirer avantage de ses tempes argentées parfaitement entretenues, de ses allures d'un « monsieur de la ville » et d'une désinvolture produisant le plus séduisant des effets sur les étourdies, plus ou moins jeunes, qui tombaient dans son escarcelle de don Juan.

— T'inquiète pas, elle te reviendra, tu verras.

— Elle peut revenir, je ne la reprendrai pas ! Elle est partie, qu'elle y reste ! Je ne veux pas d'une estrapasse[14], qu'il se la garde ! Mais je te le dis, il ne la gardera pas longtemps.

— Si tu le vois comme ça, tu as raison. Avec tout ton argent, tu pourras toujours t'en retrouver une autre. En attendant, qui va faire le pain ? Nous ne pouvons pas rester sans boulanger au village, et toi tu es de loin le meilleur du coin. Zou[15], ça ne sert à rien de te laisser aller !

Aloïs, effondré, était loin de songer à sa fournée. Les deux hommes discutèrent longuement, ou plutôt Henri écouta les récriminations et les plaintes de son compère. En tout cas, aujourd'hui, il faudrait se passer de pain. Après, on aviserait. Si besoin, il irait voir le maire pour l'aider à résoudre ce

---

14. Chose usagée, qui a trop servi ; un vieux cheval.

15. Allez !

problème. Peut-être qu'Aloïs se laisserait alors convaincre et qu'il recommencerait à pétrir. L'histoire fit rapidement le tour du village et tous se rangèrent du côté d'Aloïs, lui apportant leur réconfort, lui confiant leur tristesse de le voir dans cet état et l'assurant de leur sympathie.

Toutefois, le fait de devenir le centre d'intérêt du village, de voir que même le maire l'écoutait, prenait son parti et l'encourageait, tout ceci contribua à ce qu'Aloïs se sentît une âme de héros décidé à lutter contre son sort. Dès le lendemain, il afficha une position catégorique en déclamant un vieux dicton de son patois :

— *Assas gagno quau putan perd !* (« Pour sûr qu'il gagne assez celui qui putain perd ! »)

Plus enragé que jamais, il ralluma avec volupté son four au cœur de l'obscurité de la nuit, se remit au travail, et certains dirent même que son pain, le pain de la souffrance, était encore meilleur qu'avant. À partir de ce moment, il ne voulut plus entendre parler de son épouse volage et personne ne prononça un seul mot à propos de sa mésaventure devant lui.

Malgré tout, la solitude lui pesait. Marié très jeune, veuf à l'approche de la quarantaine, il avait presque aussitôt trouvé celle qui devait devenir sa seconde épouse, celle-là qui venait justement de le quitter pour un plus fringant que lui. Et même si belle femme valait mauvaise épine, il avait bien envie, à présent, d'une nouvelle rose. Après tout, c'était là l'occasion de faire peau neuve.

D'autant plus qu'il n'avait personne pour s'occuper de son linge, de ses commissions et de tant de petites choses qu'une femme sait si bien faire à la maison. Sans occulter non plus le fait qu'une nature impérative l'avait doté de besoins non négligeables dans le domaine du sexe. Et ce détail-là revêtait une importance dont il ne pouvait faire abstraction trop longtemps.

Quelques semaines se passèrent tranquilles, avec le boulanger au fournil, derrière sa caisse à servir le pain, à

discuter longuement avec ses clients de tout et de rien. Dans ses moments libres, il partait à Montpellier et personne ne savait ce qu'il allait y faire. Mais tout était rentré dans l'ordre. Alors, s'il voulait se donner un peu de bon temps, ça ne gênait personne. Certains disaient qu'il courtisait, d'autres, plus prosaïques, qu'il allait « se soulager aux putes ».

Puis, un matin, dès l'ouverture de la boutique, ce ne fut plus Aloïs derrière la banque, mais une charmante matrone tout sourire, toute coquette, fraîche maquillée. Ce n'était plus une jeunette, les hanches arrondies, un peu grassouillette, mais elle était avenante et agréable à voir, ayant un mot gentil pour chacun.

La nouvelle fit rapidement le tour du village et on se précipita à la boulangerie plus pour voir la nouvelle boulangère que pour le pain. Qui était-elle et d'où venait-elle ? Que faisait-elle là ? Aloïs l'avait-il engagée comme simple vendeuse ou lui assurait-elle également d'autres prestations plus intimes ? Cela devait être la Montpelliéraine chez laquelle il s'éclipsait si souvent. La curiosité les brûlait tous. Il était toutefois hors de question d'interroger Aloïs. Tout finit par se savoir. Il n'y avait qu'à patienter.

De fait, ils n'attendirent guère, car, après qu'ils eurent complimenté Aloïs sur la bonne mise de sa « dame », celui-ci n'hésita pas à la leur présenter comme sa nouvelle compagne. Oh, celle-ci resta bien tout le mois à ses côtés ! Puis, un jour, on ne la revit plus.

— Sa fille vient d'être hospitalisée. Elle lui a demandé de venir garder ses petits.

Le chapitre était clos. Quelle ne fut pas la surprise générale quand, peu de jours après, on vit derrière la banque une grande bringue très brune, anguleuse, au sourire enjôleur, servir le pain !

— Té, tu as pris une aide en attendant le retour de Marianne ?

— Marianne ne reviendra pas. Je n'en veux plus. Elle n'en voulait qu'à mes sous.

— Et comment tu l'as connue, celle-ci ?

— Au bal, à Lunel. Le jour de la foire.

La nouvelle venue fut l'objet de maints commentaires des villageois étonnés et admiratifs devant tant de vitalité de la part de leur boulanger. Cependant, elle ne fit guère plus long feu que la précédente.

— Elle voulait me commander. Il fallait que je fasse ci et ça…

Ce fut ensuite un défilé quasi ininterrompu de boulangères qui se succédèrent en l'espace de quelques mois. Aucune ne trouvait grâce auprès d'Aloïs que ce changement constant, au demeurant, semblait plutôt mettre en appétit. Où donc allait-il les chercher pour les remplacer aussi rapidement ? Certes, il avait des sous, mais l'argent ne s'affiche pas sur un visage. Il devait avoir quelque chose de bien intéressant pour avoir autant de succès avec les femmes. Les langues allaient bon train, aussi bien auprès de la gent féminine que masculine.

Un beau jour, il en arriva une à l'œil particulièrement coquin et à l'air effronté. Elle se lia rapidement avec la clientèle, prêtant une oreille attentive aux femmes dont elle sollicitait les conseils, adressant un sourire de connivence aux hommes et se montrant courtoise envers les papés. Elle plaisait à tous. Le temps passait. Le couple s'imposait à l'entourage.

— Pour sûr que, celle-là, il va enfin se la garder.

— Va-t'en savoir avec ce Casanova d'Aloïs…

Ce fut un soir, à l'heure du souper, que la dispute retentit dans la rue du puits communal, où se trouvait la boulangerie.

— Qué pourcaillerie[16], ton amour, ce n'était rien que des cracs[17] ! Tu ne t'imaginais tout de même pas que j'allais te le signer, ce papier du notaire. Tu peux faire ta valise et

16. Quelle cochonnerie !

17. Mensonges.

tu as intérêt à te dépêcher si tu ne veux pas te prendre une bonne tabassée[18] ! hurlait un Aloïs déchaîné.

— Tu as des engagements envers moi. Je vais me défendre. Tu paieras, tu verras !

L'argent était la corde sensible d'Aloïs. Y toucher, c'était s'attaquer au plus profond de lui-même. Alors il sauta au cou de la donzelle qui se débattit violemment, craignant pour sa vie devant la fureur de son compagnon.

— Tu ne l'emporteras pas au paradis. Je vais te tuer, hurlait à présent Aloïs, complètement hors de lui.

L'anxiété et la peur commençaient à gagner le voisinage qui, témoin de la violence de la dispute, en prenait plein les oreilles.

— Il faudrait peut-être faire quelque chose.

— Si on appelait la police ?

— Le temps qu'elle arrive, il y en aura un des deux de refroidi.

— On va appeler le maire : lui, il saura peut-être. Et puis, il est maire, il faut qu'il assume !

Un attroupement se constitua rapidement sur le trottoir et le maire arriva sur ces entrefaites. Les hommes grimpèrent quatre à quatre les escaliers qui menaient à l'appartement du boulanger, juste à temps pour séparer les deux adversaires.

La femme, qu'Aloïs avait saisie à la gorge, se mit à tousser bruyamment tout en continuant à invectiver le boulanger qui s'écroula, écarlate et le souffle court, au bord de l'apoplexie, dans les bras du maire. Plus qu'étouffer, il semblait râler, en se laissant glisser à terre. Le maire, flairant le drame, ordonna que l'on appelle le SAMU, à cette heure avancée de la soirée.

Le village était en émoi et tous furent rapidement alertés. Les secouristes du SAMU firent écarter l'attroupement. Se penchant pour examiner Aloïs, le médecin ordonna qu'il soit conduit sur-le-champ aux urgences de l'hôpital de

18. Raclée.

Lapeyronnie à Montpellier. L'ambulance, équipée de son gyrophare et de sa sirène, suivie de la voiture du maire, fonça *illico presto* vers la ville.

Malgré les injections et l'équipement mis en place pour le soulager et l'aider à reprendre une respiration et un rythme cardiaque moins désordonnés, Aloïs n'arriva pas vivant à Montpellier. L'infarctus l'avait terrassé, aussitôt suivi d'autres infarctus galopants qui ne lui laissèrent aucune chance de survie.

Il ne restait plus au maire qu'à rentrer au village annoncer la nouvelle de cette mort brutale que personne n'aurait pu soupçonner à en juger par la vie libertine et animée que leur boulanger avait menée ces derniers mois.

Toutefois, une question restait en attente de réponse, alors qu'elle titillait les habitants du village, qu'ils soient jeunes ou vieux, et qu'elle leur brûlait les lèvres. Où Aloïs allait-il pour trouver toutes ces femmes ?

Une fois que chacun eut regagné ses pénates, le maire resta avec l'autre protagoniste du drame et la soumit à un questionnaire en règle. C'est ainsi qu'il apprit qu'Aloïs recrutait ses conquêtes, non pas par agence matrimoniale ou club de rencontre, comme certains l'avaient envisagé, mais tout simplement par les annonces, beaucoup moins coûteuses, qu'il passait dans *Le Chasseur français* et par celles auxquelles il se contentait de répondre.

Des magazines, le maire en découvrit des piles et des piles entassées contre le caisson de son bureau à dos d'âne, généralement ouverts aux pages « Rencontre ». Bon nombre d'annonces étaient biffées, d'autres entourées, d'autres encore portaient commentaires ou numéros de téléphone.

Il trouva également un cahier sur lequel Aloïs avait rédigé des observations sur les communications téléphoniques échangées. Il donnait le détail des rendez-vous, attribuait une note à ses rencontres et dressait un véritable cahier des charges précisant ce qu'il souhaitait trouver ou éviter chez une

femme. La liste était impressionnante. Y figuraient jusqu'aux détails sexuels de celles qu'il avait pu tester plus intimement.

Aloïs ne laissait pas d'enfant. Il ne restait que cette épouse qui était partie en rejoindre un autre et dont il n'avait pas encore divorcé. Comme tous ceux du village, le maire s'était rangé du côté d'Aloïs quand elle l'avait quitté. Et maintenant elle allait se retrouver à la tête d'un bel héritage.

Alors, pour ne pas ternir la mémoire d'Aloïs, il prit un panier dans lequel il enfourna toute cette littérature d'un genre un peu spécial et l'emporta avec lui dans le but de la brûler. Il était prévu que cette dernière prétendante quitterait définitivement le domicile dès le lendemain. Mais l'histoire des petites annonces courait déjà dans tous les foyers.

L'heure avait avancé à grands pas. André, captivé par cette histoire, bien que malheureuse, prit congé des anciens et regagna ses pénates.

— Dis, tu ne veux quand même pas lui acheter *Le Chasseur français* à André ? Il va t'envoyer balader.

— Qui te dit que je veux l'acheter ? On a assez de chasseurs au village pour lire ce journal. On peut toujours en laisser traîner un exemplaire sous ses yeux.

— Ce n'est pas le genre à répondre à des annonces.

— Qu'est-ce que tu en sais ? Tu t'en doutais pour Aloïs ?

— Et pourquoi on ne passerait pas une annonce pour lui ? On ferait arriver le courrier à la poste. Personne n'en saurait rien.

La discussion allait bon train, les papés s'excitaient et devenaient trop remuants au goût des chats.

— Ce qu'ils sont compliqués, ces humains ! Nous sommes plus près du sol qu'eux, et pourtant nous voyons plus loin qu'eux. Et quel cinéma ! Regardez Rapapouègue, s'il n'y avait pas eu les maîtres de Calamity, il y a belle lurette qu'ils auraient concrétisé. Encore un problème créé par eux.

Rapapouègue était songeur. Sa Calamity lui lançait à présent de plaintifs miaulements bien significatifs. Quant à lui,

sollicité par les effluves qui se dégageaient d'elle, il ne pouvait se retenir de marquer un territoire où il souhaitait l'attirer.

Il avait découvert ce nid idéal qui pourrait abriter leurs amours, leur assurant un isolement nécessaire afin de copuler harmonieusement et en toute tranquillité hors de vue des uns et des autres. Il sentait qu'ils étaient près de conclure, et cela le stimulait d'autant plus. Et même si la fidélité n'était pas de mise chez les mâles, il resterait néanmoins très proche de son premier grand amour, de cela il était convaincu.

*
**

Marie-José et son mari Victor, l'âge avançant, avaient mis en fermage bon nombre de leurs vignes. Ils avaient arraché certaines autres pour toucher la prime du gouvernement et envisageaient d'y replanter des oliviers. Ils en laisseraient l'exploitation au fils Jimenez, qui souhaitait étendre sa propriété et diversifier ses cultures. Toutefois, leur maigrelette retraite de viticulteurs les incitait à trouver d'autres revenus.

Après mûres cogitations, ils avaient retapé les deux ramonétages[19] qu'ils possédaient au sein du vieux village pour en faire des gîtes accueillant ces familles de touristes qui ne souhaitaient pas passer leurs vacances dans des hôtels, mais préféreraient se fondre dans un terroir moins anonyme et plus authentique.

Primitivement, ces petits logements exigus avaient été utilisés pour ranger le matériel et les divers outils indispensables au travail de la terre. Puis ils avaient servi à héberger ces ramonets venus parfois de loin se joindre aux colles de vendangeurs dès le début de la cueillette du raisin de cuve.

---

19. Logement que les propriétaires viticoles mettaient à la disposition de leur ramonet, cet employé qui faisait le lien entre le régisseur et les ouvriers agricoles.

À l'heure actuelle, la soixantaine largement dépassée, le couple n'avait gardé qu'une parcelle de cardinal, ce raisin aux beaux grains sucrés noirs et ronds qui craquaient sous la dent. Victor ne pouvait pas se défaire à la fois de cet amour de la terre et de cette activité ancestrale qui les avait fait vivre depuis des générations.

Désormais, ces ramonétages étaient inoccupés et, tourisme oblige, ils les transformèrent en résidence de vacances dont la location apportait un complément financier appréciable tout en dégageant une rentabilité assurée. Ils n'obturèrent toutefois pas la chatière qui existait au bas de la porte d'entrée du logement situé dans l'étroite rue Basse, enserré entre les hangars agricoles où étaient bien souvent entreposés blé et céréales diverses, gourmandises ô combien appréciées des rongeurs campagnards ! Une fréquentation féline s'imposait comme une nécessité pour mettre bon ordre à la frénésie gargantuesque des rats, souriceaux et autres nuisibles devant cette manne emmagasinée par les hommes.

À l'exception de la période estivale, les chats étaient donc les bienvenus, d'autant plus qu'ils ne pouvaient pas accéder aux pièces à vivre, toutes isolées du couloir par une porte. Ils assuraient la police dans l'entrée et l'odeur laissée par leur passage faisait fuir les rongeurs naturellement apeurés par Raminagrobis.

Les premiers estivants venaient de regagner leur domicile parisien et, le temps de faire un peu de remise en ordre et un minimum de ménage, les nouveaux étaient attendus pour la fin de la semaine. C'était ce havre de tranquillité qu'avaient retenu les futurs amants pour y folâtrer.

Quatre jours de battement, ou plutôt quatre soirées étaient assurées aux amoureux qui pourraient alors s'ébattre sans complexe.

La lune nouvelle de la prochaine nuit, si influente sur les passions, leur promettait une frénétique nuit d'ivresse amoureuse. Rapapouègue, qui n'en était pas à sa première

expérience, savait parfaitement que leur folle idylle ne durerait pas au-delà de deux, voire trois jours. Cela n'empêcherait en rien, une fois les ébats satisfaits, de continuer à entretenir cette tendresse et cette sincère affection qui existaient déjà entre eux.

Les papés observaient le manège de leurs « collègues » à quatre pattes qui, en s'adaptant à leur rythme de vie, étaient devenus pour eux de véritables compagnons. Il n'y avait aucune équivoque sur l'issue très prochaine. Plus ils grattaient le dos de Calamity, plus la belle levait sans complexe une queue raidie par le plaisir, émettant un vague miaulement plaintif qui ressemblait fort à un roucoulement quémandeur.

— Attention aux nuits chaudes et envoûtantes de l'été, coquine ! Demain, tu vas être une véritable peille[20], bonne à rien.

Le temps de leurs amours enflammées dura deux bonnes journées et deux nuits. Leurs maîtres respectifs, alarmés, les cherchèrent en les vouant d'abord aux gémonies. Puis, saisis d'angoisse, ils firent méticuleusement le tour du village, interpellant les habitants afin de savoir s'ils avaient aperçu leurs vadrouilleurs à pattes de velours.

— Il faut bien que jeunesse se passe, pardi ! leur déclara un papé.

— Ne vous en faites pas, ils reviendront quand ils auront fait leurs affaires. C'est la nature.

Nature ou pas, cela ne dissipait pas la contrariété ni l'inquiétude des chercheurs.

— Celle-là, quand je la retrouve, déclara la maîtresse de Calamity, je la fais opérer. On sera tranquille : plus de chaleurs.

André était perplexe devant l'attitude désinvolte de son Rapapouègue qui l'avait ainsi abandonné. Il en était presque aussi triste qu'inquiet.

---

20. Vieux chiffon.

— Le Rapapouègue, c'est pareil. Si tu veux être tranquille, il te faut le faire opérer. Surtout si tu dois l'emmener vivre en ville. Ça le rendra plus calme, il pensera plus qu'à dormir et il ne cherchera plus à partir courir la gueuse. Tu ne peux pas lui en vouloir, ça doit bien te démanger à toi aussi de temps en temps ! déclara l'un des papés à un André sceptique.

— T'inquiète pas, c'est rien comme opération. Maintenant, il est un peu vieux et il vaut mieux que ce soit le vétérinaire qui le lui fasse. Dans l'ancien temps, on le faisait nous-mêmes dès la naissance. Ne te fais pas de bile, c'est une question d'une journée à peine. Juste une petite incision. Ce n'est pas comme pour la femelle qu'il faut ouvrir et recoudre, peuchère[21] !

Finalement, les fugueurs furent retrouvés, épuisés mais radieux, dans le couloir du ramonétage de Victor et Marie-José. Cette dernière fut étonnée de constater que, somme toute, rares étaient les touffes de poils qui avaient volé. Rapapouègue s'était comporté galamment envers sa belle et, s'il ne s'était pas privé d'étreintes, il ne l'avait en aucun cas meurtrie ou mordue, comme le faisaient souvent ses congénères lors de leurs épousailles.

Marie-José apprécia par contre beaucoup moins les effluves de séduction qu'ils n'avaient pas manqué de laisser pour délimiter le territoire de leur accouplement.

— Si c'est pas malheureux de voir ce bazar ! Et mes locataires qui arrivent demain. Dire que, si je n'étais pas passée pour vérifier si tout était bien prêt, ça aurait plutôt marqué mal !

Soulagé, André emmena son chat chez lui, lui parlant chemin faisant, le sermonnant et le grondant tout en le caressant entre les oreilles. L'autre malhonnête, fatigué de ses frasques, s'abandonnait voluptueusement et sans remords dans les bras d'André.

— Tu vas te refaire une santé. Et après, c'est l'opération. Je ne veux plus avoir à revivre ce que tu viens de me faire passer.

---

21. La pauvre.

Cette idée ne traumatisa même pas l'animal exténué. C'était l'expression de l'attachement que lui portait son maître et le prix à payer pour partager sa vie. Finalement, il avait obtenu tout ce qu'il avait si ardemment souhaité : une famille à lui, la concrétisation de ses amours auprès de la dulcinée qu'il convoitait depuis si longtemps.

Il pouvait donc désormais s'enfoncer dans une vie de chat bourgeois, loin des affres de la peur du lendemain et du besoin d'assouvir ses pulsions. Puisque telle en était la condition… Après tout, ses amis, Félix, tout comme Doudou et bien entendu Tiger, n'avaient pas l'air de s'en plaindre, loin de là.

Cette nuit-là, Rapapouègue sentit qu'il avait besoin de se faire pardonner pour cette escapade. Subitement, il eut peur qu'André ne le repousse à cause de cet abandon même momentané. Il éprouva le besoin d'un contact rapproché avec son maître et, tout exténué qu'il fût, il se dirigea vers la chambre et, sans complexe, grimpa sur un coin du lit. Il n'osa toutefois pas aller plus près de l'oreiller.

André, qui l'avait entendu venir et s'installer, ne dormait pas encore. Il ne bougea pas, mais ne put s'empêcher d'esquisser, dans l'obscurité, un sourire rempli de joie et d'amour pour ce petit être à la forte personnalité, mais qui savait si bien lui montrer toute l'affection qu'il lui portait. Dans le silence de la nuit, une fois de plus, l'homme et le chat se comprenaient.

*

**

— Eh bien, les amoureux, vous avez été juste dans les temps ! Ils sont arrivés en fin de matinée, les Parisiens du ramonétage. Heureusement que Marie-José avait tout nettoyé auparavant. Elle n'arrêtait pas de rouméguer[22], mais ça va mieux maintenant qu'ils sont installés, déclara le beau

22. Rouspéter.

Félix à ses compagnons, toujours ponctuels à leur rendez-vous quotidien.

Une bonne nuit, un sommeil profond et réparateur avaient requinqué les deux amants. Ils avaient tant insisté auprès de leurs familles respectives pour sortir comme d'habitude… Poussant d'impératifs miaulements devant la porte d'entrée, l'air courroucé et insistant, la queue raide et volontaire, ils avaient eu raison des réticences des uns et des autres et avaient été finalement autorisés à rejoindre leur confrérie.

— Alors, ces nouveaux ? À quoi ressemblent-ils ?

— Comme tous ceux de la ville : la dame avec des tenues colorées et des talons si hauts qu'elle n'arrête pas de se tordre les chevilles, lui avec une casquette à épouvanter les moineaux. Ils parlent pointu et fort. Tiens, regardez-les, ils arrivent.

Effectivement, un jeune couple venant de la place de l'Église approchait. Ces deux individus affichaient des manières surprenantes, en contradiction avec la décontraction qui régnait au village. Ils allaient devoir vite se mettre au diapason, sinon ils ne manqueraient pas de faire les frais des plaisanteries parfois douteuses dont les estivants et autres fiers-à-bras étaient régulièrement victimes. Armé d'un appareil photo noir au zoom impressionnant, l'homme avançait droit sur les papés.

— Bonsoir, mes braves ! On prend le frais ? L'air est si léger ce soir.

— Je te lui en foutrais, de l'air léger et des braves ! Qu'est-ce que c'est, ce jean-foutre ? marmonna Firmin, le plus jeune d'entre les anciens, suffisamment fort pour que ses compères, qui pensaient tous comme lui, l'entendent.

« Celui-là, il est bon pour se faire avoir », pensèrent les matous sans l'ombre d'un sentiment de compassion pour les nouveaux venus. D'autant plus que l'homme avait persévéré dans sa bêtise en évoquant la présence dans les rues de nombreux félidés indispensables dans les campagnes pour chasser les souris envahissantes.

— Est-ce que nous avons l'allure de vulgaires chasseurs de souris ? Même si nous le faisons, ce n'est que pour rendre service ou parce qu'il faut bien répondre de temps en temps à l'appel de notre nature. Mais ce n'est en rien notre activité première. Nous sommes chats de bonne famille ! Félidés, félidés, je lui en foutrais des félidés à ce snob !

En deux petites phrases, le nouveau venu avait réussi le tour de force de se faire étiqueter à la fois par la gent humaine et la gent animale et de se mettre le village à dos. Heureusement qu'ils ne resteraient, lui et sa compagne aux grands airs suffisants, qu'une semaine. Ce serait amplement suffisant pour tout le monde.

Le lendemain, le couple se montra partout : chez le boulanger, le boucher, jusqu'au café. Il s'extasiait bruyamment devant l'authenticité de la vie paysanne, devant le fait de retrouver le goût des aliments d'antan, pontifiant comme deux avant-gardistes qui venaient effectuer un retour aux sources, ou plus exactement à des temps révolus loin de leur modernité citadine.

Le soir, les papés eurent droit aux mêmes salutations. L'un d'entre eux ne put s'empêcher de répliquer, devant la légèreté de l'air évoqué par l'extraterrestre. La conversation s'enclencha.

— C'est le vent du sud. Il commence à peser. L'humidité arrive. D'ici un ou deux jours, il va se mettre à pleuvoir. Notez bien qu'il en faut de la pluie. L'été a été très sec. Les arbres souffrent. Un peu d'eau, ça va faire gonfler les raisins.

— Qu'est-ce qu'ils disent à la météo ?

— Rien de bien méchant, mais il devrait pleuvoir après-demain suffisamment pour rafraîchir.

— Alors, vous allez voir que, demain en soirée, on va se faire une battue aux grenouilles.

— C'est une bonne idée. Ça me dirait bien d'en manger avec une bonne persillade.

— Vous voulez dire « les cuisses de grenouilles », rectifia, soucieux, le touriste.

— Par chez nous, on les fait à la brasucade, comme les moules. On les met entières sur la braise et on les arrose d'une préparation spéciale au pastis. On mange ce que l'on veut. Et chez vous, on en mange, des grenouilles ?

— Certes, d'ailleurs j'en raffole, mais nous ne consommons que les cuisses. Cependant, je veux bien essayer.

Le lendemain en soirée, alors que le jour commençait à peine à décliner, les coassements éclatèrent en bordure de l'étang des Condamines et le long du ruisselet qui s'y déversait. Les hommes, équipés de sacs de jute ou d'une nasse de pêche, d'une torche électrique, s'éparpillèrent dans les fossés, s'accroupissant afin d'être prêts à bondir sur leurs proies. La moisson s'annonçait des plus correctes, bien que les grenouilles soient relativement petites.

Le Parisien s'était joint à eux, muni d'une paire de gants afin de protéger ses mains de bureaucrate. Pour l'instant, il était bredouille. Soudain, il aperçut une grosse grenouille d'une taille nettement plus importante que toutes les autres. Son corps semblait plus foncé, mais, l'obscurité tombant, il ne chercha pas à comprendre et réussit à s'emparer de sa proie.

Le gros Victor allait lui expliquer sa méprise quand il reçut un violent coup de coude qui le stoppa net dans sa démarche.

— Laisse-le faire, ce fada. Il ne sait même pas reconnaître un crapaud d'une grenouille. On va bien s'amuser.

— J'aurais pourtant bien aimé le remettre à sa place, cette espèce de fanfaron.

Pendant que certains pourchassaient leurs batraciens, d'autres avaient préparé un feu avec de vieilles souches, sur la place qui jouxtait celle du jeu de tambourin[23]. On ranimait la braise en attendant le retour de nos tartarins. On avait sorti des tables et des chaises de la salle des fêtes, et la mairie offrait le vin. Chacun avait apporté son couvert.

---

23. Jeu de balle méditerranée pratiqué par deux équipes qui s'affrontent.

Quand les bêtes furent apprêtées, on les étala sur la plaque géante au-dessus de la chaleur. Le Parisien ne quitta pas son trophée des yeux tout le temps de la préparation et de la cuisson. Tout le monde s'était passé le mot et personne n'avait évoqué la présence du crapaud.

Quand tout fut prêt à être consommé, on disposa sur de larges plateaux les corps délicatement grillés et arrosés de cette préparation secrète où se mêlaient, entre autres condiments, pastis, beurre et ail.

— Vous allez vous régaler. Prenez votre assiette et n'attendez pas qu'on vous serve.

— Permettez-moi de prendre la plus grosse, puisque c'est moi qui l'ai trouvée, annonça sans scrupule le citadin.

— Mais c'est bien ainsi que nous l'entendions. Allez-y pendant que c'est chaud. Ici, on mange avec les mains, sans façon.

Le Parisien, délaissé par sa compagne que ce genre de rituel et d'alimentation dégoûtait, regarda ses voisins de table procéder. Se saisissant de la bête, il arracha les cuisses qu'il se mit à sucer d'abord du bout des dents, puis goulûment pour en extraire la chair. C'était bien vrai que cette sauce était réussie. Et ce petit rosé du terroir, bien gouleyant et frais, coulait avec bonheur dans le gosier, faisant oublier le léger picotement qu'il commençait à ressentir sur ses lèvres.

Tous le regardaient à la dérobée, attentifs au moindre symptôme et prêts à pouffer de rire, y compris ces fameux félidés, ainsi qu'il les avait scientifiquement qualifiés, autorisés à se joindre aux festivités nocturnes de l'été.

La soirée ne s'éternisa pas, car le temps devenait franchement menaçant. Chacun regagna ses pénates, impatient toutefois de constater les conséquences de la gloutonnerie et de l'impudence de leur hôte de passage.

Cette nuit-là fut bénéfique aux cultures : la pluie tomba dru sans cependant faire de dégâts sur les vignes. Les éclairs zébraient le ciel. Ce ne fut toutefois pas le tonnerre qui

empêcha notre Parisien de dormir, mais la proéminence de ses lèvres qui gonflaient et qui, de plus, le démangeaient et le brûlaient. La nuit lui fut pour le moins pénible. Tant et si bien que, avant même que le docteur Maupas n'entamât sa tournée matinale, le couple était déjà dans son cabinet.

— Qu'avez-vous donc mangé hier ? s'enquit le médecin.

— Des grenouilles, lança aussitôt le Parisien.

— Elles ressemblaient à quoi, vos grenouilles ?

Au fur et à mesure de la description, le docteur ne pouvait plus cacher le sourire naissant qui se formait sur ses lèvres. Même s'il parvint à le contenir, ses yeux s'étaient mis à briller d'ironie. Ce n'était effectivement pas le premier cas qui se présentait à lui : généralement, la conséquence d'un règlement de comptes de la part des autochtones à l'encontre de quelque cuistre qui les avait irrités.

— Au moins, est-ce que vous vous êtes régalé avec votre grenouille, ou plus exactement avec votre crapaud ?

— Pourquoi parlez-vous de crapaud ? C'était des grenouilles. Ils me l'ont tous affirmé.

Toutefois, la victime commençait à comprendre son erreur. Il sentit les nausées arriver alors que sa digestion était depuis longtemps achevée.

— Ne vous inquiétez pas. Nous n'avons pas de crapaud venimeux dans notre région. Vous avez contracté une allergie, un simple œdème de Quincke, mais qu'il faut soigner. Vous avez bien fait de venir aussi rapidement. Je vais vous faire une injection de cortisone et vous prescrire un antihistaminique. Dans trois ou quatre jours, il n'y paraîtra plus. La prochaine fois, regardez ce que vous avez dans votre assiette !

Vexé et furieux, le malade maudissait mentalement ces péquenauds attardés qui auraient pu provoquer un drame, il en était certain : on ne prescrivait, selon lui, toujours si bien informé, de la cortisone que dans des cas extrêmes. Ce fut sa compagne qui lui glissa, pour la première fois depuis ce séjour méditerranéen, une remarque de bon sens :

— Peut-être qu'ils n'ont pas apprécié que tu les qualifies de « braves ». Ils ont dû mal le prendre.

— Qu'ils le prennent comme ils le veulent ! Ça n'empêche que ces péquenauds sont des criminels, alors qu'on vient passer nos vacances chez eux et qu'on leur apporte notre argent. Ils ne sont pas prêts de me revoir.

Effectivement, on ne les revit guère au village, suffisamment en tout cas pour entrevoir les ravages de la goinfrerie et de la prétention que les lèvres de l'homme gardèrent presque la semaine durant. Parmi les papés et les matous, personne ne regretta le départ discret du couple : tous en firent des gorges chaudes bien des soirées durant.

*
* *

Le père Hernandez était tristounet. Sa mauvaise vue l'avait empêché de se joindre à ce grenouillage. Ses jambes le portaient bien, mais il s'aidait d'une canne de peur d'être déséquilibré en chemin par quelque aspérité qu'il n'aurait pas distinguée.

— Io no vois plou, se plaignait-il.

— Moi, je suis certain qu'il y voit, déclarait péremptoirement Tiger. Quand il nous croise, il sait parfaitement s'arrêter devant nous pour nous caresser. Le pauvre vieux, il doit avoir autre chose !

— C'est vrai, maintenant que j'y pense, quand il nous apporte quelque chose à grignoter, il nous reconnaît sans problème et nous appelle bien chacun par notre nom, répliqua Doudou, observateur.

— Io no vois plou, continuait à gémir le vieux à la ronde dans un français fortement teinté d'espagnol.

Pourtant, cela ne l'empêchait pas de passer de longues heures, calé dans son fauteuil, devant son téléviseur allumé qui débitait programme sur programme.

— Tu parles que tu n'y vois plus ! Qu'est-ce que tu fais de longue[24] devant ton poste de TV ? répliquait son fils.

La situation ne déplaisait pas au père qui captait ainsi l'attention de ceux qui l'entouraient. Mais n'avoir pu se joindre aux autres pour ridiculiser ce prétentieux de touriste lui donna sérieusement à réfléchir. Après tout, c'était vrai que parfois sa vue se troublait.

— Tou dois m'emmener chez l'espécialiste pour des lounettes, dit-il finalement à son fils qui commençait à se poser de sérieuses questions sur une éventuelle cécité.

Rendez-vous fut promptement pris et, à l'heure convenue, les deux Hernandez se trouvaient dans le cabinet de l'ophtalmologiste. Le tableau allumé, un œil masqué, le vieux devait lire la ligne de lettres que lui désignait le spécialiste.

— lo no vois pas.

Intrigué, l'homme de l'art passa à des caractères plus gros.

— Et là, que voyez-vous ?

— Io no vois pas.

— On va essayer cette ligne. Vous devriez pouvoir la lire.

— lo no vois pas.

Ce leitmotiv déclencha une inquiétude sérieuse, tant auprès du fils, qui s'en voulait de n'avoir pas su écouter son père, que du spécialiste qui, après examen approfondi de l'œil du patient, n'avait rien décelé de bien problématique.

— Allez ! On va essayer avec les lettres les plus grosses. Là, ça va être bon.

— Non, io no vois pas, insista une fois de plus le barbon.

Le praticien le fit revenir devant ses appareils et entreprit une nouvelle étude des yeux malades. Ce qui était évident, c'est qu'il ne comprenait pas d'où pouvait provenir cette vue déficiente. Une odeur d'anxiété flottait dans l'air. Puis ce fut le vieillard, dont l'impatience grandissait devant tous les examens qu'il subissait, qui finit par s'irriter.

---

24. À longueur de temps.

— Je suis désolé, mais je ne comprends pas pourquoi vous n'y voyez pas.

— Ma, io no vois pas parce que io no sais pas lire les lettres. Io so soloment lire les chiffres.

Le fils, médusé, regarda son analphabète de père chez lequel il n'avait jamais soupçonné la méconnaissance de la lecture. En y repensant, il réalisa qu'effectivement seule sa mère s'était penchée sur ses devoirs scolaires et remplissait les papiers de la maison.

Surpris mais soulagés par cet aveu difficile, les deux hommes s'affairèrent autour du vieillard qui, au bout de tant d'années, s'était trouvé contraint de révéler cette tache qu'il avait dissimulée sa vie durant de peur de perdre l'estime de son entourage.

Le jeune homme, sa colère tombée, en fut tout ému. Une fois seuls, hors du cabinet médical, ordonnance en poche pour une paire de lunettes tout à fait conforme aux problèmes de vision rencontrés par un homme à l'âge plus que mûr, ils entamèrent une longue discussion au cours de laquelle le fils sentit croître en lui une admiration sans bornes pour ce père au caractère aussi fier que trempé.

Le secret se refermerait sur cette aventure et, lunettes sur le nez, Hernandez senior irait rejoindre les papés de chez Roure.

*

* *

— Il est beau, ton chat !

André se trouvait face à une petite fille visiblement métissée avec ses épais cheveux noirs disciplinés en nattes serrées et son teint plus que halé. Rapapouègue se laissait caresser l'échine avec délice en faisant entendre de sensuels ronrons de satisfaction.

— Comment tu l'appelles ?

— Rapapouègue. Rapag, pour les intimes. Et toi, quel est ton prénom ?

— Moi, c'est Amélie, et ma maman, c'est Malika.

Rapapouègue, avide de cajoleries, passait de l'un à l'autre, se frottant de contentement contre chacun, arrondissant son dos, se soulevant sur les pattes de devant pour mieux recevoir la main qui se tendait vers lui. Le tout accompagné de son concerto de ronrons.

— Je crois qu'il t'a adoptée. Tu es devenue son amie.

— J'aimerais bien avoir un chat, mais ma maman ne veut pas. Elle dit qu'un chat ce n'est pas fait pour vivre en appartement et que ça donne du travail. C'est dommage, moi j'aimerais bien en avoir un !

Cela faisait déjà près d'une semaine que la maison voisine de celle d'André était occupée par sa propriétaire et sa petite fille Amélie. La maman, une jeune femme d'origine maghrébine, devait bien compter une trentaine de printemps. Toujours d'une mise stricte et impeccable, elle se liait peu avec la communauté alors que tous semblaient bien la connaître.

Effectivement, elle était apparentée avec bon nombre de villageois dont plusieurs ménages, faisant construire, s'étaient regroupés le long de l'avenue de Sète. Divorcée, elle avait repris son nom de jeune fille, celui d'une vieille famille locale, les Vinatier. Bien entendu, tout le monde connaissait son histoire et sa situation, et chacun admettait volontiers, malgré une certaine retenue ou une certaine circonspection de la part d'un petit nombre, qu'elle fût enfant du village.

Comme toujours, les papés se firent un devoir de raconter à un André des plus attentifs les péripéties qui avaient conduit cette petite métisse à hériter de la maison où elle passait ses vacances. Tous les événements prenaient racine dans leur jeunesse, et remonter le temps jusqu'à cette époque les ragaillardissait.

— Autrefois, quand on était jeunes et que les parents étaient des gros exploitants, alignant plusieurs dizaines d'hectares de pieds de vigne, on mariait les enfants pour la terre. Tant pis pour les sentiments : ils venaient après, en apprenant

à se connaître ! Le fils Vinatier, qui était conscrit avec plusieurs d'entre nous, fréquentait la fille Pons de Granjac. Une belle fille ! Le problème, c'est que ses parents à elle n'avaient guère de sous. Juste quelques hectares d'une vigne qui les entretenaient à peine. Or, les Vinatier étaient parmi les plus riches de notre village. Imagine, à l'époque, ils devaient bien posséder dans les cinquante hectares sur la plaine où c'est facile de travailler, si ce n'est plus. Alors, une Pons sans le sou, pas question ! À l'époque, on sortait tous ensemble. On allait danser surtout. Je peux te dire, et d'autres te le confirmeront, qu'ils étaient bien énamourés. Mais le fils aussi aimait les sous et, en ce temps-là, on faisait ce que disaient les parents. Quand ils décidaient quelque chose, on obéissait. Voilà pas qu'un beau jour, à un mariage, je crois, les parents retrouvent la famille Vialou. Non seulement ces derniers possédaient une belle propriété, presque aussi importante que celle des Vinatier, mais ils étaient également les parents d'une fille bonne à marier, la Marguerite. Elle n'était pas vraiment jolie, mais sa dot l'était par contre. L'affaire fut vite conclue, les partis étaient de qualité. Bien entendu, on ne demanda pas l'avis des rejetons. La petite Pons en eut beaucoup de chagrin, lui beaucoup moins, car cette union faisait de lui un des plus gros exploitants du canton. Devenu un « monsieur », il commença à se prendre au sérieux. Sa Marguerite, ce n'était pas un cadeau. On la connaissait un peu et on peut tous te dire que, sous ses grands airs, c'était un véritable dragon. Plus de copains, plus rien. Nous n'étions plus assez bien pour eux. Plus question de nous fréquenter : ils appartenaient désormais à un autre monde, celui des riches et des bonnes manières. Le torchon brûla rapidement entre eux. Tous deux avaient mauvais caractère et les disputes éclataient de plus en plus souvent. Pas question de divorcer : ça ne se faisait pas à cette époque, surtout qu'ils s'étaient mariés devant monsieur le curé. Et surtout pas question de démembrer la propriété par le partage qu'aurait entraîné la séparation des époux.

Alors, ils firent contre mauvaise fortune bon cœur et finirent même par avoir un petit, un Guy. Il était encore plus laid que sa mère. C'est peu dire !

C'était avec émotion et enthousiasme que les anciens parlaient, s'interrompaient les uns les autres pour apporter un commentaire et évoquer des souvenirs qui leur étaient propres. Ils en avaient même oublié que leur récit était destiné à André.

Ils se replongeaient dans leurs années de jeunesse, se revoyaient au temps où ils courtisaient celles qui allaient accompagner leur vie. Certaines d'entre elles les avaient déjà quittés pour l'au-delà. Puis ils reprenaient le cours de l'histoire. C'était mieux qu'au théâtre ou que dans l'un de ces *reality shows* télévisés si débilitants. André avait l'impression d'appartenir à leur monde. Il s'y fondait et vibrait avec eux.

Le couple en question éleva donc cet enfant, l'unique qu'ils eurent, au milieu des cris, des disputes et des bouderies. Chacun se défoulait sur lui ou le prenait à partie. L'enfant, sans cesse tiraillé entre ses parents, s'enferma dans un monde qu'il se créa pour échapper à celui qu'il devait quotidiennement subir.

Cette triste situation s'en ressentit d'abord sur son caractère. Il avait du mal à communiquer, même avec les autres enfants. Il ne s'extériorisait jamais, et bien rares furent ceux qui l'entendirent éclater de rire. En outre, le petit Guy n'était franchement pas beau, et son air renfrogné n'attirait pas la sympathie spontanée de ceux qu'il croisait. Tout ceci contribuait à le marginaliser.

Il réussit quelques études de mécanique, et, s'il travaillait en tant que mécanicien au village voisin, ce n'était qu'en attendant de reprendre les vignes. Car il était absolument inenvisageable qu'il puisse se tourner vers un autre destin que celui de viticulteur après le départ à la retraite du père.

À près de trente ans, il vivait toujours sous le toit paternel, subissant le joug familial. Toutes ses sorties étaient contrôlées après qu'il en eut fait la demande. Il remettait son salaire

à son père et, en contrepartie, recevait un peu d'argent de poche, tout comme un jeune enfant. Il avait pour l'instant réussi à imposer son métier, mais ne pouvait décider de rien. On lui demandait surtout de ne pas manifester un quelconque élan de personnalité.

Un jour où la tyrannie de son père dépassa les limites pour une simple question de chemise fantaisie qu'il souhaitait s'offrir, Guy, qui n'était plus de toute première jeunesse, décida de tout envoyer promener : parents, vignes, mécanique, impératifs et obligations en tout genre. La coupe venait de déborder. Dans la nuit, il quitta le domicile familial en ne laissant qu'une note manuscrite : « Je pars, inutile de me rechercher. Je vais vivre ma vie et ne veux plus entendre parler de vous. »

Tout d'abord, les parents crurent à un caprice de leur fils. Les scènes entre les géniteurs se renvoyant l'un l'autre la responsabilité de ce départ redoublèrent. Les mois passèrent, puis ce furent les années. Guy n'avait jamais donné le moindre signe de vie. Certains prétendaient l'avoir vu à Montpellier, d'autres à Béziers ou à Nîmes.

Les parents, qui continuaient à se regarder en chiens de faïence, commençaient à sentir le poids des années. Malgré tout, cette situation les meurtrissait. Ils décidèrent de faire appel à un détective privé. Ce fut en vain. Alors, une idée géniale leur vint : leur fils avait autrefois été employé chez un patron qui l'avait régulièrement déclaré. Ils connaissaient son numéro d'immatriculation au régime de la Sécurité sociale : ils entreprirent d'écrire à toutes les caisses de France.

Ce ne fut qu'au bout de dix longues années qu'ils purent enfin le retrouver en Avignon où il exerçait le métier d'aide aux cuisines d'un restaurant. Ils avaient mis de l'eau dans leur vin, et Dieu seul sait combien c'est dur pour un viticulteur, d'autant plus quand il est tout aussi autoritaire qu'intransigeant. Les retrouvailles furent glacées, Guy se tenait sur la défensive. Malgré tout, ils restaient ses parents.

Toutefois, Guy n'était plus le loup solitaire qu'ils avaient connu. Il avait épousé une Marocaine, répudiée par un premier mari parce qu'elle ne lui avait pas donné d'enfant. Un peu plus âgée que lui, elle faisait des ménages pour arrondir les fins de mois du couple. Avec Guy, l'alchimie créative avait opéré et ils avaient eu une petite. Malika aux grands yeux noirs et à l'épaisse chevelure crépue, presque noire.

Inutile d'insister sur la réticence des parents devant cette belle-fille venue de par-delà la Méditerranée. Mais ils firent bonne figure pour ne pas risquer de perdre leur fils une fois de plus. Finalement, le fait qu'il ne veuille plus revenir vivre auprès d'eux leur convenait tout à fait. Ils n'auraient pas à subir une promiscuité qui ne les enchantait guère. Ils pourraient se revoir occasionnellement, et peut-être, avec le temps, les choses évolueraient-elles...

C'était compter sans le destin qui leur imposa quelques mois plus tard la disparition prématurée et rapide de Guy à la suite d'une mauvaise pneumonie. Toutefois, ils s'étaient attachés à ce petit bout de chou de Malika. Tout ce qu'ils n'avaient pas connu avec leur fils, toute cette affection contenue et refoulée, ils commençaient à la vivre à travers elle. Chacun resta chez soi, mais on continua à se voir régulièrement.

Ils aidèrent la mère et l'enfant dont ils payèrent la scolarité, puis l'université. La jeune Malika le leur rendait bien et venait souvent les visiter. Elle réussit des études d'expertise comptable, ils en tirèrent une grande satisfaction et une immense fierté.

Quant aux vignes, elle en ferait plus tard ce qu'elle en voudrait. Pour l'instant, *statu quo*. Plus le fardeau de l'âge s'imposait à eux, plus ils mettaient de terres en fermage et se séparaient de tènements éloignés. Ils avaient fini par s'installer au village, dans cette maison qui jouxtait celle qu'André venait d'acheter. À leur mort, Malika hérita de tout et garda la maison ; elle pouvait se permettre de l'entretenir, ne serait-ce que pour y venir durant les vacances.

Un jour, alors que son directeur l'avait mandatée pour une mission d'expertise auprès d'une entreprise de travaux publics, elle y rencontra un ingénieur fraîchement diplômé, à la carrière prometteuse. Ils se plurent, se marièrent pour le meilleur et pour le pire. Son travail amenait le jeune ingénieur à partir régulièrement à l'étranger pour y étudier les demandes de chantiers afin d'établir les dossiers de soumission que son entreprise remettrait au maître d'ouvrage. Malika, quant à elle, devait également se déplacer dans le cadre de ses fonctions et de ses responsabilités.

Tout allait pour le mieux au sein de ce jeune couple qui ne connaissait pas de difficultés financières ou professionnelles. Une petite Amélie s'annonça bientôt pour le plus grand bonheur des futurs parents. Personne ne faisait attention aux origines semi-arabes de Malika. Elle évoluait dans un monde moderne, qui avait d'ailleurs toujours été le sien, même si sa mère restait encore attachée à certaines des traditions ancestrales du pays dont elle était originaire.

Une mission importante amena son mari en Arabie saoudite pour un chantier pharaonique qui regroupait un grand nombre d'entreprises sous-traitantes à la fois occidentales et orientales. Le seul problème, mais de taille, qui se présentait, c'était qu'il était indispensable que ce fût un musulman qui menât les négociations. S'il réussissait à faire aboutir ce projet, le mari de Malika aurait sa carrière assurée. Il se convertit donc sans complexe à l'islam.

Toutefois, cette conversion n'était pas une mince affaire. Un apprentissage strict et consciencieux était imposé aux impétrants. Scrupuleux et méticuleux dans tout ce qu'il entreprenait, il se plia donc aux règles, suivit sans rechigner l'enseignement qui lui était dispensé, finit par s'y intéresser et même par se prendre au jeu. Il décrocha le marché, certes, mais il devint surtout un fidèle croyant de cette religion qu'il découvrait et qui venait de le séduire.

Quand il revint en France, une fois son dossier bouclé, Malika nota d'emblée les changements que la religion avait provoqués. Certes, ils s'étaient revus plusieurs fois, lors de ses retours fréquents, le temps de la mission. Elle avait bien ressenti une certaine retenue de la part de son mari, gêne qu'elle avait attribuée jalousement à une rencontre. Elle était malheureusement bien loin du compte, et celle qui le lui avait pris était autrement puissante qu'une simple mortelle.

Il commença par lui demander d'adopter des tenues plus classiques, plus ternes, de rallonger ses jupes, de renoncer aux talons hauts. Il eut des exigences sur la tenue de la maison, refusa certaines nourritures qui devaient être définitivement bannies. Il lui reprocha son travail au contact des hommes. Malika ne comprenait plus rien. Elle se refusait à obtempérer. Des crises qu'elle n'aurait jamais soupçonnées s'ensuivaient.

Elle s'en ouvrit à ses beaux-parents effarés qui essayèrent en vain d'endiguer les exigences religieuses de leur fils. Le comble fut atteint le jour où il exigea qu'elle se couvrît la tête d'un foulard dès qu'elle sortait de chez eux. Devant son refus catégorique, il la gifla et l'insulta. C'en était trop pour Malika, la Française, qui n'aurait jamais pu se plier à ces commandements musulmans dans lesquels elle ne reconnaissait pas son mode de vie.

Le visage marqué par la forte claque reçue, elle dut, contrainte et forcée, se coiffer ce jour-là de ce foulard tout en le maudissant. Il la menaça alors d'enfermement. Prise de panique, elle se réfugia auprès de la police qui l'orienta vers un centre de secours aux femmes après qu'elle eut pu récupérer sa petite Amélie.

Puis ce fut la dégringolade du couple devant l'obscurantisme du mari. Elle réussit malgré tout à obtenir le divorce, alors que son époux parlait de répudiation et du retrait de la garde de sa petite fille. Il avait toutefois oublié qu'il vivait en France, sous une législation libérale, et qu'en outre ses propres parents s'étaient rangés du côté de son épouse.

Quelques mois plus tard, le jeune homme devait trouver brutalement la mort dans une lointaine contrée. Malika essuya une larme sincère et garda au fond de son cœur une impression de gâchis et un malaise qu'elle ne parvenait pas à chasser.

Elle avait changé de ville pour s'installer à Montpellier, non loin de ses grands-parents qui la soutinrent dans cette épreuve. Au moment de leur disparition, elle avait donc conservé leur maison et, à présent, y passait tranquillement ses vacances en compagnie de sa fille.

Rapapouègue se faisait son cinéma. Puisque André était un homme, il faudrait bien qu'un jour il finisse par se trouver une femme : autant que ce soit une qui les accepte tous les deux. Même si la mère était quelque peu réticente, cette petite Amélie était déjà sous son charme félin, ce charme qui avait séduit André, si peu de temps auparavant, les liant pour la vie. Pourquoi n'amènerait-il pas ce même André à être séduit par la mère et l'enfant ? Au moins, il serait tranquille, personne ne le chasserait, pensait-il.

*

* *

La fierté de bien des villages languedociens, surtout ceux de la Vallée dorée, résidait bien souvent davantage dans leur clocher que dans des remparts médiévaux plus ou moins sauvegardés au fil des siècles. Perchées en haut de mamelons, derniers contreforts volcaniques du Massif central déclinant à l'horizon de la mer, ces bourgades de l'arrière-pays, toutes riches d'une histoire qui leur était propre, s'enorgueillissaient de l'importance de leur édifice religieux qui attestait leur richesse. Par clocher, il fallait bien évidemment entendre l'édifice religieux et son curé.

Au beau milieu du frontispice de l'église du village s'étalait une inscription que les années n'avaient pu effacer depuis que les révolutionnaires de 1789 avaient annexé les biens du

Vatican : « propriété communale ». Ce n'était toutefois pas le rappel de cette appartenance qui gênait surtout notre curé qui portait la bonne parole dans trois autres paroisses avoisinantes. Ce qui irritait notre officiant, c'était de voir progressivement diminuer le nombre des pratiquants du culte dans ce village auquel il était particulièrement attaché.

Et si l'entretien du bâtiment était dorénavant à la charge de la commune, devant la raréfaction des fidèles, le conseil municipal se faisait à chaque fois de plus en plus tirer l'oreille pour voter les sommes nécessaires à sa conservation. Certes, les fonds avaient été débloqués pour changer la solive du beffroi, mais les débats avaient été rudes et la décision plusieurs fois reportée. Qu'allait-on décider pour la réfection du clocher dont les fenêtres cintrées servaient de refuge à de trop nombreux pigeons qui y déposaient sans complexe leurs déjections ? Avec le temps, les corniches maculées s'érodaient et de longues traces noirâtres s'écoulaient le long des murs. La situation devenait problématique. Après un bon nettoyage, la pose d'un grillage s'imposait. Les travaux n'étaient certes pas conséquents, mais ils entraîneraient des frais, sans évoquer ce petit coup de peinture que l'abbé sollicitait fréquemment pour « remettre de frais » la façade.

De tels frais pour une église où il apparaissait que l'année suivante on ne célébrerait vraisemblablement pas de profession de foi ? Sans parler de la grand-messe dominicale à laquelle de moins en moins de fidèles assistaient tandis que la paroisse voisine, contournée par la route nationale, voyait la fréquentation de son église s'élargir au cours des mois et prendre largement le pas sur celle de notre village où résidait l'abbé Bartoux.

Depuis tant d'années, il avait pris ses habitudes et le logement que la municipalité lui avait octroyé se révélait bien agréable : lumineux, ouvert sur une placette qui jouxtait l'école, confortable à souhait, d'autant plus qu'il avait été refait à neuf quelque dix ans auparavant. La perspective de devoir

éventuellement migrer vers un autre toit ne l'enthousiasmait aucunement. En outre, depuis le temps, il était devenu un enfant du pays, ou plus exactement un notable, faisant partie intégrante de cette petite communauté qu'il redoutait donc de devoir quitter si l'évêché venait, en accord avec les communes concernées, à le lui imposer. Car, s'il était le serviteur de Dieu, il n'en était pas moins homme, un homme pétri de sentiments et d'un zeste de mauvaise foi par-dessus le marché.

Grand, immense même, affichant une pointure de chaussures que n'aurait pas reniée Don Camillo, il portait la barbe longue et noire, rendant ainsi sa carrure encore plus impressionnante. Sa spontanéité doublée d'une voix tonitruante faisait qu'on évitait généralement de le contredire.

— Té, monsieur le curé, vous vous joignez à nous ? C'est l'heure du pastis. On n'attendait plus que vous pour trinquer.

Cependant, en ce beau dimanche, le curé Bartoux ne décolérait pas depuis l'office du matin. Ce qu'il avait sur le cœur depuis déjà belle lurette, il allait bien falloir que cela sorte à un moment ou à un autre.

— Pour le pastis, je ne dis pas non, surtout que cela risque d'être l'un des derniers que nous prendrons ensemble.

Des regards interrogateurs se levèrent sur lui. Le curé s'exprimait à voix suffisamment forte pour être entendu par le plus grand nombre de ces mécréants qui, préférant chasse, pêche, voire apéro, déléguaient en toute bonne conscience le soin de la prière et des dévotions à leurs épouses toujours respectueuses de la religion. En effet, si son public féminin continuait à fréquenter assidûment ses offices, les hommes s'en détournaient les uns après les autres. Seuls, parmi la gent masculine, lui restaient les fidèles papés pour lesquels la messe de onze heures demeurait une institution, voire la festivité dominicale. Mais avec le temps, leur nombre s'amenuisait. Quelques larrons, qui avaient quelque chose à se faire pardonner, venaient à l'occasion solliciter le pardon du Bon Dieu ou quémander une faveur. Comme si l'on pouvait acheter le Seigneur !

Au plus profond de lui-même, une petite voix lui rappelait que le traitement mensuel versé par le diocèse lui assurait un quotidien décent, mais les boulons métalliques bruyamment jetés dans l'écuelle de la quête, au milieu d'écrous ou de francs dont personne ne voulait plus, augmentaient sa rancœur. Il prenait pour un affront personnel ce geste hypocrite et aurait préféré ne rien trouver que ces picaillons sans valeur. Il n'arrivait plus à se montrer détaché et ne pouvait pas s'empêcher de rejeter sur ses paroissiens insouciants la responsabilité de la déconfiture de leur église qui ne manquerait pas d'aller droit à quincanelle[25].

Félix avait écouté sa diatribe et en avait presque une larmichette à l'œil, car il devait une fière chandelle – en fait, la plus belle de sa vie – à l'abbé Bartoux. C'était lui qui l'avait trouvé, alors qu'il n'était qu'un chaton chétif, au pied de la niche de la Vierge Marie, sous le porche de son église, enfermé dans un carton qu'un anonyme avait déposé. En fait d'inconnu, Félix se souvenait parfaitement de la scène, et quand, par un hasard rarissime, il le rencontrait, ce fantôme bienfaisant, il ne manquait pas de venir lui marquer sa reconnaissance en se frottant voluptueusement contre ses jambes.

Félix était né, dans une commune avoisinante, d'une portée de trois chatons dont la mère, une chatte sans réelle famille, venait se faire nourrir par la vieille Fernande. La maison de cette dernière s'apparentait, au grand dam de ses voisins, à l'arche de Noé. Après le décès de Fernande, la maison fut louée à Béatrice, une femme seule au cœur tout aussi généreux, mais dont les finances frisaient la pauvreté. Il n'était donc pas question d'envisager une quelconque stérilisation afin de limiter la prolifération animale.

Celle-ci, ne pouvant plus payer son loyer, fut relogée par la mairie dans un logement social et la maison de la Fernande fut de nouveau louée, mais cette fois à un couple qui,

25. Ruine.

grâce à ses revenus, menait une vie sans heurts. À condition, toutefois, de ne pas être importuné par ces fichus matous qui venaient constamment réclamer et qui ne se privaient pas de laisser leurs déjections malodorantes. D'autant plus que les nouveaux venus n'appréciaient pas la compagnie des animaux, et encore moins les contraintes qui en découlaient.

Lorsque naquirent les trois chatons, ils ne les trouvèrent pas aussitôt et s'aperçurent de leur présence alors que les petits atteignaient déjà un bon mois. Ils les enfournèrent dans un carton et allèrent les porter chez Béatrice en lui enjoignant de prendre les dispositions qu'elle voudrait afin qu'ils ne soient plus importunés par ces animaux errants.

Béatrice, maman d'une petite fille d'à peine dix ans, avait déjà bien du mal à joindre les deux bouts. Elle avait déjà récupéré deux de ces chats et ne pouvait pas envisager d'en garder trois autres. Elle tourna presque toute la journée, essayant de les placer. Pendant ce temps-là, sa petite fille s'était mise à s'amuser avec les chatons, tout aussi joueurs inlassables qu'elle.

Le soir venu, elle n'avait réussi à en caser qu'un seul. Alors, elle décida de noyer les deux restants et voulut agir au plus vite. La petite, comprenant ce qui se tramait, se mit à hurler de manière à alerter le voisinage. Elle y réussit sans mal, on s'inquiète toujours à juste titre quand on entend de tels cris enfantins. Le voisin ne tarda pas à frapper à la porte.

— Qu'est-ce qui se passe ?

— Maman veut tuer les petits chats !

— Attends, on va en parler avec elle.

Béatrice ne voulait rien entendre. Elle voulait s'en débarrasser sur-le-champ. Le voisin lui proposa même de passer à ses frais une annonce dans le journal local. Il ne pouvait pas les adopter lui-même, car non seulement il habitait en ville, mais il se déplaçait aussi très fréquemment. Pendant ce temps, la petite, qui s'était attachée aux chatons pour avoir joué toute la journée avec eux, continuait à crier et à trépigner contre le sort que voulait leur infliger sa mère.

Alors, pris d'une subite inspiration, le voisin proposa de mettre les deux sans famille dans un carton qu'il irait lui-même déposer quelque part dans un village voisin de manière à ce qu'ils puissent être adoptés. Ainsi, ils auraient au moins une petite chance de survie. Il fit promettre à Béatrice de garder le secret. Il embarqua le carton, le mit dans le coffre de sa voiture et réfléchit.

« S'il existe un Bon Dieu, il faut qu'il fasse quelque chose pour eux », pensa-t-il. Et l'inspiration lui vint de les déposer sous ce porche, au pied de la Vierge aux mains ouvertes en signe d'accueil. Là, ils seraient vus par tous dès le matin. Il attendit la nuit noire afin que personne ne puisse le surprendre, puis démarra en direction de notre église.

Ce qu'il avait espéré se produisit. Furieux mais attendri, le curé Bartoux découvrit les abandonnés peu effarouchés qui étaient restés blottis au fond de leur carton. Il ne connaissait pas Fernande, et encore moins Béatrice, et ne pouvait se douter de leur provenance. Alors, il battit la campagne pour leur trouver un foyer. Celui au long pelage n'eut pas trop de mal à se faire adopter. Restait donc à caser ce grand échalas au poil court, haut sur pattes, noir comme jais, mais chaussé de bottines blanches. Finalement, il pensa à Marie-Louise qui venait de se retrouver veuve alors qu'elle n'avait pris sa retraite que depuis peu d'années.

Elle avait enseigné la musique en ville, alors que son époux tenait un garage à Montpellier. Le couple avait hérité de la maison cossue de ses parents à elle : c'est là que son père, ancien pharmacien, avait vécu en compagnie de son épouse qui s'était consacrée à l'éducation de leur seule fille et à l'entretien du foyer. Le temps de la retraite venu pour Marie-Louise et son mari, parents eux aussi d'une unique fille, le couple s'était à son tour installé au village.

Le temps d'entreprendre un voyage dont ils avaient rêvé des années durant et qui les avait conduits dans les îles du Pacifique, Marie-Louise se retrouva brutalement veuve. Bien

qu'écrasée par la douleur de perdre celui qui l'avait accompagnée toute sa vie et avec lequel elle espérait bien partager la joie du temps libre dont sont gratifiés les retraités, elle se secoua, décidée à n'être une charge pour personne.

Ce fut d'abord un micro-ordinateur qui fut livré chez elle. Puis elle s'abonna à divers clubs de lecture, de marche, de musique. Si ses journées étaient bien occupées, l'angoisse et la peine, cependant, la guettaient quand le soir tombait. Ce vide ne pouvait pas être comblé par une télévision. Venait toujours le moment où elle se retrouvait seule, face à elle-même, sans compagnon.

Elle entreprit de voyager. Internet lui offrait la possibilité de rechercher des destinations attrayantes. Une fois les congés scolaires passés, les tarifs avaient de quoi séduire un esprit curieux. Mais ce n'était là encore qu'une fuite devant la solitude.

— Mais, monsieur le curé, quand je pars en voyage, qu'est-ce que je vais faire d'un chat ?

— Vous avez bien Laure qui vient vous faire le ménage. Elle pourra vous le nourrir et changer la litière.

— C'est bien joli, mais il va s'ennuyer si je pars trop longtemps. Cela m'arrive de partir jusqu'à trois semaines.

— Pourquoi ne pas le confier à votre fille, puisque vous lui gardez déjà le sien, de chat, quand elle part en vacances avec sa fille ? Alors, à charge de revanche !

C'était vrai que ce matou dégingandé, aux grands yeux dorés et suppliants, l'attendrissait.

— Et puis vous feriez une bonne action. Il a besoin d'une famille. On ne peut pas l'amener à la SPA. En tout cas, moi je n'aurais pas le cœur à le faire. Pour l'avoir trouvé là où il était, c'est un cadeau du ciel.

Finalement, elle se laissa enjôler et baptisa Félix, « l'heureux » en latin, celui qui devait devenir son fidèle ami. Une bonne nourriture, une affection sincère, des soins constants eurent tôt fait de transformer notre gringalet en un superbe animal élancé et élégant, au poil brillant et au regard assuré.

Il recevait avec elle tout ce qu'un chat pouvait désirer et le lui rendait à sa manière. Bien sûr, il y eut cette mutilation qu'était la castration. Mais ce fut probablement plus traumatisant pour elle, redoutant qu'il ne souffre, que pour lui.

Quand elle le quittait pour courir le monde, elle le déposait chez sa fille où il avait su se faire accepter, et par la famille et par le matou déjà en place. Toutefois, il ne pouvait s'empêcher de se languir d'elle, même s'il était choyé là-bas comme un coq en pâte.

Les bonnes habitudes se prennent tout aussi vite que les mauvaises, et notre beau Félix se mit rapidement à jouer les bourgeois, sensible à une alimentation de qualité, rebelle aux odeurs trop fortes, redoutant la saleté et la crasse. Les années passèrent vite, remplies d'une affection sincère, profonde et équilibrante pour les deux protagonistes.

Or, une bonne dizaine de jours après cette sortie exaspérée de l'abbé Bartoux à l'encontre de ses concitoyens, une odeur choquante agressa les narines délicates de Félix qui, pour rejoindre ses compagnons, passait devant le domicile occupé par le curé. On aurait dit qu'un tombereau de maquereaux avait été déversé, puis oublié sur les lieux depuis déjà belle lurette. Ses moustaches en frémirent. Il était plus habitué à la senteur subtile d'un filet au court-bouillon qu'à ces vulgaires effluves. Les oreilles en arrière, il accéléra son pas cadencé.

Ses congénères étaient déjà sur place. Tiger se léchait vigoureusement, semblant vouloir se débarrasser d'une saleté inconvenante. Les yeux de Calamity s'ornaient de cernes inhabituels. Il faut dire que son corps se transformait sous l'effet de sa grossesse qui commençait à se voir : son ventre s'arrondissait, ses mamelons enflaient et elle éprouvait un plus grand besoin de repos et de câlins.

— Dans mon état, cette odeur m'a vraiment incommodée. Je ferai le détour par la placette du jeu de ballon pour rentrer.

— Pourtant, même moi qui ne suis pas trop difficile, je dois avouer que ces relents nauséabonds n'ouvrent pas

l'appétit. Rien à voir avec cette fragrance de farine chaude, de levain et de beurre, qui me réveille le matin, ajouta Doudou.

— Moi, ça ne me gêne pas trop. J'ai connu bien pire quand j'étais seul dans la rue. Je me rabattais un peu sur n'importe quoi. Toutefois, j'avoue que, même dans ces temps durs, j'y aurais peut-être regardé à deux fois avant de m'attabler à cette poiscaille[26] qui orne la porte du curé, conclut Rapapouègue en se léchant le bout de la patte qui lui servait de gant de toilette.

Ils n'étaient pas les seuls à avoir dû affronter cette odeur de poisson en décomposition qui, soleil et chaleur aidant, gagnait à présent les rues avoisinantes. Le curé, retenu ailleurs par un mariage qu'il avait béni et auquel il avait été également convié, ignorait ce malodorant chapelet de la mer suspendu subrepticement à son huis dès qu'il avait quitté son domicile. Le village en faisait des gorges chaudes, mais personne ne voulait en débarrasser la porte du curé incriminé qui se devait de réfléchir sur le sens de cet avertissement et en assumer la responsabilité. Car il s'agissait bien d'une vengeance à son encontre.

La sortie spectaculaire du curé sur le risque de voir l'évêché lui imposer de dire dorénavant la grand-messe ailleurs, cette perte de reconnaissance par les instances religieuses du rôle prépondérant du village sur les autres paroisses avaient interpellé un certain Philippe, élevé dans le plus pur traditionalisme, fidèle aux temps forts de la religion, mais totalement infidèle aux offices réguliers. Et son épouse, pourtant très tolérante à son égard, lui reprochait parfois son manque de constance dans la fréquentation de la messe dominicale.

Pour se faire pardonner à la fois par Dieu, par le curé et par sa femme, il décida qu'il ferait don au prêtre d'une bonne partie de sa prochaine pêche. Il connaissait un coin sur l'étang de Thau, proche de Balaruc et face au port de Sète, où, avec la bénédiction des conchyliculteurs, il pouvait

26. Mauvaise pêche.

sans risque installer ses cannes. En effet, l'étang regorgeait de dorades nuisibles aux coquillages élevés avec d'autant plus de soins par ces nombreux ostréiculteurs qu'ils étaient leur unique ressource. Or, ces poissons envahissants se reproduisaient à une rapidité incroyable, détériorant la faune et la flore indispensables à ces élevages.

Ce fut donc le cœur léger, sentant planer sur lui un souffle d'absolution, que Philippe monta ses gaules au bord de l'étang de Thau, très tôt ce vendredi, alors que le soleil n'était pas encore apparu à l'horizon. L'eau, d'un gris argenté, scintillait. Le calme n'était rythmé que par le clapotis des vaguelettes qui venaient lécher les rochers. Un moment de paix infinie avant que la vie quotidienne ne ramène son lot de charrois.

Il se réjouissait à l'idée du geste qu'il allait faire pour le curé. De fait, sa pêche fut non seulement abondante, mais aussi de qualité. À son retour, son épouse en fut ravie et tous deux sélectionnèrent les poissons qu'ils donneraient.

— Gaillard comme il est, il doit bien manger. Alors qu'il en profite, qu'il se régale ! Rajoute encore celle-là et celle-là. Peuchère ! Il les mangera bien. Il peut les garder au frais plusieurs jours.

— Comme ça, il n'aura rien à dépenser pour sa nourriture. Ça sera toujours ça de gagné !

— Je crois bien qu'il a un congélateur. J'en suis même sûre puisqu'il stocke le gibier que lui rapporte Renaud la Braconne.

Le déjeuner à peine fini, Philippe apporta son présent à l'abbé Bartoux, surpris mais ravi d'une telle largesse de la part de cet irrévérencieux de Philippe.

— Tu m'en donnes de trop. Je ne pourrai pas manger tout ce que tu m'apportes. En as-tu au moins gardé pour toi ?

— Ne vous tracassez pas. Vous pourrez les congeler. Comme ça, le vendredi, vous pourrez manger « saint » et tout votre soûl.

Tout compte fait, le curé ne se fit guère prier et enfourna le poisson après un merci certes sincère, mais cependant un

peu hautain, faisant bien ressentir au pêcheur que l'indulgence du ciel ne se contenterait pas de cette action pour tout absoudre. Philippe eut une fugitive impression de malaise, craignant d'avoir offensé le saint homme en lui apportant une aumône dont il attendait une reconnaissance plus chaleureuse. Toutefois, il n'en souffla mot à personne, pas même à sa grenouille de bénitier d'épouse.

Et le dimanche revint avec son fameux office de onze heures et le moment du sermon où la voix puissante du curé résonnait entre les épais murs de pierre de la nef. Alors qu'il venait d'en finir avec son prêche orienté sur la rédemption des péchés et après avoir refermé son livre de messe, le curé fit signe à ses fidèles de rester assis.

— Je voudrais vous signaler que je vends de superbes dorades que j'ai reçues, il y a peu, d'un pêcheur devant l'Éternel qui entend ainsi acheter Notre-Seigneur. Bien que j'apprécie ce geste, puisque c'est un premier pas vers une réflexion, je ne peux associer Dieu à un quelconque marchandage. Dieu ne s'achète pas ! Il donne ou il pardonne, mais il n'y a jamais rien de mercantile dans ses largesses.

Le curé marqua un temps de pose et conclut dans un gros soupir :

— Quoi qu'il en soit, cet argent sera le bienvenu dans la caisse de notre église. Aussi, n'hésitez pas à passer après la messe. Je vous en remercie.

Philippe se sentit fustigé quand il apprit de la bouche de son épouse à la fois la remarque dont il était victime et le sort réservé à ce poisson qu'il avait donné de bon cœur.

— Décidément, pour ce curé, il n'y a rien de sacré. Tu lui donnes quelque chose et il le vend. C'est pas prêtre qu'il aurait dû faire, c'est commerçant ! Mes poissons valent bien le gibier braconné de Renaud. Celui-là, il se le garde et ne s'en vante pas.

— Calme-toi. Je suis tout aussi vexée que toi, mais il faut le comprendre : il a peut-être besoin d'argent. Qu'est-ce qu'on en sait ?

— On se demande bien pourquoi. En tout cas, ce que je comprends, c'est qu'il n'y a que les sous qui comptent pour lui. Moi, je voulais lui faire plaisir. Tu parles, ils ont tous compris qu'il s'agissait de moi. Je ne vais pas manquer de me faire abraser[27] par tout le monde ici.

Philippe rumina des jours durant. Il avait soif de vengeance, d'autant plus que l'histoire avait effectivement fait le tour du village avec partisans et détracteurs de chacune des deux parties. L'affront lui restait dans le gosier. Il fallait qu'il puisse s'en sortir la tête haute.

— Vaï ! Arrête de t'escaner[28] avec cette histoire. Tu vois bien, le curé, ce n'est qu'un maquereau : tu travailles et il récolte les sous ! en avaient finalement conclu en chœur nos trois communistes acharnés qui se réjouissaient de tout ce mouvement et qui gardaient le prêtre dans leur collimateur.

L'idée germa alors dans la cervelle du belliqueux Philippe : « Maquereau… Oui, c'est ça, maquereau. » Il en acheta une poignée qu'il oublia volontairement au fond de son jardin, attendant l'occasion propice pour servir ses projets. Ce fut ainsi que se retrouva cloué sur la porte de l'abbé Bartoux ce chapelet malodorant, à la limite de la décomposition, au vu et au nez de tout le village.

Le curé comprit le sens de la leçon : un bienfait reste un bienfait, il faut prendre les gens comme ils sont, « chacun paie avec sa monnaie » et ce n'est pas avec du fiel qu'on attire les mouches.

L'affaire fit grand bruit les tout premiers jours, puis tomba rapidement dans les anecdotes du village, et l'on ne savait plus s'il fallait rire de Philippe ou du curé.

*
**

27. Allumer.
28. De t'étouffer.

Renaud, dit « la braconne », n'aimait guère les chats qu'il estimait nuisibles, car il les tenait tous pour de redoutables prédateurs de jeune gibier. Il ne faisait aucune différence entre ces chats harets, redevenus sauvages bien souvent pour des raisons d'abandon et qui chassaient pour survivre, et ceux hautement domestiqués que la traque, devenue jeu, fatiguait rapidement.

Nos cinq greffiers de luxe étaient parfaitement conscients de cette inimitié profonde à leur égard. Aussi l'évitaient-ils à chaque fois qu'il venait rejoindre des congénères à la terrasse du bistrot d'Amédée. Heureusement, il se contentait de saluer les papés et ne s'éternisait que très rarement auprès d'eux. Là, il n'osait toutefois pas lever la main, ou plus exactement le pied, sur les matous regroupés.

Pour les vieux, même s'il était devenu une institution et un personnage respectable du canton, Renaud n'en traînait pas moins un passé sulfureux qui les divertissait toujours.

Par contre, ils n'appréciaient guère ses commentaires lors d'un décès de l'un d'entre eux ou de leurs proches, car ce fameux Renaud assistait le croque-mort et assurait aussi, depuis déjà fort longtemps, pour le compte de la municipalité, l'entretien du cimetière, tâche dont personne jusqu'alors n'avait voulu se charger. Cependant, à sa manière, il les aimait, ces défunts, et les respectait, mais sa façon d'en parler et de porter des jugements ne manquait jamais de choquer soit l'un, soit l'autre.

C'était pourtant avec tendresse qu'il leur avait conté, de sa voix éraillée mêlant patois et mauvais français, comment il avait déterré certains trépassés de longue date, dont la famille ne s'était jamais occupée, pour les transférer dans la fosse commune, ou également comment il rassemblait le squelette pour que l'on puisse pratiquer un tassement d'os.

— Elle, c'était Marie. Je l'aimais bien, Marie. Elle avait toujours été gentille avec moi quand j'étais petit.

Pour sûr qu'il avait dû être sensible aux attentions que lui portait la vieille femme, lui que des parents alcooliques avaient laissé dans le plus grand dénuement affectif, livré

à lui-même. Cette brave Marie lui en avait prodigué des conseils ! Il les acceptait de sa part, mais les aurait rejetés s'ils étaient venus de ses parents.

— Dans son cercueil, elle paraissait plus petite qu'elle n'était dans la vie. Même si elle n'existait plus quand j'ai ouvert la caisse, elle me semblait tellement présente ! Elle portait sa robe noire avec de la dentelle au col et avait encore ses bas noirs. J'en ai attrapé un, mais, quand je l'ai tiré, il en est tombé plein de poussière et seuls les os sont restés dedans en vrac.

Et il poursuivait en donnant des détails emplis d'une affection non feinte en ce qui le concernait, mais franchement macabres pour l'entourage.

— Ça m'a fait plaisir de la revoir.

Là, on se serait cru en pleine cérémonie de retournement des morts telle qu'on la pratiquait dans la grande île de Madagascar. Pour cet homme instinctif et rustre, la mort était une compagne naturelle et inéluctable : « Ce que le lange apporte, le suaire le remporte. »

Toutefois, ce qui faisait surtout se délier les langues sur son passage, c'était que ce braconnier hors pair, qui avait toujours déjoué les nombreux pièges que ne cessaient de lui tendre les gardes-chasses exaspérés, était tout bonnement à présent devenu un garde-chasse lui-même, et des plus féroces envers les contrevenants.

Dieu sait combien il avait braconné des années durant ! Quand il n'était pas dans les vignes de son patron à traiter ou à espoudasser, il s'occupait de garnir son congélateur. Il ne se sentait en rien concerné par le calendrier mis en place par les fédérations de chasse ou de pêche.

On l'attendait en garrigue, il ramassait des brassées d'écrevisses sous quelques rocailles du lac du Salagou. On le croyait parti pêcher le sandre, il revenait avec un sac plein de gibier. Peu lui importait que ce gibier soit à plume, à poil ou à écaille, l'essentiel étant qu'il soit de première qualité. On avait repéré un président, un de ces lièvres aussi superbes

que rares, qui font la fierté de tout chasseur. Que la chasse soit ouverte ou non, le lendemain, la bête se retrouvait bien souvent dans le congélateur de cet infatigable prédateur.

Il eut parfois chaud aux oreilles, mais, à chaque fois qu'il se fit contrôler, il était en règle. Il n'y a de veine que pour la canaille, c'est bien connu. On savait que le cercle restreint des invités à sa table ne manquait jamais de se pourlécher les babines. On en parlait dans les chaumières, mais personne n'osa aller fureter du côté de ses provisions.

De guerre lasse, quand le vieux garde-chasse décida de se retirer de sa fonction, frappé à la fois par l'âge et par les dégâts des années sur son physique, on constata qu'on n'avait personne de réellement sérieux pour le remplacer. Qui aurait-on pu mettre en face de ce Renaud pour le stopper dans ses activités prédatrices ?

— Pourquoi ne pas le nommer, lui ? émit prudemment un conseiller en laissant traîner sa phrase.

— Autant mettre le renard dans le poulailler !

— En attendant, qui mieux que lui connaît les bons plans pour trouver le gibier ? « À vieux renard, inutile d'enseigner les fourrés ! » De toute manière, il continuera à braconner, et d'autres avec lui. Alors, autant qu'il soit contre les autres. Il les épinglera sans problème : ça en fera quelques-uns de moins. En plus, avec les amendes qu'il leur infligera, ça fera même rentrer de l'argent.

— C'est sûr que s'il se sent le maître du territoire, il n'aimera guère qu'on vienne marcher sur ses plates-bandes et il y mettra bon ordre.

— Tout compte fait, l'idée est à creuser.

Après bien des palabres, des discussions enflammées, le comité de chasse eut malgré tout du mal à imposer Renaud au poste qui se libérait. Le vieux garde-chasse crut se prendre une bouffe[29] quand il apprit qui allait être son

29. Une gifle.

successeur. Toutefois, il finit par admettre le bien-fondé du raisonnement.

Ce fut ainsi que, de braconnier officiel, Renaud devint le non moins officiel garde-chasse. Il convient d'ajouter qu'il prenait son rôle très au sérieux, se sentant investi d'une mission de protection envers le gibier de la société de chasse, et qu'il menait une traque sévère aux contrevenants.

Et ce qui était auparavant interdit pour lui devint à ses yeux une sorte de récompense pour son action punitive, sorte de dîme dont il ne manquait pas, bien entendu, de profiter. Désormais, sans risque encouru, son congélateur ne désemplissait pas. Le gibier restait abondant et les comptes de la société s'alourdissaient du montant des amendes pour lesquelles il n'acceptait aucune dérogation et n'éprouvait aucune pitié. En fin de compte, tout le monde y retrouvait son compte.

*

* *

— Calamity, tu devrais plutôt rentrer chez toi pour te reposer. Ne fais pas de bêtise, tu n'as plus que trois semaines avant la naissance des petits.

Ainsi s'exprimait son Rapapouègue, tendrement inquiet à la fois pour l'amour de sa vie et pour les petits qu'elle portait.

Ses autres compagnons lui faisaient les mêmes recommandations. Les maîtres de la chatte gravide prenaient le plus grand soin d'elle, augmentant les rations de lait, remplaçant les habituelles croquettes par de la viande rouge fraîchement hachée. Dame Calamity appréciait le confort de cette situation.

Il faut dire que tous connaissaient son histoire et ses pénibles débuts dans la vie. Une bonne année s'était écoulée, scellant un peu plus chaque jour l'affection réciproque qui liait toute la maisonnée.

Le maître des lieux tenait à Montpellier un garage dans lequel était venu se réfugier un tout petit bout de chatte noire déjà adulte, au caractère bien trempé et aux splendides yeux émeraude. Il commença par la nourrir, puis la laissa dormir dans le bureau. Il n'envisageait toutefois pas de la ramener chez lui, car une jeune chienne de chasse aussi envahissante que bruyante y régnait déjà.

Des semaines s'écoulèrent. Le soir, il refermait la porte sur cette Minette, dite « la Mine », afin qu'elle puisse passer la nuit à l'abri dans le nid qu'il lui avait confectionné avec un vieux pull étalé dans un panier. Le matin, elle le recevait dans un véritable concerto de ronronnements, mangeait tout son saoul, puis partageait son temps entre le bureau et le parc automobile.

Il ne lui arriva que très rarement de découcher : le garagiste en était à chaque fois bien malheureux et inquiet. Mais, le matin, elle l'attendait devant la porte d'entrée et l'osmose reprenait le dessus.

Un jour, il réalisa que ses fugues n'étaient pas sans conséquence et qu'une naissance se profilait. Elle était anormalement petite et il redoutait qu'elle ait de grandes difficultés à accoucher.

Il proposa à son épouse de la ramener à la maison, d'autant plus que leur chienne était sur le point, elle aussi, d'avoir des petits. Son ventre lourd, la métamorphose qui s'était opérée en elle l'avaient rendue plus calme. Elle devait pouvoir accepter cette autre compagne sans trop d'objection, à condition de veiller à ce que chacune ait son propre territoire.

Ce fut la chienne qui accoucha la première : deux petits chiots à la robe blanche tachetée de roux. Elle était aux anges et se laissait téter à longueur de journée. Du lait s'écoulait de tous ses mamelons gonflés.

Il était visible que la Mine n'allait pas tarder à en faire autant, et que ce n'était plus qu'une question de jours. En fait, ce fut l'affaire d'une nuit. Nuit dramatique, troublée d'un orage bruyant qui couvrit les miaulements de la pauvre bête qui s'épuisait.

Au matin, ils la retrouvèrent morte, couchée dans son sang. Blotti contre elle, un seul chaton qu'elle avait eu le temps de nettoyer et de préparer à la vie. Mais quel pouvait être l'avenir d'un si petit être loin de la chaleur de la fourrure protectrice de sa mère ? Il allait falloir l'alimenter également. On envisagea un biberon de poupée. On devait en trouver un rapidement, car il était visible que ce nouveau-né réclamait, muettement, certes, le lait vital.

Pendant ce temps, la chienne dormait, confiante. Ses chiots en faisaient autant, la gueule accrochée à une tétine de leur mère. Pourquoi ne pas glisser le chaton entre les pattes de la nouvelle mère ? Elle avait plus de lait qu'il n'en fallait pour nourrir ses deux bébés, et ses mamelons gonflés ne demandaient qu'à être tétés.

Le petit orphelin renifla aussitôt l'odeur du liquide salvateur. Cherchant instinctivement de sa petite truffe au milieu de la fourrure, il ne tarda pas à trouver de quoi s'alimenter et se suspendit naturellement à ce bout de sein canin. C'était déjà un premier pas de fait.

Restait maintenant à voir la réaction de la mère quand elle réaliserait qu'on lui avait attribué un troisième rejeton qui n'était même pas de son espèce. Les maîtres restèrent à la surveiller jusqu'à ce qu'elle se réveille, ce qui ne tarda d'ailleurs pas.

Étonnée, elle poussa du museau le petit intrus. Mais ce dernier, à dormir contre elle, avait déjà été imprégné de son odeur. Alors, lui assénant un grand coup de langue délicat, elle lui fit comprendre qu'il appartenait désormais à sa famille.

Ce fut ainsi que Calamity, ce chaton miraculé, fut élevée par une chienne de chasse. Quand ils donnèrent les chiots en âge d'être sevrés et séparés de leur mère, la chienne et la chatte ne se quittèrent plus.

Il n'était pas rare de voir la mère nourricière transporter délicatement dans sa gueule cette petite boule de poils noirs dont elle assurait l'éducation. Bientôt s'ensuivirent

des jeux effrénés et la toilette fut réciproque, notamment celle qui consistait à lécher consciencieusement les oreilles de l'autre. Calamity avait pris l'habitude de dormir contre le ventre de sa chienne de mère. Ce qu'elle continua de faire, même quand elle eut atteint sa taille adulte, obligeant ainsi la chienne à prendre les poses qui lui convenaient à elle. S'entendre comme chien et chat, dit-on...

*

**

— Tu as su pour René ? Il paraît qu'il est à l'hôpital.

— Il y était hier soir, mais je crois qu'il est sorti. J'ai vu Marie-José qui lui portait le dîner.

— Les matous, vous ferez bien de vous faire tout petits s'il arrive. En ce moment, il ne doit pas vous porter dans son cœur !

— Eusses[30], ils n'y sont pour rien. Quand ça s'est passé, il y a belle lurette qu'ils étaient rentrés chez eux. Ils ne traînent pas dans les rues, ces aristochats !

— La race entière porte la faute de seulement l'un d'entre eux...

Nos chats étaient bien entendu au courant des événements de la veille. L'incriminé, qui avait assisté à l'épilogue et qui l'avait vécu partiellement, en avait gardé le poil hérissé des heures durant. Aussi se firent-ils aussi petits que discrets quand, sur le coup de six heures, apparut un René à l'avant-bras immobilisé par un plâtre immaculé.

— Tu t'es bien arrangé. Tu ne souffres pas trop ? Ça doit drôlement te gêner, cet encastre[31] ! En plus, avec cette chaleur...

— C'est surtout que je ne peux rien faire. Je me sens pris comme un rat avec trois noix, se plaignit René, le héros du moment.

---

30. Eux.

31. Chose gênante.

Et d'étaler tous les inconvénients qui découlaient de cet appareillage. Tout ça pour regarder le ciel !

René, injustement desservi par un faciès peu séduisant, n'avait jamais trouvé chaussure à son pied parmi la gent féminine de son âge, malgré un caractère doux et un cœur prêt à fondre. Le célibataire endurci qu'il était devenu avait comblé sa vie solitaire d'habitudes qui constituaient son lot de petits bonheurs quotidiens.

Entre autres, tous les soirs, et quel que soit le temps, René, dont la maison se situait au bout d'une venelle, sortait sur le pas de sa porte et observait le firmament pour savoir comment se présenterait le lendemain et organiser ses activités en fonction du ciel et de ses caprices. Le soleil avait disparu derrière l'horizon, laissant des traînées d'un rose pastel mêlées de blanc qui s'obscurcissaient rapidement, maintenant qu'en cette mi-août les jours commençaient à passablement décliner.

Ce n'était pas qu'un simple moment d'observation, c'était aussi et surtout un moment d'évasion devant l'immensité de la voûte céleste qui, par beau temps calme, lui apportait plénitude et sérénité.

Ce soir-là, ce fut compter sans l'humeur facétieuse de quelques jeunes qui avaient élu pour victime son voisin d'en face : un Lyonnais irascible au verbe haut et au geste brusque, qui venait régulièrement passer ses vacances dans la vieille maison qu'il avait achetée et retapée quelques années auparavant.

Le sens de l'humour ne l'étouffait pas, et tout ce à quoi il aspirait, c'était une tranquillité et une paix qu'il estimait nécessaires à son équilibre afin de récupérer d'une dure année de fonctionnariat. À vrai dire, il ne s'était guère intégré au village, toisant facilement les autres habitants, se prenant au sérieux et portant des jugements à l'emporte-pièce qu'il estimait de valeur. Un « monsieur Brun » qui ne répondait à aucun des critères que Marcel Pagnol avait définis avec tant de talent.

Nos jeunes avaient opté pour le martelet, ce jeu qui consistait à faire coulisser par l'anneau du marteau heurtoir qui ornait la porte d'entrée une corde au bout de laquelle était attaché un caillou. Cachés de l'autre côté de la rue, ils activaient le levier, faisant frapper le heurtoir sur la porte.

Les volets du premier étage s'étaient entrouverts, laissant passer la tête de leur victime qui, ne voyant personne à l'huis, les avait aussitôt refermés. Une fois, deux fois, plusieurs fois : le bonhomme devenait fou et les farceurs hilares.

Ce fut alors que René se pointa dans la rue, tandis qu'on venait pour la énième fois de marteler la porte qui s'ouvrit aussitôt, laissant surgir un Lyonnais tellement exaspéré qu'il tenait un fusil et s'apprêtait à tirer.

— Je t'y prends, voyou, je vais te faire passer le goût de ce genre de plaisanterie, lança-t-il à un René que, dans la pénombre, il n'avait pas reconnu et qui venait à peine de comprendre de quoi il retournait, voyant les jeunes prendre la poudre d'escampette et l'arme du furieux pointée sur lui.

René, dont la porte était refermée, n'avait d'autre solution que la fuite salvatrice, pourchassé dans les vieilles rues pentues par le dément hurlant à la ronde et pointant son arme dans sa direction.

Jusqu'à ce que… par l'un des plus malencontreux hasards, un matou rôdeur débouche d'un carrerou[32]. Ni la bête ni René ne se virent. Mais plus dure fut la chute ! Un lamentable « crac » émana du poignet droit du poursuivi, qui ne put retenir un cri sous la subite douleur, alors que son poursuivant, à bout de souffle, proche de l'apoplexie et plié en deux sous l'effet d'un point de côté, s'était arrêté un peu avant.

On aida le blessé à se relever. Alerté, le médecin qui officiait au village voisin ne put que constater son impuissance et la nécessité de l'admettre aux urgences de l'hôpital de Lapeyronie à Montpellier. Ce fut Victor, le mari de

32. Ruelle.

Marie-José, qui l'y conduisit et l'attendit pendant qu'on l'examinait. Les radios révélèrent une fracture franche, qui ne nécessitait pas d'intervention chirurgicale, mais un simple plâtre afin d'immobiliser le membre endommagé. Ce fut fort tard que les deux hommes regagnèrent finalement leurs domiciles respectifs.

— Je suis sûr que tu en ferais bien un civet, de ce chat !

— Ce n'est pas de lui que je ferais un civet, mais de ce cabourd[33] de voisin, et je vous inviterais tous. Il a intérêt à aller se faire pendre ailleurs et à bien faire attention quand il traverse à pied et que je suis en voiture. Moi, je ne le manquerai pas. Je lui ferais volontiers faire le voyage du corbeau. Lui mettre une bouffe, ce n'est pas assez ! Mais le chat, peuchère, il a dû avoir la peur de sa vie ! Sans compter que je l'ai peut-être à moitié assommé en tombant sur lui, le pauvret !

Se tapotant les genoux de sa main valide, René faisait signe à Rapapouègue de se rapprocher de lui. Parmi cette confrérie, c'était son préféré. Deux êtres qui avaient connu un destin solitaire. René était heureux de le savoir casé, et le chat lui était reconnaissant de cette amitié. De son allure souple et si féline, il marchait droit vers lui dès qu'il l'apercevait, la queue dressée à la verticale et courbée à son extrémité.

Rapapouègue s'étira et s'avança, confiant, prêt à recevoir la caresse de la main valide de cet homme qui le comprenait, mais qui, par contre, n'avait jamais voulu de lui dans sa maison. Peut-être par superstition, ignorance ou tradition ancestrale, ou tout simplement parce qu'à la campagne, on avait autrefois l'habitude de n'entretenir que ce qui rapportait, tant les temps étaient durs.

Bien des gens n'aiment pas les chats par ignorance. Cependant, quand ils apprennent à les connaître, tel André, ils en deviennent des inconditionnels. D'autres en ont peur : d'ailleurs, tout au long de l'histoire des hommes, les

33. Cinglé.

chats n'ont-ils pas été tantôt adorés, voire déifiés comme en Égypte, tantôt tellement haïs qu'au Moyen-Âge on les assimilait à Satan et qu'on les brûlait avec les sorcières !

Rapapouègue n'avait jamais cherché non plus à apprivoiser René, car celui-ci habitait « rue Fatale », ainsi surnommée en raison de la disparition constante des greffiers qui la fréquentaient ou qui y demeuraient. Ces disparitions, quelque peu mystérieuses, étaient systématiques. On les avait expliquées par la présence de pièges bien dissimulés, puis par des empoisonnements. En tout cas, elles étaient toutes l'œuvre d'un humain. On en accusa certains, notamment ce Lyonnais. Toutefois, il ne résidait pas à longueur d'année dans cette ruelle. L'argument ne put être soutenu. Y avait-il plusieurs raisons ? On évoqua aussi un trafic d'animaux à destination des fourreurs et des laboratoires. À ce jour, personne n'avait pu apporter de solution. Toujours est-il que les matous évitaient de s'aventurer dans cette voie dangereuse.

Et si Rapapouègue acceptait volontiers les caresses de René, il ne se serait jamais installé sur ses genoux. Le seul sur lequel il allait ainsi se blottir et qui avait droit à cette profonde marque de confiance était André. Toutefois, même auprès d'André, ces câlins de qualité n'étaient jamais très prolongés, par respect pour l'indépendance de l'un comme de l'autre.

*
**

— Vous avez vu, sur le banc, en face de la mairie, il y a une vieille femme qui parle toute seule et qui s'est même mise à me parler quand elle m'a vue. Les gens la regardent comme une bête curieuse, mais personne ne s'arrête pour l'écouter. Elle a l'air d'avoir bien du malheur !

— À moi aussi, elle m'a parlé. Elle pleurait presque. Elle cherche la maison de son Jeannot, « l'amour de sa vie », comme elle l'appelle. J'ai bien essayé de lui montrer

le chemin, mais elle ne comprend pas notre langage. Elle ne pense qu'à son chagrin, répliqua Doudou à Calamity.

Leurs trois autres compagnons avaient également vu le triste tableau, ainsi que bien des passants. Ils en avaient le cœur serré. Leurs yeux arrondis comme des billes reflétaient à la fois l'étonnement et l'inquiétude. Ils ne comprenaient pas pourquoi leurs compagnons à deux jambes s'amusaient de cette situation et ne cherchaient pas à porter assistance à la pauvre délaissée qui faisait figure de pestiférée.

Enfin apparut ce Jeannot, objet de ses rêves. Il était ruisselant après la douche qu'il venait de prendre sur le terrain de football, comme il le faisait chaque fois qu'il montait au village voisin voir sa belle.

Enfant d'un ramonet et d'une gitane qui avait abandonné à la fois le père et le fils peu après la naissance pour repartir courir les routes, il s'était élevé tout seul. Il fréquenta très peu l'école, préférant aller aux cagoules[34] par temps pluvieux, aux champignons dès l'automne et à la pique-oreille[35] dès les premiers fruits. Son père, écrasé par le travail, la solitude, l'ignorance et, finalement, la boisson, incapable de se diriger lui-même, n'était pas apte à prendre en main l'éducation de ce fils.

Jeannot, qui n'était cependant point trop sot, s'était habitué à vivre en ermite parmi le monde. Il faut reconnaître que l'on ne recherchait guère sa compagnie en raison de la forte odeur qu'il dégageait, lui qui ne se lavait qu'en cas de nécessité extrême.

Or, depuis quelque temps, il avait coupé grossièrement ses longs cheveux emmêlés et prenait sa douche quotidienne au vu de tous, sur le terrain de sport. Loin de choquer, cette séance faisait rire, car, par pudeur, Jeannot ne se déshabillait jamais et passait sous l'eau vêtu de pied en cap. Le beau temps estival faisait le reste, lui permettant de se

34. Escargots.

35. Fauche, vol.

sécher rapidement. Sans savon, l'odeur restait malgré tout collée à sa tenue vestimentaire qu'il essayait de soigner.

Une couverture repliée sur le porte-bagages, il enfourchait son vélo. Il prenait la route et pédalait allègrement pour avaler les six kilomètres qui le séparaient du village où résidait sa belle. Personne ne savait de qui il s'agissait, et, malgré la curiosité aiguisée de certains qui cherchèrent à le pister, jusque-là personne n'avait pu découvrir qui il fréquentait.

Jeannot comptait certainement ce matin-là parmi les rares – tant l'histoire avait eu tôt fait de se répandre comme une tramée de poudre – à ignorer la présence de l'énamourée. Quand il déboucha sur la place, encore tout humide de ses ablutions, et qu'il la vit sur son banc, invectivant les passants, il s'arrêta comme frappé par la foudre.

— Qu'est-ce que tu fais ici ?

— J'ai quitté mon vieux mari. Je viens vivre avec toi, chez toi, puisque tu n'as pas de femme pour prendre soin de toi.

— Ton vieux mari ? Mais tu as passé ta vie avec lui. D'ailleurs, tu n'es guère plus jeune que lui. Tu es même plus âgée que mon père.

— Tu m'as dit que tu m'aimais et que nous vivrions ensemble un jour. Alors moi, vois-tu, avec mes soixante-huit ans, je n'ai plus de temps à perdre. Je suis venue te rejoindre pour de bon.

— Je ne veux pas de toi chez moi. Avec mon père, ça suffit. Tes affaires, tu peux les rembarquer ! répliqua Jeannot tout aussi en colère de cette intrusion dans sa vie que de voir ses amours clandestines étalées au grand jour.

Tout à la fois penaud, vexé et même honteux que chacun sache à présent que plus d'une génération le séparait de l'objet de ses sentiments, il en devenait méchant et agressif. Il n'avait que trente-deux ans et, selon toute logique, on aurait pu s'attendre à ce qu'il fréquentât des femmes bien plus jeunes.

Monter chaque jour la voir, avec le rituel que cela impliquait, lui convenait parfaitement. Braver l'interdit avec une femme mariée l'excitait. La manipuler, alors qu'elle aurait dû tout connaître de la vie, lui donnait de l'importance à lui, le jeunot. Mais la trouver là, au vu et au su de tous, et renoncer à cette clandestinité, c'en était trop pour lui.

— Tu vas rentrer chez ton mari. Je te l'ai dit : je ne veux pas de toi chez moi !

— Nous nous aimons, tu me l'as dit...

— Eh bien, maintenant, je ne t'aime plus !

— Mon mari ne va plus me vouloir.

— C'est ton problème !

Et Jeannot de tourner les talons.

La scène avait eu lieu en public, et chacun, bien entendu, tendait l'oreille pour ne pas en perdre une miette. Quand l'éconduite se leva péniblement, cassée par la rupture et par l'âge, les paupières gonflées par les larmes, les jambes tremblantes, elle souleva la pitié de l'assistance.

Elle se saisit tant bien que mal de ses bagages et fit quelques pas en titubant sous la charge et la peine. Victor, choqué comme les autres par la violence des propos de Jeannot et le désespoir visible de la femme, se sentit pris de compassion. Il s'avança vers elle :

— Attendez-moi ici. Je vais chercher la voiture et je vous ramène. Tout ça, c'est trop lourd pour vous et c'est trop de route à pied.

— Je ne sais pas où aller. Mon mari ne va plus vouloir de moi.

— Votre mari, on va aller lui parler. Il préférera toujours vous avoir que de rester seul, surtout qu'il a bien dépassé les soixante-quinze ans maintenant, que je sache. Si vous voulez, on va demander à monsieur le curé de nous accompagner chez vous.

On la vit partir dans la voiture de Victor avec le prêtre, et elle ne parut plus jamais au village.

Les yeux de Calamity exprimaient autant la pitié que la tristesse. Tiger, courroucé, gonflait ses babines de rage contenue. Tous avaient été secoués par cette mésaventure que venait de subir cette pauvre vieille qui n'avait pas réalisé les conséquences de ses actes, et encore moins les barrières que l'âge imposait aux hommes.

— Je ne comprendrai jamais ces simagrées et ces comédies dans lesquelles certains humains se complaisent.

— Nous ne nous jouons pas de nos semblables ni des humains. Quand nous donnons notre affection, c'est sans simulacre. Notre amour est dénué de crainte. Nous nous abandonnons totalement. Nous ne composons pas non plus.

— Tu as tout à fait raison, répliqua Doudou. Quand nous sentons que cet amour n'est pas ou n'est plus partagé, nous préférons partir, aussi dures que puissent être la rupture et la quête d'un nouveau foyer. Même si nous devons en souffrir profondément.

— Nous pourrions leur en donner, des leçons, à ces bipèdes… sur le respect d'autrui, l'amour et la fierté ! L'homme est un loup pour l'homme, conclut Félix avec philosophie et en se lissant les moustaches comme pour se nettoyer de tout ce à quoi il venait d'assister.

*
* *

Les vacances s'écoulaient tranquillement : pastis, tchaches[36] vespérales, longues soirées chaudes du soleil de la journée. Tout un chacun, travailleur comme vacancier ou retraité, se détendait à la fraîcheur qui montait de la nuit. Les rendez-vous étaient immanquables et le rite immuable jusqu'à ce que viennent l'automne, ses jours raccourcis, ses crépuscules frileux.

36. Bavardages.

André, par l'intermédiaire de Rapapouègue et de la petite Amélie, avait fini par faire connaissance avec Malika. La mitoyenneté de leurs maisons respectives les obligeait à se côtoyer. D'un bonjour, on glissa vers un petit mot plus gentil, une remarque sur le temps, puis on ébaucha une conversation et on en arriva à des relations plus cordiales, voire amicales. Il était à présent habituel de les voir déambuler tous les quatre ensemble, chat, enfant et adultes, dans le village.

— On n'y avait pas pensé, à la petite Vinatier, pour le Parisien.

— Celui-là, il ne sera pas venu pour rien. Ici, il a trouvé la maison, le chat, la femme et l'enfant d'un coup.

— Pour un de là-haut, il est bravasse et il ne se prend pas au sérieux. Vous allez voir qu'un de ces quatre il restera ici et qu'il ne remontera pas dans son Paris !

Les papés ne perdaient jamais une occasion pour refaire le monde à leur façon, souvent avec la sagesse de leur âge et de leurs observations. En fait, le luxe de la vieillesse n'est-il pas de retrouver ce naturel et cette spontanéité des jeunes années ? Peut-être est-ce pour cette raison que l'on dit « retomber en enfance », alors que les années s'amoncellent. Avec en plus cet acquis de connaissances dû à une existence bien remplie : la philosophie de la vie.

Ceux qui ont passé tant d'heures à travailler ont enfin la possibilité de ne consacrer désormais leur temps qu'à eux-mêmes et à ceux qui les entourent. C'est le grand retour sur soi-même, sans masque. C'est là que nous retouchons à l'enfance, à ses bouderies, à l'assurance de son bon droit et à son impatience. La vieillesse rejoint bien l'enfance. À la différence qu'elle ne soupire pas après les années à venir.

Il était donc habituel que d'autres habitants du village viennent se joindre à eux, pour se changer les idées en passant un moment de franche détente, après une journée bien remplie, ou simplement par pure sympathie envers ces sages et leurs amis félins.

— Regardez qui vient !

— C'est le beau Pierre, notre Figaro national.

— Il m'a l'air bien excité.

— Attention : avec celui-là, c'est cinq sous pour commencer et dix francs pour l'arrêter !

Le coiffeur montait à grands pas de son échoppe située en contrebas, près de la grand-route qui divisait le village en deux. Il semblait hilare et se frottait allègrement les mains. Sur le coup de sept heures, il avait fermé sa boutique sur ses derniers clients. Il était accompagné de Didier, l'un de ses deux derniers clients justement, tout aussi agité que son compère.

— Avant que tu ne t'escannes[37], raconte-nous ce qui te met en joie.

— Cette grande bringue de Marthe est venue se faire coiffer comme Didier arrivait. D'ailleurs, elle ne devrait pas tarder, vous la verrez.

— Vous n'avez pas dû vous ennuyer avec elle. Plus cabourde[38] qu'elle, on trouve difficilement.

— Voilà pas qu'elle arrive et, à peine ma porte franchie, elle me demande : « Monsieur le coiffeur, vous pouvez me faire un lavement de tête que je suis invitée ce soir ? » Va pour le lavement ! que je lui réponds. Je commence à la coiffer, elle me demande alors de lui arranger les cheveux : « Bouffez-moi le devant, ils sont trop longs, et serrez-moi le derrière. » Je peux vous assurer que nous avions un mal fou à ne pas éclater de rire. Té, d'ailleurs, la voilà ! Ne lui ai-je pas bien bouffé le devant, messieurs ?

La belle Marthe en question, raide comme la justice et longue comme un jour sans pain, avançait à pas rapides en direction du groupe.

— Tu sors de chez le coiffeur. À te voir aussi belle, on croirait que tu vas courir le guilledou ! lui fit remarquer tout

37. T'étouffes.

38. Niaise, bête.

aussi ironiquement que sournoisement un papé qui n'attendait que de la voir enchaîner des explications dont ils feraient leurs choux gras.

— C'est que ce soir nous sortons. Ça n'était pas prévu. Alors, comme nous avons passé la nuit blanche avec Serge, il fallait que je me refasse un peu l'apparence.

— Pourquoi une nuit blanche ? s'enquit l'interlocuteur, pressentant quelque réponse croustillante.

— Figurez-vous que j'ai la chatte en chaleur, et quelque chose de bien ! J'avais oublié de lui donner la pilule. J'ai dit à Serge de se remuer, de faire quelque chose : elle nous empêchait de dormir. Finalement, il l'a mise dehors. Mais, même dehors, il y avait de quoi ameuter le quartier.

Les coups d'œil s'échangeaient allègrement et les lèvres se pinçaient pour ne pas laisser exploser les rires.

— Allez, je me sauve, que Serge doit m'attendre ! Bonne soirée !

Elle n'avait pas fait dix pas que l'hilarité les pliait tous en deux.

— Mais le pire, vous ne savez pas, déclara l'épicier qui proposait dans son magasin aussi bien de l'alimentation que tous les produits nécessaires à la vie courante dans une petite localité comme la leur, c'est que ce matin elle vient à la boutique. J'étais en train de ranger dans les rayons et c'était ma femme qui tenait la caisse. Il faut dire qu'elle m'avait commandé, il y a quelques jours, des fils pour terminer son canevas. Elle entre et, m'apercevant, elle me demande : « Dis, Auguste, tu ne sais pas si mes affaires sont arrivées ? » Avant que j'aie le temps de répondre, j'entends ma femme lui répliquer : « Si vous ne le savez pas vous-même, comment voulez-vous qu'Auguste le sache ? »

La soirée fut particulièrement animée, et Marthe en fit bien entendu les frais. On détailla tout, depuis sa prime jeunesse, son adolescence boutonneuse, ses premières amours et ses innombrables quiproquos dont tous étaient si friands.

— Et pourtant, elle est bien brave, cette Marthe ! Car, si elle n'avait pas été là pour recueillir et soigner sa Minette de chatte, cette dernière ne serait probablement plus de ce monde aujourd'hui, conclut Rapapouègue – qui avait connu cette Minette autrefois. À l'époque, abandonnée et apeurée, elle présentait une pelade peu engageante et elle était si efflanquée que de méchantes gens l'avaient surnommée « l'ectoplasme », avant que Marthe ne l'adopte et ne la transforme en chatte bourgeoise.

*

* *

Les chats, tout comme les humains, sont sensibles aux odeurs. Parfois, ils n'apprécient pas les mêmes fragrances, mais le subtil parfum de la fleur d'oranger a toujours émoustillé les narines délicates des uns et des autres. Or, en cette fin d'après-midi, le sac posé sur les genoux du père Mathieu dégageait les senteurs suaves de croquignoles toutes fraîches du matin. Que l'on soit chat ou homme, on n'en est pas moins fin gourmet réagissant aux sensations gustatives réveillées par un odorat délicat et réceptif. Les matous savaient que leur gourmandise serait récompensée et qu'ils auraient droit à leur part, même si elle ne s'avérait pas gargantuesque.

André avait accompagné son Rapapouègue et avait même apporté une chaise pour se joindre aisément au cercle installé devant chez Roure. Lui aussi était tout autant intrigué qu'alléché par le paquet du père Mathieu. Les autres, malicieux, l'observaient et s'amusaient à faire durer le plaisir. Ils le voyaient brûlant de les interroger, mais se retenant par décence et politesse. Ils l'aimaient bien, leur Parisien, ils ne voulaient pas le faire maronner[39].

39. Le faire enrager.

— Je suis sûr qu'à Paris, vous n'en trouvez pas d'aussi bonnes ! entama le père Mathieu.

— À vrai dire, je ne sais pas. Si vous parlez de ce qu'il y a dans votre sac, apparemment, je ne sais pas de quoi il s'agit, si ce n'est que cela semble fort bon.

— Fort bon, fort bon, c'est un parler de Parisien. Nos croquignoles, elles font le tour du monde. Mais elles sont bien meilleures quand elles sont mangées sur place.

Le père Mathieu ouvrit son sac, en sortit une petite pâtisserie aux allures de biscuit en forme de navette.

— Allez, goûtez ! Ou plutôt dégustez !

Un vrai régal : un biscuit craquant sur le dessus, au cœur moelleux à souhait, qui vous fondait sous la langue ! La distribution se fit dans l'allégresse, et, chacun ayant été servi, le père Mathieu cassa plusieurs morceaux qu'il tendit à nos félins qui ne se firent pas prier.

— Ma fille avait un rendez-vous à Aniane, ce matin. Elle connaît mon petit défaut, qui est aussi le sien d'ailleurs. Alors elle est passée à la pâtisserie. Pour sûr qu'elles sont bonnes, ces croquignoles !

— Tu étais bien ami autrefois avec l'ancien pâtissier, le père de l'actuel. D'ailleurs, ta mère était originaire d'Aniane. Tu y as encore de la famille. Tu devrais raconter l'histoire pour André. C'est une jolie histoire, presque une légende maintenant.

Le père Mathieu, blagaïre[40] de nature, n'attendait que cette occasion. Il commença son récit après avoir adopté l'attitude du conteur face à un public déjà prêt à succomber sous le charme de l'histoire et de son narrateur. Aniane, ses pénitents moyenâgeux et son Pont du Diable, c'était aussi un peu de ses racines puisque c'était là qu'avait toujours vécu la famille de sa mère jusqu'à ce que cette dernière convole en justes noces avec un gars du village et franchisse

40. Bavard.

la vingtaine de kilomètres qui les séparait. La terre pèse lourd aux chaussures.

Il faut remonter bien longtemps, peut-être même avant les années 1850, lorsque l'aïeul du pâtissier actuel de cette grosse bourgade d'Aniane avait fait le compagnonnage à l'étranger pour y apprendre toutes les ficelles de son métier. Car, dans cette famille, on exerçait cette noble profession de bouche depuis des générations.

Toutefois, celui-ci ne voulait pas se limiter à la pâtisserie traditionnelle, aussi bonne soit-elle. Son ambition était de s'instruire auprès des plus grands chocolatiers, d'apprendre le sucre dans tous ses états, les arômes précieux et rares, les essences délicates inusitées dans nos régions, afin de s'élever au rang de grand maître confiseur.

C'était compter sans la fatigue d'un tel périple à travers le monde et, surtout, sans l'amour d'une superbe Égyptienne capiteuse qui sut le retenir dans son pays par-delà la Méditerranée. De cette union naquit un fils qui, en toute logique, apprit le métier de son père.

Le fournil d'Aniane n'avait plus vu de flamme depuis la mort du grand-père. Aussi, apprentissage fini, le jeune homme, mi-égyptien mi-français, décida de revenir aux sources paternelles, de s'installer dans le fief de ses ancêtres et de ranimer ce four éteint depuis des décennies. Fort de son apprentissage métissé de recettes occidentales et orientales, il se sentait prêt à conquérir une clientèle différente de celle qu'il côtoyait auprès de son père.

Si sa mère essaya de le retenir, son père, que les voyages n'avaient pas effrayé dans sa jeunesse, lui donna sa bénédiction, et ce fut ainsi qu'un beau matin on vit rouvrir les portes bardées de bois qui cachaient le local dans lequel plusieurs générations de pâtissiers avaient autrefois pratiqué leur art.

À cette époque, parmi ses établissements remarquables, Aniane ne comptait pas que des monuments architecturaux témoins d'un riche passé. Dans l'un d'entre eux, on avait

installé un bagne qui avait d'abord reçu des brigands aux lourds méfaits. Puis, dans les années 1860, l'Administration l'avait transformé en un centre de correction pour jeunes délinquants. Le régime n'était plus celui du milieu strictement carcéral et visait au redressement et à la réintégration de ces petits malfrats au sein d'une société dont ils commençaient à s'écarter.

L'un d'entre eux, un mineur dont les parents avaient émigré de leur Maroc natal pour vivre à Marseille, s'était reconverti avec succès dans la pâtisserie orientale. Créatif et doué, il imaginait toutes sortes de mariages de saveurs, étonnant son entourage qui ne rechignait jamais à tester ses nouveaux essais. Disposant, tout comme les autres détenus, de temps de semi-liberté, il s'était lié d'amitié avec le nouvel arrivé.

Les mois s'écoulèrent, puis les années. On arrivait vers l'an 1870, et la peine qu'il purgeait touchait à sa fin. Il allait rejoindre Marseille et sa famille. Toutefois, il voulut faire un cadeau à celui qui lui avait donné son amitié sans préjugé ni souci du qu'en-dira-t-on. Alors, sous le sceau du plus grand des secrets, il lui confia la recette des croquignoles qui en avait déjà séduit plus d'un. Ainsi, leur amitié se perpétuerait grâce à cette recette qui n'appartiendrait qu'à eux deux.

Et, dans le secret d'une gloriette, cette petite alcôve cachée au public, atelier du pâtissier où la toiture de verre laissait passer le soleil tôt le matin et tard le soir, notre pâtissier devint le roi des croquignoles. Quand il se retira, il confia le secret de la fabrication à son fils, qui la transmit à son tour, un beau jour, à son propre fils, perpétuant ainsi la tradition de ce petit gâteau au goût si subtilement parfumé qui ravit encore de nos jours le palais de tout amateur.

— Vous disiez qu'on en mange partout dans le monde. Pourtant, sans vouloir vous vexer, c'est bien la première fois en ce qui me concerne. Je ne crois pas en avoir vu à Paris.

— Je n'exagère pas quand je vous assure qu'elles ont passé les frontières du Languedoc-Roussillon. Quand on

passe par là-bas, à Aniane, et qu'on est invité, on porte souvent un sachet ou une boîte de croquignoles. Généralement, les touristes, à la fin des vacances, ils en emportent aussi pour offrir dans leur pays : en Hollande, en Belgique, en Angleterre, aux États-Unis, et que sais-je encore !

— J'en emporterai quand je remonterai à Paris, soupira André que la perspective du retour n'enchantait guère.

Se penchant pour donner une caresse à son Rapapouègue, il lui sembla l'entendre soupirer lui aussi. Septembre allait bientôt arriver, avec ce chamboulement des douces habitudes si rapidement prises.

*
**

L'évocation du départ imminent de leur ami avait laissé pensifs les autres matous du clan. D'autant plus qu'il coïnciderait avec la période de maternité, qui retiendrait Calamity loin d'eux près de deux mois. Bon nombre d'estivants avaient déjà déserté le village. Allaient arriver ceux qui, n'ayant plus de progéniture scolarisée, pouvaient disposer de leur temps pour choisir leurs dates de migration vers le Sud. En général, c'était des habitués, pour la plupart des retraités, des gens paisibles et gais, au rire facile, qui se retrouvaient grâce aux liens tissés depuis toutes ces années qu'ils fréquentaient nos murs.

Déjà, les lourdes grappes de raisin, gonflées par le généreux soleil estival, étaient prêtes à éclater. Les vendanges n'allaient pas tarder à débuter. La fébrilité s'emparerait du monde viticole. Les longues journées de travail harassant et accaparant ne permettraient plus de prendre le temps d'une pause pour tchacher[41] avec l'un ou l'autre. Les tracteurs et les bennes envahiraient la rue qui mène à la coopérative viticole. Il ne serait bientôt plus question que de comportes, de

41. Bavarder.

degrés, de pesées, et l'air s'emplirait de l'acidité rugueuse du raisin de cuve entassé pour être foulé dans les pressoirs.

Tiger, aux rondeurs qui n'avaient rien à envier à celles de Calamity, dont la grossesse approchait de son terme, n'aimait pas cette période mouvementée. En fait, ni elle ni lui n'appréciaient ce remue-ménage qui bousculait le rythme paisible de leur vie, la douce quiétude du village et l'ambiance feutrée de leur domicile. Ils se montraient plus attentifs et apeurés par tous ces bruits inhabituels. Mais pour rien au monde ils n'auraient voulu manquer ce rendez-vous quotidien, auquel bientôt l'un des leurs ne se joindrait plus.

Rapapouègue, bien qu'heureux, était toutefois partagé sur ce départ qui lui semblait imminent : anxieux par rapport à cet inconnu qui s'ouvrait devant lui, rassuré cependant par l'affection et la présence sécurisante d'André, mais malgré tout submergé par une vague tristesse à l'idée de se séparer pendant de longs mois de ses amis et surtout de sa Calamity. Lui, qui avait si longtemps vécu sur le qui-vive et dans la précarité, se retrouvait soudain confronté à des états d'âme qu'il n'aurait jamais pu imaginer connaître quelques semaines auparavant. Toutefois, pour rien au monde il ne regrettait sa nouvelle situation. « On ne peut pas tout avoir dans la vie », se plaisait-il à soupirer, comme pour se faire plaindre.

André, lui non plus, n'était pas très pressé de partir. Ses cours ne commenceraient que d'ici trois bonnes semaines. Le hic, c'était que Malika reprenait son travail dès le lundi suivant, et la petite, l'école peu de jours après. Il s'était habitué à sa compagnie, la recherchait même. La turbulence d'Amélie était canalisée par les parties qu'elle faisait avec le chat qui ne demandait pas mieux, assurant ainsi aux deux adultes une tranquillité relative pour des tête-à-tête de plus en plus prolongés. Il aurait toutefois souhaité une intimité qui les aurait davantage rapprochés.

D'autant plus que les affinités ne manquaient pas entre eux. Il sentait que quelque chose de positif se construisait

et, d'un autre côté, il ne voulait pas hâter le déroulement de l'histoire. Peur de ce qu'il pouvait gagner, peur de ce qu'il pouvait éventuellement perdre. L'espérance et le bonheur, tout comme le malheur, provoquent l'anxiété.

Finalement, tout se passa le plus naturellement du monde. Alors qu'Amélie s'était tranquillement endormie, dans sa chambre du premier étage, après une journée de promenade qui l'avait épuisée, le couple se retrouva sur le seuil et, tout comme les papés, ils y installèrent deux chaises.

La nuit était fort avancée quand ils regagnèrent leurs domiciles respectifs. Ils avaient refait le monde et étaient passés du rire au sérieux, puis à la tendresse. On esquissa des projets, mais il n'y eut jamais de débordements. Il fut prévu que la jeune femme et sa fille, dès l'école finie pour Amélie, viendraient passer le prochain week-end au village. Pour les suivants, tant qu'André ne repartirait pas pour Paris, on verrait.

Pourquoi ne viendrait-il passer deux jours à Montpellier chez Malika, en compagnie de son chat, bien entendu ? Pour après, il faudrait éventuellement s'organiser, s'ils souhaitaient poursuivre cette relation qui s'ébauchait. Même s'ils avaient déjà été échaudés, ils avaient réellement envie de se revoir pour apprendre à se connaître dans un premier temps. Pour la suite : *inch Allah !*

Après tout, Paris et Montpellier, ce n'était pas au bout du monde, surtout depuis que la ligne était desservie par le TGV. Rapapouègue s'y ferait. Bien des chats ont l'habitude de voyager. Tout paraissait idyllique, il suffisait d'y croire, et de tels projets étaient fort agréables. Le monde appartient à ceux qui espèrent.

André avait souligné qu'une année universitaire lui laissait de longues périodes disponibles. Malgré tout, il s'était bien gardé d'évoquer devant Malika la possibilité d'une mutation ou d'un changement de milieu professionnel, d'autant plus envisageable qu'à son niveau universitaire, il ne devrait pas être en peine pour se reconvertir dans cette

région qui l'avait accueilli et dont il sentait l'âme l'envahir. Pour l'instant, l'évoquer ouvertement était prématuré.

Rapapouègue somnolait à l'étage près de la fenêtre entrouverte, afin de mieux saisir les bribes d'une conversation qui le concernait aussi. Le ton le rassurait, même si les voix ne portaient pas suffisamment pour qu'il puisse les entendre.

Ce sixième sens, qui n'appartient qu'aux chats et qui leur a valu cette malheureuse réputation au caractère diabolique, lui laissait entrevoir un avenir serein bien qu'un peu bousculé par les voyages en perspective. Son monde, il le retrouverait ponctuellement, et le clan se reformerait régulièrement de longues années durant.

Il n'y aurait pas de rupture avec cette Vallée dorée traversée par l'Hérault – le « fleuve d'or » si on se réfère à son ancien nom latin, *Arauris* –, qui descendait majestueusement et parfois capricieusement des hauts plateaux, chargé de paillettes d'or, parfois même de petites pépites, que recueillaient précieusement les orpailleurs au fond de leurs bâtées.

Partie II

Le Retour au pays

Encore une grande heure et la clef tournerait sans brusquerie dans la serrure. Dès le seuil franchi, il poserait son attaché-case sur la chaise de l'entrée. La veste à peine tombée, il le chercherait du regard, toujours avec ce même petit éclat au fond des yeux.

— Alors, mon Rapapouègue, tu vas bien ? Pas trop fatigué de ta journée ? On se réveille, grand paresseux !

Même si la question se voulait ironique, le ton ne l'était pas : il était empreint de tendresse contenue et sincère.

Il aimait ce bruit qui le tirerait de l'engourdissement de sa journée passée en solitaire et qui annonçait une reconnaissance faite de câlins et d'échanges. Puis viendrait le moment où il lui dirait :

— Tu dois avoir faim !

La lame de l'ouvre-boîtes crisserait sur le métal de la boîte. Enfin, une odeur délicate de nourriture fraîche flatterait ses narines félines. Moment d'osmose, de compréhension totale entre le chat et l'homme. Ronronnements de remerciement ponctués par un gloussement empli de reconnaissance suprême. Et débuterait alors entre eux cette connivence qui se poursuivrait tout au long de la soirée. C'était le même rituel, tous les jours de semaine.

Ils ne se quitteraient plus jusqu'au coucher. Tandis qu'André mangerait, Rapapouègue s'installerait sur une chaise proche de la sienne. Même les paupières mi-closes, il ne le quitterait plus des yeux, épiant le moindre de ses mouvements. Bien que rassasié, il savait qu'il lui réserverait toujours une petite gâterie prélevée sur son assiettée : une

bouchée de steak, ou bien un morceau de jambon, du maigre bien sûr, pas de ce gras écœurant bordé d'une couenne récalcitrante à des quenottes félines devenues si rapidement embourgeoisées.

Puis ils se loveraient dans le canapé. D'abord tout proches l'un de l'autre. La main d'André se perdrait dans la délicate fourrure du ventre du matou, jusqu'à ce que ce dernier finisse par venir s'installer sur ses genoux, gémissant plus que ronronnant du bonheur de cette paix.

Tableau idyllique d'une situation espérée et voulue par Rapapouègue qui se souvenait avec une émotion toujours aussi vive de ses premiers instants avec celui qu'il s'était choisi pour maître aux vacances de l'été dernier. Mais il restait toutefois encore un long moment avant qu'André n'arrivât de son travail. Et ici, dans ce Paris démesuré, pas question de pouvoir sortir, ni d'envisager de rejoindre les copains sur le coup de cinq heures alors que les papés, là-bas au village, sortaient leur chaise, au moment où la luminosité du jour commençait à s'atténuer. Ses amis et compères, tous, comme lui, authentiques chats européens qualifiés de « gouttière » : Tiger qui roulait des mécaniques, Doudou l'épicurien, Félix le philosophe et la douce Calamity avec laquelle il avait vécu de folles amours. Le village lui paraissait bien lointain… dans cette ville immense retentissant toujours des mêmes bruits dont les murs du petit appartement l'isolaient et le protégeaient. C'était sa seule nostalgie.

De fait, il appréciait grandement l'ordre et la propreté des lieux agrémentés d'étagères chargées de livres. Seul, le plateau du bureau était envahi de feuillets épars, d'ouvrages laissés ouverts et sur lesquels il aimait à s'étaler de tout son long, se laissant caresser par les rayons lumineux qui venaient frapper les carreaux de la fenêtre. Chaleur des fibres naturelles du papier, odeur âcre de l'encre. Il observait, les yeux presque fermés, son André lorsqu'il travaillait, presque en communion avec lui. Sobriété et harmonie se dégageaient

du mobilier, convenant parfaitement à son côté esthète qui n'aurait guère apprécié un grossier galetas.

Ah ! Si un jour André avait l'idée de s'installer au village... Après tout, Rapapouègue avait son idée là-dessus...

« À la campagne, il n'y a pas de restes », avait un jour déclaré à André l'un de ces papés installés devant chez Roure à l'heure de l'apéritif. Ce dernier n'avait jamais boudé ce plaisir qu'il prenait toujours à s'arrêter pour discuter, mais surtout écouter ces acteurs de notre patrimoine oral.

« D'abord, on finit tout ce qu'il y a dans le plat. Il n'y a qu'à la ville qu'on fait du gâchis ! Chez nous, les épluchures, on les donne aux volailles, les bouts de viande qui résistent, c'est pour le chien. La couenne du jambon blanc, le chat la mange. Par contre, celle d'un bon jambon de pays, elle sert pour parfumer la soupe ou la chichoumée[42]. »

Bien qu'André souscrivît entièrement à ce recyclage naturel, ce n'était pas pour cette raison qu'il laissa Rapapouègue terminer son assiette les premiers jours de leur vie commune. Lui qui avait toujours mené une existence quasi solitaire limitait son alimentation à une standardisation toute citadine propre à ces gens trop pressés pour comprendre cette philosophie du « bien-manger » amplement cultivée dans nos campagnes. Par méconnaissance, il était de ces adeptes qui nourrissaient l'esprit au détriment du plaisir gustatif.

Or, voilà que Rapapouègue venait de s'installer dans sa vie faite de routine : André devait désormais nourrir un animal carnassier. Ce qu'il entreprit de faire dès le premier soir de leur rencontre, au retour de cette chasse au tamarou au cours de laquelle l'animal épuisé s'était fait adopter. Le réfrigérateur quasiment vide ne recelait que quelques yaourts ainsi qu'une tranche de jambon cuit. Cette dernière servit d'agapes au premier repas offert par l'homme qui

42. Nom méridional de la ratatouille.

observait avec satisfaction l'appétit glouton du chat qui se régalait ouvertement.

Dès le lendemain, ils en étaient arrivés à partager de la viande hachée tout juste saisie à la poêle. Pendant ses vacances, André n'avait pas besoin de compter son temps pour faire ses emplettes, notamment auprès du boucher du village qui, outre la viande, proposait des produits de la région. D'autant plus que cela lui permettait toujours d'échanger quelques aimables banalités avec le commerçant et ses clients. Et, surtout, ignorant tout des besoins et des habitudes félines, et voyant son compagnon apprécier les menus qu'il lui offrait, il se mit à fréquenter quotidiennement la boucherie sur la place centrale du village. Les conseils fusaient devant l'étal du boucher. Et les anecdotes animales pleuvaient. Et même si André avait acquis une maison au village, c'est grâce à l'adoption du chat que les liens sociaux se renforçaient et que lui-même était accepté par tous les habitants de ce microcosme.

Très rapidement, un rituel s'établit entre l'homme et le chat. Il fallut peu de jours pour qu'ils eussent l'impression d'avoir toujours vécu ensemble. Rapapouègue se remémorait aussi cette demi-journée qu'il passa chez le bègue, vétérinaire de son état, entre les mains duquel ses comparses, Félix, Doudou et Tiger, avaient perdu leurs mâles ornements. Il savait que ce serait le prix à payer s'il ne voulait plus rester à traîner, solitaire et sans foyer, dans les rues.

« Tu verras, c'est pour son bien ! » avaient conseillé les papés à André lorsqu'il avait enfin pu récupérer son matou après deux jours et deux nuits de folles amours avec Calamity.

« Il n'aura plus envie de courir la gueuse. Il ne pensera plus qu'à son fauteuil. D'autant plus que, dans ton Paris, tu ne dois pas avoir un logement bien grand. À ce qu'on dit, il faut payer autrement plus cher que chez nous pour se loger là-haut. »

Malgré sa difficulté à s'exprimer, le vétérinaire avait expliqué les bienfaits des aliments en boîte, tant pour les animaux, auxquels ils apportaient tous les éléments nécessaires à leur

développement harmonieux, que pour le côté pratique de leur utilisation. Cependant, André attendit leur retour dans la capitale pour faire provision de ces préparations les plus sélectes parmi toutes celles que proposaient les rayons de supermarché.

Rêveur, Rapapouègue se remémorait toute cette vie passée au village, vie de liberté, certes, mais aussi de crainte, de faim parfois, de froid et surtout de solitude. Alors, tant pis s'il ne pouvait plus disposer d'arbres sur lesquels s'élancer et se faire les griffes, de brise qui lui caressait la truffe, de chemins ouverts devant lui. Le deux-pièces parisien se révélait bien étroit, mais également, et c'était là le principal, chaud et sécurisant. Et puis, André lui avait promis qu'ils ne tarderaient pas à retourner au village, d'autant plus que cet engagement, il l'avait également pris devant Malika et Amélie.

Ça y est ! André rentrait enfin de son travail. Le chat s'était étiré dès qu'il l'avait entendu remuer les clefs sur le palier. Il était venu au-devant de lui, l'attendant dans l'étroit hall d'entrée, la queue dressée en signe de bienvenue. Tandis que l'homme se débarrassait de son par-dessus et de son attaché-case, le chat se frottait à ses jambes, le dos arrondi prêt à la caresse, attendant qu'il se penchât pour le prendre dans ses bras.

Or, ce soir-là, il était revenu chargé d'un grand sac de plastique bruissant, barré de grosses lettres de couleur et gonflé d'un contenu imposant. La truffe sur ce nouvel objet, les yeux levés vers celui qui venait d'arriver, le chat semblait l'interroger.

— C'est pour toi, grand paresseux ! C'est un sac de voyage spécial matou. Demain soir, après le travail, nous prenons le TGV et direction Montpellier. Malika viendra nous chercher à la gare et en route pour la rue Haute ! Tu vas passer le week-end avec tes copains.

— Et toi avec ton amoureuse, pensa si fort Rapapouègue qu'André éclata de rire en ajoutant comme s'il avait compris le sabir de son compagnon à quatre pattes :

— À chacun ses fréquentations.

Ce soir-là, bien calé dans le canapé, André observait l'abandon confiant de son chat perdu dans son monde de rêves. Par moments, ses moustaches frissonnaient, ses oreilles frémissaient et le bout de ses pattes remuait. André arriverait-il lui aussi un jour à cet abandon total auprès d'un autre être ? Dans sa tête, lui revinrent alors ces quelques vers d'Apollinaire :

« *Je souhaite dans ma maison :*
Une femme ayant sa raison,
Un chat passant parmi les livres... »

Et le visage de Malika, d'abord flou, s'imposa à lui, occultant, à l'exception du matou qui ronronnait en sourdine, tout ce qui l'entourait dans cette pièce.

*
**

Ouf ! Le voyage avait été long et l'impatience épuisante. Il avait fallu affronter un tintamarre inhabituel à de délicates et campagnardes oreilles félines ultrasensibles. Finalement, Rapapouègue appréciait d'être dissimulé au fond d'un sac semi-rigide et molletonné, fermement tenu par un André attentif à la moindre de ses réactions.

Le pire avait été ce métro souterrain où les relents de transpiration et de tabac froid accumulés dans une atmosphère confinée lui avaient soulevé le cœur. Comment les humains, et son André tout particulièrement, pouvaient-ils supporter de telles émanations nauséabondes ? Certes, le sens olfactif de l'homme est bien moins développé que celui du chat dont le nez minuscule est doté d'un mécanisme suffisamment complexe pour lui permettre de percevoir bien des odeurs qui ne parviennent pas jusqu'à nous. Mais tout de même... que l'on soit chat ou homme, ces relents agressaient les narines.

Le trajet en train se révéla moins chaotique, moins perturbant. D'autant plus qu'André avait suffisamment entrouvert la fermeture Éclair du sac pour que le matou pût y passer

sa tête et observer autour de lui. En outre, il le rassurait régulièrement d'une caresse ou d'une parole. Tranquillisé par ce contact et le ton de cette voix, le chat ne remuait guère. Les voyageurs qui occupaient les sièges voisins l'observaient : certains avec amusement, d'autres avec tendresse.

— Regardez-moi ce chat ! Il se laisse faire. Vous lui avez donné quelque chose pour qu'il se tienne aussi tranquille ? Il est complètement passif.

À cette remarque, Rapapouègue sursauta. Comment peut-on avoir une telle méconnaissance des sentiments ? Il ne s'agissait pas de passivité, mais simplement d'amour. De cet amour qui rimait avec confiance, confiance qui suppose abandon. N'avaient-ils jamais aimé pour se montrer ignorants à ce point ? Certains hommes avaient souvent bien du mal à se connaître les uns les autres. Ils risquaient encore moins de comprendre le fonctionnement affectif des animaux.

Dès qu'ils étaient sortis de la gare de Montpellier, l'animal avait perçu cette légèreté de l'air. En cette mi-octobre, les jours étaient encore lumineux et semblaient plus longs et plus clairs que dans la capitale. Amélie trépignait sur le parvis dallé, étroitement retenue par la main de Malika, sa maman. Cette dernière contenait son émotion : il était trop tôt pour laisser paraître un sentiment autre qu'amical envers cet homme qu'elle connaissait somme toute si peu. Déçue par un premier mariage, elle était devenue particulièrement méfiante, d'autant qu'elle avait la responsabilité de son enfant.

— Donne, c'est moi qui le porte, le sac !

La petite fille s'en empara et, entrouvrant la fermeture Éclair, vérifia que « Rapag » était bien au rendez-vous. Pendant le trajet, elle n'eut de cesse de garder le matou contre elle. Ce qu'il apprécia après tout, malgré quelque brusquerie tout enfantine. Il avait trouvé sa place parmi les hommes et cela n'avait pas de prix pour Rapapouègue qui, en quête d'affection, avait cherché depuis sa naissance à se faire adopter. C'était justement les papés du village qui l'avaient appelé ainsi, tellement il se révélait

collant, tout comme ces herbes folles qui vous agrippent à votre passage et dont il est si difficile de se défaire.

Chaton, il avait été marqué par la rupture avec sa mère qui l'avait rabroué dès qu'il avait atteint ses deux mois. Il ne comprenait pas qu'elle l'éloignait pour qu'il affirmât son indépendance en milieu naturel. Pour lui, jusque-là, tout allait à la perfection : il se laissait nourrir, toiletter, protéger, se contentant de jouer et de dormir, douillettement lové dans la fourrure maternelle. Mais « élever un enfant, c'est lui apprendre à se passer de nous », disait le proverbe. Et elle, sa mère, savait qu'il aurait à affronter le monde, à s'imposer aux autres matous s'il ne voulait pas subir la loi du plus fort. Il était arrivé le temps où il devait apprendre à trouver sa pitance, à chasser, à se protéger, à défendre le territoire qui deviendrait le sien. Lui ne pensait qu'à se faire dorloter et n'envisageait pas une vie d'adulte dans un monde différent de celui dans lequel il avait évolué depuis sa naissance.

Durant le trajet, les adultes parlèrent peu, échangeant des banalités d'usage. Puis apparurent les toitures orangées qui grimpaient depuis la rue Basse jusqu'aux ruines du donjon. Subitement, tout redevint comme au temps de ces vacances finalement peu lointaines. La connivence revint et, avec elle, le rire et la décontraction, voire même cette tendresse naissante entre les deux adultes. Ce mois de séparation disparut soudainement. Malika arrêta la voiture devant la grande porte cintrée qui ouvrait sur le garage.

— Va porter tes affaires chez toi pendant que je prépare de quoi manger, dit-elle à André tandis qu'elle extrayait du coffre un panier visiblement empli de victuailles.

— Moi, je garde Rapag ! déclara Amélie.

Ce qui fit frémir le chat qui espérait pouvoir se dégourdir rapidement les pattes et surtout aller rejoindre ses congénères. Pourvu qu'André ne cédât pas à ce caprice enfantin !

— Laisse donc ce chat, lui aussi il a besoin de retrouver ses marques ! lui intima sa mère, étonnant ainsi par sa

perspicacité un Rapapouègue qui la croyait indifférente à sa personne.

Il ne fut pas long à parcourir les quelques dizaines de mètres qui le séparaient de leur lieu de rencontre habituel. Il n'avait même pas pris la peine de soigner son apparence tant il était impatient de les retrouver : pas de lissage de fourrure après toutes ces tribulations, pas de toilette. Tant pis, on le prendrait comme il est.

Et ils étaient bien là, tous, fidèles au rendez-vous quotidien. Tous ? En fait, non : manquait Calamity. Il fit un rapide calcul : ses petits, ou plus exactement leurs petits, ne devaient avoir guère plus de deux semaines. Il arrêta sa course quand il fut proche d'eux pour adopter une attitude qu'il voulut altière et décontractée. Mais ses vibrisses[43] frissonnaient de l'émotion des retrouvailles.

Tiger, décelant la présence d'un inconnu sur leur territoire, hérissa le poil, gonfla les joues, émit un grognement préventif, prêt à bondir toutes griffes dehors pour faire déguerpir l'intrus. Très exclusif, il portait à merveille ce nom de « tigre » que lui avait valu sa fourrure rayée. Félix était plus passif et Doudou franchement amical. En fait, tous deux n'acceptaient la tutelle de Tiger que dans la mesure où ce dernier ne cherchait pas à leur imposer sa domination. Ils le respectaient parce qu'ils voyaient en lui le défenseur, le patriarche de leur confrérie dont le charisme en imposait aux éventuels matous vindicatifs qui venaient parfois rôder sur leur territoire.

Rapapouègue cachait son excitation. Il contenait tant bien que mal des miaulements aigus, les modulant au point de les rendre presque aussi chantants que l'accent des anciens du village.

Tiger s'approcha du nouveau venu, le renifla scrupuleusement, mais sans aucune animosité, et, en signe de reconnaissance, lui asséna un léger coup de langue sur le nez. Aussitôt,

---

43. Les vibrisses forment la moustache des carnivores.

les deux autres compères l'approchèrent jusqu'à le frôler. Rapapouègue était aux anges : il était toujours l'un d'entre eux.

Immuables, tant que la maladie ou la mort ne venait pas faucher l'un d'entre eux, les papés, à cette heure apéritive, réécrivaient la gazette locale en l'agrémentant de récits et de commentaires. Ce fut le père Fernandez qui, le premier, aperçut le nouvel arrivant et, avec son accent catalan, s'adressa au matou :

— Mais c'est le chat du Parisien. Tu es en vacances avec ton maître ? Regardez-moi ça, lui qui était maigre comme une escaïsse[44] ! Ça se voit qu'il n'a plus à fumer la cigale[45] ! L'André aussi, il aurait bien besoin de faire un peu de lard. Ça lui ferait pas de mal, à lui non plus, de s'étoffer un peu. Remarque qu'avec la Malika ça risque de lui arriver. Il va découvrir ce que c'est de bien manger.

Aussitôt un autre commentaire fusa à l'intention du nouvel arrivant :

— Ça a plutôt l'air de bien te réussir, la vie parisienne. Mais je vois que tu n'as pas perdu les bonnes habitudes. Les traditions et les amis, c'est sacré !

L'émotion étreignait Rapapouègue qui roucoulait de plaisir plus qu'il ne ronronnait. « Ce n'est pas parce que vous êtes bien plus grands que nous, et que votre tête est plus grosse que la nôtre, que nos sens et notre cerveau sont moins réceptifs. Ils sont proportionnels à nos tailles et notre cœur est souvent plus grand que le vôtre », ne put s'empêcher de penser le matou en son for intérieur.

Cette soirée-là, les chats n'écoutèrent rien de ce que racontaient les papés qui pouvaient bien refaire le monde à leur guise. Ils avaient, quant à eux, tant de choses à se raconter : un bon mois de séparation à rattraper avant que, le soir même, le clan ne se reformât.

---

44. Petite cloche en catalan.

45. Jeuner par force.

*
**

La plaine s'étalait au soleil encore chaud de ce premier mois d'automne. Les vendanges, bien que terminées, avaient laissé un sillage aigrelet qui flottait encore dans l'air. Les colles[46] de saisonniers s'étaient dispersées, les comportes[47] avaient été lavées, puis rangées dans l'attente des vendanges de l'année à venir. Les tracteurs attelés de bennes, tanguant en un roulis de bateau qui soulevait la poussière des chemins desséchés, ne perturbaient plus le calme de la plaine.

Les vignes remuaient à peine sous la caresse du ciel. Elles offraient à présent une riche palette de couleurs qui s'accentuait de jour en jour, depuis le vert bronze de l'été aux tons mordorés et sanguins de l'automne. De loin en loin, on remarquait le moutonnement lumineux des ceps encore chargés de lourdes grappes dorées : du servant. Ce raisin de table, le dernier de l'année, que l'on cueillait précieusement grappe par grappe et qui, emballé dans du papier journal, pourrait être gardé intact pour figurer au repas de Noël.

Tout à coup, la quiétude du village fut troublée par le bruit chaotique d'un moteur de tracteur qui remontait la grand-rue, traînant une carriole brinquebalante. Il était conduit par Jean Marie. Tout à l'arrière, les jambes pendant dans le vide, la blonde Jeannette, ses longs cheveux dispersés au vent, riait de bon cœur avec Toinou. Ce dernier, apercevant les papés, leur fit un grand signe du bras en guise de bonsoir.

— Té ! Regardez-le, Toinou, il n'a jamais été aussi heureux de sa vie.

Les matous le connaissaient bien, ce Toinou, surtout Rapapouègue lorsqu'il errait dans les rues en quête de pitance.

---

46. Terme pour désigner un groupe de vendangeurs.

47. Récipient, initialement en bois et aujourd'hui en plastique, dans lequel on transporte le raisin.

Il habitait l'une de ces maisons étroites à une seule travée, au cœur du village. Et combien de fois, à côté du paillasson devant la porte d'entrée, avait-il déposé une coupelle de lait, le matin à la fraîche, pour les matous ! Rapapouègue l'avait même courtisé pour qu'il l'adoptât. Mais l'homme qui souffrait d'allergie ne voulait pas de chat chez lui.

Lors de sa naissance, Antoine, que tous appelaient Toinou depuis toujours, avait eu la malchance d'avoir affaire aux forceps du médecin pour être extirpé du ventre de sa mère. Ces appareils avaient laissé d'indélébiles marques, étirant sa boîte crânienne jusqu'à la déformer. « Il a un visage en lame de couteau », avait-on l'habitude de dire de lui.

Quand on le voyait pour la première fois, ce défaut s'imposait. Mais, très vite, il s'estompait au profit de son franc et large sourire et de la sympathie qui se dégageait du personnage. Toutefois, Toinou souffrait de ce physique qu'il savait ingrat, d'autant plus qu'il était resté d'une taille anormalement petite. Comme il était renfermé et n'avait rien d'un séducteur, aucune fille ne s'intéressa suffisamment à lui pour partager sa vie. Et pourtant, il ne manquait point de bonne volonté ni de gentillesse.

Ses parents, viticulteurs et eux-mêmes enfants de viticulteurs, n'hésitaient pas à faire appel à lui pour qu'il les aidât à la vigne au détriment d'une scolarité qui se révéla chaotique. Gros travailleur, il ne refusa jamais de sécher les cours : cette nature généreuse, exubérante et reconnaissante le récompensait ainsi des efforts qu'il fournissait. Là, il en oubliait son faciès défavorisé. Plus de regard détourné pour l'observer à la dérobée.

Il avait une sœur à peine plus jeune que lui. Celle-ci épousa, elle aussi, un exploitant du village qui possédait dans les 30 000 pieds[48]. De ce mariage naquit un fils qui décida de perpétuer l'activité ancestrale de la famille.

---

48. La richesse des viticulteurs s'exprime en nombre de pieds de vigne possédés.

Quand leurs parents voulurent se retirer, la propriété fut divisée en parts égales. Toinou possédait suffisamment de pieds de vigne pour s'assurer un train de vie honorable. Il en prit grand soin et la vigne le lui rendit bien. Toinou, l'ami de tous, mais le « chéri » d'aucune de ces demoiselles, ne convola jamais et se conforta dans des habitudes de célibataire.

Avec le temps des vendanges, arrivaient au village des saisonniers qui voulaient se faire embaucher. Un jour, on vit débarquer un couple encore jeune, accompagné d'un adolescent, que les revers de la destinée avaient mis sur les routes en quête d'un travail : Jeannette et Jean Marie. Ils venaient de l'autre bout de la France, là où les hivers rigoureux durent plus que de raison. Un maigre pécule en poche, une volonté farouche au fond des yeux, une endurance peu commune et un cœur rempli d'espoir, ils comptaient s'installer au pays.

Toinou, que l'âge commençait à courber et à ralentir, les prit d'abord dans son équipe. Ils s'y intégrèrent si aisément que, si ce n'était l'accent de là-haut, on les aurait crus de la région. Toinou, envisageant de freiner son activité et sa peine, proposa une bonne partie de ses terres en fermage à Jean Marie. Et tandis que ce dernier travaillait aux vignes, passant de la taille au traitement ou au charruage, Jeannette œuvrait derrière ses fourneaux.

— J'ai préparé un civet à la bière. Tu devrais dire à Toinou de se joindre à nous. Il y en aura bien assez pour nous tous. D'autant plus qu'il ne doit pas connaître ce plat, déclara un soir Jeannette à son mari qui partit de ce pas chercher son patron.

Mais, de « patron », Toinou n'en avait que le nom et, bientôt, tous les samedis soir le couvert de Toinou était réservé à la table de Jeannette. Et la bonne humeur régnait.

Survint cet hiver encore présent dans toutes les mémoires, où la campagne fut recouverte d'une épaisse couche de neige qui s'installa pour la semaine. Devant l'abondance des flocons, épiceries et supermarchés furent pris d'assaut dans

la crainte d'une pénurie. Ce fut en empruntant l'escalier qui descendait directement de chez Marité, l'épicière, pour rejoindre le carrerou où il logeait, que Toinou ne vit pas la première marche. Il perdit l'équilibre, sa cheville céda. Il ne put retenir un cri de douleur. Le souffle court, affalé dans le tapis neigeux, il ne parvenait pas à se relever.

Ce fut Jean Marie qui le trouva le premier. Il l'aida, le transporta chez lui et appela le docteur Maupas. Pendant ce temps, Jeannette lui avait préparé une bouillotte et un bouillon chaud.

— Une belle entorse de deuxième catégorie, déclara l'homme d'Hippocrate après avoir examiné la cheville. Pour bien faire, il faudrait plâtrer. Mais pour trouver une ambulance avec ce temps, cela va être plus que difficile. Je vais m'arranger pour lui bloquer la cheville. Attention : pas question de mettre le pied par terre et encore moins de marcher.

— Ce n'est pas un problème, on va le garder avec nous. Je m'occuperai de lui. On préviendra sa sœur, déclara tout de go Jeannette, ajoutant qu'ainsi ce serait plus facile pour les repas.

En fait, la sœur ne s'était jamais beaucoup intéressée à son frère. Enfant et adolescente, elle en avait même eu honte. Que quelqu'un d'autre qu'elle s'occupât de son frère, cela lui convenait parfaitement.

Pendant plus d'une semaine, Toinou joua les coqs en pâte, redécouvrant une vie de famille qu'il n'avait plus connue depuis l'enfance. Sa sœur ne vint jamais lui rendre la moindre visite même si elle passait devant la maison qui l'abritait momentanément. À vrai dire, elle ne s'était jamais rendue chez lui que pour y conduire son fils quand, au moment des fêtes de fin d'année, celui-ci venait chercher des étrennes que Toinou lui versait régulièrement et scrupuleusement, ou quand il convenait de régler un problème successoral.

Devant cette absence d'intérêt, un beau jour, Toinou ne put s'empêcher de laisser échapper un « tu parles d'une famille... ». Tout fut dit. Jeannette et son mari, décelant l'amertume de Toinou, s'occupèrent plus que jamais de lui.

De fil en aiguille, avec le temps, il en arriva à partager tous leurs repas, à être de toutes les festivités. Il ne rentrait en fait chez lui que pour y dormir, préservant ainsi un semblant d'indépendance, aussi bien pour lui-même que pour le couple.

— Même qu'ils le prennent en vacances avec eux ! ajouta un papé.

Quand il atteignit ses soixante-dix ans, Toinou décida de « régler ses affaires ». Sous couvert de quelques opérations devant notaire, l'ensemble de son patrimoine serait transféré au couple.

— Finalement, ils ont tous bien hancapé[49] : lui, il a trouvé la famille et eux, la propriété.

Et c'était bien vrai que Toinou était heureux. Chacun pouvait constater sa gaieté et sa joie de vivre.

Félix, le philosophe de cette confrérie féline, ne put se retenir d'un commentaire :

— Il n'y a pas que nous qui apprécions de nous faire adopter. Que l'on soit homme ou chat, on a besoin d'être reconnu, accepté, respecté et surtout aimé. Bien rares sont ceux qui se complaisent dans la solitude. L'enfer, ce n'est pas les autres quand nous savons les choisir.

Fier de cette référence[50] et baissant la prunelle, Félix entreprit de se lécher délicatement l'extrémité de la patte telle une femme qui observe soudainement ses ongles avec une fausse modestie pour se donner une apparence détachée. La coquetterie reprend toujours ses droits.

*
**

— Ce chat, il n'a pas l'air dans son assiette. D'habitude, il est gras comme une loche. Regardez-le comme il est efflanqué !

---

49. Ils sont tous bien tombés.

50. « L'enfer, c'est les autres », Jean-Paul Sartre.

— Pourtant, ce ne sont pas les amours qui peuvent le travailler. Pour lui, c'est fini. Il y a longtemps qu'on l'a fait opérer. Il ne risque plus rien dans ce domaine et, de toute façon, ce n'est pas l'époque des chaleurs.

— Va-t'en savoir qu'il n'ait pas mangé une cochonnerie qui l'aura empoisonné…

Les commentaires s'enchaînaient. Ce soir-là, les rôles étaient inversés : ce n'était plus les chats qui observaient les papés, mais ces derniers qui s'intéressaient à l'un des membres de leur confrérie. Tiger y était d'autant plus sensible qu'il s'agissait de lui.

Rapapouègue avait bien senti un changement d'attitude hier soir quand il avait rejoint le groupe. Tiger, sur la défensive, avait mis un moment avant de le reconnaître et de l'accepter. Mais, dans la joie des retrouvailles, il n'y avait alors pas prêté attention. À bien regarder son ami, il perçut une certaine tristesse au fond de son regard qui se perdait souvent dans le vide. Il en devenait presque insociable avec les papés dont il esquivait la caresse.

Les autres matous du groupe ne s'étaient rendu compte de rien, habitués à retrouver quotidiennement leur compère. À l'écoute des remarques, ils se tournèrent vers le héros malgré lui et, tout en l'observant, commencèrent à s'interroger à son sujet. Aurait-il été rossé par un chat d'un autre quartier ou attaqué par un chien ? Visiblement, leur ami avait sûrement été victime d'un traumatisme. Renfermé, il esquivait les questions ou répondait évasivement. Jusqu'à ce que la conversation ne dérapât sur…

— Vous avez vu les Anglais, ils ont pris un chat. Paraît-il qu'ils l'ont trouvé dans une vigne. Tous les matins, à la fraîche, ils partent en promenade. Dans une rangée, ils ont entendu des cris. Même pas des miaulements, mais bien des cris bizarres. Alors, ils se sont avancés et, au pied d'une souche, ils ont trouvé un tout petit chaton. Pas bien vieux. Paraît-il qu'ils ont fini de l'élever au biberon. Ils lui font une vie de pacha.

Tiger émit un léger grognement suivi d'un long soupir. Son problème était bien là ! De guerre lasse, il finit par tout raconter à ses congénères, par leur parler de cet amour que le couple d'Anglais, qui habitait la maison voisine de la sienne, vouait aux chats et dont il avait pu jouir exclusivement jusqu'alors. Elle, Lucy, lui avait même octroyé un fauteuil au fond duquel elle avait calé un coussin moelleux. Dès qu'elle le voyait, elle lui parlait, le prenait dans ses bras. Lui, John, gardait le garage constamment ouvert pour qu'il pût venir s'y abriter à ses aises les jours où ils s'absentaient de leur domicile. Bref, notre Tiger jouissait d'une résidence secondaire où il était le roi, mais où toute nourriture lui avait toujours été refusée afin qu'il ne désertât pas totalement son foyer d'origine. De sorte qu'il partageait son temps entre sa véritable famille d'adoption et celle de ces voisins accueillants.

Et voilà que surgissait ce tout jeune intrus : il prit aussitôt une place prépondérante auprès du couple britannique. Déchu au rang de prince, Tiger n'était plus le roi. Bientôt, le jeune chat fut équipé d'un collier magnétique qui lui permettait de commander la chatière d'entrée à la cuisine où l'attendait son écuelle. De sorte que Tiger n'y avait pas accès.

Alors, Tiger ressentit les affres de l'abandon qu'il avait autrefois connues. Ce n'était pas réellement un sentiment de jalousie qui le taraudait, mais la crainte d'être délaissé, voire abandonné de nouveau. Le malaise était si profond que, rentrant chez lui, il se mettait à uriner soit sur les rideaux du salon, soit au pied des escaliers, ou bien encore sur les chaussures quand on oubliait de les ranger. Ce n'était en fait qu'une réaction d'autodéfense : il marquait ainsi son territoire pour arrêter l'envahisseur potentiel. Mais ceci lui attira les foudres virulentes de la maîtresse de maison qui dut faire provision d'une gamme élargie de produits déodorants. Exaspérée, elle le poussait parfois dehors sans considération.

Plus que jamais, il se sentait délaissé : cercle vicieux où chacun campait sur ses positions. Il finit par refuser que

quelqu'un le prît dans ses bras, ne voulut plus de son canapé et passa le plus clair de son temps à l'extérieur.

Pourtant, il ne lui voulait pas de mal à ce chaton. D'autant plus que ce dernier recherchait sa compagnie pour s'amuser, certes, mais aussi pour trouver ses marques félines. Tiger en était parfois attendri et jouait avec lui jusqu'à ce que, lassé, il lui fît comprendre par un coup de patte toutes griffes rentrées qu'il ne fallait pas dépasser certaines bornes.

Mais voilà qu'un jour le jeune téméraire, à la recherche de son ami et mentor, n'hésita pas à traverser le jardin pour le rejoindre sur la terrasse où, à l'ombre d'une chaise, Tiger se reposait. Elle était là, elle, celle qu'il avait choisie pour se faire adopter, celle qui était tombée sous son charme et à laquelle il vouait la plus profonde des reconnaissances. Le « oh, qu'il est joli ce petit chat ! Minou, Minou… » qu'elle émit lui transperça douloureusement le cœur. Elle non plus n'allait pas le repousser au profit du nouveau venu ! Ici, c'était sa maison et celle de Virgule, le chat qu'ils avaient accueilli quelques années avant lui.

Cette scène accentua son malaise. Il en arriva même à bouder sa nourriture. Il semblait constamment sur la défensive. Le premier soir qu'il découcha, ils s'inquiétèrent, mais ne le cherchèrent guère. « Ils m'ont remplacé », pensa-t-il alors qu'il entendait résonner leurs appels qui ne s'éternisèrent pas.

Le lendemain, toujours pas de Tiger. « Il fait si chaud et si lourd avec ces orages qui menacent, qu'il se sera mis à l'abri », se dirent-ils. Mais le soir venu, ramenant leur fils du lycée, ils commencèrent à s'inquiéter. Tous trois organisèrent une battue et finirent par le dénicher dans un champ un peu plus loin, blotti dans un fossé. Soulagés et attendris, ils serraient à tour de rôle dans leurs bras le matou si craintif et si affamé qu'il tremblait. Il se laissait aller sans réticence ni réaction, s'abandonnant dans leurs bras. Ses yeux cernés reflétaient la grande tristesse de son âme.

— Ce chat, il est traumatisé.

Bien sûr qu'il était perturbé ! Ils lui donnèrent quelques morceaux de viande rouge pour le revigorer. Il ne voulut pas y toucher. Ils tentèrent d'éveiller sa gourmandise avec une noisette de beurre dont il était si friand : Tiger renifla, puis détourna la tête. Plus de ronrons. Il s'énervait dans leurs bras. Finalement, elle entreprit de lui parler tout doucement, comme pour le rassurer. Elle le garda près d'elle tant qu'elle put, puis finit par le laisser aller.

— Si ça ne va pas mieux, demain on l'emmène chez le vétérinaire. Ce n'est pas normal qu'il ne s'alimente pas.

Il ne rentra encore pas cette nuit-là. Mais il revint de lui-même, le lendemain, au petit jour. Il lampa un fond de lait, mangea à peine trois bouchées de sa pâtée. Ils se sentirent tous mieux, lui le premier, malgré la faiblesse qui l'avait envahi. Il se terra derrière la panière à linge où il passa une bonne partie de la journée avant de ressortir pour la nuit.

Enfin, ce matin-là, précisément, il était rentré en poussant un miaulement de réclamation. Un peu de lait, quelques petits morceaux de gruyère, un peu plus de pâtée que la veille. La confiance semblait revenir. Mais il restait encore sur ses gardes. La peine avait été profonde et la peur de l'abandon immense. Il lui faudrait encore quelques jours avant d'être pleinement rassuré et il passa sa journée dans le jardin à l'abri de leurs regards.

Là, dans l'atmosphère douillette de cette soirée, à l'écoute de son récit, Félix et Doudou revivaient certains épisodes de leur vie qu'ils avaient enfouis au plus profond de leur mémoire et de leur cœur. Ils s'efforcèrent de réconforter leur ami, de le tranquilliser.

— Tu sais, il ne faut pas leur en vouloir. Ils ne sont pas aussi exclusifs que nous. D'ailleurs, même chez toi, il y avait déjà Virgule avant que tu n'arrives. Il a accepté ta présence et ça se passe bien entre vous. Cela ne veut pas dire qu'ils ne nous aiment pas. C'est à nous d'être tolérants avec eux.

Finalement, avant que chacun ne regagnât ses pénates, ce fut Félix qui eut le mot de la fin en déclarant :

— L'anxiété conduit à la déprime et alors l'imagination devient nuisible. Il faut savoir laisser les choses arriver si elles doivent se produire et ne pas aller au-devant.

Ses amis devaient avoir certainement raison. Tiger se promit de ne plus laisser la « folle du logis[51] » vagabonder et l'entraîner dans de noires errances. Il s'était probablement fait des idées : on a qu'une famille. « Toute crainte est servitude », disait le proverbe et de cette servitude, il était à présent déterminé à s'en défaire. Il prit le chemin du retour, bien décidé à retrouver son canapé et à y passer la nuit, douillettement lové.

*
**

Dimanche s'était levé sous un soleil qui avait tardé à s'installer. Mais Rapapouègue s'était réveillé tôt. Depuis qu'ils étaient arrivés au village vendredi soir, un point le titillait : il souhaitait revoir Calamity. Or, celle-ci se consacrait entièrement à ses petits. Elle attendait qu'ils s'assoupissent et en profitait alors pour aller se dégourdir les pattes sur le balcon sans toutefois perdre de vue la corbeille qui les abritait. Au moindre signe de réveil, elle revenait vers eux, les surveillant comme le lait sur le feu. D'autant plus qu'ils avaient à présent les yeux grand ouverts et manifestaient quelques velléités à sortir du nid pour jouer plus à l'aise.

Rapapouègue emprunta la chatière et se retrouva dans la rue alors qu'André, rentré fort tard, c'est-à-dire au petit matin, n'était pas encore réveillé. Il contourna l'église et arriva aux abords du village où vivait celle qui avait partagé ses amours.

À l'exception de la porte de la cuisine qui donnait sur le balcon du premier étage, la maison était close. Difficile d'en sortir ou d'y pénétrer. Il lança un miaulement presque

51. Esprit, cerveau.

suppliant, espérant que sa bien-aimée entendrait. Dame Calamity sursauta au son de cet appel qu'elle reconnut aussitôt. Ses petits, repus et las, dormaient profondément. Elle sortit sur le balcon. Son Roméo se trouvait sur le trottoir, ne sachant comment s'y prendre pour la rejoindre. Il n'était pas question pour elle d'envisager de s'éloigner de ses chatons.

Tendresse contrariée par une simple porte fermée et cet étage qui séparaient les anciens amants. Avisant le cerisier dont les hautes branches atteignaient pratiquement le balcon, Rapapouègue décida de se lancer dans l'escalade. Toutefois, il n'était pas habitué à de telles prouesses et redoutait l'altitude. La seule fois où, coursé par un chien malappris, il avait dû se réfugier dans un arbre, il avait hurlé, pris de vertige, jusqu'à ce qu'André vînt le récupérer tant bien que mal. Mais, pour les beaux yeux de sa dulcinée et pour connaître enfin leurs enfants, que n'aurait-il affronté…

Le téméraire, plantant ses griffes dans le tronc, atteignit sans trop de mal la branche qui courait jusqu'où l'attendait sa belle. Là, il dut serrer les mâchoires pour progresser lentement et précautionneusement en équilibre sur un chemin qui s'avérait à chaque pas de plus en plus étroit. Sa queue lui servait de balancier. Heureusement que les feuilles lui masquaient en grande partie le vide au-dessus duquel il évoluait !

Les retrouvailles furent pleines d'émoi. Le dos arrondi, elle vint se frotter contre lui dont la queue dressée à la verticale marquait le contentement et la joie devant cette marque d'affection. Un tour de taille épaissi par une nourriture enrichie, les mamelles alourdies de lait, sa Calamity lui parut particulièrement rayonnante. Après quelques coups de langue râpeuse en guise de baiser, elle l'entraîna dans la cuisine.

Le matou se sentit fondre en voyant ces boules de poils mêlées de blanc et de noir qui reposaient confiantes et endormies : tout autant empli de fierté que d'amour. Sous les yeux de leur mère, il s'installa délicatement dans le large panier où les chatons reposaient, confortablement installés

sur une épaisse serviette. Avec moult précautions, il se mit en demi-cercle sur le flanc, les gardant contre son ventre comme pour les maintenir au chaud.

Les petits s'agitèrent. Ils n'allaient pas tarder à s'éveiller. Il était quelque peu inquiet qu'ils ne le repoussent. Bientôt, ils ouvrirent les yeux les uns après les autres. La truffe dans la fourrure du matou, ils cherchaient les mamelons pour assouvir leur faim. Instinctivement, le chat s'étira pour faciliter la tétée. Les petits tiraient sur les trayons. Bien entendu, en vain. Jamais on n'avait vu de chat plus rayonnant que Rapapouègue en cet instant ! Calamity laissait faire, tranquille et sans crainte.

La clef tourna dans la serrure, Jackie, la maîtresse des lieux, rentrait des commissions. Elle s'arrêta net alors qu'elle s'apprêtait à poser sur la table son cabas gonflé de provisions.

— Non, mais qu'est-ce que tu fais là ? lança-t-elle, sidérée par le spectacle du matou léchant les petits.

Il se redressa doucement, sans heurt. Devant l'air heureux et fier qu'il affichait, elle ne put qu'être attendrie et s'abstint de hausser le ton.

— Alors, ça ! On aura tout vu ! Un chat paternel ! D'abord, comment as-tu fait pour rentrer ?

Elle se garda bien de chasser le chat et se précipita même sur son appareil photo en pensant qu'elle ne reverrait certainement pas une telle scène de sitôt. Puis, se ravisant, elle composa le numéro de téléphone qu'André lui avait communiqué tandis que tous deux cherchaient leurs félins en fugue. Lorsque André arriva pour récupérer son compagnon, Jackie l'interpella :

— Pourquoi vous ne prendriez pas un petit ? Il doit s'ennuyer, enfermé tout seul, quand vous êtes au travail. D'autant que cela vous permettrait de le laisser quand vous descendez pour le week-end. Ils se tiendraient compagnie. Ça ne pourrait que vous faciliter la vie et la sienne aussi. Regardez comme il fait avec ses petits ! Il sait s'y prendre.

Chemin faisant, alors qu'André portait son chat blotti dans ses bras pour le ramener rue Haute, Rapapouègue réfléchissait à ce que venait de suggérer Jackie. C'était vrai que les journées étaient parfois bien longues. Mais un chat n'est-il pas un gros dormeur qui passe plus de la moitié de son existence à sommeiller ? Et quand André s'absentait pour la soirée, il laissait sur la platine cet enregistrement de Mozart dont il avait remarqué l'effet apaisant sur Rapapouègue. Quelquefois, il croyait bien faire en lui allumant la télévision. André ne savait pas que ce n'était pas ce qui se passait sur le petit écran qui séduisait son matou, mais la chaleur des ondes qui s'en dégageait.

Partager André avec un autre, même s'il s'agissait de l'un de ses propres enfants, laissait Rapapouègue perplexe. Les jouets, la nourriture, l'appartement même le laissaient indifférent : partager tout cela pouvait être drôle. Mais lui : son André ! Il ne sentait pas prêt à ce sacrifice. Certes, en tant qu'aîné, il serait le chef. Et puis, ce serait à lui de finir l'éducation du chaton. Alors, somme toute, peut-être que… De toute façon, à entendre le refus émis par André, la question ne se posait plus.

— Et si on le proposait à Amélie ? Qu'en penses-tu, affreux Jojo ?

*

* *

Les quelques nuées matinales s'étaient dissipées, laissant place à un ciel d'un bleu rayonnant que balayait une petite bise venant du nord. À l'horizon, les collines cendrées encadraient la plaine, estompées par une brume automnale. Au loin, d'intermittents coups de fusil perturbaient à peine le roucoulement incessant des tourterelles qui avaient élu domicile au village, tandis qu'ils faisaient fuir les nuées d'étourneaux qui s'abattaient goulûment sur les grappillons restant après le passage des vendangeurs. La journée s'annonçait reposante et légère.

Il n'était pas tout à fait midi quand Malika grimpa sur la pointe des pieds l'envolée de marches qui conduisait à l'étage où s'était installé André. Elle frappa discrètement à la porte qui barrait le haut de l'escalier. À peine celle-ci ouverte, André prit Malika dans ses bras et l'embrassa d'une manière qui n'avait plus rien d'amical et qui en disait long sur sa disparition nocturne. Rapapouègue savait qu'il avait tout simplement découché une bonne partie de la nuit pour, à son tour, assouvir une passion amoureuse.

— Si nous allions déjeuner au Pont du Diable ? Ce n'est pas très loin et on serait bien sur la plage avant de rentrer sur Montpellier ? Je n'en ai pas encore parlé à Amélie, mais elle sera ravie de passer une ou deux heures au bord de l'eau.

L'idée séduisit aussitôt André. D'autant que le site était des plus agréables et que, dans la soirée, il faudrait reprendre le train pour rentrer à Paris. Pendant ce temps, Rapapouègue aurait quartier libre.

Il suffisait de parcourir une quinzaine de kilomètres pour atteindre ce « désert des poètes » aux senteurs musquées de garrigue et de pins sauvages, traversé par le fleuve qui avait ouvert les flancs de la colline pour se frayer un passage. Les flots tourbillonnants et tumultueux s'échappaient d'une étroite gorge et avaient creusé leur voie enserrée d'escarpements rocheux dolomitiques.

Plus bas, à l'arrivée dans la plaine, le lit du fleuve s'élargissait. Aussitôt après le pont qui enjambait le fleuve depuis déjà près de dix siècles, il s'étalait en coude et venait lécher une plage de sable grossier où se regroupaient les amateurs de farniente estival. En amont, toute baignade était interdite parce que trop dangereuse. Des tourbillons entraînaient les imprudents ou inconscients dans des gouffres dont ils ne pouvaient plus s'échapper.

Au Moyen-Âge, il n'existait pas encore de passage pour relier les deux rives. Cependant, chaque versant abritait une maison religieuse qui, au fil des ans, devint une abbaye. Or,

le diable avait élu domicile dans la rivière. Il était d'autant plus offusqué de ce voisinage que les pèlerins d'antan, bientôt imités par les passants, ne manquaient jamais de jeter des pierres au démon emprisonné dans le gouffre, pour conjurer le mauvais sort.

Un beau jour, les deux communautés décidèrent, à frais communs, de jeter un pont au-dessus de l'abîme, permettant ainsi aux pèlerins de passer aisément d'une rive à l'autre et de parvenir sans détours jusqu'aux lieux consacrés. Assise sur de la pierre vive, la construction commença à s'ériger. Le diable enrageait. Et, chaque nuit, il renversait systématiquement ce qui avait été édifié à grand-peine pendant le jour.

Cela aurait pu durer à l'infini. Il convenait de trouver une solution. Guilhem, le saint homme en charge de l'une des deux communautés, se retira pour prier Dieu de l'aider à dénouer cette situation. Il passa la nuit isolé dans la chapelle dont la seule lumière éclairait le christ imposant de l'autel. Au matin, il tenait la clef du problème.

Il appela le diable et proposa un marché à ce voleur d'âme. Ils firent un pacte : le premier passager qui franchirait le pont appartiendrait au diable. Ce dernier ne pouvait refuser une telle offre : une âme acquise sans se donner le moindre mal !

Toutefois, l'homme d'Église était plus rusé que Satan. Tandis que la construction touchait à sa fin, il fit le tour de ses amis pour les prévenir et les préserver. Le jour de l'achèvement, tous étaient présents, mais aucun n'avançait. Alors, à l'entrée du pont, il lâcha un chat qu'il avait dissimulé au fond d'un épais sac de jute. Enfin libéré, l'animal se précipita et fut le premier à traverser.

Le pacte avait été scellé et l'on ne pouvait plus s'en dédire. Le démon fut bien obligé de s'en contenter. Fou de rage de s'être ainsi laissé berner, il attrapa le chat et de toute la violence dont il était capable l'écrasa sur le pilier porteur de l'édifice. La pauvre bête s'y fracassa tant et si bien qu'elle laissa une empreinte indélébile sur la pierre. Encore de nos

jours, on peut, sans conteste, distinguer précisément la forme de l'animal martyrisé.

Et c'est depuis cette époque, avait conclu le papé qui avait conté cette histoire à André au début de son installation au village, que « les chats appartiennent au diable et les chiens à saint Guilhem ».

Rapapouègue, comme tous ses amis, n'appréciait pas cette histoire. La fin les choquait et encore plus le dicton auquel elle avait donné naissance. Et, puisqu'il était question de religion, il lui préférait l'illustre mot de Joseph Méry[52] : « Dieu a fait le chat pour donner à l'homme le plaisir de caresser le tigre. » Mais les croyances sont persistantes, surtout dans nos campagnes où les connaissances empiriques marquent souvent le pas sur les technologies enseignées.

Nos matous se devaient de reconnaître que leur race n'avait jamais été synonyme de neutralité. Ils avaient entendu dire que, chez les Égyptiens, il y avait bien longtemps, leurs congénères étaient momifiés dans de royaux cercueils et que l'un d'entre eux d'ailleurs figurait au panthéon des divinités qu'ils adoraient, sous les traits de Bastet, déesse de la fécondité et de l'amour. Mais ils ne pouvaient pas oublier non plus cette malédiction que le Moyen-Âge vouait à ceux dont le pelage était aussi noir que l'habit de Satan : pour conjurer ce dernier et exorciser le démon, on les brûlait sur la place publique avec les femmes soupçonnées de sorcellerie.

Autres temps, autres mœurs ; fort heureusement, ces époques étaient révolues ! Ce à quoi Félix avait ajouté :

— Les hommes sont-ils si vaniteux qu'ils ne comprennent pas que nous ne cherchons pas à être adorés ou haïs ? Mais simplement aimés !

— Les sentiments extrêmes restent l'apanage des hommes, ajouta Rapapouègue qui pensa en son for intérieur :

52. Joseph Méry, journaliste, romancier et poète, auteur de *La Comédie des Animaux* (1862).

« Heureusement que mon André n'est pas comme eux et que lui se contente d'aimer sans compétition ni excès ! »

*
**

Noël était déjà là. Ces dernières semaines s'étaient écoulées rapidement. La vie s'articulait autour des week-ends où chaque vendredi voyait André et Rapapouègue s'engouffrer dans le métro jusqu'à la gare de Lyon en direction du sud. Le dimanche en fin d'après-midi, Rapapouègue regagnait une fois de plus son sac de voyage molletonné et tous deux s'en revenaient vers la capitale.

Les premiers jours de novembre furent si rigoureux et pluvieux qu'ils ne poussèrent pas jusqu'au village. Il y avait déjà fort à faire à Montpellier et Malika entreprit d'entraîner André dans des lieux qui, depuis le temps, lui étaient devenus étrangers et qu'ils découvrirent ou redécouvrirent ensemble.

Ils avaient longtemps tergiversé avant de trouver leur spontanéité sentimentale. La méfiance humaine n'est pas qu'instinctive, elle est également réfléchie. « Ce qui est pire ! » estimait le matou en les voyant tâtonner et s'enferrer. D'abord, ils s'étaient cachés de tous et c'était en catimini qu'André regagnait ses pénates voisins, rue Haute, bien avant le lever du jour, croyant ainsi berner son entourage.

Il aurait certainement aimé pouvoir étaler au grand jour ses élans et ses sentiments. Il doutait cependant encore de sa capacité à aimer et à être aimé. Malika, sur le qui-vive, agissait de même. Qui plus est, la situation se compliquait avec la présence de sa fille qu'elle ne voulait perturber en aucun cas. Elle ne voulait pas risquer de remettre en cause cet équilibre bâti entre elles pour un avenir dont elle ne connaissait pas encore l'orientation précise.

Quand il regagnait sa chambre, André appréciait de voir son chat s'extirper du sommeil malgré le soin particulier

qu'il mettait à rentrer discrètement. D'une caresse, d'un mot, il en arriva à s'épancher à chaque fois un peu plus auprès du matou. Et ce n'était pas un simple monologue. À ses mimiques, les oreilles qu'il abaissait vers l'arrière, le froncement de sourcils, le coup de langue sur le bout de sa patte, et même à ce miaulement presque inaudible, Rapapouègue enchaînait les commentaires. André interprétait le moindre des gestes de l'animal et les traduisait à haute voix.

— Tout ça, c'est bien compliqué pour toi. C'est vrai que vous ne connaissez pas ces tourments. Vous trouvez votre belle, elle est d'accord et, au vu et au su de tout le monde, vous vous accordez. Tout est clair et précis !

Et cette conclusion convenait parfaitement à Rapapouègue qui s'étirait pour mieux se remettre en boule et reprendre son sommeil après cet intermède de confidences.

Puis, de complicité quotidienne en ébats nocturnes, les sentiments s'affirmèrent. Les amants se mirent à envisager une relation plus officielle. Se posa alors le problème d'Amélie. Mais, là encore, les humains n'avaient rien compris, estima Rapapouègue, critique :

— Il n'y a que vous qui voyez un problème. Il y a belle lurette qu'Amélie a compris votre manège. La perspicacité et la spontanéité sont les apanages de l'enfance. Ce n'est qu'avec l'âge que les sentiments s'emberlificotent et s'encombrent de convenances contre nature.

Une fois de plus, André ne pouvait qu'approuver son Rapapouègue. Mais, loin de lui et face à Malika, il reperdait son assurance et sa confiance. Ce fut à l'occasion de cette Toussaint pluvieuse et froide, lorsque Malika entreprit de mettre des draps dans le canapé où André s'installerait pour y passer la nuit, qu'Amélie déclara tout de go :

— Il ne va pas dormir dans ton lit, André ?

Devant la surprise de sa mère, elle s'empressa d'ajouter :

— Rue Haute, il passe bien des heures dans ta chambre. Et, tu sais, avec les fenêtres ouvertes, j'ai bien entendu que

vous faisiez les mêmes bruits que ceux qu'on entend à la télé dans les films quand les gens s'aiment et qu'ils sont nus.

Malika sentit son cœur s'emballer et s'en voulut pour son manque de discrétion. Aussitôt, sans lui laisser le temps de se ressaisir, la petite enchaîna :

— C'est normal, tu es belle. Lui, un peu moins, mais il est gentil et je l'aime bien. Alors, si je dois avoir un nouveau papa, comme toutes mes copines en ont, je préfère que ce soit lui. Surtout qu'il a Rapapouègue !

Et ce dernier argument était de poids !

La ville semblait plus lumineuse qu'à l'accoutumée malgré le ciel si bas de cette fin d'année à Paris. Les guirlandes de Noël et les décorations des magasins et des rues devaient y être pour quelque chose. Il était prévu que les Montpelliérains monteraient à la capitale quelques jours et que tous ensemble ils regagneraient le Sud ensuite. Les « Montpelliérains », car Malika avait fini par céder aux instances de sa fille et, pour son anniversaire, l'avait autorisée à choisir un chaton parmi ceux de la portée de Calamity.

Temps fort d'une jeune vie que la rencontre avec son premier animal. Moment inoubliable pour une mère devant l'éclat émerveillé qu'elle lisait dans le regard de sa petite. « C'est mon plus bel anniversaire ! » assurait cette dernière. Amélie rayonnait avec ces quelques grammes d'une fourrure chaude et vibrante, à peine sevrée, qui s'abandonnait au creux de ses bras, blottie contre sa poitrine, et dont le cœur battait à l'unisson du sien. Le bonheur est si simple !

Rapapouègue n'en avait pas été jaloux. Bien au contraire ! Ce chaton ressemblait tant à sa douce Calamity… Elle l'avait appelé Sweety[53], ce qu'en fait il était loin d'être, jouant avec brusquerie et s'écroulant aussi brutalement qu'il se jetait sur lui pour s'amuser. Par contre, Rapapouègue lui avait bien fait

53. De l'anglais *sweet*, doux.

comprendre qu'il aimait dormir en paix. Alors, le chaton s'installait non pas contre lui, mais suffisamment près toutefois pour être rassuré par la présence de son aîné dès qu'il ouvrirait l'œil.

Au village, les papés avaient pris l'habitude de sortir leur chaise un peu plus tôt dans l'après-midi, quand le soleil était encore suffisamment haut pour réchauffer une nature qui commençait à se blanchir des premières gelées de fin de nuit. Emmitouflés dans des vestes tricotées en grosse laine naturelle d'une couleur neutre sur laquelle le temps n'avait pas de prise, ils n'en continuaient pas moins à refaire le monde et à évoquer les souvenirs de toute leur vie, et même de celle de leurs parents. Fidèles tant que la santé le leur permettait, ils n'auraient manqué en rien ces derniers rendez-vous quotidiens d'une année finissante.

Dans les rues ne flottaient plus les odeurs parfumées d'ail et de basilic. Les cheminées avaient repris du service. Les épaisses soupes de légumes, les ragoûts qui n'en finissaient pas de cuire laissaient échapper des effluves plus hivernaux. On dînait plus tôt et l'on ne sortait plus après souper.

Les matous avaient changé leur horloge biologique pour se mettre au diapason de tous. Calamity avait rejoint le groupe. Sa maternité n'était plus qu'un lointain souvenir : les petits avaient été casés et elle avait subi une opération qui l'avait rendue stérile. Elle avait retrouvé son élégante aisance, son pas souple, et son ventre ne portait plus de trace ni de cette grossesse ni de cette intervention chirurgicale. Ils évoquaient souvent leur ami parti vivre à la ville et qu'ils revoyaient plus rarement. Il leur manquait et, quand il revenait, il retrouvait aussitôt sa place parmi eux comme s'il ne l'avait jamais quittée.

Avec le froid, les gestes des vieux devenaient plus précautionneux, plus ralentis, comme pour se protéger de l'avancée inexorable du temps, essayer de la ralentir. Frilosité face à ce présent accentuée par ces souvenirs qui, plus que jamais, les envahissaient et soulignaient leur vulnérabilité. Ils en

devenaient attendrissants et les chats les écoutaient avec ravissement. Ils évoquaient ces Noëls d'antan et n'avaient pu se défaire de certaines traditions que leurs enfants respectaient à leur tour. Le laurier-tin, ramassé dans la garrigue, fleuri de rose et de blanc, ou la branche d'olivier ne manquait jamais de garnir le dessus de la cheminée.

« *L'ouliou pren tou viou*[54] », énonçait l'un des vieux pratiquants de l'occitan. Les autres se contentaient d'opiner silencieusement.

Tout comme ces anciens, véritable bibliothèque locale, Tiger et sa bande ne s'éternisaient guère à l'extérieur. Leurs coussinets devenus délicats, nos matous embourgeoisés n'appréciaient en rien un sol que la froidure et le vent rendaient rugueux ou qui était trempé et délavé par de brutales pluies. Bientôt viendrait le moment où les sorties leur deviendraient exceptionnelles. Le temps semblait s'arrêter dans l'attente de beaux jours qui ne manqueraient pas de revenir. Il était venu le temps de l'hibernation.

À Paris, dans le petit appartement, Rapapouègue regardait avec ravissement les couleurs vives des boules décorant le sapin qui dégageait des effluves de résine. Sa base était jonchée de paquets enrubannés, tous plus colorés les uns que les autres. Le matou aurait bien joué avec l'une ou l'autre de ces guirlandes frémissantes, mais André avait intimé :

— On ne touche pas ! C'est bien compris ?

Alors il se contentait de regarder, d'apprécier, d'admirer. Une atmosphère de fête avait envahi le salon. C'était son premier vrai Noël.

Et elles étaient enfin arrivées avec Sweety, apeuré par ce voyage perturbant son confort habituel. Elles avaient déposé encore d'autres paquets au pied de l'arbuste. Il était si heureux

54. « L'olivier prend tout en vie » : symbole de la vitalité de cet arbre.

et fier de les recevoir chez lui, chez eux. Amélie rayonnait devant ses cadeaux. Le bonheur est contagieux. Il irradiait la pièce en cette veille de Noël. Les deux chats découvraient avec la fillette le contenu des cadeaux, jouant avec les rubans et les emballages déchirés. Ils n'avaient pas été oubliés, bien entendu, et avaient découvert avec ravissement souris de fourrure, balles tintantes et autres jouets dédiés à leur félinité.

La soirée se prolongea fort tard, les yeux se refermèrent, pleins des paillettes de la fête. Exceptionnellement, Rapapouègue n'eut pas accès au lit d'André pour y passer la nuit. La porte resta fermée. Amélie dormait au salon et, de toute façon, pour rien au monde elle ne se serait séparée des deux matous, surtout ce soir.

Jeune chat déjà empli de sagesse, du haut de ses deux ans à peine, Rapapouègue se répétait que cette année se concluait sous les meilleurs auspices et il en augurait le meilleur pour l'année à venir. Les chats ne sont-ils pas devins ?

*

* *

L'affaire secouait le village depuis déjà plusieurs longs mois, échauffant les esprits et divisant la population en gens du pédasse[55] et estrangers qui n'avaient pas de racines ancestrales au village. Tout avait commencé lorsque le père Antonin avait décidé de morceler la vigne qu'il avait mise à l'arrachage pour la vendre en terrains à construire. Elle se trouvait le long de la route, tout juste à la sortie du village. Celle qui conduisait vers la mer. Il s'assurerait de cette façon un honorable pécule pour vivre sa retraite tranquille. C'était ainsi que procédaient bon nombre de viticulteurs, la soixantaine sonnante, lorsque leurs terrains étaient reconnus constructibles par la municipalité selon des règles qu'elle avait définies.

55. Pays.

Le plus petit des terrains trouva preneur auprès de l'aîné des Guibert, Claude, un réboussier[56] qui se louait tant pour les travaux de culture que pour servir de manœuvre en maçonnerie. Il était loin d'être fainéant et apprenait vite. Constamment réclamé, il ne chômait guère. Le gros œuvre de la construction de sa propre maison ne lui faisait donc pas peur. Et, économies faites, il pourrait s'offrir les services des autres corps de métiers.

Un autre acquéreur ne tarda pas à se présenter. Le village était des plus attirants. Une campagne douce et vallonnée aux allures de Toscane, des collines qui barraient un proche horizon, des maisons de pierres qui s'enroulaient autour du quartier haut, surmonté d'un donjon, dominé plus loin par une pinède en pleine progression. Avec en cadeau ce soleil méditerranéen, ces longues journées chaudes, cette nature exubérante aux senteurs multiples, sans oublier, au fond des verres, ce petit jaune fleurant bon l'anis qui était de toutes les tables à l'heure de l'apéritif et dont l'arôme se faufilait le long des rues.

En fait, le nouveau venu acheta directement les deux parcelles restantes proposées à la vente. Il arrivait d'une lointaine ville où il occupait un poste d'enseignant à l'université. Il venait d'être muté à Montpellier. Ce cadre paisible l'avait séduit d'emblée, ainsi que sa famille. Il envisageait la construction d'une maison où tout serait conçu pour faciliter la vie de ses occupants et leur apporter un bien-être maximum, notamment quand, au-delà de la retraite, l'âge se ferait plus lourd. Son salaire et ses économies lui permettaient ces dépenses que trouvait déjà pharaoniques un Claude habitué à compter sou par sou.

En fait, tous les raisonnements et les actes de Claude étaient guidés par son intérêt pour l'argent. Jusqu'à présent, il s'en était suffisamment bien tiré pour arrondir son

56. Solitaire.

pécule, n'hésitant pas à vendre les plus belles pièces de sa chasse et de sa pêche, tant licites que braconnées. Si le travail ne lui faisait pas peur, l'honnêteté ne l'étouffait pas non plus. Quand il connut les conditions de la vente, car rien n'échappait aux vigilantes oreilles, il sentit monter en lui une franche poussée de jalousie. Comment un homme du même âge que lui, qui venait on ne savait d'où, pouvait-il accaparer et faire sienne une telle terre alors qu'il n'était absolument pas originaire de la région ? Voir chaque matin tout l'espace dont allait disposer son voisin et ruminer cette différence la journée durant entretenaient ce sentiment d'injustice qui le minait et allait s'amplifiant.

Un beau soir, n'y tenant plus, après s'être assuré qu'il ne serait pas vu, il déplaça les bornes. Oh ! Pas de beaucoup, seulement d'une vingtaine de centimètres. Mais, sur la largeur, cela représentait malgré tout quelques mètres carrés. Ni vu ni connu : on ne s'aperçut de rien.

Toutefois, le démon de la possession le tiraillait sans cesse. Et il recommença une quinzaine de jours plus tard. Il avait bien rogné un bon mètre et demi quand son voisin s'en alerta. Claude, de sa grosse voix rauque et bourrue, s'exprimant si vite qu'il en avalait la fin de chaque mot, marmonna quelque vague excuse d'une mauvaise foi évidente et injurieuse.

Le nouveau venu ne voulait pas « d'embrouilles ». Il ne chercha pas une discussion qu'il savait inutile. D'autant plus qu'il avait appris que Claude avait déjà reçu des avertissements de la gendarmerie pour des actes douteux. Délimiter définitivement sa propriété devint alors une priorité. Il se contenta de faire aussitôt ériger un mur de parpaings qui, lui, ne risquerait pas d'être déplacé par deux mains malveillantes. L'épisode du voisinage douteux aurait pu s'en tenir là, d'autant que ce mur évitait toute promiscuité et cachait les uns à la vue des autres.

Cependant, s'il barrait la vue, il ne pouvait arrêter les odeurs pestilentielles qui, par la suite, se répandirent

régulièrement, importunant parfois jusqu'à l'intolérable lorsqu'une fumée grisâtre s'échappait du hangar de Claude. Cette puanteur interdisait de garder le moindre fenestrou entrouvert et encore moins de s'éterniser dans le jardin, surtout les jours où le Marin[57] pesant engluait l'atmosphère. Bien entendu, Claude faisait la sourde oreille devant les interrogations et les remarques de son voisin.

— Il va falloir en parler au maire, puisqu'il ne veut rien entendre, décida, un beau jour, l'universitaire. Ce n'est plus supportable !

L'édile s'étonna de cette plainte, d'autant plus que, jusqu'à présent, personne ne lui avait signalé cet inconvénient. Cependant, il en aviserait officiellement Claude. De fait, une friche séparait les nouveaux habitants des autres constructions. Ces dernières se trouvaient donc suffisamment éloignées de celle du contrevenant pour ne pas subir de plein fouet ce désagrément majeur. Les jours s'écoulèrent sans grande amélioration.

N'y tenant plus, le professeur plaça un escabeau contre le mur afin d'observer les activités de son voisin et d'essayer de comprendre la source du problème. Sous le hangar, une chaîne descendait de la poutre. Un chaudron noirci tout autant par l'âge que par le feu y était accroché et, sous celui-ci, un petit tas de brandons de souches se consumait lentement. La mixture bouillonnait doucement, laissant de larges cloques éclater et répandant ces relents malodorants. Plus loin, hors de tout feu, une autre marmite semblait contenir cette même préparation visqueuse et foncée.

— Vous savez, parfois à la campagne, ça sent mauvais : certains traitements ou le mou de raisin. C'est notre travail qui veut ça, mais cela ne dure jamais bien longtemps. Vous verrez ! assurait le maire, d'un ton calme qui se voulait apaisant, au plaignant.

---

57. Vent du sud, venant de la mer.

Quand l'incommodé finit par saisir la gendarmerie, celle-ci, venue sur place, constata une fabrication de glu selon les méthodes ancestrales : une potion obtenue grâce aux baies de gui et au liber du houx, offerts par Dame Nature, que l'on faisait longuement bouillir, puis que l'on laissait fermenter. « La formule des braconniers », constatèrent les gendarmes qui n'attendaient que cette occasion pour inculper Claude. Mais, en vieux renard, ce dernier avait plus d'une corde à son arc.

— Je n'ai pas de gros moyens. S'il me fallait acheter les produits pour soigner mes fruitiers, je ne pourrais pas y arriver ! Avec tous ces pucerons, d'autant plus que chaque année, il en arrive davantage et toujours des différents, prétexta un Claude modeste et victime à souhait.

— Ce n'est pas un peu d'huile de ricin et quelques produits dérivés de résine de pin qui vous ruineraient. C'est ce que font, de nos jours, tous ceux qui veulent économiser pour soigner leurs arbres, lui rétorqua l'un des hommes de loi bien persuadé de sa culpabilité.

Toutefois, après inspection, sans objet du délit, ils ne pouvaient pas verbaliser et le congélateur de Claude n'en refermait aucun.

Une enquête fut diligentée afin de savoir s'il convenait ou non de porter l'affaire plus haut. Le dossier devait être présenté au juge qui statuerait dans quelques mois, justement quelques jours avant cette période pascale.

Chacun s'attendait à une sanction à l'encontre de Claude. Il en avait irrité plus d'un avec ses remarques acerbes et ses exigences, l'incorrection dont il faisait preuve lorsqu'il ne pouvait tirer profit de personne. Sans oublier les chats qui se méfiaient de lui. En effet, il ne se gênait pas pour déclarer qu'ils feraient un beau civet et qu'il ne se priverait pas de mettre l'un d'entre eux en marmite s'il venait rôder à proximité de chez lui.

— C'est comme du lapin, même en plus fin ! À part les côtes, on ne peut pas faire la différence, avait-il l'habitude de clamer.

Les papés, également, n'éprouvaient guère de sympathie pour Claude. Depuis toujours, il avait le profil du mauvais garçon et ses désastreux exploits restaient dans les mémoires. En fait, avec le temps, on lui en attribua bien plus qu'il n'en avait réellement fait. Mais la suspicion planait. Les seuls auprès de qui il trouvait grâce constituaient cette armée de chasseurs qui traquaient le gibier à des fins extrêmement gourmandes.

Parmi tous les anciens, Émile, tout brave homme qu'il était, le vouait aux gémonies. C'était un homme paisible et doux, dur à la tâche, sensible et respectueux. Ses vignes étaient certainement – et de loin ! – les mieux entretenues. Il connaissait les plantes, cueillait l'oseille sauvage, la terre-grieppe[58] aux couleurs argentées de l'olivier, la doucette des bordures de rivière, les jeunes pissenlits tendres à souhait... Il avait le gâchis en horreur et ne prélevait que ce qui était nécessaire à son foyer. Il s'émerveillait d'un arc-en-ciel, de l'odeur forte de la terre après la pluie, du vol lourd des cigognes sur la route de leur migration, du chant strident des cigales ou de la danse aérienne des papillons. Il était sensible au sourire d'un enfant, à l'amitié d'un animal, à la moindre attention. Et malgré les épreuves qui le frappèrent, lui et son épouse, il recueillait chaque jour un petit bonheur qui réparait les déchirures de la vie.

Ce merle venu nicher dans sa vigne des Combettes, il l'avait protégé. Au point qu'il ne traitait plus les souches avoisinant celle où l'oiseau avait élu domicile, de peur de l'intoxiquer. Il observait la nichée et s'estimait récompensé quand il entendait piailler les oisillons affamés ou quand, à l'approche du soir, le père émettait son sifflement flûté et mélodieux qu'Émile écoutait sans broncher, la paix au cœur.

Mais voilà qu'un matin plus rien ne se faisait entendre sous l'épais feuillage. Écartant les larges feuilles dentelées, Émile constata que le nid était vide. Sur le bord ainsi que

58. Salade sauvage.

sur les branchages qui le protégeaient, quelques tramées de glu. Le méfait était signé, car seul, dans le voisinage, Claude recourait sans scrupules à ce procédé malhonnête. Une fois de plus, il avait frappé sans considération.

Par-delà la peine, Émile eut l'impression d'avoir trahi l'animal parce qu'il n'avait pas su le protéger du prédateur. Une colère sourde à l'encontre de Claude monta en lui et ne le quitta plus. Aussi était-il du nombre de ceux qui espéraient que cette fois-ci ce personnage douteux serait enfin puni.

Le verdict était tombé, déboutant l'accusation : il n'y avait pas lieu de poursuivre Claude. L'affaire se concluait sur une simple recommandation : veiller, dans l'élaboration de la mixture, à réduire la gêne olfactive pour le voisinage, notamment les jours où le vent soufflait du sud.

Malgré la déception de certains, dont bien évidemment Émile, l'histoire se serait arrêtée là. Mais le scandale ne tarda pas à éclater quand on apprit ce qui avait motivé la décision du juge : un document officiel avec le tampon de la mairie. Rien de moins ! Le maire avait tout simplement délivré une attestation d'honorabilité à ce destructeur enfin mis en cause alors que, des années durant, il n'avait jamais hésité à prélever dans la nature, à des fins mercantiles, ces tourdes qu'une loi protégeait de la destruction, ou encore ces draines qui nichaient dans l'enfourchure des arbres, sans évoquer ces colverts paisibles et jusqu'aux sveltes tourterelles au chant presque roulé et ronronné.

Il savait user de tous les subterfuges pour prendre les volatiles au piège : depuis la glu déposée sur des bâtonnets aux endroits où se posait la grive jusqu'à la cage habitée d'un appelant et recouverte de branchages englués. Jamais il n'avait été pris sur le fait, il n'avait donc pas été pénalisé. Une fois de plus, il s'en tirait à bon compte.

— Pour sûr que ça n'aurait pas arrangé les affaires du maire s'il n'avait plus eu son fournisseur attitré ! En plus, si le Claude avait dû payer une grosse amende, sûr qu'il se serait

rattrapé sur le prix de vente. Alors, le maire, il avait tout à gagner à ce qu'il ne soit pas condamné.

Les commentaires allaient bon train, chacun ayant son mot à dire. Toutefois, André, dans l'ignorance des relations entre le maire et Claude, finit par interroger l'entourage.

— Ça se voit que vous n'êtes jamais allé manger au Gourmandin !

Il s'agissait du restaurant que tenaient la femme, la fille et le gendre du maire, là-bas sur la grande route bordée de platanes quasi centenaires, en dehors du village. C'était le rendez-vous des amateurs de bonne chère, de tous ceux que la goutte guettait sournoisement au travers de ces riches préparations de viandes faisandées, daubes, civets et gibier en tout genre dont ils étaient particulièrement friands.

— Leur réputation est justifiée. Le Gourmandin, il est connu par tous ceux qui aiment la sauvagine dans la région. Et c'est vrai qu'il la mérite, sa réputation, assurèrent en connaisseurs quelques membres de l'assemblée.

— Il n'est pas fou, notre maire, il n'allait pas se priver de son fournisseur. D'ailleurs, c'est certainement le Gourmandin le plus gros client de Claude. S'il ne le fournissait plus, le chef serait obligé de revoir sérieusement sa carte. Les choses changeraient certainement, la clientèle d'habitués aussi, sans parler du chiffre d'affaires qui pourrait en prendre un sérieux coup ! Alors, peu importe la provenance et comme on dit chez nous : « Tout ce qui vole : dans la casserole, tout ce qui court : dans le four. » Et on s'en lèche les doigts !

Tous opinaient, même s'ils ne pouvaient approuver.

— Vous allez voir que, cette affaire, ça va lui coûter les élections au maire, au printemps prochain !

— Bah ! D'ici là, on aura fouetté bien d'autres chats. Et, de toute façon, les chasseurs sont suffisamment nombreux pour lui assurer sa réélection.

— Pourquoi est-ce que ce sont toujours les chats que l'on fouette ? s'interrogeaient les matous qui n'appréciaient guère cette expression.

De fait, dans le florilège de proverbes et de locutions qui leur était réservé, rares étaient les maximes leur étant favorables.

Et le toujours philosophe Félix conclut, approuvé en cela par ses congénères :

— Décidément, chez les hommes, la moralité est bien souvent affaire de gros sous…

Quelle ne fut pas leur surprise en entendant cette même sentence formulée par un Émile courroucé ! Car même si ces hommes, rendus sages par l'apprentissage d'une longue vie de labeur, et les chats ne s'exprimaient pas dans un langage commun, quand il s'agissait de sentiments, ils regardaient toutefois bien souvent dans la même direction.

La vie des chats ne côtoie-t-elle pas celle des hommes depuis tant de siècles…

*
**

La profession d'enseignant qu'exerçait André convenait parfaitement à Rapapouègue : elle était synonyme de vacances fréquentes, même si le micro-ordinateur portable représentait l'élément essentiel des bagages. En cette fin de février, le ciel gris écrasait la ville, mais cela n'avait plus d'importance. Les bagages s'entassaient dans le hall. Le lendemain matin, avant même que le jour ne pointe, la petite voiture prendrait la direction du sud pour deux semaines.

Il avait suffi de près de huit heures pour débarquer dans un autre monde fait d'amandiers croulant de blanc, de pêchers aux bourgeons roses qui éclataient, de prunus dont les branches disparaissaient sous un nuage rubis : des fleurs partout, dans les jardinières d'où montaient les tiges des jacinthes, dans les jardins où les narcisses parsemaient

fièrement les plates-bandes, jusque sur les bas-côtés des chemins et des routes, où les timides violettes proliféraient. À vrai dire, il y avait bien longtemps que l'on n'avait pas connu un tel hiver. Certes, le matin, à la première heure, tout était couvert de gelée blanche. Mais, de mémoire de chat embourgeoisé, quelle était la nécessité de sortir sur le coup de six heures quand on peut paresser sur une couette duveteuse à souhait ?

Au fil des heures, la température montait rapidement. Le village bruissait de son habituel train-train quotidien. Malika, la petite Amélie et Sweety n'arriveraient que plus tard dans la soirée. Il était encore tôt et André se dirigea vers la boutique où officiait Pierre, son « atelier de coiffure » ainsi qu'il prenait plaisir et fierté à le qualifier. Après un interrogatoire en règle agrémenté de moult commentaires, une bonne coupe et un cuir chevelu régénéré, André flânait dans les rues qui le ramenaient chez lui.

Laurette, Marie-José et Maria appréciaient ces moments de calme sous les branches dénudées des larges platanes de la placette où résonnait, cristalline et riante, l'eau fraîche qui s'échappait du griffon de la fontaine. Une véritable journée de printemps alors que l'on n'était encore que fin février : ensoleillée et douce, parfumée de toutes ces senteurs subtiles d'une nature qui explose à la vie. C'était leur rendez-vous à elles, ces femmes de papés. Leurs hommes s'étaient assoupis devant leur écran de télévision, ou bien bricolaient éventuellement au fond d'un garage, ou encore préparaient la terre à recevoir les premiers grains. Plus tard, quand ces messieurs sortiraient à leur tour, elles regagneraient leur maison, se pencheraient sur leurs fourneaux et entameraient la préparation du dîner.

De l'autre côté de la rue, résonnait la voix d'Albert :

— Tu as bien mis les gâteaux ?

— Mais oui ! Tu as tout ce qu'il faut et la tchache[59] en plus. Ne t'inquiète donc pas ! lui répondit sa femme, rec-

---

59. Bagout.

tifiant le col de chemise qui dépassait de la veste d'Albert et époussetant machinalement les épaules rembourrées. Le cabas à la main, Albert franchit le seuil de la maison. Il salua les trois femmes ainsi qu'André qui s'était arrêté pour échanger quelques banalités gentilles. D'un pas décidé, il poursuivit sa route sans s'attarder. Il avait à faire et l'heure était grave. Arrivé au bas de la rue, il toqua à une porte et s'engouffra dès qu'on lui eut ouvert.

Quatre paires d'yeux avaient suivi son manège. Laurette lança alors :

— Monsieur le maire va aux provisions !

— Comment cela ? Tard le samedi ? Et ce n'est pas un magasin, où il est entré… répliqua André, subitement intrigué.

— Aux provisions de voix, pardi ! Chez vous aussi, il y a les municipales. On nous les montre assez, à la télévision, tous ceux qui vont serrer la main sur les marchés où ils ne mettent jamais les pieds d'ordinaire. Eh bé ! Notre maire, lui, il y va avec le mousseux et les boudoirs et il les fait trinquer à sa victoire. Et cette fois-ci il a vu grand : en ce moment, il sort tous les jours avec son cabas.

En effet, l'effervescence des élections municipales secouait le village. Pour la première fois depuis des décennies, deux têtes de liste se présentaient avec leur équipe respective. Jusqu'à présent, on n'avait pas connu un tel affrontement. De fait, aucun adversaire ne s'était jamais présenté contre Albert, le maire sortant, qui, par la force des choses, se retrouvait automatiquement réélu depuis son premier mandat.

Là, la chose devenait sérieuse : il allait devoir faire campagne. Mais haranguer la foule quand on brigue un quatrième mandat obligeait Albert à sortir de son habituelle réserve. Somme toute, la reconnaissance de son statut d'édile le flattait et, par conséquent, il ne se sentait pas prêt à passer la main.

Son opposant était l'un de ces nouveaux arrivés au village bien qu'il y fût installé depuis près de quinze ans et que son

fils eût fréquenté l'école communale. Il bousculait franchement les habitudes de ces villageois de souche[60] en voulant leur faire enfin prendre conscience qu'il fallait dorénavant compter avec tous ceux qui étaient venus et qui viendraient grossir le nombre des habitants du village. Les besoins d'hier ne correspondaient plus à ceux d'aujourd'hui et encore moins à ceux de demain, estimait-il.

Alors, dans ce pays de viticulture, comment ne pas convaincre à l'aide d'une bouteille partagée et de ces boudoirs que les vieux et les édentés trempaient avec gourmandise dans leur verre ? Surtout ce mousseux, ce pétillant de raisin, cet incontournable vin de fête, produit par la coopérative locale et qui présidait sur toutes les tables dès que l'occasion de fêter quelque chose se présentait.

La question piège tomba :

— Et vous, Monsieur André, qu'est-ce que vous en pensez ?

André trouva une parade en prétextant d'une part qu'il se devait de voter là où se trouvait sa résidence principale et d'autre part que sa récente arrivée au village l'empêchait de porter un jugement. Mais il était bien entendu prêt à écouter tous les arguments… Les commentaires reprirent de plus belle, entrecoupés d'éclats de rire.

— Vous allez voir qu'il va finir par rentrer à moitié pompette à trinquer comme il le fait avec les uns et les autres.

— L'autre soir, ça a bardé. Sa femme a vu rouge quand elle a vu dans quel état il lui est revenu. Il avait décidé d'entreprendre les Pardillous. Vous pensez, c'est une grande famille : au moins douze voix entre les parents, les enfants et les conjoints. Et le père Pardillous, il n'est pas facile à convaincre quand il en a décidé autrement.

— D'habitude, il sert juste une lichette pour trinquer et il rebouche la bouteille aussitôt pour ne pas laisser échapper

60. De père en fils.

le gaz. Et c'est reparti pour un autre. Mais, là, il a dû descendre la bouteille avant d'arriver à les décider. Il ne voulait pas prendre de risques, il fallait qu'il soit assuré de leurs votes. Et, sur le chemin du retour, il semblait bien gai !

Finalement, André retrouvait les mêmes intonations que celles des papés, des remarques semblables et une ironie commune, malgré une retenue à son égard marqué par le vouvoiement qu'elles utilisaient en s'adressant à lui. Les commentaires s'arrêtèrent net quand, d'une petite voix lente et sans ironie, s'exprima Laurette, la moins virulente à l'encontre d'Albert parmi les trois femmes :

— Moi, j'aimerais bien qu'il vienne frapper chez moi. Je lui ouvrirais et je trinquerais volontiers avec lui.

Un silence gêné s'ensuivit, car toutes et tous avaient connu, autrefois, le doux penchant qu'elle éprouvait pour cet Albert qui présidait et tenait à continuer à présider aux destinées du village. Mais il est des choses dont on ne parle pas par pudeur féminine, surtout devant un jeune estranger ignorant des traditions ancestrales.

Alors, André, pressentant que le silence allait s'installer, salua ses interlocutrices et en profita pour s'esquiver.

*
* *

La voiture était bourrée de cartons surmontés de valises. À côté du conducteur, sur le siège du passager, Rapapouègue somnolait dans son sac de voyage. La route était longue et la radio finissait par l'abrutir. Heureusement qu'André avait pensé à prendre des cassettes d'une musique plus conforme à son ouïe féline ultrasensible. Déjà l'air était plus léger, vivifiant. Il s'emplissait d'une odeur chaude et sucrée, réveillée par l'éclat de cette fin mars. Le paysage évoluait au fil des heures. Les coteaux se recouvraient de vignes encore dénudées. L'atmosphère était à la gaieté.

« Cette fois, on reste deux semaines. En attendant mieux... »

Depuis ces mois d'aller-retour, Malika et André formaient des projets. « Enfin ! » soupira l'animal qui continuait à s'étonner de leurs tergiversations humaines. « En attendant », on commençait à envisager une installation plus confortable au village. C'était la raison d'un tel chargement.

Tandis qu'André montait les paquets et organisait leur installation, Rapapouègue avait, comme de coutume, consciencieusement reniflé chaque angle de l'étage et avait fini par s'installer sur le lit tout juste là où un rayon de soleil venait illuminer le couvre-lit. Il avait besoin de se remettre des perturbations du voyage. Et, de toute façon, il était encore un peu tôt pour rejoindre les autres.

Le soleil se posait plus doucement sur les choses, c'était l'heure bénie des retrouvailles vespérales. Malika et Amélie n'arrivant que plus tard, dans la soirée, André décida d'aller rejoindre les papés. Rapapouègue marchait aux côtés d'André. Très fier, la queue dressée à la verticale, il avançait au rythme de l'homme, pas dans ses pas, levant régulièrement la tête pour s'assurer autant de sa présence que de leur complicité.

— Té ! Regardez qui nous arrive !

Un « bienvenue » teinté de cet accent chantant, une reconnaissance qui allait droit au cœur. Tous deux y étaient sensibles. Les papés qui sortaient de leur torpeur hivernale n'avaient rien perdu de leur tchache. Toutefois, ils en étaient encore à leurs souvenirs. À vrai dire, la vie s'était endormie avec la froidure et ils n'avaient pas grand-chose à se mettre sous la dent en matière de bavardages. Avec l'âge, on devient le spectateur de sa propre vie. Un « je me rappelle » et le spectacle commence.

Il y avait bien Charlou qui se plaignait que cette année il ne se « sentait plus » pour aller voir sa vigne des Condamines. Son fils lui avait promis qu'il l'y conduirait en voiture, mais Charlou était gêné de le solliciter. Cette vigne,

il y tenait. Ce n'était pas qu'elle valût grand-chose. Elle ne comptait même pas une centaine de pieds, mais elle avait son histoire, indélébile au cœur du vieillard. La voix tremblotante sous l'effet de l'émotion et de l'âge, il ne se fit pas prier quand André lui demanda de la lui conter.

Tout cela avait débuté alors qu'il n'était encore qu'un adolescent. À l'époque, ses parents étaient les métayers de la famille des Garcin, ceux dont le fils était devenu par la suite ce « boulègue escus[61] » qui continuait à venir régulièrement passer des vacances dans le domaine familial aux abords du village, près du fleuve. Devenir à leur tour propriétaires, tel était le rêve des parents de Charlou.

Bien évidemment, il fallait de l'argent pour acheter des terres et ils n'en avaient guère. Le gîte et le couvert leur étaient assurés par le patron qui, en contrepartie, se rattrapait en ne leur versant qu'un salaire dérisoire. Sinon restaient ces terrains communaux de garrigue pierreuse où quelques rares chênes kermès alternaient avec un maquis d'arbustes buissonnants. Ils étaient inexploitables non seulement par manque de temps, mais aussi faute de moyens pour les rendre cultivables.

Mais l'homme est ainsi fait qu'il lui est nécessaire de posséder ne serait-ce qu'un lopin de terre ou bien quelques pierres pour bâtir son propre habitat et regarder avec satisfaction grandir le fruit de son travail de possession. « C'est à moi », véritable sésame vers le bonheur pour beaucoup.

Aussi, chaque matin, lorsqu'ils devaient entretenir les vignes que les Garcin possédaient aux Condamines, Charlou et son père quittaient-ils leur toit une bonne heure plus tôt. La veille au soir, l'enfant avait rempli une petite caissette de terre bien brune et argileuse. Son père glissait un burin et un marteau dans sa besace.

61. Un banquier : bouléguer signifie « remuer » ; escus, le mot accentué pour « écus ».

Après avoir traversé les rangées, ils arrivaient aux abords de la garrigue. Alors, prenant ses outils, le père creusait un trou dans le rocher. Charlou enlevait la caillasse brisée au fur et à mesure. Quand, après bien des efforts, le trou s'avérait suffisamment large et profond, Charlou y déposait précautionneusement la terre apportée et y plantait l'un de ces greffons que son père avait obtenus après moult soins et précautions.

André s'était toujours étonné de la présence de cette vigne au milieu des rochers, mais il n'avait jamais songé à interroger les papés. Il était d'autant plus touché par l'attachement tout spécial du vieil homme à cette vigne que celui-ci en était arrivé à posséder une propriété viticole des plus honorables.

En fait, l'histoire des Condamines ne s'était pas arrêtée à ces plantations sauvages. On pourrait même dire qu'elle débuta au décès du père Garcin qui, par testament, légua au père de Charlou une bourse pleine de pièces d'or et cette vigne éloignée en compensation de tout ce travail fourni et non rémunéré pendant tant d'années, voire de décennies.

Le bénéficiaire, ayant eu l'opportunité d'acquérir quelques terres à proximité de son bien, fit ériger une maison sur les lieux, surmontée d'une tour carrée. Chaque côté était percé d'un fenestrou lui permettant de surveiller le personnel qui travaillait à présent pour lui. À force de travail, les affaires prospérèrent, la propriété s'agrandit. Charlou y consacra ses forces et transmit sa passion à son propre fils. La maison était suffisamment grande pour abriter la génération des parents et celle des enfants.

Instants magiques d'une poésie naturelle et éternelle. Héros d'un simple quotidien. André écoutait sans se lasser les récits d'une époque qui ne devait pas s'effacer ni disparaître avec ceux qui l'avaient vécue. Chacun y allait de ses souvenirs.

— Tu te souviens aussi d'Yvon, celui qu'on appelait « Cagoule[62] » ? Je ne sais pas pourquoi c'est lui tout spécia-

62. Escargot.

lement qu'on appelait ainsi, car nous étions nombreux à faire comme lui.

— À l'époque, on se nourrissait pour pas cher et on se régalait.

André les questionnait. Les visages s'animaient. Le ton montait. Des commentaires fusaient, ponctués de « tu te souviens ? » ou de « pardi ! ».

— On montait tôt à la vigne, comme toujours d'ailleurs. Il faisait encore bien frais, surtout les mois d'hiver et même de printemps. On marchait à côté du cheval. Surtout nous, les enfants. On se faisait réchauffer par son museau quand il se penchait sur nous pour nous sentir. Le père avait glissé une tôle dans le tiroir de la charrette.

— Souvent, pendant que les aînés travaillaient, nous, les petits, nous allions chercher des escargots, des petits-gris. Sur le coup de dix heures, il faisait faim. Alors, nous ramassions des brassées d'herbes folles et de thym quand c'était la saison, pour préparer une flambée.

— Une fois le feu allumé, le père le recouvrait de la tôle et on y jetait les caragaoules[63] dessus, en guise de casse-croûte. À peine cuits, dès que la coquille commençait à brunir, on aspirait et on se régalait tout particulièrement du bout de l'escargot, le foie, que la plupart des gens jettent maintenant. Quelquefois, le festin s'agrémentait d'un morceau de morne, cette saucisse que l'on laissait sécher sur les cannes à la cave. Parfois aussi ce déjeuner à la vigne se terminait par un bout de cantal. Et nous étions tous suffisamment requinqués pour terminer notre matinée de travail.

La vigne, c'était la compagne de toute leur vie. Elle leur avait imposé son rythme, mais elle avait aussi su les remercier de leur peine, des soins et du temps qu'ils lui avaient accordés sans compter. Rompre avec elle, c'était une déchirure, presque une amputation. Même si, l'âge venant, ils

63. Escargots.

réduisaient leurs activités, le cordon ombilical n'était jamais coupé. Elle était partie intégrante de leur existence.

À l'écoute de ces récits, malgré toute la poésie et la nostalgie qui s'en dégageaient, toujours soucieux de son confort, Tiger ne put s'empêcher de constater :

— Finalement, il vaut mieux être un chat, surtout quand on a pu être adopté. C'est beaucoup moins fatigant que d'être un homme !

Pour ces Raminagrobis de luxe, les principales activités consistaient en une toilette méticuleuse et prolongée, ainsi qu'en des siestes plus ou moins profondes rythmées par les heures de repas et les sorties. Ils n'avaient rien à redouter de ces froids hivernaux. C'était l'époque où ils se faisaient oublier : sécurisés, roulés en boule, le nez entre les pattes, si possible devant un radiateur, ou près de la cheminée, ou encore sous une lampe. En général, personne ne venait perturber leur repos.

Ils étaient même souvent les seuls compagnons de ces papés lorsque le gel ou la maladie les retenaient à la maison. Tiger se souvenait toujours avec tendresse du grand-père qu'une attaque avait immobilisé définitivement. Les premiers temps, il était resté couché contre son flanc, justement celui qui était paralysé, comme pour conjurer le mal.

Quand l'aïeul avait pu enfin se tenir assis, l'animal s'installa sur ses genoux et y passait des heures patiemment. Ronronnement discret, les yeux tout juste entrouverts, il levait avec douceur son regard vers l'homme âgé qui le caressait et lui parlait. Il avait été son ami, son confident. Eux seuls savaient ce qu'ils se racontaient, mais ils en avaient tenu, des discussions...

Et puis, il y avait eu cette disparition, ce traumatisme de la perte de ce compagnon âgé. Tiger s'était réadapté à une vie d'hommes pleins de vie. Il avait pourtant eu la prescience de cette mort. Toutefois, avec une sensibilité à fleur de poils, il admettait mal cette disparition, cet effacement qui gommaient subitement des semaines de complicité.

Les premiers jours après l'enterrement, il se plantait au pied du fauteuil du papé disparu, poussant un fort miaulement rauque comme pour le réclamer. Puis il finit par prendre l'habitude de s'installer à cette place laissée vide.

Ses maîtres s'inquiétaient, car il se mit à bouder sa nourriture. Ce fut tout juste s'il touchait à sa coupelle de lait que d'ordinaire il réclamait avec insistance dès le lever. On essaya même de lui couper de petits morceaux de beefsteak, de fromage ou de jambon. Il mangeait « du bout des dents », tout juste pour survivre, sans plaisir, contrairement à ses habitudes d'épicurien. Des cernes commencèrent à creuser le dessous de ses yeux.

Heureusement qu'il y avait leur fils et Virgule, ce discret compagnon félin devenu casanier avec les années et avec lequel il partageait le même toit. Ils parvinrent à le distraire et à le sortir de sa torpeur. Virgule, le pacifiste, s'approchait davantage de lui tout en respectant la règle hiérarchique que Tiger lui avait imposée dès son arrivée. Et ce chat-patron se laissait à présent lécher les oreilles sans protestation, avec soumission, voire même avec une certaine volupté. Il fallut néanmoins près de deux semaines avant que Tiger ne finît par retrouver ses habitudes, toujours avec une susceptibilité dont il n'arrivait pas à se défaire.

*
**

On pouvait suivre à la trace Bernard, le fils de la Mariette. Il se dégageait de lui une odeur plus que suspecte. Pourtant, il avait toujours évolué dans un foyer où sa mère passait des heures à récurer et à briquer, traquant le moindre grain de poussière, frottant la plus petite marque, glissant dans les armoires entre les piles de linge précautionneusement alignées de petits sachets de lavande odorante. C'était à ne plus rien y comprendre, d'autant plus qu'elle veillait à l'entretien du linge de toute la famille comme elle briquait son intérieur.

Elle n'aurait jamais toléré qu'un animal franchît le seuil de sa maison. « Ça laisse des poils partout et ça sent mauvais ! Un animal, c'est fait pour vivre dehors », tel était son leitmotiv. Quand Bernard, enfant, avait réclamé un petit chat comme tous ses copains écoliers, elle était bien entendu restée sourde aux desiderata de son fils. Devant son insistance et la déception qui s'ensuivit, elle finit par forger une argumentation qui laissa le petit sans réplique.

À la naissance, Bernard était doté d'une tignasse brune des plus normales. Or, dès les premières semaines de vie, ses cheveux se mirent à tomber. Ce qui n'aurait rien eu d'anormal en soi s'ils avaient repoussé. Au bout de quelques mois, il fallut se rendre à l'évidence que sa chevelure rencontrait quelques difficultés à apparaître. En fait, il présentait une calvitie naissante et surprenante qui ne passait pas inaperçue. Ce n'était pas qu'il fût totalement chauve, mais ses cheveux en étaient restés au stade du duvet infantile et n'avaient jamais poussé. Avec les années, il n'y eut aucune amélioration.

Le petit garçon supportait mal les railleries des autres enfants et en souffrait en cachette. Ses parents s'efforçaient de mettre ses points forts en évidence, cherchant ainsi à atténuer ce désagrément si visible et à lui insuffler la confiance nécessaire à chaque enfant pour se développer harmonieusement. Bien entendu, on avait essayé maints onguents et crèmes qui se révélèrent totalement inefficaces.

Lorsque, trépignant, il réclama l'un des chatons nés chez les voisins, sa mère, espérant mettre un terme à son insistance, lui déclara :

— C'est à cause d'un chat que tes cheveux n'ont pas poussé.

Interloqué, le gamin leva de grands yeux interrogatifs et surpris vers sa mère qui reprit derechef :

— À l'époque, quand tu n'étais encore qu'un bébé, nous avions recueilli un chat qui semblait en bonne santé. Un

jour, nous l'avons retrouvé couché près de toi. Ce que nous ne savions pas, c'est qu'il avait la gale et qu'il te l'a passée. Ça aurait pu être sérieux pour toi. Le docteur Maupas a prescrit un shampoing et une lotion. Car tu étais bien atteint et les conséquences auraient pu être graves. Malheureusement, il se pourrait que cette médication ait été un peu trop forte pour une toute jeune chevelure comme la tienne alors. Mais on ne pouvait pas faire autrement pour te débarrasser de la gale et t'éviter une grave maladie.

Le gamin prit cette version pour argent comptant sans jamais se demander comment un animal aurait pu franchir toutes les étapes d'un domaine si méticuleusement entretenu et parvenir jusqu'à sa chambre. S'il était satisfait de savoir que cette anomalie n'était ni congénitale ni de son fait, mais uniquement due à un élément extérieur, il en garda néanmoins un ressentiment, non seulement contre les chats, mais aussi contre Pierre, le coiffeur du village, que fréquentaient régulièrement tous ces petits camarades.

Sa rancœur envers le figaro local s'accentua avec les années alors qu'il aurait tant aimé pouvoir lui confier son crâne. À plusieurs reprises, Pierre lui avait proposé des soins, mais le gamin, pétri de rancœur et de timidité, n'osait pas franchir le seuil de l'échoppe. À présent qu'il devenait jeune homme, le complexe de cette absence de cheveux le taraudait. Que n'aurait-il donné pour une simple raie sur le côté ou une coupe en brosse… Il en devenait acariâtre, souvent pénible et parfois franchement désagréable.

Un soir qu'il s'arrêtait pour échanger quelques mots avec les papés, l'un d'entre eux laissa échapper :

— Autrefois, pour avoir de beaux cheveux, on se badigeonnait la tête de fiente de pigeons. D'ailleurs, j'ai été le premier à le faire et aujourd'hui j'en suis bien content. C'est pas cher et c'est efficace !

— Mais, la fiente, vous voulez dire de la m… ? interrogea Bernard, interloqué.

Les papés, toujours de connivence, approuvèrent en chœur et chacun y alla de son petit refrain sur les bienfaits d'une telle thérapie.

— Tu peux demander au beau Pierre, il te le confirmera. Bien sûr qu'il n'en parle pas, sinon on ne lui achèterait plus ses produits. D'autant plus que, les pigeons, il y en a plein les rues et qu'il n'y a qu'à se baisser pour ramasser leurs excréments. Alors, tu penses bien que ce remède-là qui ne coûte rien, il préfère l'ignorer !

— Mais, ça doit sentir... ajouta un Bernard de plus en plus intéressé et prêt à tomber dans le panneau.

Les matous se regardaient, sidérés par tant de crédulité, eux qui justement évitaient systématiquement toutes ces déjections grasses et puantes. Eux qui passaient tant de temps à peaufiner leur toilette à grands coups de langue, de patte, se servant parfois même de leurs dents et de leurs griffes. Non pas par coquetterie, mais pour se débarrasser des poils morts, parasites et autres poussières. C'était même l'une de leurs principales activités lorsqu'ils ne somnolaient pas.

Qu'au nom de l'apparence un homme puisse accepter une telle souillure les laissait pantois. Comment pouvait-on avaler une telle couleuvre ? D'autant plus que, si le remède était aussi efficace, il y a belle lurette que cela se saurait. Mais, après tout, le Bernard en question leur était indifférent, voire même antipathique. Alors, somme toute, tant pis pour lui : on verrait bien jusqu'où il pousserait la bêtise.

Bernard, dubitatif certes, était cependant prêt à tout pour remédier à ce problème. Il se cacha pour collecter dans un papier journal cette potion magique qui devait lui rendre ses cheveux. Il la ramassait lorsque l'obscurité tombait, loin de tous regards. Seulement le matin, avant de partir à la vigne, il s'enfermait dans la salle de bains et s'en badigeonnait copieusement le haut du crâne, là où il était le plus dégarni. Il frottait et refrottait non seulement pour bien faire pénétrer et de ce fait rendre le traitement plus efficace, mais surtout pour dissimuler à son

entourage les soins qu'il s'appliquait. Il sortait rapidement de la maison, emportant un béret qu'il ne quittait plus guère.

À son retour, le soir, il s'empressait d'aller se laver. Les papés lui ayant conseillé de garder l'application le plus longtemps possible, il se contentait de rincer à l'eau claire le duvet qui lui servait de toison. Ce qui ne manquait pas de laisser des traces malodorantes sur la serviette de toilette qu'il utilisait pour se sécher et sur la taie de son oreiller.

À chaque fois que Mariette ou son mari se rendaient à la salle de bains, l'odeur choquait leurs narines. Mariette n'y comprenait rien : elle avait pourtant tout astiqué comme à son habitude. D'où pouvaient provenir ces relents ? Son mari s'en exaspérait et l'accusait. Ce qu'elle ne pouvait tolérer.

Quant aux papés, ils avaient bien, eux aussi, reniflé ce parfum des rues plus que naturel qui se dégageait du benêt lorsqu'il s'approchait d'eux. Toutefois, ils n'y firent jamais allusion devant lui, préférant se gausser derrière son dos et attendre un dénouement qui ne manquerait certainement pas d'être cocasse.

— Au moins, on peut le suivre à la trace ! s'exclamaient-ils une fois que Bernard s'était éloigné d'eux.

Mariette, qui n'avait pas le nez bouché, loin de là, finit par localiser la source de cette puanteur. Que pouvait-il faire pour salir de la sorte sa serviette de toilette ? Et, surtout, quelle partie de son corps pouvait ainsi empester ? Se serait-il blessé ? Une plaie aurait-elle suppuré ? Elle en doutait, mais, dans l'incertitude, envisageait toutes les solutions sans penser, bien entendu, à celle dont était victime son fils.

Quand on interrogeait Bernard sur ce qui sentait mauvais ainsi, il répondait invariablement que lui ne percevait rien. Le manège dura deux bonnes semaines avant que le pot aux roses ne fût découvert. À vrai dire, ce fut par le plus grand des hasards.

Les papés venaient de raconter la fable à Pierre, lui recommandant ironiquement de songer à cette potion pour certains

de ses clients. Ils faisaient la liste d'éventuels bénéficiaires et chacun y allait de son commentaire. Les éclats de rire fusaient, retentissants et prolongés.

« Quel mauvais coup ont-ils encore fait, ceux-là, toujours prêts à rhabiller quelqu'un ? » s'interrogea Mariette qui rentrait chez elle beaucoup plus tard que d'habitude. « Ce n'est pas qu'ils soient malfaisants, ces vieux, mais ils sont souvent bien lourds. » Elle venait d'entendre prononcer le prénom de son fils et, curieuse de savoir de quoi il retournait, elle s'approcha discrètement.

Il était trop tard quand on s'avisa de sa présence. Elle en avait suffisamment entendu pour comprendre de quoi il retournait. Les rires se calmèrent aussitôt, quelques regards se baissèrent, d'autres se firent innocents à souhait. Elle adressa un « bonsoir » sec et sans commentaires. Honteuse de savoir sa famille pour cible de cette risée collective. Honteuse également de la bêtise et de la légèreté dont son fils avait fait preuve, ainsi que de tous ces mensonges qu'il avait dits pour leur cacher cette misérable vérité.

Au plus profond d'elle-même sourdait aussi un sentiment de culpabilité : ce mensonge qu'elle avait cultivé pour décourager son fils d'adopter un animal, c'était maintenant sa punition divine. « Aucun mensonge n'est pieux », en conclut-elle, d'autant qu'elle fréquentait assidûment l'église et les Saints-Offices.

Les cinq compères se méfiaient de Mariette. Elle ne les aimait pas, c'était évident. Certes, elle avait plus d'une fois fait preuve de fourberie, mais peut-être était-ce tout simplement parce qu'elle était déçue et aigrie. Toutefois, ce soir-là, ils restèrent interloqués devant la souffrance muette d'une mère quand on s'en prend à son fils. Elle leur en devenait respectable. Pourquoi la cruauté des hommes l'emporte-t-elle généralement sur leur compassion ? s'interrogeaient les matous. « Humains » : qui pouvait-on qualifier de ce terme ?

*
**

Avril avait réveillé la nature. Le soleil caressait les toutes jeunes feuilles dont le vert tendre égayait et réchauffait les branches des arbres qu'avait dénudées un hiver tristounet. Les papés se retrouvaient tout de suite après la sieste pour les plus fatigués. Les plus vaillants préparaient leur lopin de terre pour les semis, mais, tout comme les matous, ils n'auraient jamais manqué, tant qu'ils en avaient la force, ces retrouvailles quotidiennes.

D'autant plus que, subitement, les événements se bousculaient. Ce n'était pas qu'ils se complussent spécialement dans les péripéties d'autrui pour agrémenter leurs conversations et asséner leur jugement sans appel. Non, mais, cette fois-ci, on touchait au tragique et, de mémoire de papé, on n'avait jamais vécu un tel drame au village. Et c'était avec tristesse ou colère, mais jamais avec l'indifférence réservée à un banal fait divers, qu'ils en parlaient.

Une coutume perdurait qui voulait que, d'ici à peine deux mois, le berger regrouperait les troupeaux et les conduirait là-haut, sur les hauts plateaux du Causse, pour la transhumance. Les éleveurs des environs rassemblaient leurs moutons qu'ils décoraient pour l'occasion, ornant le dos de leurs ovins de pompons de couleur accrochés à la toison ou de motifs peints directement sur la laine suintante. Chaque troupeau portait un signe distinctif permettant de différencier les divers propriétaires. Tout ce petit monde se retrouvait la veille du jour dit à la bergerie des Bonnafous, dont le dernier des frères assurait avec un mélange de sérieux et de poésie le rôle de berger.

Dès le lendemain, alors que, dans la lumière du jour, le relief des collines se découpait à peine sur le ciel bleu, la caravane se mettait en marche. Lentement, rythmant son allure sur celle des bêtes les plus faibles. Les sonnailles résonnaient dans la plaine : trois cents moutons pour le moins, devancés

par le berger, lui-même suivi des capitaines-béliers porteurs de ces lourdes clochettes tintinnabulantes, et encadrés d'accompagnateurs qui arrêtaient, lorsque cela était nécessaire, la circulation tout le long de leur périple. Des enclos et des mazets rudimentaires abritaient hommes et animaux lors de leurs étapes le long des drailles[64].

Il fallait compter cinq bonnes journées pour atteindre le plateau herbu où les tarrines[65] paîtraient jusqu'en septembre. Alors, une première partie du troupeau, les brebis au ventre arrondi par une maternité proche, regagnerait les étables. Le reste du troupeau redescendrait quelques semaines plus tard avant que le froid n'arrive. Les relations étaient constantes entre le village et le plateau. Les femmes de la métairie montaient traire les brebis et confectionner beurre et fromages qu'elles redescendaient vendre à l'étal les jours de marché. Et, depuis tant de décennies, la coutume était devenue patrimoine du village.

En fait, tout avait débuté lorsque Marcel Cayeux, tout juste retraité, était revenu s'installer au village. Il avait pris certaines habitudes durant sa carrière passée dans une grande ville aussi lointaine qu'anonyme. Entre autres : celle de s'enfermer à double tour chez lui d'autant plus qu'on avait coutume de dire là-haut, dans son exil professionnel, que « dans le Midi, c'est tous des voleurs » ! Il alla jusqu'à faire l'acquisition de trois redoutables dogues dressés par l'homme pour attaquer tout intrus.

Façonné par la vie citadine qu'il avait adoptée et imbu de cette culture différente, il oubliait qu'il était originaire de ce Midi qu'à la moindre occasion il était le premier à décrier. Il faisait partie de ces gens qui trouvent toujours mieux ailleurs et dont on peut se demander pourquoi ils reviennent un beau jour vivre au pays.

---

64. Chemin emprunté par les troupeaux transhumants.

65. Grand troupeau qui monte à l'alpage.

Située parmi les dernières demeures du village en direction des garrigues et voisine de la bergerie des Bonnafous, sa maison se trouvait sur le passage du troupeau. Malgré l'étroitesse du chemin, c'était le seul parcours envisageable pour ne pas avoir à traverser la place centrale du village avec la centaine de têtes que comptait le cheptel.

Bien évidemment, cette procession entraînait des désagréments : une écœurante odeur de suint qui, de plus, stagnait les jours où le vent du sud accumulait les nuages gris dans un ciel sombre et bas. Sans parler de toutes les déjections qui souillaient la rue. À l'approche des bêtes, les chiens s'élançaient, les babines retroussées, montrant leurs crocs agressifs, menaçant et vociférant contre la grille haute du portail. Les moutons s'écartaient pour rentrer dans le rang quelques mètres plus loin.

Bientôt, tous s'insurgèrent : le berger pour la panique provoquée chez ses animaux, le retraité incommodé par toutes les nuisances du troupeau et jusqu'aux chiens qui perturbaient le voisinage par leurs aboiements exaspérés. Des menaces fusaient non seulement de la part du berger, mais surtout de celle de ses frères qui géraient l'exploitation familiale. Une haine aveugle s'installait, chauffant à vif les esprits.

— Votre mur, il n'est pas en alignement. On va vous le faire casser et vous devrez aussi abattre votre garage qui empiète sur la chaussée d'origine… Vous allez voir ce que ça va vous coûter !

La guerre était donc déclarée : de la provocation, on en était arrivé aux menaces. Le ton monta rapidement entre les protagonistes. Et il monta si fort qu'un triste jour retentit un coup de fusil, un seul, mais il fut mortel ! Marcel Cayeux, excédé, avait pointé l'arme en direction du berger. Le coup partit certainement plus rapidement que ne le voulait le vieil homme qui n'arrivait plus à se maîtriser. Il ne cherchait pas à le tuer, affirma-t-il plus tard, seulement à lui faire peur, au pire à le blesser superficiellement. Mais le berger s'écroula,

frappé mortellement. Marcel fut conduit en prison tandis que ses chiens partaient dans un fourgon de la SPA.

Ainsi donc, cette année, tout était remis en cause. Il faudrait s'organiser pour assurer la transhumance. Comment allait-on faire ? Qui allait jouer le rôle du berger ? Depuis longtemps, les pâtres avaient disparu. Le métier s'était perdu. Seul restait celui qui venait de tomber sous le feu de Marcel. Il était le benjamin de la famille, un peu simplet, certes, acceptant toutefois sans discuter les ordres qu'il recevait de ses frères. Mais, par-dessus tout, il possédait une connaissance approfondie des bêtes et des soins qu'elles réclamaient. Cependant, il était inconcevable de renoncer à cette migration estivale.

Les langues allaient bon train. Chacun commentait le drame et les conséquences qui en découlaient. Il n'était pas de jour où l'on ne l'évoquait pas et chacun y apportait remarques et jugement : il y avait ceux qui trouvaient des circonstances atténuantes au geste d'un Marcel poussé à l'exaspération, et il y avait les autres qui continuaient à voir en lui un étranger atrabilaire qui n'avait pas su s'adapter aux coutumes locales. On en parlait partout : chez le boucher, chez le boulanger où l'on s'éternisait en commentaires. Ce fut la première chose qu'André et Malika découvrirent à leur retour au village.

Les matous aussi écoutaient et s'étonnaient. Ce qu'ils retenaient, c'était la mort imprévisible d'un homme : cette irréversibilité, cet acte sans retour, extrême comme le sont toujours les actes des hommes.

— Bien sûr que nous n'allons pas laisser envahir notre territoire, et encore moins notre maison. Mais, avant d'en arriver au combat, on va d'abord chercher à impressionner l'intrus, le dissuader de venir envahir notre domaine. Surtout que, s'ils l'avaient voulu, tout le monde avait la place pour vivre paisiblement sans se gêner. Il suffisait d'un peu de tolérance. Il faut croire que cela embête certains de vouloir vivre tranquille sans avoir de compte à rendre à personne, commenta Félix, repris aussitôt par Rapapouègue :

— Je n'ai jamais eu à me battre quand je vivais dans la rue. Tout au plus, une belle parade belliqueuse pour effrayer et ne pas en arriver au combat. La haine est un sentiment purement humain.

— Certes, l'indifférence est une paralysie de l'âme, mais la jalousie conduit à l'intolérance, conclut, dans un long et profond soupir, Félix, toujours philosophe.

Mais ce fut Calamity qui eut le mot de la fin :

— Ce que l'homme ne fait pas lui-même, parce qu'il en est incapable ou parce qu'il veut garder bonne conscience, il le fait exécuter par d'autres. Il dresse les chiens et réveille leurs instincts hargneux pour attaquer les autres hommes ou faire la sale besogne à sa place. C'est là la grande différence avec nous, et notre fierté : on ne nous dresse pas ! Nous tolérons jusqu'à un certain point la manipulation humaine quand elle sollicite notre obéissance ou plus exactement notre adaptation, du moment qu'elle est justifiée et accompagnée d'affection.

*

**

Rapapouègue écoutait les bruits assourdis de la vie qui s'éveillait au fur et à mesure que le jour s'épanouissait. André avait encore découché. En fait, cela se reproduisait maintenant chaque nuit depuis le début de ces vacances pascales. Toutefois, il avait coutume de regagner leurs pénates à une heure plus matinale. Bien sûr, il savait que la chatière permettait à son matou d'entrer et de sortir à sa guise. Mais, pour Rapapouègue, les habitudes étaient devenues sacrées et il n'appréciait guère de se contenter de croquettes pour le petit déjeuner. André l'avait habitué à son bol de lait et à un petit morceau de ce tendre fromage plein de trous qu'il affectionnait particulièrement. Sans évoquer cette discussion qu'ils entretenaient en prenant le temps de savourer cet instant privilégié qui les unissait.

Toutefois, il se sentait d'humeur à flemmarder, d'autant plus que Sweety, qui franchissait dorénavant sans scrupules la chatière, n'avait pas encore envahi son territoire. Le chaton d'Amélie avait tendance à le prendre pour modèle et, en raison de son tout jeune âge, il ne pensait qu'à jouer, se jetant sur lui comme un fou, courant dans tous les sens, bondissant sur le côté ou s'étirant de tout son long. Bien souvent, Rapapouègue était obligé de le rappeler à l'ordre en lui assénant une grande claque du bout de sa patte de velours. Car pour rien au monde il n'aurait voulu meurtrir ce petit être confiant qui s'aplatissait devant lui ou se mettait sur le dos, faisant acte d'allégeance face à son autorité. Mais, sa tranquillité, il fallait qu'il apprenne à la respecter !

Les paupières mi-closes, il rêvassait, frémissant des oreilles et des vibrisses. « Il serait temps de trouver une solution. Pourquoi ne font-ils pas installer une porte de communication entre les deux maisons puisqu'ils sont toujours ensemble ? » Et il échafaudait une vie commune sous le soleil héraultais d'où les allers-retours vers la capitale seraient enfin exclus.

Les accus suffisamment rechargés pour mener au mieux une journée de chat bourgeois, il secoua son engourdissement, et entreprit de se réveiller avec une science toute consommée : d'abord un bâillement. Prenant son temps, il s'étira et mit en marche toutes ses articulations en une sorte de rituel nonchalant semblable à des exercices de yoga.

Dans la rue, l'air tout vibrant et parfumé de ce printemps naissant le revigora. S'ébrouant, il se dirigea à pas cadencés vers la place de l'église. Il y rencontrerait bien quelque congénère. Instinctivement, il se rapprocha de la boucherie auprès de laquelle autrefois il allait quémander quelques bouchées pour calmer sa faim. Parfois aussi, mais plus rarement, pour satisfaire une simple gourmandise qui était un luxe souvent au-dessus de ses moyens. « Il faudrait que je me débarrasse de ces habitudes, je n'ai plus à chercher ma pitance dorénavant. » Mais cet « autrefois » n'était pas si lointain...

Il entendit une voix enjouée qui l'interpellait, le complimentant une fois de plus sur son embonpoint naissant. Quelle que soit l'appellation qu'on leur donne, les chats savent discerner quand on s'adresse à eux. Or, c'était la dame du mas des Pailloles[66], comme on l'appelait ici. Elle fut bientôt rejointe par d'autres clientes et la conversation dont Rapapouègue se trouva être le centre s'engagea.

— Celui-là, il a tiré le bon numéro avec son Parisien.

— Au moins, ça fait un heureux de plus. Surtout qu'il est brave comme tout, ce chat.

— S'il n'avait pas trouvé un maître, je pense que nous aurions fini par le prendre chez nous. Mais, quand nous sommes arrivés au mas, nous avions deux chattes qui avaient toujours vécu ensemble et je ne voulais pas les perturber davantage. Déjà, avec le déménagement et les travaux...

Rapapouègue était perplexe : tôt ou tard, il aurait donc eu un foyer. Il se sentit encore plus heureux, il était donc bien un chat comme les autres. Un chat que l'on ne rejetait pas, qui avait sa place dans cette civilisation humaine. Mais son amour allait à André qui n'avait pas tergiversé pour lui faire partager sa vie. Une vague de reconnaissance l'envahit en regardant cette femme et celles qui l'entouraient. Il se souvenait des questions sans fin et de la curiosité aiguë qui avaient agité les papés lorsque le couple avait acheté le mas et s'était installé dans la précarité des lieux.

Ils étaient arrivés dès la fin de l'été, l'année précédant l'acquisition par André de sa maison rue Haute. Au début, personne n'aurait parié un sou sur eux : elle, avec ses petits talons et ses tailleurs ; lui, avec ses pantalons à plis et sa barbe bien taillée. On était certain qu'ils ne tiendraient pas bien longtemps. C'était tout juste si les paris n'étaient pas ouverts sur leur longévité au mas des Pailloles.

---

66. Mot occitan pour désigner les paillettes d'or que les orpailleurs vont chercher au fond des rivières.

Et tous ceux du village avaient été bien surpris : le chantier avançait. Depuis la route, on pouvait constater le débroussaillage entrepris, les matériaux qui s'accumulaient. Depuis les vignes qui entouraient la propriété, on se rendait compte des progrès. Le couple trimait d'arrache-pied, séduit par l'environnement et animé d'une volonté forgée d'espoir.

Tout avait commencé lors d'une errance dominicale par les petites routes de la région. Ils avaient découvert la plaine qui s'étalait entre les trois villages agrippés aux pentes douces des collines environnantes. Ce fut précisément au moment où le propriétaire de l'époque plantait, en bordure de chemin, le panneau « maison à vendre ».

— Tu n'y penses pas, ce n'est pas dans nos moyens. Elle est superbe cette maison, une maison de maître.

Clin d'œil du destin. Ils s'arrêtèrent. Ils venaient de boucler leur sort et celui de ces épais murs en ruine qui s'imposaient, solitaires, et qui ne demandaient qu'à revivre, au milieu de cette plaine avec en fond de décor les collines derrière lesquelles se couchait un soleil omniprésent dans des nues rosées. Ils s'étaient donc fixés là, avec deux chats, au milieu des gravats dans l'incommodité d'un chantier. Ils n'avaient eu aucun mal à se faire à la liberté des lieux.

La maison était inhabitée depuis déjà près de cent ans. Il n'y avait bien entendu aucun confort, fût-il moderne ou ancien : ni électricité ni eau, si ce n'était celle du puits qui sortait fraîche et limpide. Encadrant la façade, deux mûriers aux larges feuilles découpées et aux fruits dégoulinants d'un épais jus sucré. Depuis leurs branches, pendaient des poulies destinées à soulever les morceaux de moquette que les orpailleurs déposaient au fond de la rivière pour y recueillir les lourdes paillettes d'or que le fleuve drainait tout au long de son lit depuis les entrailles des montagnes.

Ce fut Amédée, le cafetier, qui fit le premier pas. Il se fit accompagner de trois papés tout aussi intrigués que lui au nombre desquels se trouvait Charlou, cet ancien viticulteur

que ses jambes portaient si mal. Sur le coup de six heures, une caisse de bière enfournée à l'arrière de la camionnette, ils prirent la direction du mas : « Juste pour faire connaissance et souhaiter la bienvenue. »

Ils la connaissaient tous, cette grande bâtisse aux trois entrées béantes, dépouillée par les héritiers successifs qui en étaient même arrivés, par mésentente, à la murer verticalement. Chacune des familles s'en était approprié un tiers et s'était ainsi isolée pour éviter toute promiscuité avec une parentèle au sein de laquelle régnait la discorde. Jusqu'aux planchers qui avaient été démantelés pour permettre d'engranger le foin destiné aux animaux. Seul restait, majestueux, dans la partie intermédiaire, un escalier aux larges marches d'une pierre robuste et blanche sur laquelle les années n'avaient pas eu de prise.

Elle avait aussi abrité les aventures sans lendemain, les amours illégales ou d'autres plus sérieuses. Les murs en portaient encore les stigmates : les inscriptions de ceux qui juraient de s'aimer pour la vie. Charlou était tout particulièrement ému, car il se souvenait de celle qu'il avait écrite pour sa Monique dont, le temps d'un seul printemps, il avait été si épris.

— Je parie que toi aussi tu en as laissé des gribouillis sur les murs. Je me demande si on peut toujours les lire. Heureusement qu'ils ne connaissent personne au village. Sans ça, les réputations en prendraient un coup ! On a été plus d'un à en faire des fredaines ici !

Le rire se mêlait à l'émotion et à la curiosité. Le soleil en se couchant noyait de rose le relief lointain des collines. Les papés étaient ragaillardis par cette sortie impromptue et les souvenirs des frasques de leur jeunesse. La soirée fut conforme à leurs espoirs. Les confidences, les recommandations fusaient entre deux gorgées de bière accompagnées de commentaires et de rires.

L'un d'entre eux, qui possédait la vigne adjacente à la propriété des nouveaux venus, leur proposa de les initier aux salades « de campagne » qui proliféraient, sauvages, à proximité. Avec

gourmandise, on évoqua les « respounchous » envahisseurs des bordures, cette salade de saint Joseph dont d'ailleurs de beaux spécimens s'étalaient sur le terrain. La nature, dans ses bons comme dans ses mauvais moments, fut passée en revue : les asperges sauvages qui pointaient leur fine tête verte dès la fin mars, les petits poireaux dont le terrain de prédilection était cette terre de vigne… Enseignement des anciens à ces néophytes courageux qui redonnaient enfin vie à cette bâtisse si symbolique que la mésentente des héritiers locaux avait démantelée. Il lui avait fallu attendre tant de décennies et subir tant de dégradations pour qu'une nouvelle génération en arrivât à un consensus et la proposât enfin à la vente.

Cette soirée-là, par la suite, les papés la commentèrent à maintes reprises à qui voulait bien les écouter. Les liens se nouaient entre ceux du village et « ceux du mas », comme on a gardé coutume de les appeler même s'ils réussiront à se fondre dans le paysage local. Depuis, les murs avaient été redressés, les plaies béantes colmatées, l'eau arrivait aux robinets et l'électricité prenait le relais du jour dès qu'il commençait à faire obscur. Mais l'assise de grosses pierres mordorées de garrigue trônait toujours à proximité du puits. C'était là qu'on improvisait une grillade ou que l'on préparait une brasucade[67] dès que quelque visiteur s'engageait dans le chemin.

Quant aux chats, on aurait cru que les félins délaissés des environs s'étaient passé le mot. Sept autres avaient rejoint les deux chattes venues de la ville. Ils n'étaient pas arrivés ensemble, mais les uns après les autres. Leur point commun : cette quête d'aliments, d'affection et de sécurité. Finalement, ils s'étaient installés sans qu'on le leur reprochât. Des amis qui rendaient visite. Alors, ils restaient, discrets et confiants, se fondant dans le décor. Ils avaient tous

---

67. Moules et petites saucisses que l'on fait griller sur la braise et que l'on arrose d'une préparation à base d'huile d'olive et de pastis, agrémentée de quelques autres ingrédients dont chaque famille a le secret.

accepté le nom qui leur avait été attribué et y répondaient selon le ton de l'injonction et leur envie d'obtempérer.

— Vous devez dépenser un paquet pour nourrir toute cette smala ! avait-on coutume de souligner d'un ton qui attendait une réponse.

— Certains restent des prédateurs et ils chassent. Et puis, c'est croquettes pour tout le monde ! C'est bien pratique.

Le bègue, lui aussi, contribuait à ce sauvetage en aménageant des tarifs pour ses soins, sur lesquels il ne devait pas gagner grand-chose. La vocation d'un vétérinaire n'était-elle pas de venir en aide à tous ces animaux qui passaient par son cabinet ? Comment aurait-il pu refuser de soutenir ceux qui œuvraient dans le même sens que lui ?

Dans ses errances de chat sans famille, Rapapouègue n'avait jamais osé couvrir la distance qui le séparait du mas. Ce dernier n'était certes pas très éloigné, mais cette notion de « distance » est bien subjective selon qu'on l'interprète depuis une hauteur féline d'une trentaine de centimètres ou d'une taille d'homme. Ses coussinets étaient déjà programmés pour une vie bourgeoise, mais, surtout, n'avait-il pas toujours pressenti que sa destinée se nouerait au village ? Mystérieux comportement d'une lecture de l'avenir. Don de prémonition, perception extrasensorielle ou prescience qui leur avait valu, à tous ces chats qui traversaient les siècles aux côtés des hommes, cette réputation à la fois flatteuse et sulfureuse qui avait bien plus souvent fait d'eux les victimes de moult superstitions. L'homme n'a jamais aimé ce qu'il n'a pu maîtriser ou adapter à sa convenance personnelle et encore moins cet inconnu qu'il côtoie et qui se refuse à lui.

*

* *

Victor avançait de son large pas cadencé. Il n'était pas pressé, Marie-José était partie rejoindre le groupe de

brodeuses qui s'exerçaient à l'art délicat du boutis[68]. Elle avait préparé le repas et n'aurait plus qu'à le faire réchauffer à son retour sur le coup des huit heures. Ce soir, on dînerait tardivement comme chaque mardi. D'habitude, il trouvait toujours à s'occuper dans son garage. Parfois, il s'attardait aux vignes, mais, ce soir-là, l'envie de flâner s'était emparée de lui.

— Elles doivent s'en raconter pendant qu'elles poussent l'aiguille, fit remarquer Émile, toujours enclin à l'ironie.

— En attendant, c'est du travail et c'est beau ! D'ailleurs, on a tous chez nous un dessus de coussin, quand ce n'est pas un couvre-lit, que nos mères et nos grands-mères ont fait. C'était la coutume autrefois quand une jeune fille préparait son trousseau. Maintenant, on n'a plus le temps, on pense à autre chose. C'est bien qu'on retrouve tout ça, surtout qu'il y a des jeunes dans le groupe.

Les papés approuvèrent, un brin de nostalgie au coin de l'œil. Avisant la confrérie féline, Victor ne put s'empêcher d'ajouter :

— Regardez-les, ces matous ! S'ils ne sont pas heureux de vivre ! Allez, les matous, vous avez la belle vie !

— Ils sont toujours là. Enfin, presque, quand le Parisien n'est pas là. Mais, dès qu'il débarque, vous pouvez être sûrs qu'il vient rejoindre les autres.

— Ils ne vont pas traîner ailleurs, c'est toujours avec nous qu'ils restent.

— Est-ce que c'est nous qu'ils viennent rejoindre ou c'est pour se retrouver tous les cinq ensemble ? Une véritable passion qu'ils ont, ces cinq matous, entre eux.

Ainsi discutaient les papés et Victor.

Félix, Doudou, Tiger, Calamity et Rapapouègue écoutaient. Ils savaient que ces anciens du village parlaient d'eux : de par leurs regards posés sur eux dont ils percevaient sans

---

68. Genre de broderie au piqué typique au Languedoc et à la Provence.

difficulté l'intérêt, voire la tendresse. De par le ton adopté, comme pour parler à un enfant. Rapapouègue se moquait de ce surnom de « Parisien » dont ils l'affublaient. C'était une sorte de reconnaissance, de distinction.

— Vous nous avez compris, émit Calamity, tandis que la discussion s'enchaîna, les hommes entre eux puisqu'ils ne parlaient pas le langage des chats.

Toutefois, à bien les observer, ils en arrivaient à comprendre bien des messages que leur adressaient les félins par leur attitude, leurs mouvements.

Ces hommes habitués à scruter les signes de la nature durant toutes ces années passées à travailler la terre reportaient à présent cette acuité sur leurs compagnons à quatre pattes et les observaient à loisir. Ils réalisaient que ceux-ci, par contre, comprenaient sans difficulté le langage et les gestes des hommes.

— Moi, je n'étais pas très chats. Mais j'avoue que je les ai découverts depuis que ma femme a ramené à la maison la chatte de la vieille Henriette. J'ai appris à les connaître et maintenant je suis attaché à cette petite bête, avait repris Victor, l'air attendri en regardant nos cinq héros tranquilles et confiants.

Ceux-ci se regardèrent, une lueur amusée au fond des yeux, entendant ces papés qualifier Henriette de « vieille ». Oubliaient-ils que bon nombre de membres de cette assemblée avaient allègrement franchi le seuil du troisième âge et que certains avaient atteint, voire dépassé, le même nombre d'années que cette pauvre Henriette ?

André tendait toujours l'oreille lorsque l'un d'entre eux levait un coin du voile de l'histoire du village. Et encore plus dorénavant, quand le récit impliquait l'un de ces félidés dont il était devenu inconditionnel depuis que son Rapapouègue était entré dans sa vie.

Peu de temps après le décès de son mari, Henriette avait été approchée par une chatte efflanquée au ventre déformé

par de trop nombreuses maternités. Farouche, la bête n'avait jamais franchi le seuil de la maison de la veuve. Toutefois, elle appréciait la nourriture qu'Henriette lui déposait quotidiennement sous les escaliers extérieurs. Tellement apeurée au début qu'elle prenait la fuite dès qu'elle entendait les pas de sa bienfaitrice, elle finit, après un long temps d'observation, par s'approcher de la nourriture malgré la présence de la vieille femme.

Chacune sur son territoire, elles cohabitaient ainsi depuis déjà plusieurs mois quand un soir la chatte insista pour pénétrer dans la maison d'Henriette. La brave femme tout émue étala un vieux lainage dans un coin de sa cuisine sur lequel s'installa sans sourciller la chatte épuisée. Tout compte fait, si cette nouvelle présence risquait de modifier le train-train quotidien d'Henriette, cette dernière appréciait de sentir une présence sous son toit, dans cet univers bien vide depuis la disparition de son époux. Ce soir-là, ce fut le sourire aux lèvres qu'elle se glissa dans le grand lit conjugal désormais bien vide.

Elle se réveilla dès potron-minet avec le sentiment diffus d'une présence. Se rappelant la chatte, elle enfila rapidement sa robe de chambre à grands carreaux gris tout en se dirigeant vers la cuisine. La chatte était bien installée sur sa couche improvisée. Mais, blottie au creux de son ventre d'arlequine[69], une petite boule de fourrure blanche et noire. L'alchimie opéra aussitôt et ce trop-plein d'amour insatisfait parce que volé par la mort d'un époux, compagnon de tant d'années, se reporta aussitôt sur le chaton né de la nuit. Ce fut la dernière mise bas de la chatte qui quitta ce monde peu de semaines plus tard alors que Mitsou, son bébé, était tout juste sevré.

Ce fut une belle page d'amour qu'écrivirent ensemble Henriette et sa petite Mitsou dont le pelage brillant attestait les soins attentifs et la vie bourgeoise qu'elle menait. D'autant plus que la porte de la buanderie disposait d'une chatière permettant à Mitsou de s'échapper à sa convenance. Mais les

69. Chatte de trois couleurs : noir, blanc et feu.

nuits leur étaient communes, d'autant plus que le bègue avait une fois de plus usé de son talent et stérilisé la chatte.

Le rituel voulait que chaque matin, avant même le petit déjeuner, Henriette ouvrît les volets du salon ainsi que celui de la cuisine, qui donnaient sur la rue. S'ensuivait aussitôt après la préparation de leur petit déjeuner. Mitsou la regardait s'activer, sans broncher, mais sans la quitter des yeux. Elle savait que sa coupelle de lait lui serait servie en premier. Près de douze ans s'écoulèrent ainsi, paisibles, faits de complicité et d'attentions.

Or, voilà qu'un beau matin, les volets restèrent désespérément clos. Le soir venu, Marie-José et Victor, ses voisins de l'autre côté de la rue, s'en étonnèrent. Ce n'était pas par simple curiosité, mais plutôt au nom de ce lien qui se crée lorsque l'on passe tant d'années à se côtoyer, à se connaître et à s'intéresser à celui qui vit si près de vous. Privilège de ces petits villages où l'anonymat n'existe pas et où l'on ne détourne pas la tête pour ignorer son voisin, à moins, bien évidemment, d'être fâché avec lui.

Ils étaient d'autant plus intrigués qu'ils ne virent pas non plus la chatte habituée à s'installer sur le muret qui délimitait le jardin dès que le soleil commençait à réchauffer la pierre.

— Faudrait pas qu'Henriette ait eu un malaise.

— On n'a vu personne entrer chez elle.

Intrigué autant qu'inquiet, le couple décida « d'aller jeter un œil, juste pour être tranquille ». Dès le premier coup asséné par le heurtoir de la porte d'entrée, ils perçurent un miaulement rauque et lugubre que la chatte réitéra dès qu'ils l'appelèrent.

— Ce n'est pas normal. Tu vas voir qu'elle s'est sentie mal !

— Va chercher le maire. Il faut qu'on aille voir dedans !

Après avoir toqué, retoqué, appelé, tourné autour de la maison alors que seuls parvenaient les cris déchirants de l'animal qui en devenaient presque humains, ils réussirent à pénétrer dans la maison. Une odeur désagréable,

écœurante, presque une puanteur, envahissait les lieux. Angoissés, ils se dirigèrent vers la pièce d'où provenaient les appels véhéments de Mitsou : la chambre d'Henriette. Dans son lit, gisait la vieille femme, figée dans la mort qui avait frappé par surprise depuis de nombreuses heures. La chatte était allongée contre elle comme pour lui insuffler un peu de vie, lui communiquer un peu de sa chaleur. Elle se mit à hurler encore plus fort quand Marie-José voulut la prendre dans ses bras et se débattit pour être reposée à terre.

Le médecin, aussitôt alerté, ne put que constater le décès : « crise cardiaque » fut le diagnostic. Henriette avait tout prévu depuis longtemps pour ses funérailles, ce moment où elle partirait rejoindre celui qui avait partagé toute sa vie d'adulte. Tout ou presque : seul restait le problème de la chatte qui ne voulut pas s'éloigner du corps de sa bienfaitrice, de cette compagne dont elle avait partagé la vie.

Lorsqu'on enleva le cercueil pour le déposer au cimetière, la chatte partit se cacher. Marie-José et Victor eurent beau l'appeler, la chercher, elle ne réapparut pas. Dans les jours qui suivirent, Marie-José déposa de la nourriture au même endroit que l'avait fait autrefois Henriette pour la mère de Mitsou. En catimini, cette dernière, affamée, sortait et dévorait prestement son assiettée pour regagner aussitôt sa cachette.

Il fallut une bonne semaine avant qu'elle n'en sortît à l'appel de Marie-José et qu'elle acceptât sa présence. Elle mangeait alors moins précipitamment. Un jour de grosse pluie, elle se laissa attraper. Les muscles tendus, elle accepta ce contact sans toutefois s'abandonner dans les bras protecteurs. Marie-José, la maintenant fermement, la conduisit chez elle. Le soir venu, Mitsou se planta devant l'entrée, pleurant des miaous qui allaient crescendo. La porte à peine entrouverte, elle se précipita au-dehors et fila directement dans la maison d'en face qui fut la sienne et celle d'Henriette tant d'années durant. Elle s'engouffra dans la chatière et ne réapparut que le lendemain au matin.

Malgré les cernes creusés au-dessous des yeux, la chatte semblait plus tranquille, presque rassurée, trouvant de nouveaux repères, reprenant des habitudes. Ce n'était pas qu'elle fût insociable ou attachée à la maison d'Henriette. Elle était simplement effrayée et traumatisée par la perte de cette amie qui l'avait acceptée d'emblée sans jamais chercher à la posséder.

Pour Marie-José et son mari, la question d'adopter un animal ne s'était pas posée. Mitsou était dans la détresse, elle avait besoin d'aide. Ils étaient là. Ils respectaient ainsi la mémoire d'Henriette en recueillant sa petite compagne qui devint la leur.

À présent, Mitsou affichait un grand nombre d'années. Elle mangeait moins et dormait plus. Jusqu'à son pelage qui blanchissait autour de ses yeux encore bien vifs. Mais elle restait discrète, fidèle et reconnaissante. Cette année encore, elle était allée, seule et à pas lents, jusqu'au cimetière sur la tombe d'Henriette, le jour anniversaire de son enterrement. Chaque année, l'effort devenait plus important. Elle était rentrée presque au bord de l'épuisement et avait dormi d'un sommeil lourd jusqu'au lendemain.

— L'an prochain, je crois bien que je la prendrai en voiture pour la conduire sur la tombe d'Henriette. Elle sera trop vieille pour y aller par elle-même, déclara Victor le plus sérieusement du monde et sans fausse pudeur.

*

* *

Le chat observait. Les paupières mi-closes, le regard perdu dans des considérations félines. Il savait quand il lui fallait se faire oublier ou quand, au contraire, il devait manifester son intérêt, tant dans les moments de peine que de joie. Il connaissait les territoires sur lesquels il pouvait s'aventurer et ceux qu'il devait respecter. Entente et osmose qui conduisaient au respect réciproque entre l'animal et l'homme.

Des moments de solitude, d'absence ou de regret envahissaient encore André. Moins fréquemment, certes. Mais ce regard perdu dans un brouillard d'où Rapapouègue était exclu attestait que son passé le rattrapait parfois. Malgré les années, la porte était restée entrouverte. Il n'arrivait pas à la refermer sur ce vide qui l'avait façonné, lui clouant ce doute insidieux au plus profond de ses tripes. Ce vide qui pourtant enfin se comblait. Que de chemin parcouru en si peu de temps : le fil de la destinée !

André n'avait pas connu ce père biologique qui n'avait pas voulu de lui. Il ne se souvenait pas non plus de cette jeune mère qui l'avait, elle aussi, repoussé pour venir quémander tant d'années plus tard des sentiments qu'elle ne lui avait jamais accordés. Elle qui, par un refus égoïste, avait écarté de lui toute possibilité d'adoption. C'était cette enfance et cette adolescence douloureuses qui se réveillaient, évanescentes et fugaces : cet homme et cette femme qualifiés improprement de parents.

On ne se blinde qu'en apparence. Au fond de lui, malgré l'âge qui avançait, subsistait cette part d'enfance volée qui avait façonné l'adulte, et qui lui avait laissé des stigmates au fond du cœur. Il avait bien eu cette famille d'accueil chez laquelle s'était écoulée son adolescence et qui lui avait évité la désespérance.

Grâce à quelques cartes postales et à ce sempiternel « J'espère que tu vas bien », il n'avait jamais appartenu au monde des abandonnés, ceux qui devenaient adoptables. Il l'avait longtemps idéalisée, cette mère, alors qu'elle ne lui avait pas laissé la chance de pouvoir être inséré à part entière dans une famille. Bien sûr, les Garnier étaient de braves et honnêtes gens. Il avait toujours eu ce qu'il fallait dans son assiette. Il n'avait pas connu la misère ni les brimades, mais il restait néanmoins un « petit de l'Assistance ».

Alors, il avait dissimulé son énorme soif de tendresse qui ressortait aujourd'hui et qui l'effrayait un peu. Il avait banni de son vocabulaire ce mot de « papa » et enfoui celui de « maman ».

Et puis, un jour, il l'avait enfin découverte. Elle aurait pu être laide, en haillons, ignorante : il était prêt à l'aimer si elle lui avait témoigné ne serait-ce que quelques onces de tendresse et d'émotion. Il l'avait rencontrée « en terrain neutre », comme elle l'avait souhaité. Il était déjà presque un adulte. Il avait découvert une belle femme, froide, empesée, dont la préoccupation principale semblait être l'apparence physique et les convenances. Consultant fréquemment sa montre, elle semblait vouloir courir contre le temps, refusant le vieillissement.

Il n'avait pas pu évoquer ses années sans elle. L'émotion avait d'abord bloqué les mots au fond de sa gorge. Crainte également de la décevoir, mais surtout barrière d'un inconnu difficilement franchissable.

Elle n'avait posé que des questions de convenance, par obligation, marquant un désintérêt manifeste. Il était évident qu'elle avait volontairement fermé une porte qu'elle ne souhaitait surtout pas rouvrir et qu'elle n'avait provoqué cette entrevue que pour clore ce chapitre de son histoire.

Ce qu'il espérait être une entrée en matière, une occasion de faire connaissance se révélait être un adieu pour elle, la conclusion d'un feuilleton dont s'achevait le dernier épisode. Il était le reflet de cet âge qu'elle refusait, de ce passé qu'elle avait gommé, d'un monde auquel elle n'appartenait plus. Sa vie s'articulait ailleurs, dans une pièce où il n'avait pas de rôle.

Ils se quittèrent après avoir échangé conventionnellement leurs numéros de téléphone, « pour le cas où… ». André avait bien compris qu'elle ne le rappellerait jamais et lui se garderait bien de le faire tant il était déçu. Il regrettait de lui avoir consacré tous ces sentiments, toute cette espérance qu'il n'avait pas donnés aux Garnier pour les garder pour elle. Il venait d'exorciser ses vieux démons, même si cela ne refermait pas la plaie de cette enfance dérobée.

Mais, depuis ces vacances dans la Vallée dorée, ces moments de désespérance s'espaçaient. Ils se faisaient moins longs depuis que Rapapouègue lui avait fait croiser la route

de Malika. Au début, il avait mal supporté la place prépondérante, presque l'intrusion, de la petite Amélie dans la perspective du couple qu'il espérait dorénavant former avec Malika. Mais, dans sa logique, il admettait les meurtrissures que toutes deux avaient elles aussi subies : l'échec du mariage, la rupture avec un père intolérant et extrémiste avec lequel aucune règle normale ne pouvait plus être établie.

Toutes les deux, elles l'avaient accepté, lui, le solitaire, avec ses réticences, ses craintes, ses doutes, ses maladresses. Et s'il avait été d'abord surpris, voire gêné et décontenancé par ces bras d'enfant qui se refermaient impérativement sur lui, à présent, ce geste lui était devenu nécessaire. La tendresse, l'affection, tous ces sentiments qui vous réchauffent le cœur s'étaient emparés de lui, gommant peu à peu les douleurs de son passé.

Il en oubliait le temps qui précédait sa venue au village. Bientôt, tout ce qu'il était en train de découvrir lui sembla avoir toujours occupé sa vie : Malika, Amélie et Rapapouègue, et tous ces projets qui se bousculaient dans sa tête. Il avait enfin sa place, un rôle à tenir. On attendait dorénavant quelque chose de lui. Et, en cela, il se sentait rassuré et son regard s'éclaircissait, brillant face à ce chemin qui s'élargissait devant lui et qu'il se sentait prêt à affronter, ou, plutôt, dans le langage de ses étudiants, « à assurer ».

Parfois, mais de plus en plus rarement, une crainte fugitive s'emparait de lui : que toute cette nouvelle situation ne fût le fruit de son imagination et qu'il ne se réveillât pour replonger dans sa solitude. Chute d'autant plus difficile et douloureuse pour celui qui n'a pas connu l'aisance de l'enfance et qui reperd cette confiance fraîchement acquise. Alors, il plongeait son regard dans celui de son chat :

— Je suis bête, mon Rapag !

Au cillement du matou, il était évident que celui-ci approuvait. Le doute est le propre de l'homme. Il n'est pas inné et s'insinue au fur et à mesure que l'on se confronte au monde. L'enfant ne le connaît pas et l'animal s'en écarte.

*
**

— Doudou, on te parle ! intima un Félix exaspéré par les grands airs et la distraction de leur compagnon.

— Pardonnez-moi, j'étais ailleurs, répondit un Doudou surpris par le ton impératif de la remarque de Félix, d'habitude si calme.

— Il est peut-être fatigué, émit à son tour Calamity, toujours maternelle, ajoutant aussitôt à l'égard du personnage incriminé : Tu n'as pas de problème au moins ?

Doudou soupira. Hochant nonchalamment la tête, il cligna des paupières, son beau regard vert perdu par-delà ses amis et les papés. Un frisson ondula faiblement son impeccable pelage d'un noir luisant. Après tout, ils étaient ses amis et il pouvait avouer l'objet de son tourment, de « son tendre tourment », précisa-t-il pour lui-même, d'autant plus que celui-ci, ou plus exactement celle-ci, était le sujet de cette noble assemblée vespérale.

C'était le vieil Émile qui avait abordé le sujet :

— Tu te rends compte, ils sont allés l'acheter au salon des animaux. Plus de mille euros qu'ils l'ont payée ! Avec tous les greffiers qu'il y a au village et toutes les portées, ils auraient pu en avoir un gratis et même toute une colonie.

— Il faut reconnaître qu'elle est belle, cette bête. C'est la première fois que j'en vois une comme elle. Mais, tout de même, ça en fait des comportes de raisins pour la payer... C'est pas donné !

— C'est bien une idée de la Marthe. Remarquez qu'on va passer de bons moments lorsqu'elle nous racontera les histoires de sa précieuse chatte. Vous allez voir que cela va être croustillant !

Marthe « la cabourde », comme ils l'avaient surnommée, faisait régulièrement l'objet de leurs railleries. Elle n'était pas

méchante, loin de là ! Mais elle s'exprimait spontanément dans un langage qui bien souvent prêtait à confusion et amusait bien entendu la galerie. Toute sa vie, avec son mari, elle avait recueilli des chats en mal de famille. Le logis devait être de qualité, car aucun d'entre eux ne s'en était allé.

Malheureusement, la dernière de cette smala féline avait été bousculée par une voiture peu scrupuleuse qui ne lui avait laissé aucune chance. L'âge venant et la peine lui vrillant le cœur, le couple ne résista pas devant cette toute jeune peluche d'à peine quatre mois qui, du fond de sa cage, les regardait de ses grands yeux écarquillés. « Après tout, pourquoi ne prendrions-nous pas une chatte de race au moins une fois dans notre vie ? » se dirent-ils. « Nous avons ramassé toutes sortes de chats, pour une fois on pourrait peut-être en acheter un... » et Dame Lao-Tsun, descendante directe du très noble couple Orloff et Xena de Kaabaa[70], arriva ainsi au village.

Et c'était vrai qu'elle était splendide, cette birmane gantée de blanc, cette chatte sacrée de Birmanie aux longs poils toujours lissés. Ses oreilles et son masque foncés faisaient ressortir ses superbes yeux d'un bleu clair lumineux.

La première fois que Doudou l'avait remarquée, c'était une bonne semaine auparavant, alors qu'il venait rejoindre nonchalamment ses comparses. Comme toujours, il avait consciencieusement débarrassé son pelage des poussières et des rares poils morts. D'instinct, il savait que cette pratique stimulait l'apparition de nouveaux poils encore plus brillants et souples, et il tenait à soigner son apparence de digne chat bourgeois qu'il était. Il avançait de son habituelle allure chaloupée et souple, goûtant l'instant présent, la truffe au vent, humant l'air léger et chargé des multiples arômes de cette fin d'après-midi rosée et printanière.

Alors qu'il passait sous le balcon de Marthe, retentit un doux miaulement, très court, presque un appel. Interloqué,

70. Couple de chats birmans à l'origine de la race française.

il leva la tête et c'est alors qu'il la découvrit : fragile et belle, sollicitant son attention.

Une tendre amitié s'était très vite nouée entre Doudou et Lao-Tsun, qui devait son nom à un temple de Birmanie consacré à une déesse aux yeux de saphir entourée de cent chats blancs qui montaient la garde et d'un vieux bonze à la barbe dorée. La légende avait traversé les siècles qui voulait que l'âme de l'un de ces chats intégrât le corps du bonze qu'il avait défendu âprement, quand des bandits l'avaient assassiné lors de l'attaque du temple. La déesse donna la couleur de ses yeux à l'héroïque félin et blanchit le brun terreux du bout de ses pattes en signe de pureté.

Notre Roméo amputait grandement sa sieste pour venir retrouver l'objet de ses rêves. Ils se parlaient malgré l'étage qui les séparait, échangeaient de doux miaulements, jouant des prunelles. Elle se frottait contre la grille de fer forgé du balcon tandis qu'il lui répondait. Elle aurait tant aimé pouvoir aller le rejoindre que les miaulements qu'elle émettait, lorsque, sur les instances de Marthe, elle devait regagner l'intérieur de la maison, ressemblaient à de brefs sanglots répétés.

Le mari de Marthe observait son manège. Depuis le temps que des chats partageaient sa vie, il savait qu'on ne « possède » pas un chat. On l'accepte tel qu'il est, car, de fait, c'est lui qui impose son mode de vie.

— Ce n'est pas un gadget, cette bête. Laisse-la vivre un peu sa vie ! On n'a qu'à faire attention. Tu ne peux pas la garder tout le temps enfermée. De toute façon, il n'y a pas de risque, elle est encore trop jeune pour avoir ses chaleurs.

Mais Marthe n'arrivait pas à laisser Lao-Tsun franchir le pas de la porte. Cette dernière se postait derrière l'entrée dès que Doudou repartait : griffant, miaulant malgré son caractère d'ordinaire si paisible.

Enfin vint le grand jour, où la porte s'entrouvrit. Sésame vers une liberté inconnue qui, malgré la présence de Doudou, effraya la jeune femelle. Elle ne s'écarta guère de

l'entrée. Le moindre bruit la faisait sursauter. Finalement, elle avança lentement et timidement vers Doudou qui percevait sa frayeur et son respect. Sans agressivité et empli d'une infinie tendresse, il s'approcha. Bientôt, ils se retrouvèrent truffe à truffe.

Doudou en aurait oublié son sempiternel rendez-vous si Marthe, anxieuse, n'avait pas rappelé Lao-Tsun. Mais le premier pas était fait. Il n'y avait plus qu'à prendre patience, ne rien bousculer. Chaque jour apporterait son lot d'amélioration et d'assurance.

C'était bien elle et Marthe qui faisaient les frais de la conversation vespérale. Les quatre compères de Doudou ne l'avaient pas encore vue, mais chacun apportait des commentaires que tous les autres acceptaient : Lao-Tsun ne pouvait qu'être digne de l'amour de leur ami. Une fois de plus, Félix conclut dans un soupir :

— La belle et le clochard...

Les oreilles subitement dressées, les moustaches en alerte, nos cinq matous se regardaient : un mot malencontreux venait de susciter leur réaction.

— Ils sont tous beaux, ces matous, surtout quand ils sont bien gras et soignés. Regardez la belle robe qu'ils ont !

C'était ce mot de « robe » qui les émoustillait. Passe encore pour Calamity, mais, pour ces jeunes mâles, le mot était pour le moins inapproprié.

— Certes, nous ne sommes plus des étalons, surtout depuis que le bègue nous a privés de notre virilité, mais de là à nous affubler d'une robe... À chacun son vêtement ! Nous, c'est notre pelage ou, plus noblement, notre fourrure.

Un sourire ironique souleva les commissures des lèvres de Félix. Un reflet moqueur illumina son regard.

— Vous les imaginez les papés avec des robes, les mollets à l'air ? Puisque pour nous ils limitent notre pelage à une simple robe, pourquoi parlent-ils pour eux de pantalons ? À chacun sa tenue, en tout cas, je me refuse à porter une robe !

L'animation gagnait les matous qui « rhabillaient » avec cocasserie et sans vergogne les anciens. Au point qu'Émile finit par faire remarquer à son entourage, sans soupçonner que les matous se divertissaient sur leur dos :

— Ils ont l'air de bien s'amuser ceux-là. Je ne sais pas s'ils tiennent conseil, mais il semble bien qu'il y ait de la bonne humeur chez nos félins. Ça doit être qu'ils sentent le beau temps qui arrive pour de bon.

Félix ne put s'empêcher de déclarer à ses amis :

— Vous comprendre, c'est bien là notre force à nous, alors que vous ne faites qu'interpréter nos attitudes et nos mimiques.

*

**

— Vous n'avez pas vu Victorien ? interrogeait Jean Marie.

En fait de réponse, ce fut une question qu'il reçut :

— Il est revenu ?

— Quand je suis rentré hier soir de la vigne, il était là, assis dans la cuisine à regarder ma femme qui préparait le souper. Comme les autres années, il est revenu pour Pâques.

Victorien n'était plus de la première jeunesse. Il venait on ne savait précisément d'où et repartait sans prévenir, invariablement, sans que l'on connût sa destination. Il était apparu trois ans auparavant, toujours vers la tombée du jour, au tout début du mois d'avril.

Jeannette, occupée à préparer une estouffade[71], avait sursauté quand, en se retournant, elle avait vu sa vieille silhouette dégingandée se dessiner en noir dans l'encadrement de la porte. Il se tenait timidement sur le seuil, sa casquette à la main. Elle le fit entrer et s'asseoir, pensant qu'il était venu solliciter un emploi de saisonnier.

---

71. Plat de viande cuit à l'étouffée.

Tandis qu'elle se consacrait à la préparation du menu, elle l'observait à la dérobée : indéfinissablement vieux, des cheveux blancs qui encadraient un visage buriné, le dos légèrement courbé. Il restait sans mot dire, les vêtements encrassés de la poussière des chemins qu'il venait de parcourir.

— Mon mari ne va pas tarder. Il vous trouvera bien quelque chose à faire. Le travail, ce n'est pas ce qui manque ici !

Toutefois, ce que Jeannette ignorait, c'est que Victorien n'était pas en quête de travail mais simplement de gîte et éventuellement de couvert selon la générosité de ses hôtes. Le mot « travail » sonnait désagréablement aux oreilles du bonhomme. Cependant, ce soir-là, il se sentait bien las et l'odeur du ragoût lui émoustillait les papilles.

Jean Marie le trouva dans la même posture qu'il avait prise dès qu'il s'était assis. L'interrogeant, il apprit que Victorien venait de l'ouest, quelque part entre Normandie et Bretagne, là où le Couesnon[72] sépare les provinces. Quand, finalement, il lui proposa de rester et de l'aider aux vignes, il reçut pour toute réponse : « Pt'être bin[73] », qu'il interpréta pour un oui.

Lorsqu'il fut question de rémunération, Victorien l'arrêta aussitôt. Il ne voulait pas être payé, mais seulement hébergé et il demandait, éventuellement, un petit billet de dix euros pour aller boire son apéritif au café du village le dimanche. Jean Marie, tout comme son épouse et Toinou, sidérés de cette simple requête, ne lui posèrent plus de questions. « De toute façon, même s'il ne peut pas faire grand-chose, ce sera toujours mieux que rien. Et puis, il a besoin de se requinquer », pensèrent-ils en leur for intérieur.

Ce qui les étonna encore davantage fut la façon dont Victorien travaillait : il n'allait aux vignes que lorsque cela lui plaisait.

---

72. Fleuve qui sépare la Normandie et la Bretagne et qui rejoint la baie du Mont-Saint-Michel.

73. Peut-être bien.

Vivant d'une manière déconcertante pour ce couple de gros travailleurs, il en oubliait parfois de les rejoindre pour le déjeuner, surtout quand, l'été venu, les chaleurs se faisaient fortes et redoutables pour un homme de son âge. Ils l'avaient installé dans la petite pièce qui jouxtait la remise. Les premières fois qu'il rentra tardivement alors que la soirée était bien entamée et qu'on ne l'avait pas vu de la journée, ils crurent qu'ils ne le reverraient plus. Il revenait cependant toujours se faufiler dans son logis indépendant de la maison, la nuit venue.

Ce n'était pas qu'il fût fainéant, car, lorsque l'envie le prenait, il savait abattre du travail. Malheureusement, elle ne le tiraillait pas régulièrement mais, cependant, suffisamment pour justifier son hébergement et son argent du dimanche.

Son accent était très différent de celui de ses hôtes et de Toinou. Il avalait généralement la dernière syllabe et, quand on lui demandait son avis ou qu'on l'interrogeait, il avait coutume de répondre laconiquement de son « pt'être bin ». Par contre, il se révélait intarissable quand il leur contait ses aventures de vagabond, ses rencontres, son amour de cieux infinis barrés uniquement par l'horizon, la lande sauvage où fleurissait le genêt, lourde de légendes, le vent puissant chargé d'embruns. Toutefois, jamais il n'évoquait une possible parentèle.

Après les vendanges, le couple lui avait spontanément proposé de rester pour l'hiver. À leur grand étonnement, il refusa, mais il leur précisa toutefois qu'il reviendrait au printemps. « On s'ennuie quand on ne sait pas vivre », avait-il coutume d'énoncer. Sa vie était faite d'errance. Un beau matin, on trouva la remise vidée des quelques vêtements qu'il trimbalait dans son balluchon. Et au printemps suivant, à la même époque, il réapparut sur le pas de la porte comme il l'avait fait la première fois, toujours aussi efflanqué. Il paraissait si vieux qu'il ne semblait pas possible qu'il pût, d'une année sur l'autre, le paraître davantage. Il réintégra sa place comme s'il l'avait quittée la veille et reprit la route dès les premiers frimas.

Depuis, son arrivée était attendue comme celle des hirondelles : « Victorien apporte les beaux jours », avait-on pris l'habitude de dire. En trois ans seulement, sa venue était devenue une institution. Le dimanche, il passait des heures à la terrasse du café d'Amédée. Tout le village le connaissait et avait un mot gentil pour lui. Il avait été convenu avec le bistrotier qu'il « marquerait » les consommations et ne lui demanderait jamais de les payer. Jean Marie passait régulièrement les lui régler. Ainsi, Victorien se constituait un viatique pour son prochain départ. Parfois aussi, il rejoignait les papés, passait une petite heure avec eux et disparaissait sans que l'on sût où il se rendait.

Ce soir-là, tandis que Jean Marie interrogeait les papés, Victorien fit son apparition, toujours de son pas régulier et lourd. On lui fit fête, comme l'enfant prodigue qui rentre au bercail. Jusqu'aux matous qui étaient heureux de le retrouver. Ils l'aimaient bien, cet homme simple, sans méchanceté, ce conteur qui les avait charmés quand il avait narré sa version de l'origine des chats, surprenant la compagnie qui le croyait parfaitement athée. D'ailleurs, c'était à eux qu'il s'était adressé avant de démarrer son récit :

— Je suis sûr que vous ne savez pas comment vous êtes arrivés sur la terre, les matous !

Et il enchaîna :

— Sur les instructions divines, Noé avait emmené sur son arche un couple de chaque espèce animale. Il y avait les lions, les girafes, les ours, les singes, bref, tout ce que la terre comprenait de bêtes à cette époque. Les jours passaient sous les pluies diluviennes. Le couple de souris ne tarda pas à se reproduire au point que les autres bêtes vinrent se plaindre à Noé : « Ces souris se reproduisent vite. Elles sont de plus en plus nombreuses ! » En fait, elles risquaient même de faire périr la compagnie si elles s'avisaient de ronger le bois de la coque du vaisseau. De plus, elles se révélaient purement et simplement insupportables,

volant la nourriture, se faufilant partout sans complexe ni retenue. Jusqu'à la plus intrépide qui avait décidé d'élire domicile en haut du crâne de la girafe : « Pour mieux scruter l'horizon », déclarait-elle. Noé était très ennuyé et ne savait pas comment résoudre ce problème, d'autant qu'il lui était impossible de détruire un quelconque animal. Il fit donc appel au roi des animaux : messire Lion. Ce dernier cogita en silence, puis, subitement, dans un puissant rugissement, éternua vigoureusement. Des narines du grand félin sortirent deux lions miniatures : un mâle et une femelle, les ancêtres de tous nos matous actuels.

Victorien s'arrêtait alors de parler, comme s'il n'avait plus rien à dire, peut-être aussi pour laisser aux autres le loisir de réfléchir sur ce qu'il venait de narrer. L'histoire était contée avec tendresse et flattait, bien entendu, l'ego de nos matous domestiqués qui appréciaient tout particulièrement cette ascendance royale.

*

**

Dans tous nos villages du Sud, s'il est un jeu incontournable, devenu tradition et même art de vivre, c'est bien cette pétanque qui, depuis plus d'un siècle, réunit jeunes et vieux pour un grand moment de convivialité agrémenté d'un langage fleuri propre à chacun des joueurs. Une fois n'étant pas coutume, nos papés avaient décidé de jouer le pastis en « treize points ». Ils se retrouvèrent donc, le jour dit, les boules à la main, sur le terrain de sable damé tout à côté la mairie, sur la grand-place municipale. Bien entendu, les matous avaient suivi, y compris Sweety sur les talons de Rapapouègue.

Après bien des palabres, les équipes constituées, la partie put enfin commencer. Nos cinq compères connaissaient le danger représenté par ces lourdes boules d'acier et se tenaient donc à l'écart. Le cochonnet roula, puis finit par s'arrêter à

bonne distance. Sweety releva la tête et observa le gari[74]. Il était de la taille de cette balle avec laquelle il passait de si longs moments à jouer jusqu'à l'épuisement. Il suivit avec intérêt la première mène, se demandant quand enfin on allait l'inciter à entrer dans le jeu. Personne ne s'intéressait à lui.

L'équipe d'Émile venait de gagner le premier point. Mais à peine ce dernier avait-il calé ses pieds dans le rond que Sweety, bandant les muscles de ses pattes arrière, se tenait prêt à bondir tel un projectile sur sa proie. Le plus sérieusement du monde, Émile lança le cochonnet qui fut brutalement arrêté dans sa course par un Sweety heureux et excité de la partie qui s'annonçait. Le jeune chat fier de lui regarda furtivement l'assemblée qui, pensait-il, allait le féliciter pour sa rapidité et son agilité. Mais, aux cris qui suivirent sa prestation, il comprit que la règle du jeu n'était peut-être pas celle qu'il croyait. Pourtant, d'habitude, on le félicitait et, là, subitement, on semblait s'en prendre à lui.

— Qu'est-ce qu'il fait là, ce chat ?

— C'est celui de Malika.

— Té ! Voilà le Parisien qui arrive, il va pouvoir le lui ramener. Nous pourrons jouer tranquille.

« Le Parisien » : cette appellation, bien que prononcée avec le plus grand naturel, pour une fois, sonna mal aux oreilles de Rapapouègue. Il ne devait pas être le seul, car Émile en fit la remarque à son compère. La réponse teintée d'irritation qui suivit lui plut davantage :

— Comment veux-tu qu'on l'appelle ? André ? Nous avons déjà notre Dédou[75] national, l'édenté comme on le surnomme même. On ne peut pas avoir deux André. Et puis, c'est notre Parisien à nous, pas à eusses[76] de là-haut !

---

74. Le cochonnet, le petit.

75. Diminutif affectueux pour André.

76. Eux.

Cette version convenait mieux au matou qui subitement réalisa qu'il n'était plus ce Rapapouègue « de souche » villageoise, mais que, depuis son adoption, il était devenu « le chat du Parisien ». À vrai dire, cela s'était fait tout naturellement et il ne s'en était jamais offusqué.

André venait d'entendre cette dernière remarque. Cette appellation marquait son appartenance au village et lui convenait parfaitement. Mais ce qualificatif d'« édenté » l'interpella. Bien entendu, l'un des spectateurs de la partie ne se fit pas prier et y alla de son histoire.

En fait, cela remontait à quelques années, alors que Dédou venait de prendre sa retraite. Depuis longtemps, il avait mis ses vignes en fermage et s'était consacré, avec le plus grand sérieux, à ses activités de président d'une association qui aidait les viticulteurs dans toutes leurs démarches administratives, et leur permettait de solliciter subventions et aides en tout genre. Mais voilà que, l'âge venant, il avait dû renoncer à cette fonction.

Les premiers jours, il avait apprécié le repos enfin trouvé. Cependant, au bout d'une semaine à peine, il commença à trouver le temps long, ne sachant comment s'occuper. Il fit bien une promenade ou deux, mais en solitaire. Son atelier ne l'inspirait guère. Manque d'imagination… Il se trouvait bien trop jeune pour rejoindre les papés : il ne se priva pas de le leur faire remarquer quand ces derniers lui proposèrent d'entrer dans leur petit cercle. Finalement, il se dit qu'il pourrait aller faire un tour dans la grosse bourgade voisine : après tout, il avait des amis de son âge là-bas.

Endimanché, il monta dans sa voiture et un quart d'heure plus tard il se retrouva au bar du Terminus, où il avait convenu d'un rendez-vous avec Alfred, un ancien compagnon de travail retraité depuis déjà quelques années et qui n'arrêtait pas d'annoncer haut et fort : « À la retraite, on ne s'ennuie pas ! La vie ne pousse bien que là où elle est heureuse et j'ai bien l'intention de faire de vieux os ! »

Ils prirent l'habitude de se retrouver et d'évoquer une carrière, des amitiés et des inimitiés communes. Jusque-là, Thérèse, l'épouse de Dédou, n'y vit aucun mal. Bien au contraire : « Il faut bien qu'il s'occupe et comme ça il n'est pas à traîner dans mes jambes », déclarait-elle. Quant à lui, il rentrait tout guilleret de ces moments en célibataire.

Les choses commencèrent à évoluer quand il annonça tout de go à sa femme :

— Vendredi soir, ne compte pas sur moi. Nous passons la soirée entre hommes !

Elle s'était engagée à garder leur petit-fils et, malgré la contrariété que cette sortie masculine inhabituelle lui causait, elle n'y vit pas malice. Le bonhomme rentra fort tard dans la nuit. Il ne sentait guère l'alcool, mais empestait la cigarette et semblait particulièrement excité. Le même scénario se reproduisit les deux semaines suivantes. Elle ne constata pas non plus un quelconque changement dans le comportement intime de son époux.

Thérèse, n'obtenant que des réponses évasives, voire lapidaires, alors qu'elle questionnait Dédou, entreprit de visiter les poches de son mari. Rien qui ne pût apporter un semblant de réponse à ses interrogations. Elle avait bien envisagé ce fameux démon de midi qui s'emparait parfois des hommes d'âge mûr. Mais aucune fragrance, aucun parfum féminin n'émanaient des vêtements de son mari.

Toutefois, elle n'allait pas tarder à découvrir le pot aux roses. Jusque-là, elle s'était toujours reposée sur Dédou pour tout ce qui concernait la bonne marche administrative et financière de la maisonnée. Chaque matin, sur le coup de dix heures, le facteur déposait le courrier. Quelle ne fut donc pas sa surprise à la lecture du relevé mensuel que la banque venait de leur adresser ! Elle regardait les chiffres alignés, les relisait avec incompréhension. Il ne restait plus d'argent sur leur compte courant alors que le « trimestre » de son époux venait à peine d'être viré. Les

retraits affichaient des sommes de plus en plus élevées et le dernier se révélait considérable.

Ce matin-là, l'orage gronda entre les époux. Il fallait qu'elle en eût le cœur net. Et ce qu'elle réussit à percevoir ne lui fit guère plaisir, loin de là !

— Non seulement tu gaspilles notre argent au jeu, mais cela ne te fait pas vergogne qu'on apprenne que tu vas te dégailler[77] avec ces larrons qui n'ont ni foi ni loi ! Pauvre couillon ! Comme si tu ne savais pas que, là où on joue, le diable s'amuse.

Dédou n'en menait pas large, mais ne voulait pas perdre la face. Il se leva, claqua la porte et ne revint qu'au moment du dîner. Thérèse s'était apparemment calmée et une odeur de bouillon flottait dans la cuisine. La table était mise comme à l'accoutumée, mais, en guise de couverts, une simple cuillère et une fourchette. Dédou hasarda :

— Qu'est-ce qu'on mange ce soir ?

— De la soupe et des pommes de terre !

— C'est tout ? Y a pas de viande ou de fromage ?

— Si tu veux autre chose, tu n'as qu'à aller te l'acheter. Moi, je n'ai plus de sous pour faire les courses. Chez nous, on n'a jamais demandé à l'épicier de nous faire crédit et je ne vais pas commencer. Pain emprunté est toujours dur !

Pendant que son épouse s'exprimait ainsi, Dédou enfourna une grosse cuillère de soupe chaude. Elle était moins grasse et moins épaisse que d'ordinaire. Quelque chose tinta contre le métal de la cuillère, mais il n'y prêta pas attention tant il était affamé. Un « crac » résonna dans sa tête, suivi d'une douleur fulgurante.

— Mais, bon sang, qu'est-ce que tu as mis dans ce potage ? hurla-t-il.

— Des cailloux, de simples petits cailloux pour ajouter du goût. Tu ne croyais quand même pas que j'allais y mettre des dés de lard ? Je les aurais achetés avec quoi ?

---

77. T'encanailler.

Dédou sentait venir la nausée tandis que Thérèse poursuivait froidement :

— Tu n'as qu'à te faire nourrir par tes joueurs de poker. Eux, ils se remplissent la panse sur ton dos. À tout prendre, je préfère que tu engraisses le dentiste plutôt qu'eux. Au moins, lui, il travaille pour gagner ses sous !

Les jours qui suivirent, les préparations culinaires de Thérèse furent plus que réduites. Par contre, elle n'hésitait pas à ouvrir pour leur chat une boîte dont l'odeur aurait presque émoustillé les narines de Dédou. En effet, ce dernier devait se contenter du maigre brouet que consentait à lui préparer son épouse. Elle avait confisqué le livret d'épargne et, lorsqu'il insistait en lui proposant de prélever suffisamment d'argent pour remplir le frigidaire, elle refusait catégoriquement.

— On piochera sur la réserve[78] jusqu'à ce que la pension de la Sécurité sociale soit versée le mois prochain.

Dans tous ces foyers, aussi loin que les souvenirs remontaient, les ménagères avaient coutume d'engranger des conserves au fil des saisons. Aussi, même si la viande manqua ce mois-là, de même que les pâtisseries que Thérèse glissait habituellement dans le four et qui parfumaient la rue, la table ne resta pas totalement vide. Thérèse campa sur ses positions et Dédou fut contraint de suivre ce régime près de trois semaines, avant de humer un ragoût d'escoubilles[79] cuisant lentement, comme il se doit, sur une grille du fourneau.

Les papés avaient bien entendu fait des gorges chaudes de l'histoire dès qu'elle s'était répandue dans le village, l'agrémentant de moult commentaires. Ils se faisaient un plaisir de proposer un bonbon à Dédou, s'attendant à ce qu'il réitérât cette réponse qui les avait interpellés la première fois :

---

78. Le garde-manger.

79. Ragoût confectionné avec les abattis de volaille, des carottes, des olives…

— Non, merci, pas de sucrerie. Je ne peux pas : j'ai très mal aux dents.

Le temps avait passé et l'histoire s'était transformée en simple anecdote inoffensive. Dédou s'était ressaisi et n'avait plus touché la moindre carte à jouer. Mais l'épisode restait dans les mémoires et ne choquait plus personne, y compris Thérèse qui en avait profité pour asseoir son autorité.

André prenait toujours autant de plaisir à écouter ces anciens lui livrer un pan de leur intimité villageoise. Il avait l'impression de rattraper ces années d'absence, de non-appartenance à ce lieu. Les racines d'un homme ne sont pas toujours uniquement là où il est né, là où il a grandi ; elles peuvent aussi être là où les émotions et les sentiments auront empli son existence.

Sweety se débattait dans ses bras. Vif-argent, il n'était pas habitué à une immobilité contrainte. André le maintenait fermement et lui parlait tout en marchant. L'animal semblait s'apaiser, mais s'échappa dès qu'il sentit la pression se desserrer tandis qu'André ouvrait la porte. Il bondit à l'intérieur de la maison et se faufila dans la remise, vaste pièce de terre battue, à peine traversée par un rai lumineux qui pénétrait d'une lucarne. Des foudres inutilisés depuis fort longtemps continuait à s'échapper la douce odeur de la fermentation des vins familiaux. Des comportes et un pressoir témoignaient aussi de ce passé viticole.

— Il faudra bien un jour que je fasse aménager cette pièce, pensa André.

Mais, avant tous travaux, il faudrait la débarrasser de tout ce fatras qui l'encombrait. Et c'était, pour lui, le point épineux, car il pourrait difficilement se séparer de ce qui avait fait la vie de ce foyer des générations durant et qui en représentait son âme.

— On verra bien si un jour je m'installe ici pour de bon… se dit-il, mitigé entre le doute et l'espoir.

Un bruissement faible lui fit lever les yeux. À une poutre du plafond, dans une semi-obscurité, il aperçut un nid de l'année. Dans sa mémoire, lui revint aussitôt ce proverbe qu'il avait entendu quelques jours plus tôt : « L'hirondelle bâtit son nid dans la maison du sage. » Les travaux pourraient bien attendre…

*
**

— Alors, le départ, ça approche ?

— Déjà demain. C'est toujours trop court, les vacances ! soupira André.

Émile insista :

— Pourquoi tu ne t'installes pas au pays ? Tu t'y es bien fait. Tu t'es bien intégré et tout le monde t'aime bien, ajouta-t-il malicieux.

— Ça viendra, ça viendra. Laissons faire les choses.

André ne voulait surtout pas évoquer ouvertement les projets qu'il formait. Il devait reconnaître que ces vacances partagées lui avaient donné des envies de vie de couple. Il n'y avait pas eu de heurts. Malika, tout comme lui, sentiments aidant, acceptait l'autre tel qu'il était.

Et Émile poursuivit spontanément :

— Ne te vexe pas, mais même si tu l'épouses, la petite Vinatier, tu resteras toujours « le Parisien », c'est ton origine. Surtout qu'il y a quelque chose que tu ne pourras jamais avoir.

Interloqué, André pour une fois ne fut pas sur la défensive. Il interrogea le vieillard sur ce qui ferait toujours la différence entre les gens du padesse[80] et lui.

— Mais l'accent, pardi, le parler de chez nous. Car, tu vois, même nos jeunes quand ils vont passer leurs diplômes

80. Pays.

à l'autre bout de la France et même parfois à l'étranger, ce parler, ils ne l'oublient jamais et cette façon de chanter quand ils parlent, ils ne peuvent pas la gommer. C'est notre marque à nous, un peu comme une race, la race des gens du soleil.

À cette remarque, les matous basculèrent, en un mouvement sec, leurs oreilles en arrière comme pour exprimer leur surprise et leur mécontentement. Car, si quelques rares d'entre eux jouaient les indépendants, ils vivaient habituellement en famille ou en communauté. Il existait certes des règles hiérarchiques dans leur cohabitation, mais il n'y avait pas de distinction de sexe et encore moins de race. Bien sûr, comme partout, certains tenaient le rôle du souffre-douleur, mais cela ne se produisait que lorsque la promiscuité était trop grande. Et un chat nouveau venu dans le clan, s'il faisait profil bas et observait une attitude soumise devant le « patriarche », était systématiquement accepté par le groupe.

— Encore une différence entre les humains et nous, ne put s'empêcher de contenir Félix qui s'empressa d'ajouter : Le racisme, cela n'existe que parmi les hommes. Ils n'ont jamais compris que sans différences, pas d'harmonie.

Et Émile continuait, comme pour apporter des arguments à ses affirmations :

— Tu connais Serge le Nantais, celui qui habite la grande maison derrière l'église ? Tu ne t'es jamais demandé pourquoi on lui donne ce surnom, alors qu'il habite ici depuis son retour du service militaire ? Pourtant, il est bien l'un des nôtres, mais il lui reste aussi un petit quelque chose de « là-bas ».

Tandis qu'ils discutaient, le Beau Philippe arriva. En fait, ils étaient tous affublés d'un surnom qui leur collait à la peau. Alors, « Parisien », pourquoi pas ? André était toutefois curieux d'apprendre pourquoi ce Philippe dépenaillé, auquel il était difficile de donner un âge précis, portait un qualificatif aussi flatteur. Certes, son regard profond et noir, les boucles grisonnantes de sa chevelure lui conféraient un

charme indiscutable. Son sourire spontané affichait son bonheur de vivre. Mais, avec son allure décontractée et le ventre rebondi qu'il ne pouvait plus dissimuler, il ne répondait guère aux canons de beauté. Bien entendu, Émile ne se fit pas prier et le récit démarra.

— Autrefois, dans sa jeunesse – en fait il n'y a pas bien longtemps : il doit avoir tout juste la quarantaine, il est de l'âge de mon neveu –, il passait pour le dandy du village. On ne le croirait pas à le voir aujourd'hui. Mais je peux te dire qu'il était toujours sapé comme un milord : costume trois-pièces, cravate et chemise assorties. Jamais il ne serait sorti sans que ses chaussures ne soient briquées et brillantes. Jusqu'au brushing qu'il se faisait tous les matins, pour la barbe comme pour les cheveux.

« Il n'avait rien d'une femme, grand Dieu non ! Mais il était coquet et c'est vrai qu'il était élégant. Il nous a tous fait envie un jour. Une fois les études finies, il trouva un travail dans un bureau en ville. Sa voiture était le reflet de sa personne et je suis à peu près certain qu'il devait bien se prendre au moins trois ou quatre douches par jour. Un vrai sou neuf !

« Un jour, il rencontre une jeune femme, Nicole, et il commence à fréquenter. Elle aussi travaillait derrière un bureau. Mais elle venait d'une ferme des montagnes de la Lozère, dans un de ces villages ramassés sur eux-mêmes comme pour mieux se protéger de la rudesse des hivers. Tu en as déjà vu de ces demeures solidement charpentées et empierrées, avec une chapeaute[81] très basse pour mieux emmagasiner la chaleur du poêle ?

« Elle vivait en ville par commodité, mais pas par goût. Un petit logement qu'elle partageait avec deux chats : un blanc et un noir. Pas de ces minets de luxe. Non, tout simplement des chats de gouttière. Elle avait d'abord adopté le blanc pour garder avec elle un coin de sa terre familiale.

81. Charpente.

Mais ce chat, qui avait connu la liberté des grands espaces, semblait s'ennuyer ferme, surtout quand elle le laissait seul et qu'elle remontait passer le week-end dans cette terre d'Aubrac.

« Tu dois bien le savoir maintenant que les bêtes, c'est comme les hommes. Bientôt, ce chat commença à se comporter bizarrement, il se transforma même en véritable pollueur. Parfois, il regardait fixement un point dans le vide. Puis il courait dans tous les coins de la pièce à la poursuite d'une chose invisible. Le vétérinaire consulté évoqua un phénomène de compensation, l'ennui, le refus de la solitude. Ou elle se séparait de son compagnon et le ramenait à la ferme, ou elle adoptait un autre chat. Elle se laissa séduire par la seconde solution d'autant plus facilement qu'une nouvelle portée venait de voir le jour dans la grange familiale.

« Des années s'étaient écoulées avant qu'elle ne rencontrât Philippe. Le ménage à trois fonctionnait à merveille et les affres de la solitude n'avaient pas laissé de séquelles. Quant à Philippe, il n'avait jamais réellement côtoyé de félins. "Les animaux, certes, c'est gentil, mais chez les autres" déclarait-il habituellement. Or, voilà que Raki la blanche et Charbon la noire occupaient les lieux. Bien entendu, pour séduire Nicole, ce fut à lui de faire patte de velours : une caresse par-ci, une caresse par-là, un "oh ! qu'elle est belle, la minette !", mais le ton n'y était pas et tout cela sonnait faux.

« Les semaines passèrent et les sentiments s'affirmaient entre les deux jeunes gens. Un beau jour, il se décida enfin à faire une déclaration, en exprimant toutefois une certaine réticence : "Tu sais, si tu veux que nous songions à faire notre vie ensemble, il faudra envisager quelque chose pour tes chats." Devant la stupéfaction, plus que la joie, qui se lisait dans le regard de sa dulcinée, il entreprit de lui fournir des explications qu'il estimait justifiées : "Tu comprends, cela ne peut plus durer. Quand je viens chez toi et que je me suis habillé de clair, je repars plein de poils noirs. Et, quand

je suis vêtu d'un costume foncé, j'en ai pour des heures à me débarrasser des poils blancs. Les chats, c'est bien gentil, mais ils sont trop envahissants. J'ai toujours l'impression d'avoir traîné je ne sais où quand je sors de chez toi. Cela fait mauvais genre et négligé. Alors, il va falloir que tu choisisses : tes chats ou moi !" Ce à quoi il était bien loin de s'attendre fut la réponse qui fusa, n'admettant aucune controverse : "Mes chats et moi, cela fait près de dix ans que nous vivons ensemble. Je sais ce qu'ils ont dans le ventre, ou plus exactement dans le cœur. Toi, cela fait à peine quatre mois. Alors, le choix, c'est toi qui vas le faire : c'est le lot ou personne !" lui déclara Nicole, outragée et déçue

« Le message fut bien reçu : Philippe n'était pas superficiel au point de sacrifier des sentiments profonds au profit d'une simple apparence. Et, quelques mois plus tard, nos tourtereaux convolèrent et vinrent s'installer au village, là où ils habitent aujourd'hui. C'était la maison des grands-parents de Philippe, une demeure ancestrale où n'existait aucune commodité, où l'exiguïté des pièces empêchait la lumière de pénétrer. Une solide bâtisse faite d'épais murs de pierres entre lesquels s'étaient succédé bien des générations et qui était restée de longues années sans entretien.

« Philippe se découvrit une âme d'entrepreneur d'autant plus rapidement qu'il venait de perdre son travail. Un mal pour un bien qui lui offrait ainsi la possibilité de consacrer son temps devenu libre à la rénovation de leur foyer. Finis les vestes croisées et les blazers. Ils furent remplacés en un rien de temps par des pulls trop larges, des pantalons de survêtement bon marché beaucoup plus adaptés à la tâche qu'il s'était fixée.

« Les travaux nécessitèrent deux bonnes années. Philippe ne s'occupait plus de son apparence. Il ne peignait sa barbe hirsute que lorsqu'ils sortaient et ne fréquentait l'atelier de Pierre le coiffeur que lorsque les boucles de ses cheveux commençaient à lui tomber sur les yeux.

« Le plus gros du chantier terminé, il se mit en quête d'un emploi. Il réussit à retrouver un travail proche de son domicile. Mais ces travaux manuels l'avaient aussi transformé physiquement, car il avait acquis la robuste carrure des travailleurs de force. Quand il voulut renfiler ses tenues d'antan, il dut se rendre à l'évidence : elles n'étaient plus à sa taille.

« En outre, il avait appris à compter en sacs de ciment, en mètres carrés de carrelage ou de boiserie. Finie la boulimie vestimentaire ! Ces dépenses étaient dorénavant orientées sur leur bien-être intérieur et sur toutes ces soirées d'agapes conviviales qui regroupaient quelques couples avec lesquels ils s'étaient liés. Certes, il était toujours propre de sa personne et mis correctement pour se rendre au bureau. Mais il quittait son "uniforme" dès qu'il rentrait chez eux et la décontraction était de mise.

« Raki et Charbon n'avaient pas manqué de jouer le jeu de la séduction : grimpant de préférence sur ses genoux, venant se frotter à lui, le regardant d'abord timidement comme pour se faire accepter, puis intensément comme pour lui montrer leur amour. Bien entendu, elles étaient parvenues à leurs fins et il avait craqué. Alors lui aussi se mit à les observer et à regarder autour de lui. Il remarqua ainsi que tous ceux qui aiment ces animaux indomptables ont en commun cette tendance à la rêverie, le sens du beau et le don d'être attentif aux autres.

Rapapouègue, imperturbable, trônait parmi les sacs prêts à être installés dans le coffre de la voiture. Sans impatience, sans crainte de ce nouveau voyage. « Ça viendra, ça viendra, laissons faire les choses », semblait-il dire à André. Ce dernier fixa son regard sur son chat et, repensant à la bonhomie de ce Philippe épanoui et à son propre parcourt, il en conclut avec satisfaction que le fait de vivre avec un chat était réellement le signe d'une bonne santé morale. Point de matou chez les brutes, les agressifs, les égoïstes, quel que pût être leur milieu : ces matous épicuriens choisissaient toujours là où il fait bon vivre.

*
**

La main tremblante d'André tenait la lettre qu'il venait d'extraire de la boîte. Depuis quelques soirs, il ne s'éternisait pas sur le chemin du retour. Il assumait toujours ses cours avec le même sérieux, mais refermait plus rapidement son vieux cartable de cuir élimé, déformé par le poids des livres contenus et tant d'années de service. Il s'engouffrait à grandes enjambées dans le couloir du métro plutôt que de couvrir en marchant la distance qui séparait l'établissement où il enseignait de son domicile. D'habitude, à cette époque de l'année, il aimait flâner, sentir cette chaleur qui s'installait, observer les gens qui s'attardaient à la terrasse des cafés… mais les temps avaient changé et les objectifs s'étaient précisés.

Il eut du mal à enfiler la clef dans la serrure de la boîte aux lettres et dut s'y reprendre à trois fois. Elle était là, au fond de la boîte, cette enveloppe bistre, enveloppe « destin », frappée du timbre officiel et expédiée depuis Montpellier. Même s'il ne doutait guère d'une réponse positive, il ne pouvait réprimer une certaine appréhension qui s'insinuait en lui. Malgré tout, le doute persistait. Si déception il devait y avoir, il ne voulait pas l'affronter seul. Et, dans le cas contraire, il tenait à partager sa joie, à l'exprimer ouvertement. Il ne pouvait donc l'ouvrir qu'en présence de son Rapapouègue. Il trépignait presque en attendant l'ascenseur.

— Alors, mon fainéant, comment va se terminer notre journée ?

Le matou leva les yeux, allongea la patte, cligna des paupières comme pour rassurer André. Il savait déjà qu'ils partiraient vivre à Montpellier et rejoindraient Malika, Amélie et ce jeune fou de Sweety. Sortilège diabolique d'une prescience qui échappe à l'entendement de l'homme,

ou simplement sens inné de l'observation de nos traits de caractère et qui conduit à la sagesse, à la vérité sans sophistication, à la confiance ? Tant de choses que nos compagnons savent si bien percevoir nous échappent… Il savait que tout était déjà écrit et que, tôt ou tard, tout se résoudrait.

Ce serait encore la ville, certes, mais il y aurait ces fins de semaine qui sous-entendaient des retours fréquents au village sans ce voyage long et traumatisant auquel il était actuellement confronté, cette perte de temps inutile dans ces trains cahotants. L'espace de quelques kilomètres, il pourrait se prélasser sur la plage arrière de la voiture, au chaud sur la moquette, et observer le paysage qui défile, bercé par le doux ronronnement régulier du moteur. Les journées passeraient elles aussi plus vite en compagnie du petit compagnon d'Amélie. Et tout cela dépendait de cette missive, simple et dérisoire rectangle de papier noirci de quelques mots si lourds de conséquences…

Trop lentement, à son goût, le coupe-papier entama l'enveloppe. D'un geste sobre et contenu, André en extirpa le contenu et le déplia. Malgré la lumière atténuée du hall d'entrée, un éclat illuminait les yeux d'André. Ses lèvres ne pouvaient retenir un sourire.

— Ça y est, mon Rapag ! Les valises, cette fois-ci, on va pouvoir les boucler et pour de bon !

Bien entendu, le matou avait compris bien avant ce commentaire. Heureux, lui aussi, il se frotta contre les jambes de son compagnon, poussant un faible « miaou » qui prenait des allures de soupir de satisfaction, de soulagement. Si différent du soupir impératif lorsqu'il réclamait sa pitance ou qu'il quémandait une caresse qui tardait à venir.

André se précipita sur le téléphone. Malika ne fut pas longue à décrocher, comme si elle attendait cet appel. Lui qui s'était montré si timoré au sujet de la présence de la jeune femme à ses côtés oubliait sa retenue et son besoin de recul. C'était la première fois que le matou le trouvait

bruyant, mais c'était pour la bonne cause, et il retourna à ses rêveries aux senteurs de thym et de garrigue.

— Tu n'auras aucun mal à trouver un locataire.

Rapapouègue sursauta : « Cela veut-il dire que... », mais il ne put aller au bout de sa réflexion. Déjà la petite voix cristalline d'Amélie résonnait dans l'appareil :

— Ça sera super ! J'ai plein de copines à l'école au village. Et puis, il n'y a pas de voitures dans les rues, enfin presque pas. Dis, maman ! Tu me laisseras y aller seule à l'école ?

Et André continuait :

— On pourra toujours faire installer une porte de communication pour réunir les deux maisons. Ou même...

Non, il ne rêvait pas, il avait bien compris. Il n'avait fallu que neuf mois... Neuf mois : le cycle de la naissance chez l'être humain, près de cinq ans quand on est chat.

La conversation perdura même quand les amants eurent raccroché. André dialoguait avec son chat, faisait les questions et les réponses ainsi qu'il avait coutume de faire. Loquace comme jamais, voire même exubérant, il lui énumérait et lui détaillait les préparatifs indispensables.

Et ce soir-là, finalement libéré de ses doutes et découvrant une spontanéité qu'il avait toujours repoussée, André regagna son lit, et laissa errer son regard sur son chat douillettement lové sur le couvre-lit.

— Mais tu souris, mon Rapapouègue !

Et c'était vrai que, serein et heureux, le matou souriait. Il souriait à aujourd'hui et à demain, à cette destinée...

Partie III
Félinement vôtre, Rapapouègue

Les oreilles plaquées à l'arrière, Rapapouègue marquait son mécontentement. La voix de Malika portait haut et fort, résonnant dans l'enfilade des pièces, sans grand ménagement pour ses délicats tympans félins. Elle s'emportait contre André qui, en guise de riposte, se contentait de bafouiller quelques vagues excuses ; ce qui semblait irriter encore plus la jeune femme.

Déjà qu'ils étaient rentrés fort tard dans la nuit ! Et que le village avait résonné, des heures durant, des flonflons amplifiés par les micros installés sur la place de la Mairie, où tous fêtaient, dans l'allégresse, l'anniversaire de ce jour révolutionnaire du 14 Juillet…

Alors, venir ainsi troubler une méridienne indispensable à un équilibre de matou embourgeoisé s'avérait particulièrement cruel. Sans compter que l'ouïe féline était environ sept fois plus développée, donc autant de fois plus sensible, que celle des hommes. Le somme restait léger et Rapapouègue ne parvenait pas à se laisser gagner, ne serait-ce que quelques minutes durant, par un assoupissement profond et réparateur.

Il ne voyait guère d'endroit où aller se réfugier pour prolonger cette sieste bénéfique. D'autant plus que la chambre, avec son lit moelleux à souhait, s'avérait la pièce la plus fraîche de la maison. Les volets, fermés dès le matin, avaient retenu la fraîcheur nocturne. Or, en cette période estivale, les fenêtres restaient ouvertes de jour comme de nuit, n'offrant aucun rempart contre les bruits de la vie.

« En plus, tout le monde va entendre qu'ils se disputent. Ils pourraient être plus discrets ! » pensait notre matou excédé.

Cependant, son exaspération se portait davantage sur Malika, car il parait « son » André des plus belles qualités humaines.

Pourtant, tout avait si bien démarré, lorsqu'ils avaient définitivement quitté Paris, pour s'installer au village. Certes, le voyage en voiture s'était avéré fort long et fatigant, malgré les soins et l'attention d'André. Seulement, la récompense était au bout, et André lui avait détaillé, en long et en large, tous les projets qui s'offraient désormais à eux. Au fil de ses paroles, les kilomètres s'égrenaient, distillant espoir et enthousiasme.

Rue Haute, les travaux avaient commencé rapidement. Dans un premier temps, il s'agissait d'ouvrir une porte de communication entre les deux maisons accolées : leurs habitants pourraient ainsi passer de l'une à l'autre sans avoir à franchir le seuil qui donnait sur la rue. Les aménagements intérieurs viendraient par la suite.

Le jeune Sweety redoutait les coups répétés des masses qui s'abattaient bruyamment sur la muraille pour créer l'ouverture. Il avait pris l'habitude de venir se réfugier auprès de son Rapapouègue de père qui, malgré la contrariété de voir sa tranquillité perturbée, acceptait toujours de le prendre sous sa protection. Sweety avait presque atteint sa taille d'adulte, mais, au fond de son cœur, il restait un chaton en quête d'assistance, d'autant que, contrairement à Rapapouègue, il n'avait jamais eu à connaître les affres de la rue. Pourtant, en cet après-midi perturbé, il n'était pas venu le rejoindre. Notre matou ruminait cette situation inhabituelle et agressive. Le soleil était bien trop haut dans le ciel pour qu'il allât retrouver ses compères, devant chez Roure où les papés se réunissaient, dès que la chaleur se faisait moins lourde, sur le coup de cinq heures.

Puisqu'il lui serait impossible de dormir dans un tel vacarme, autant orienter cette oreille de claire audience, propre aux félins, pour suivre les débats et savoir précisément ce que la jeune femme pouvait bien reprocher, d'une manière aussi virulente, à André.

— J'avais l'air de quoi ? Elle était pendue à ton cou et, en plus, ça avait l'air de te plaire, affirmait Malika.

— Je t'assure que non, larmoyait André.

— La Lauriette, elle est connue pour avoir la cuisse légère et se jeter sur tout ce qui passe à sa portée. Et, à ce que j'ai pu constater, tu t'es bien gardé de la repousser.

— Ne crie pas ! J'ai tellement mal à la tête, implorait le jeune homme.

C'était bien la première fois qu'André se montrait sous un tel jour : défait et confus. Quelques minutes plus tard, il franchissait cette porte frontière et venait s'écrouler sur le lit, manquant de bousculer son chat. Ce dernier poussa un petit soupir de satisfaction. Le calme s'installait enfin. André et lui allaient de nouveau partager des moments d'intimité qui leur étaient propres.

Ressentant le malaise de l'éconduit, Rapapouègue entreprit de se rapprocher de lui, doucement, sans brusquerie. Il finit par s'allonger tout contre lui, comme pour lui transmettre un peu de sa paix et absorber la peine qui gonflait le cœur de son ami. Thérapie féline intuitive qui parvint à plonger André dans un demi-sommeil fait d'oubli.

Le soleil avait déjà disparu derrière l'enchevêtrement des toitures lorsque l'homme et le chat franchirent ensemble le seuil de la maison. La vie avait repris ses droits et chacun vaquait de nouveau à ses activités.

Ils étaient tous là, fidèles à leur rendez-vous quotidien, commentant cette soirée de liesse. Le « sénat », comme on les appelait avec tendresse, prêt à refaire la chronique villageoise ponctuée par l'expérience de leur longue vie.

— Té, le voilà, notre Parisien ! Regardez-le, il n'a pas l'air en forme !

— Le rosé, c'est traître. Surtout quand il fait chaud et qu'on a soif. Pour désaltérer, il n'y a rien de mieux après le pastis, mais, si tu en abuses, le lendemain tu le payes. Bon vin, mauvaise tête !

— Surtout qu'à ce qu'on dit, tu as eu une sieste mouvementée.

— Ainsi donc, déjà tout le village est au courant, soupira André.

— Il faut dire que tu l'as bien cherché avec la Lauriette, hier soir. Malika, elle a le sang chaud... Elle est encore plus du Midi que nous avec ses origines marocaines.

— Allez, ne te mets pas la rate au court-bouillon pour une querelle d'amoureux ! Dans tous les couples, on se dispute et on se rabiboche.

C'était bien la première fois qu'André n'appréciait guère de faire l'objet de commentaires de la part des papés. Il se sentait gêné par la sollicitude dont ils faisaient preuve à son égard, car, en cet après-midi, non seulement il se sentait fautif, de par ses égarements de la veille, mais également la peine lui lacérait le cœur : il redoutait une réaction radicale de la part de sa jeune femme.

Il n'arrivait pas à se fondre dans cette confrérie vespérale des papés qui, à tour de rôle, essayaient de lui prodiguer attention et conseils. De fil en aiguille, ils ne furent d'ailleurs guère longs à égrener des souvenirs, bien connus de la plupart d'entre eux, mais dont le rappel les amusait toujours autant. Temps révolu qui effaçait toute honte passée pour laisser uniquement place à la dérision, voire à l'exploit.

— Tu te souviens de l'Émile lorsqu'il avait failli passer la nuit accroché à l'arbre et qu'il était resté dehors en « zlip » ? D'ailleurs, je crois bien que c'était pour un 14 Juillet.

Habituellement, André aurait aussitôt tendu l'oreille et demandé qu'on lui détaille l'histoire. Les anciens, étonnés de son apathie, se regardèrent, l'espace d'un instant, interrogateurs, presque inquiets.

— Toi, tu es bien mal en point, ce soir. Mais, tu vas voir, Émile, il en avait tâté autrement que toi, de notre petit rosé !

Nos cinq compères félins connaissaient l'histoire. Cependant, ils prenaient toujours autant de plaisir à écouter le

parler chantant, les rires étouffés ou parfois tonitruants, les claques bruyantes que les anciens se donnaient sur les cuisses. Musique de la parole, aux accents qui leur étaient habituels : elle rythmait leur vie et les rassurait en leur offrant cette stabilité indispensable à leur équilibre.

Le sujet était lancé. Émile, qui était parmi l'assistance, voulut prendre la parole.

— Tais-toi ! Tu étais trop saoul pour te rappeler quoi que ce soit.

À cette époque-là, Émile approchait de la quarantaine. Grand gaillard, il s'épuisait dans ses vignes et dans celles qu'il travaillait en fermage pour les Rouault. Au décès de son père, il n'avait hérité que vingt mille pieds environ. Cependant, volontaire, il était décidé à agrandir sa propriété afin de rivaliser avec les plus riches exploitants du village. « Qui veut s'enrichir au travail, mette la main à l'œuvre ! » répétait-il à l'envi. Où s'arrêtait l'honneur et où commençait la fierté ?

Une dizaine d'années auparavant, il avait pris pour épouse la petite Fernandez dont les parents étaient venus se louer au village lorsque les événements politiques les avaient chassés de leur Espagne natale. Eux non plus ne possédaient pas grand-chose et la dot fut maigre. Le jeune couple amoureux était prêt à affronter vents et marées. Cependant, pour avoir des enfants, ils avaient alors décidé d'attendre une situation bien établie.

Avec le temps et le développement de leur propriété, ils auraient bien aimé avoir un « pitchoune ». Mais, à trop refuser ce que la nature donne, celle-ci devient réfractaire. Au fil des mois, le ventre de Maria restait désespérément plat. Le cœur lourd d'un chagrin qu'ils taisaient, ils finissaient par perdre espoir. Maria allait bientôt fêter ses trente-six ans, un âge avancé pour une toute première maternité.

La surprise arriva alors qu'elle n'y croyait plus. Un heureux événement s'annonça : elle était enfin enceinte. Bien vite, les malaises se succédèrent, ralentissant considérablement

l'activité de la future maman. Peu importait, le couple était prêt à tous les sacrifices pour ce bébé qu'ils n'osaient plus espérer.

À cette époque, Émile était membre du Comité des Fêtes et, en cela, s'occupait de l'organisation de la soirée de ce 13 juillet qui réunirait tout le village autour d'un repas convivial, largement arrosé du cru local offert par la coopérative viticole. Maria, peu en forme, n'envisageait pas d'y participer.

Au creux de ces chaudes nuits d'été, où l'ambiance tournait à la liesse générale, le rosé gouleyant coulait à flots, rafraîchissant les gosiers et égayant les cœurs. Émile trinquait à la ronde. Déjà sous l'excitation d'une proche paternité, il avait le vin particulièrement gai. Après bon nombre de verres, la fatigue s'infiltrant en lui et la fête s'achevant, il songea à regagner son domicile. Il était fort tard et, titubant, il entreprit donc de rentrer chez lui, dans l'une des rues basses du village, à proximité du terrain de tambourin.

Ce ne fut que lorsqu'il voulut ouvrir le battant du portail qu'il constata qu'il n'avait plus ses clefs. Les avait-il perdues ou simplement oubliées sur le guéridon de l'entrée ? La chambre donnait sur l'arrière et Maria, fatiguée par ses premiers mois de grossesse, avait pris l'habitude de placer, dans ses oreilles, des boules de cire pour s'isoler de tout bruit pendant son sommeil.

La maison, insérée entre deux autres demeures aux épais murs de pierre, donnait sur un jardinet planté d'un mûrier centenaire. Une grille aux extrémités en flèche, fixée sur une solide murette, alignait l'ensemble sur l'enfilade des habitations de la rue. Décemment, il ne pouvait pas ameuter le quartier en essayant de réveiller son épouse.

Comme il était dans un état second, il avait envisagé de s'installer dans la chaise longue où Maria venait se reposer à l'ombre des larges feuilles dentelées. Après tout, les nuits étaient courtes en cette saison et la fraîcheur serait la bienvenue.

Il entreprit alors de grimper sur cette clôture. Après quelques essais, il parvint à se hisser jusqu'à une grosse branche à sa portée. C'était compter sans une résistance dont il mit du

temps à comprendre l'origine. Une pointe de la grille s'était glissée sous sa ceinture et un aileron était pris dans un passant du pantalon. Plus Émile se débattait, plus il s'énervait et moins il parvenait à se libérer. Quand, finalement, il comprit ce qui le retenait prisonnier, il tenta purement et simplement de se défaire du vêtement et s'en extirpa après maintes contorsions.

En fait, personne n'aurait découvert le pot aux roses si des ronflements particulièrement sonores n'avaient attiré l'attention des passants matinaux qui, levant les yeux, découvrirent ébahis le pantalon d'Émile pendant lamentablement le long des barreaux de la grille. Bientôt, un attroupement se forma et les rires étouffés finirent par tirer notre homme déculotté de son lourd sommeil aviné.

Jusqu'à la fin du récit, les matous n'avaient guère bougé. Ils aimaient bien cet Émile chez lequel ils ne ressentaient aucune méchanceté à leur égard.

— « Vin et femme font folâtrer le sage », comme on dit. Après tout, en ce qui concerne Émile, c'était plutôt la promesse d'un enfant qui l'avait entraîné. Il en était déjà moins condamnable, affirma Félix, dont le penchant philosophe apportait toujours une conclusion tolérante à ces réunions et obtenait l'approbation de ses congénères tout aussi pacifiques que lui.

— À vrai dire, je ne sais pas pour vous, mais, en ce qui me concerne, les olives me font perdre toute réserve, avoua Tiger.

Félix se garda bien de leur parler de ce saladier en bois d'olivier dans lequel il avait tant aimé se lover après en avoir consciencieusement mordillé les bords. Le seul point de dispute avec Marie-Louise qui n'avait pas du tout apprécié cet hommage vibrant qu'il ne savait contenir. De guerre lasse, elle avait fini par ranger dans le buffet l'objet de leur discorde. Tout chat que l'on est, on n'en a pas moins son amour-propre. Aussi, pas question d'avouer cette petite faiblesse.

En fait, en cette soirée, Doudou, Tiger, Félix, sans oublier la belle Calamity, n'avaient réellement d'yeux que pour leur

ami Rapapouègue qu'ils sentaient perturbé, secoué d'ondes inhabituelles.

« Vin et femme font folâtrer le sage » résumait parfaitement la situation dans laquelle s'était fourvoyé André. Voilà précisément ce que Rapapouègue pensait en son for intérieur, tandis qu'il observait André dont les lèvres parvenaient enfin à esquisser un triste sourire. Car l'homme aussi s'était approprié ce proverbe ancestral.

*

* *

La porte de communication restait désespérément close, les deux amants campant, chacun de son côté, sur leurs positions : Malika jouait les offensées et André adoptait des airs de coupable. Pourtant, le mal n'était pas bien grand, d'après le matou. Fierté surprenante des bipèdes, prêts à sacrifier leurs sentiments sur l'autel d'un honneur qui leur était bien particulier !

Certes, Rapapouègue était heureux de retrouver André rien qu'à lui, mais il n'aimait pas le sentir malheureux. Aussi se lovait-il contre lui en ronronnant tout doucement, lui offrant son calme pour l'apaiser et le consoler. Lorsqu'il sentait la tristesse le faire suffoquer, il poussait sa main d'un coup de tête, cherchant la caresse qui ferait diversion.

Le petit déjeuner fut vite expédié, d'autant plus que les provisions se trouvaient dans la cuisine de Malika. Certes, André avait entendu la voiture démarrer lorsque la jeune femme et sa fille avaient quitté leur domicile. Depuis que la « quatre voies » était ouverte et en ces temps de vacances, à peine plus d'une demi-heure suffisait à Malika pour regagner son bureau. Au passage, elle déposait Amélie au centre aéré de Gignac, où André allait la chercher sur le coup de six heures du soir.

Seulement, franchir ce seuil, aujourd'hui refusé, lui donnait quelques scrupules. Alors tant pis pour les tartines grillées, tranchées dans le pain qui restait de la veille, le jus de

fruits frais ! Esquissant une moue dégoûtée, il se rabattit sur un simple café soluble dont il avait perdu le goût, au profit de produits plus naturels.

Il tournait en rond. Une chape de plomb pesait sur son cœur tourmenté. Comment avait-il pu être assez stupide pour remettre en cause ce partage qu'il connaissait enfin avec une femme ? Il s'en voulait amèrement. Envahi de pessimisme, il subissait sa première véritable scène de ménage et redoutait la rupture. La réconciliation lui paraissait difficile. Depuis longtemps, il ne s'était pas senti aussi mal.

« Heureusement que tu es là et que tu ne me juges pas ! » semblait-il dire au matou qui lisait en lui comme dans un livre.

En fait, cette porte fermée perturbait doublement notre félin. D'un côté, elle attisait le chagrin de son ami – et il était sensible à sa peine – ; de l'autre, elle lui fermait un chemin qui lui avait permis d'élargir son territoire. Il s'était approprié les pièces voisines en les imprégnant consciencieusement de son odeur personnelle, asseyant ainsi sa supériorité sur le docile Sweety. Cependant, ce marquage restait très volatil et nécessitait un tour du propriétaire très régulier pour réactiver les phéromones déposées et s'avérer efficace.

Avec l'air léger qui égayait ce clair matin d'été, André sentait son mal de tête se dissiper petit à petit et, avec lui, ses folles craintes nocturnes. Lentement, sa culpabilité s'estompait pour laisser place à un vague sentiment d'injustice devant le traitement infligé.

Une idée germa dans son esprit. Partager une bonne table, dans un lieu agréable : rien de tel, somme toute, pour une réconciliation ! Les restaurants de qualité ne manquaient pas dans la région, restait donc à réserver dans l'un des favoris de Malika.

Après quelques hésitations, il arrêta son choix sur une auberge, à proximité des berges rouges du lac du Salagou, sur la route menant au village médiéval de Mourèze : écrin de verdure et de roches dolomitiques, ramassé autour d'un

éperon rocheux où se dressaient encore, majestueux, des pans de murs d'un château féodal. Dissimulé dans une exubérante nature de bougainvillées écarlates, de grenadiers aux fleurs délicatement orangées et d'hibiscus précieux et chatoyants, l'endroit était idéal pour des retrouvailles faites de tendresse.

Et, ce qui ne gâchait rien, quelques oliviers encadraient un petit terrain de jeux aménagé pour les enfants. Les soirées s'étiraient longuement dans la douceur enveloppante de cette mi-juillet. Tandis qu'il conduirait, Malika pourrait se détendre de sa journée de bureau : en moins d'une demi-heure, ils seraient sous les frondaisons hospitalières et il leur resterait, alors, encore de longs moments à partager avant de regagner le village.

Ragaillardi, il sentit son estomac gargouiller. Le maigre dîner de la veille, en solitaire contrarié, et la simple tasse d'un ersatz de café ne nourrissaient guère leur homme. Après tout, un croissant croustillant à souhait serait, à présent, le bienvenu.

— Qu'est-ce que tu fais ? Tu m'accompagnes chez la boulangère ou tu restes à te prélasser à la maison ? interrogea André avec tendresse.

Mais à rester confiné dans le petit appartement parisien près d'une année entière, Rapapouègue avait adopté une activité toute routinière, faite de longues heures de somnolence. Il n'avait pas encore satisfait à ce quota de repos nécessaire à son équilibre. Alors, levant un regard visiblement fatigué vers André, il s'étira lentement, sans même se relever, sur les draps défaits encore emplis de leurs odeurs de la nuit.

De toute façon, il n'éprouvait plus d'inquiétude et s'efforçait de transmettre son assurance tranquille à André. Sensibilité, intuition qui sont propres aux félins et que les hommes ont émoussées à force de vouloir comprendre, d'abord leurs semblables, ensuite la nature elle-même, avec l'inavouable espoir de les dominer.

Quoi qu'il en soit, si l'envie lui prenait de sortir, restait toujours la solution de la chatière. Alors, pourquoi bousculer

cette harmonie qui s'installait de nouveau ? D'autant plus qu'à cette heure, il ne risquait guère de retrouver l'un de ses compagnons flânant dans les ruelles.

Le temps passait si vite à s'oublier dans un bien-être douillet… Cela faisait déjà un bon moment qu'André était sorti, lorsque Rapapouègue commença à se secouer de sa torpeur. Après tout, il faisait si beau dehors : pourquoi ne pas en profiter un peu avant que la chaleur n'annihile la vie du village ? Il se campa sur ses pattes, bomba son dos, entreprit d'étirer précautionneusement mais rigoureusement ses muscles, cambra son échine et, d'un large bâillement, découvrit crocs et dents, puis se passa la langue sur la truffe.

Il descendit la rue Haute jusqu'à la placette en direction du boucher. Il n'était nullement affamé. Mais, d'une part, cette boutique restait gravée dans son souvenir – lorsqu'il était chat errant, il venait y trouver un peu d'une nourriture grasse et savoureuse à souhait –, et d'autre part, elle lui servait de référence. Il ne venait plus mendier et laissait désormais ce rôle aux délaissés dont l'estomac criait famine. Toutefois, il appréciait d'être reconnu par le patron et par celles qui, parmi ses clientes, n'avaient jamais montré d'hostilité à son encontre.

Il s'apprêtait à traverser lorsqu'il aperçut Félix qui venait dans sa direction. Ce n'était pourtant pas l'heure de sa promenade, programmée par son infaillible horloge biologique. D'habitude, le matou s'échappait tandis que Marie-Louise débarrassait la table du petit déjeuner, pour revenir quelques minutes plus tard, après avoir gratté la terre d'un coin du jardin où il avait coutume de se soulager. Et c'était reparti pour une matinée consacrée à la toilette et au repos, entrecoupée ponctuellement d'un grignotage de quelques croquettes. Il n'avait pourtant pas l'air contrarié et avançait tranquillement de son élégante démarche chaloupée.

— Marie-Louise est avec sa fille. Elles sont tout excitées. Si tu voyais l'état de la cuisine ! Et c'est comme ça depuis qu'hier elles les ont ramenées du supermarché. En fait de provisions…

Rapapouègue ignorait ce qui pouvait ainsi perturber la maisonnée de Marie-Louise, connue pour son calme et sa discrétion. Aussi interrogea-t-il son ami, toujours prêt à faire montre d'éloquence.

— En fait, si j'ai bien tout compris...

Et, adoptant un air docte, il entreprit aussitôt de conter, à son ami, les événements.

L'histoire débutait sur le parking du supermarché. Tandis que Marie-Louise enfournait ses courses dans le coffre de la voiture de Linotte, sa fille, cette dernière vit quelque chose se glisser sous le véhicule garé juste devant le sien. Elle se pencha et remarqua, alors, une petite boule de poils noirs et gris contre le pneu de sa propre voiture. Il s'agissait d'un tout petit chaton qui, bien que très jeune, lui cracha spontanément dessus, les crocs en avant et les oreilles rabattues en arrière.

Elle enfila les gants de jardinage qu'elle gardait dans son coffre, et s'empara de la petite bête qui se débattait. Elle comprit aussitôt que ce qu'elle avait vu fuir n'était autre qu'un deuxième chaton. Seulement, il avait filé se réfugier, tout simplement, dans le moteur. Pas moyen de s'en saisir. La seule solution était d'attendre le retour du propriétaire du véhicule, afin de le récupérer. Car il était évident, pour les deux femmes, qu'elles devaient retrouver ce petit abandonné qui risquait d'être massacré dès que le conducteur mettrait le moteur en route.

Félix avait l'art de la parole, il prenait des temps de pause pour mieux captiver. Rapapouègue s'était laissé prendre à son jeu et, attentif, il vivait la scène comme s'il y participait. D'autant plus qu'il restait toujours très sensible aux destins de ses congénères en souffrance, dépourvus d'affection et de foyer.

Finalement, après une longue attente, le conducteur était revenu. Un monsieur d'un certain âge, à la chevelure grise et rare, au visage marqué de profondes rides. Quelle ne fut pas sa surprise de voir les deux femmes penchées sur sa voiture, impatientes de son arrivée ! Bien entendu, il ouvrit le capot et les aida à extraire, après maints essais, le chaton terrorisé

qui essayait de se dissimuler dans la tubulure. Celui-ci tenait dans le creux de la main de Linette et cherchait à s'échapper.

Il ne devait pas y avoir très longtemps que ces minets avaient ouvert leurs yeux sur la vie, tant ils étaient petits, blottis au fond du chapeau que le monsieur confia à Marie-Louise. Il n'était pas question de les laisser là, sans défense, dans la détresse de l'abandon. Il convenait de les remettre en forme et de les faire adopter.

— Ne vous inquiétez pas ! D'ailleurs, si vous permettez, je viendrai rechercher mon chapeau demain. Comme ça, je prendrai des nouvelles de vos protégés.

Adresses et numéros de téléphone échangés, Linette et sa mère, qui tenait délicatement contre elle le précieux couvre-chef, prirent la route du village. Marie-Louise parlait doucement aux chatons pour les tranquilliser. Ils étaient si fatigués que le ronron du moteur et la chaleur eurent bientôt raison de leur velléité de fuite.

Délaissant les courses, elles se précipitèrent dans la cuisine de Marie-Louise pour y déposer délicatement leur si léger fardeau. Un carton, une serviette de toilette pliée en quatre, et le tour était joué. Une soucoupe de lait fut la bienvenue.

Félix émergeait de sa sieste. Intrigué par ce remue-ménage inhabituel, il s'était glissé auprès des deux femmes affairées. Ce fut « sa » Marie-Louise qui s'aperçut la première de sa présence. Le soulevant, tandis qu'elle le caressait avec délicatesse et tendresse, elle le posa – chose tout à fait inhabituelle – sur la table, devant le nid improvisé.

— Regarde comme elles sont mignonnes, les pauvres petites ! Elles ont besoin de se refaire une santé. Tu vas être gentil avec elles et tu vas les protéger.

Félix n'avait jamais fait preuve d'agressivité. Abandonné, il était arrivé, lui aussi, tout jeune chez Marie-Louise ; et les quelques chiens du village qu'il croisait dans les rues étaient habitués à partager leur territoire avec félidés et autres animaux de compagnie. Il renifla les nouvelles venues.

Apaisées, les deux boules de poils le regardaient, tout aussi étonnées qu'il l'était lui-même. La plus intrépide s'appuya sur sa sœur et, la queue raidie, se hissa pour renifler le nouveau venu. Truffe contre truffe, les connaissances furent faites sans animosité. « Après tout, elles ne sont là que provisoirement ! Et du moment qu'elles n'empiètent pas sur mon territoire... », se dit Félix.

En fait, elles attisaient sa curiosité. Le soir venu, il s'approcha d'elles qui le reconnurent aussitôt. Après une inspection méticuleuse du carton, il décida de s'y installer. Les deux boules de fourrure ne furent pas longues à venir se blottir douillettement contre lui, tout attendri et investi de cette responsabilité suprême de chat protecteur. Elles dormaient profondément quand il décida de retourner vers son lieu de prédilection pour y terminer sa nuit.

Par contre, en cette douce matinée, il avait préféré s'éloigner de la maison. Il ne s'agissait pas de jalousie. Cependant, il supportait mal d'entendre Marie-Louise vocaliser avec un gâtisme inhabituel et surprenant, alors qu'elle se montrait toujours réservée, tant dans ses élans que dans ses propos.

*
**

La « Madeleine », ces tout premiers raisins de table n'arriveraient à maturité que d'ici une quinzaine de jours. Avec l'arrosage automatisé, à cette époque de l'année, les vignes ne réclamaient pas de grands soins. Aussi bon nombre de viticulteurs avaient-ils déserté le village pour quelques jours de vacances, généralement en direction du Cap d'Agde et de ses plages de sable fin, longues et blondes, qui s'étiraient presque jusqu'à la frontière. D'autres avaient poussé jusqu'à leur Espagne d'origine.

Restaient donc, au village, ceux qui avaient atteint l'âge de la retraite, ainsi que ceux dont le travail n'avait pas de

rapport avec la viticulture. S'y retrouvaient également tous ces estivants venus se revigorer sous le ciel méditerranéen, au cœur de cette Vallée dorée aux couleurs de la garrigue, aux herbes odorantes et sèches qui craquaient sous les pas, aux intonations de cet accent qui chantait avec le soleil. Dépaysement qui leur faisait oublier ces mois ternes, dans leur exil de labeur. Si le microcosme se trouvait modifié, les habitudes restaient, cependant, inchangées.

Dès qu'elle l'avait vu, l'enfant s'était jetée dans les bras d'André qui l'attendait à la sortie du centre aéré, en cette fin d'après-midi. Toute la journée, elle avait redouté que sa mère ne l'ait définitivement chassé de leur vie. Elle s'était habituée à son côté parfois taciturne qui lui permettait de raconter tout ce qui lui passait par la tête sans qu'il ne l'interrompît ou qu'il ne la rabrouât, comme le faisait parfois Malika, excédée par son babil. Sans oublier que, sans André, il n'y aurait plus de Rapapouègue, et cet argument était de poids !

De son côté, Rapapouègue avait rejoint ses amis ainsi que les papés depuis déjà un bon moment lorsque André arriva en compagnie de la petite Amélie. Jusqu'à Sweety qui, désormais, venait de plus en plus souvent se joindre à eux.

L'enfant les aimait bien, ces vieux qui avaient toujours une parole gentille pour elle. Elle s'amusait de leurs questions parfois si infantiles ! Leur naïveté la laissait perplexe face à ces adultes. « Régresse-t-on autant avec l'âge ? » se demandait-elle, étonnée, sans se rendre compte qu'en fait ils avaient tout simplement oublié qu'elle grandissait et s'extirpait de son cocon de puérilité.

— Alors, on vous fait un peu répéter quand même ? Parce que, les vacances, c'est long et on oublie beaucoup de choses, interrogea Émile qui gardait toujours une petite pensée émue pour son Gignac natal.

Il y avait grandi sous le regard des quatorze chapelles du chemin de croix de Notre-Dame-de-Grâce, en surplomb de la ferme familiale, là-bas, sur la route du mas de Pélican.

— Nous, l'été, mademoiselle Berger, elle nous prenait par petits groupes, au moins une fois par semaine, pour que nous ne perdions pas le fil pour la rentrée d'après. Moi, j'aimais bien l'école, insista-t-il.

— Pardi, elle ne prenait que les ânes pour essayer de leur mettre un peu de plomb dans la tête ! Autant que je m'en souvienne, j'avais entendu dire que l'école, tu la préférais buissonnière. De toute façon, tu ne risquais pas grand-chose dans ton patelin : le bonnet d'âne y a toujours été interdit.

André ne put s'empêcher d'esquisser un sourire devant le rappel de ce mythique signe honteux d'inculture. Combien de fois ne l'avait-il pas entendu évoquer dans sa jeunesse, alors que, maintenant, enseignant universitaire, il lui paraissait tout autant obsolète qu'irréel ?

— Et pourquoi donc cet ornement est-il interdit à Gignac ? interrogea-t-il, reniflant l'une de ces anecdotes dont il était friand.

— Allez, vaï ! Émile, conte-lui l'histoire de l'âne Martin !

Le papé ne se fit guère prier, juste ce qu'il fallait pour soulever l'enthousiasme et avoir l'air de consentir un plaisir à l'entourage, alors qu'il était bien le premier à jouir de cette narration.

En fait, l'événement remontait bien des siècles auparavant, précisément le jour de l'Ascension de l'an 719. Tôt dans la matinée, les Sarrasins entreprirent de donner l'assaut à la bourgade de Gignac qu'ils encerclaient depuis quelques jours déjà.

Au fil du récit, la voix chevrotante d'Émile s'affermissait. La magie du conte opérait autant pour son public que pour le narrateur. Mots simples qui, au travers de ces récits ancestraux, perpétuaient la poésie de la vie. Jusqu'aux chats qui se laissaient bercer par le rythme d'une parole pleine de sentiments et d'émotion…

Donc, notre Martin, la panse bien remplie, somnolait paisiblement au pied des remparts dont on peut encore, aujourd'hui,

voir des pans entiers qui ont résisté aux hommes et au temps. Les glaives des assaillants crissaient, en frottant sur les épaisses murailles de pierre, tirant de son somme notre baudet qui se mit à braire à fendre l'âme, alertant ainsi les habitants.

Ces derniers eurent tôt fait de se rassembler. Munis de racines de garou, ce sainbois qui abondait dans les garrigues, ils s'employèrent vainement à repousser les envahisseurs plus nombreux et mieux armés qu'eux. Ils ne durent leur sauvegarde qu'aux galeries souterraines qui les menaient loin de leur ville dans laquelle ils purent revenir sains et saufs, après que les Sarrasins l'eurent dûment pillée et s'en furent allés vers d'autres conquêtes.

Même si les destructions s'avéraient lourdes, du côté des Gignacois, aucune perte humaine n'avait été à déplorer. Aussi, conscients qu'ils devaient leur salut à ce Martin providentiel, décidèrent-ils de commémorer, chaque jeudi de l'Ascension, un simulacre de combat, ce « sennibelet » qui se concluait par une promenade triomphale de l'âne Martin dans les rues principales de la ville. Depuis tant de siècles, la tradition se perpétuait, et ni curé, ni pape, ni roi n'avaient pu empêcher cet hommage vibrant à ce quadrupède sauveur.

Et c'était d'ailleurs depuis ces faits héroïques que les bonnets d'âne avaient été supprimés, même pour les pires des élèves !

L'histoire avait ravi Amélie dont les yeux pétillants réjouissaient les papés, satisfaits de constater qu'une fois encore ils savaient charmer et captiver. Toutefois, la magie du récit se dissipait et les discussions plus quotidiennes reprenaient le dessus. Mais c'était compter sans la verve de ces anciens, cabotins plus qu'il ne le fallait, qui voulaient profiter d'un public de qualité.

— L'âne, il pourrait figurer aussi au panthéon des viticulteurs, susurra Antoine, qui n'attendait qu'un mot pour enchaîner sur une nouvelle histoire que tous ceux du village connaissaient déjà, mais qu'ignorait ce nouvel auditoire.

André regarda sa montre. En principe, Malika ne serait pas de retour avant encore un bon quart d'heure, dans le meilleur des cas. Aussi insista-t-il pour en savoir davantage sur ce secret que semblaient détenir ces anciens qui s'observaient pour savoir qui, parmi eux, allait jouer le rôle du conteur.

Antoine enchaîna derechef. L'histoire se déroulait bien des siècles auparavant. À l'époque, on laissait venir la vigne selon la volonté de Dieu et de la nature. On la soignait, certes : on désherbait autour des pieds, on l'arrosait mais on respectait sa pousse débridée, et l'on remerciait le ciel quand les vendanges étaient abondantes.

Ce printemps s'annonçait tôt et le fermier avait marié sa fille la veille. La journée avait été fort arrosée de ce vin jeune de quelques mois qui tournait facilement les têtes. Au bout de quelques heures de travail, l'homme épuisé s'écroula au pied d'un chêne vert, le dos collé au tronc. Sa tête dodelina, puis finit par s'immobiliser, le menton dans le cou. De sonores ronflements s'ensuivirent rapidement. Dans sa fatigue, il en avait même oublié d'attacher maître Aliboron qui profita de l'aubaine pour se tailler un festin, au détriment des vignes qu'il décapita consciencieusement.

Le réveil fut rude, tant pour l'homme, accablé à la vue des ceps raccourcis, que pour la bête qui dut subir sa colère. Il ne lui restait cependant plus qu'à attendre en priant Dieu de lui accorder une vendange pas trop maigre. Quelques semaines plus tard, les premières feuilles s'épanouirent, plus belles que jamais. Les grappes, à leur tour, se formèrent, plus grosses. Les grains étaient plus réguliers. Une peau fine et délicate, exceptionnelle. Bref, la récolte s'avéra superbe en qualité et en quantité, comme on n'en avait jamais connu dans ces tènements.

Notre homme, honteux de son somme, ne s'était pas ouvert de cet oubli à qui que ce soit. Toutefois, perplexe devant cette manne aussi inespérée qu'exceptionnelle, il essaya d'en analyser la raison. Il se prit à penser qu'il devrait réessayer cette taille sauvage, l'année suivante, à la même époque, au moins sur la

petite vigne qu'il avait à flanc du coteau qui descendait vers le ruisseau. Les risques étaient moindres et l'expérience valait la peine d'être tentée. Ainsi fit-il, et l'histoire se répéta. L'on eut vent de cette heureuse mésaventure qui se répandit comme une traînée de poudre dans les mas avoisinants.

Dans nos campagnes, de tout temps, l'observation de la nature est primordiale pour en tirer des leçons beaucoup plus utiles que n'importe quelle statistique. On ne peut nier la véracité des dictons concoctés par une sagesse ancestrale. Et c'est depuis cette date, grâce à la gourmandise de cet ancêtre asinien, que les vignerons taillent consciencieusement leurs vignes, affinant la technique au cours des décennies pour obtenir le meilleur rendement. Ce que l'homme n'avait pas compris, un âne le lui avait appris…

La joie illuminait le visage d'Amélie qui ne put se retenir d'applaudir à la conclusion du récit. André, sous le charme de l'enfant radieuse, en avait gommé ses tourments. La soirée s'annonçait belle. Il en était, à présent, convaincu et ce fut le cœur léger que tous deux regagnèrent la rue Haute. Chemin faisant, il entreprit de conter à Amélie un épisode historique dans lequel les chats avaient joué un tout premier rôle : ces chats que les Perses, un peu plus de cinq siècles avant notre ère, avaient fait avancer devant leurs troupes lors d'une bataille incertaine contre les Égyptiens. Or, ces derniers, aimant tellement ces animaux, préférèrent se rendre sans combat, de peur de les blesser.

Si André y voyait un acte d'amour, Rapapouègue avait une opinion divergente : on n'était pas loin des intolérables boucliers humains, dernier rempart des tyrans acculés. Spontanément, le sentiment d'Amélie rejoignit en cela celui du chat qui partageait leur vie. C'était bien là l'un des rares points de discorde entre André et son matou.

Du côté des papés, le silence s'installait, l'assemblée était encore sous l'enchantement nostalgique du récit. Jusqu'à nos matous, les yeux mi-clos, qui s'abandonnaient avec cette élégance et cette sérénité qui leur étaient propres. Doudou se

laissa aller à un profond et long soupir. Il vouait une tendresse toute particulière à ces équidés au doux regard. En fait, il était le plus âgé du groupe et n'avait jamais évoqué ses origines à ses quatre amis qui, d'ailleurs, ne l'avaient jamais interrogé.

Il gardait en mémoire cette odeur sèche du foin et celle plus forte du pelage de la bête qui habitait l'abri, presque une écurie, où il était né d'une portée de quatre chatons. La solitude avait rendu l'ânesse triste et neurasthénique, et avait perturbé son doux caractère. On était en automne, ce n'était donc pas la période des chaleurs. Ses maîtres s'inquiétaient.

Or, un beau jour, elle refusa tout simplement de quitter son toit. Pourtant, son regard inquiet semblait vif à nouveau. Dans les jours qui s'ensuivirent, elle adopta un comportement inhabituel : elle admettait qu'on vienne la flatter, mais s'énervait dès que l'on s'approchait d'un petit tas de paille toute propre, dans le seul angle fermé de l'abri. L'ânesse se postait alors en travers, menaçante et prête à ruer. Le manège durait depuis plusieurs jours et le fermier changeait la litière tant bien que mal en évitant de contrarier sa bête.

Elle ne quittait son domaine qu'après s'être assurée d'être seule, et le regagnait dès que quelqu'un pénétrait dans l'enclos. Il fallut attendre une bonne quinzaine de jours avant que le paysan ne vît remuer le tas de paille si bien protégé. Quelle ne fut pas sa surprise d'apercevoir une première boule soyeuse, à la truffe rosée, en sortir laborieusement ! Aussitôt l'ânesse se mit en travers et abaissa son museau jusqu'au chaton, jusqu'à le renifler délicatement. Bientôt, un deuxième rejeton vint rejoindre le premier. Il en sortit ainsi quatre, sous l'œil attendri de l'homme et celui, protecteur, de l'ânesse.

Il n'était pas question de lui retirer ces compagnons, d'autant que la mère ne devait guère être loin.

D'ailleurs, ils étaient bien trop jeunes et paraissaient loin d'être sevrés. Dans l'immédiat, mieux valait laisser les choses en l'état. Il serait temps d'intervenir lorsque les petits intrépides commenceraient à s'éloigner du nid.

Ce fut ainsi que Doudou et ses frères passèrent leur premier mois, sous la surveillance émue et attentive de l'équidé, imprégnés des fragrances des graminées séchées de sa litière. Il fut le premier intrépide de la portée. Il fut aussi le premier adopté et, même jouissant d'une vie de qualité, il n'avait jamais oublié les senteurs de sa prime enfance et, notamment, la chaleur des naseaux de l'ânesse protectrice.

*

* *

Tout s'était déroulé comme l'avait espéré André. Rapapouègue s'était de nouveau retrouvé seul, à dormir dans le large lit déserté par André. Notre matou n'en éprouvait aucune rancœur : son ami était de nouveau heureux et ce bonheur était le garant de la sérénité.

De toute façon, depuis leur rencontre, il s'était plié au mode de vie de celui qui lui avait ouvert sa maison. C'était bien là le secret de la réussite de ces félins : grâce à la souplesse de leur caractère, ils avaient pu accompagner les hommes depuis des millénaires.

Malgré cette journée dans la solitude, le temps ne lui pesait pas. Il était à l'aise dans l'espace dont il disposait et cette chatière lui ouvrait la porte sur sa liberté. Ses heures s'écoulaient selon un rythme qui lui était propre. Il se réservait toutefois pour ces moments de connivence, immanquables, qu'il partageait avec André et pour ces retrouvailles vespérales avec ses compères.

Après le départ de Malika et d'Amélie, André était revenu. Il lui avait raconté leur soirée, leurs retrouvailles, il avait fait maints commentaires. Le matou semblait impassible, levant de temps en temps un regard d'enfant vers son interlocuteur.

André doutait parfois que le chat le comprenne. Il s'interrompait alors, lui caressait doucement le crâne ou le gratouillait derrière l'oreille, en lui glissant un mot gentil et complice. Il

s'étonnait toujours de ce rapport qu'il entretenait avec ce petit animal, il ne savait toujours pas lequel avait adopté l'autre.

Rapapouègue n'était pas insensible, loin de là, à cette marque de tendresse. Il portait, en lui, cet antique héritage de facultés sensorielles qui expliquait sa capacité à s'adapter à l'homme, son acceptation par celui-ci et la fascination qu'il exerçait parfois sur lui. À force d'observation, André était proche d'admettre que le chat appartenait à la fois à l'espèce féline et à celle des humains. Devenu bilingue de par sa domestication, ce petit félin s'affirmait, en quelque sorte, « bi-mental ». La conversation jouait donc un rôle social essentiel, tant pour André que pour Rapapouègue.

La journée s'annonçait menaçante : l'orage grondait au loin, le ciel s'était obscurci. Les jours de pluie, les papés restaient enfermés chez eux. Les plus vaillants poussaient alors jusqu'au bistrot du père Amédée.

En cette fin d'après-midi, si l'atmosphère pesait lourdement, la pluie restait toutefois incertaine. Ils arrivaient les uns après les autres, un large parapluie sobre accroché à leur avant-bras. Il n'était pas question de louper ces retrouvailles, car, depuis ce matin, le village était en émoi.

— Ça y est ? Vous vous êtes repétassés[82] ? interrogea Émile, se tournant vers André qui opina de la tête.

Devant cette réponse positive, Émile conclut :

— Bouderie d'amoureux, excitation d'amour !

— Tais-toi ! Tu vois bien qu'il y a la petite ! lui intima Fernand.

Mais cette réprimande se perdit dans le brouhaha des commentaires qui s'enflammaient.

— Il n'aura pas fait long feu, notre nouveau maire. Juste quelques mois, et hop ! il saute.

— La moitié du conseil qui démissionne derrière le premier adjoint.

---

82. Réconciliés.

Ce matin, chez la boulangère, André avait bien compris qu'il se tramait quelque chose d'inhabituel, mais on y parlait surtout par sous-entendus. Il était loin de connaître les tenants et les aboutissants de l'histoire. Les papés se bousculaient pour émettre leur point de vue. Jusqu'à ce que l'un d'entre eux l'interroge.

— Alors, vous qui connaissez les lois, vous croyez qu'on va devoir revoter ?

André en profita pour avouer son ignorance du sujet et se faire raconter les péripéties qui remettaient en cause l'édile récemment nommé. C'était l'instant précis où changeait le ton des voix, devenant presque des intonations de comploteurs, moment où les matous savaient que les hommes s'oubliaient et devenaient presque poètes.

Pourtant, des éclats de voix les firent sursauter. Ils n'avaient que très rarement vu leurs papés s'exciter de la sorte. L'événement devait être d'exception !

En fait, aux dernières élections, malgré son assise de plusieurs mandats, Albert, maire sortant, n'avait pas remporté suffisamment de suffrages pour être réélu une fois de plus. Son adversaire l'avait emporté de peu, certes, mais suffisamment pour mener son équipe à la mairie.

Or, cette équipe, précisément, avait été difficile à constituer. Il en avait fallu de la persuasion, des palabres, des promesses, pour en arriver à avoir le nombre requis de candidats sur la liste du prétendant au titre, ce Georges venu s'installer au village plus de vingt ans auparavant !

Inscrit au barreau de Montpellier dès la fin de ses études, il s'était noyé dans la masse des nombreux avocats de la ville. On lui prêtait parfois une réputation sulfureuse, mais ses manières agréables et courtoises, doublées de son talent d'orateur, gommaient ces médisances.

Il s'était installé dans l'une de ces demeures bourgeoises, abritées de la route par un petit jardin clos, le long de la circulade qui courait en cercle, tout en haut du village, autour

des vestiges du château fort. On lui avait connu une famille, les premiers temps. Mais il enchaîna divorces et aventures féminines qui attisaient bien souvent les commentaires. En fait, il aimait séduire et s'évertuait à se montrer indispensable chaque fois que l'occasion se présentait.

Il fallait reconnaître qu'il était serviable, n'hésitant jamais à mettre ses connaissances au service des autres, allant même jusqu'à plonger dans sa poche pour aider les plus nécessiteux. Il avait toujours un compliment et même ses adversaires directs se trouvaient parfois désarçonnés.

Cependant, de là à s'engager à ses côtés sur une liste électorale, il y avait un fossé difficile à franchir. D'autant que les rumeurs montpelliéraines qui couraient sur lui arrivaient désormais jusqu'au village.

Il avait sollicité Augustin pour être son premier conseiller, s'il était élu. Ce dernier était enfant du pays : depuis plusieurs générations, sa famille entretenait un vignoble avec la plus grande conscience et chacun jouissait d'une réputation de gros travailleur qui n'avait jamais été remise en cause au fil des successions. En outre, il drainait une équipe venue compléter la liste du candidat au poste de maire.

Grand Gaillard, Augustin était connu pour être une grande maïsse[83]. Toutefois, s'il avait parfois le verbe haut, son bon sens paysan et sa clairvoyance en avaient fait un notable du village. Il était marié à Fabienne, originaire des hauts plateaux de l'Orb. Une petite femme, toujours bien mise, qui avait décroché son baccalauréat et ne s'intéressait guère aux affaires de la vigne. Lorsque la titulaire était partie à la retraite, elle avait pris le poste de secrétaire de mairie où elle officiait depuis déjà plus de dix ans, devenant, elle aussi, une « figure » communale.

La guerre avait failli éclater entre Georges et Augustin, lorsque ce dernier avait découvert que l'avocat avait mis, au

83. Une grande gueule.

fond de son lit, pour des récréations fugaces, sa Fabienne d'épouse. Certes, Fabienne n'en était pas à son premier faux pas, Augustin non plus d'ailleurs. Mais que, cette fois, elle le trompât avec un « monsieur en col blanc », cela atteignait tout particulièrement son amour-propre de paysan.

Cependant, la vanité entraîne loin les hommes, et ce titre de premier adjoint brillait comme la plus belle des décorations. Entraînant dans l'aventure quelques-uns de ses proches, il rejoignit donc l'équipe, après avoir toutefois fait jurer à Georges de ne plus jamais porter ses mains sur Fabienne. Promesse grandiloquente qui devait sceller le destin municipal des deux hommes.

La majorité de l'équipe de Georges remporta les élections et il se retrouva donc aux commandes de la mairie avec, comme secrétaire, celle qu'il s'était engagé à ne plus toucher et qui, bien entendu, ignorait tout du pacte.

Fabienne était très fière de travailler aux côtés d'un homme raffiné qui la changeait de son rustaud de mari. De leurs brefs élans, elle gardait un souvenir attendri. Elle se prit à penser qu'il pourrait facilement y avoir récidive. Ils se côtoyaient presque quotidiennement et, souvent, en l'absence du mari importun.

Les premiers temps, l'avocat repoussa les suggestions, ignora les minauderies et les pauses lascives qu'adoptait sa collaboratrice. Mais en ces journées estivales, écrasées de chaleur, les tissus légers virevoltaient et les décolletés de Fabienne devenaient particulièrement plongeants, émoustillant les sens du bellâtre.

Un beau jour, la mairie fermée, la salle du conseil abrita leurs ébats, à l'heure de la sieste, quand les rues étaient désertées. Dans la précipitation à assouvir leur désir, ils en avaient oublié le fenestrou donnant sur une ruelle sans issue : il était resté largement ouvert, comme d'ailleurs toutes les fenêtres des maisons avoisinantes, seulement protégées par des volets à claire-voie. Certes, on ne pouvait rien voir, mais

on pouvait entendre les cris loin d'être étouffés et sans équivoque du couple copulant.

Se croyant à l'abri de toute indiscrétion, les amants se prirent au jeu et ne se privèrent pas de récidiver à chaque fois qu'ils pouvaient se retrouver seuls. Toutefois, les sous-entendus, que des observateurs se chargeaient de répandre, en toute discrétion, bien entendu, allaient bon train !

Il se passa quand même du temps avant qu'Augustin n'eût vent de l'aventure. Il détenait un double des clefs de la mairie et n'eut aucun mal à surprendre les deux coupables en pleins ébats.

Dès le lendemain, le bouche-à-oreille fonctionnant à merveille, chacun était à l'affût des conséquences. Car, vu la personnalité du mari offensé, il était évident qu'il n'allait pas en rester là. Le premier élan d'Augustin fut la colère. Puis, se ravisant, il se dit qu'il pouvait atteindre son rival d'une manière plus radicale, en le blessant dans cet orgueil, dans cette autosatisfaction qu'il affichait ouvertement.

Georges y tenait, à son titre de maire ! Dès la proclamation officielle des résultats, il s'était fait faire des cartes de visite sur lesquelles il avait rajouté cette fonction en dessous de sa profession. À la moindre occasion, il se fendait d'un discours devant un public qu'il parvenait à manipuler grâce à son art de la parole. Il avait même créé un petit journal local qui lui servait de faire-valoir.

Augustin fit rapidement le tour de ses coéquipiers qui l'avaient suivi dans cette course à la mairie. En fait, il y avait parmi eux, principalement, des cousins éloignés. Or, dans nos campagnes, où la parentèle s'avère nombreuse, on reste généralement solidaire dans l'adversité. Il n'eut aucun mal à les décider à le suivre et à donner leur démission du conseil municipal.

Il eut donc tôt fait de rassembler un nombre suffisant de lettres d'une démission qui devenait effective dès réception du courrier par le maire. Le conseil municipal se trouvant amputé de plus d'un tiers de ses représentants, il convenait

d'envisager de nouvelles élections. Or, cette fois-ci, Georges, ne pouvant plus compter sur le soutien du mari trompé, avait peu de chance de retrouver son poste.

Les papés se gaussaient de l'aventure, relativisant ce faux pas marital dont les acteurs étaient, en fait, coutumiers. Victor apporta sa conclusion :

— On ne peut pas courir ensemble et corner !

Certains opinèrent de la tête, d'autres exprimèrent leur approbation au travers d'un long soupir. Il n'y avait plus qu'à attendre le prochain épisode.

Nos matous se regardaient, étonnés. Ils comprenaient difficilement que ces péripéties prennent des allures d'affaire d'État. Cette vanité, dont eux ne connaissaient pas les affres, conduisait l'être humain à toujours chercher quelque chose de plus. Il était si simple de vivre le bonheur au quotidien.

— Tant que l'on court après quelque chose, et que l'on travaille pour l'acquérir, c'est que l'on ne la possède pas, déclara Félix, tandis que Calamity, consciente des avantages de son embourgeoisement, ajoutait :

— Il faut savoir apprécier l'instant présent, puisque nous n'avons plus rien à craindre du lendemain !

— Messieurs, tout anciens que vous soyez, nous pouvons vous montrer, nous les chats, comme on se doit de vivre, sans s'encombrer de vanité ni d'orgueil. *Vanitas vanitatum*... Même si le coq ne chante pas, l'aurore vient toujours !

Tiger n'avait rien dit : il paraissait pensif.

— Pourquoi les hommes honnissent-ils tant les cornes et en font-ils un objet de dérision, voire de mépris, alors que, chez nous, ce sont des signes de respectabilité ? Ne parent-elles pas les plus beaux spécimens de certaines espèces ?

— Nous n'avons pas les mêmes valeurs, soupira doucement Calamity.

*
**

Les journées défilaient, belles et libres. Déjà, on coupait le raisin de table. Les larges porches arrondis abritaient des étals sauvages où les fragrances de basilic se mêlaient à celles des melons et des tomates. Les grosses baies de cardinal, d'un rouge aux nuances violacées, débordaient des caissettes de bois, apportant leur touche foncée à la palette des légumes et des fruits exposés à la vente.

André aimait tout particulièrement ce foisonnement d'odeurs et de couleurs. Chaque matin, son panier au bras, il s'adonnait avec plaisir aux commissions, suivant les directives données par Malika.

En cette matinée de samedi, derrière le comptoir, une apprentie remplaçait la boulangère. Hors des congés annuels où la famille se retrouvait enfin, cette dernière ne s'octroyait que quelques très rares absences. D'ailleurs, jusqu'à présent, André ne se souvenait pas de l'avoir déjà vue manquer à son poste. Cette boulangère, mariée à un homme qui, apparemment, aurait pu être son père, n'aurait certes pas déplu à Marcel Pagnol ni à Jean Giono. Jeune femme aguichante, elle portait jupes courtes et décolletés profonds. Son maquillage, quelque peu surprenant pour le village, frisait l'outrance, et les perchoirs qui lui servaient de chaussures lui conféraient un genre douteux. Pourtant, on ne lui connaissait aucun dérapage extraconjugal et elle jouissait d'une réputation de femme sérieuse, tant dans sa vie maritale que dans sa vie professionnelle.

Tandis qu'André rejoignait les papés, son Rapapouègue sur les talons, il croisa une femme qui lui rappelait vaguement quelqu'un.

— Bonne soirée, monsieur André !

Qu'on lui souhaitât le bonsoir, la chose semblait normale. Les liens sociaux étaient forts dans ce petit monde villageois qui évoluait quasiment en vase clos. Du reste, il s'en voulut aussitôt de ne pas avoir été le premier à adresser ses salutations. Toutefois, il restait surpris par cette référence à

son prénom, car visiblement il n'avait pas reconnu son interlocutrice. Interloqué, il se tourna vers Émile qui avançait presque à ses côtés et l'interrogea.

— *Macaniche !* C'est notre boulangère !

André resta interdit. Celle qu'il venait de croiser, vêtue strictement, le visage naturel, n'avait rien à voir avec le personnage haut en couleur et à la limite du convenable qui servait habituellement le pain.

— Eh oui ! Elle est comme ça, notre boulangère. Dans sa boutique, elle attise pour attirer les clients. Même nos femmes ne s'y trompent pas. Surtout que, dès qu'elle quitte ses murs et qu'elle n'a rien à vendre, c'est tout le contraire. Rassure-toi ! Nous aussi, au début, on a été plus d'un à ne pas la reconnaître.

Chemin faisant, tandis qu'ils devisaient, ils parvinrent jusque devant chez Roure, le lieu de leur rendez-vous quotidien.

— Encore un qui n'a pas reconnu la boulangère, lança Émile à la cantonade.

— C'est que, chez nous, on en a eu des spéciales, de boulangères ! renchérit Antoine.

André perçut qu'ils avaient trouvé l'objet de leur conversation. Ici, les « tu te souviens » remplaçaient les « il était une fois ». Il en fallait peu pour qu'ils remontent le temps, fouillant leurs souvenirs pour replonger dans leur jeunesse.

— Il y en a eu des bonnes, mais aussi des mauvaises... enchaîna José avec un léger accent guttural qu'il devait à ses origines ibériques.

Sa famille avait fui la guerre d'Espagne et, après maintes pérégrinations, s'était installée au village. José était bien jeune alors, mais ce déracinement et les difficultés qui en avaient découlé restaient irrémédiablement gravés dans sa mémoire. Son père se louait à la journée, parfois à la semaine ou à la saison, tandis que sa mère aidait aux vignes ou aux cueillettes de fruits. Sa grande sœur, Carmen, dès sa journée d'écolière terminée, participait largement au travail domestique. Il y avait aussi un autre petit frère. Trois jeunes enfants

qui s'échelonnaient entre cinq et dix ans, et dont les parents essayaient de caler l'appétit par de larges tranches taillées dans ces gros pains à la croûte épaisse, à la mie dense et odorante, qu'ils badigeonnaient de tomate et d'ail, et arrosaient d'huile d'olive. En raison du peu de revenus du foyer, ces simples agapes leur tenaient souvent lieu de repas.

À cette époque, des Catalans venus d'Espagne s'étaient lancés dans le concassage de matériaux qu'ils extrayaient d'une colline riche en pouzzolane, cette roche volcanique recherchée dans le secteur de la construction pour ses qualités d'isolation. L'entreprise familiale n'avait pas tardé à devoir étoffer son équipe et elle embaucha le père de José. Le travail était dur, le trajet nécessitait une bonne demi-heure de bicyclette, mais l'homme était rude à la tâche. La paye tombait désormais régulièrement, largement gonflée par les nombreuses heures supplémentaires devant lesquelles personne ne rechignait.

Tout serait rentré dans l'ordre s'il n'avait pas fait une mauvaise chute dans les escaliers de l'étroit ramonétage que la famille occupait. Une jambe cassée, particulièrement douloureuse, mais surtout une immobilisation fort mal venue, réduisant considérablement les revenus de la famille et faisant fondre les quelques économies à peine réalisées.

La mère vivait parcimonieusement, comptant sou par sou, agrémentant occasionnellement la table de ce que les enfants pouvaient récolter dans la nature : asperges sauvages, poireaux de campagne, champignons, respounchoux[84], etc. Les morceaux de viande se faisaient rares dans le bouillon. Chez les commerçants, les ardoises s'allongèrent à nouveau. L'épicière comme le boucher, comprenant les difficultés de la famille, faisaient bon poids. Par contre, la boulangère ne donnait le pain que contre espèces sonnantes et trébuchantes.

Carmen se chargeait des commissions. Non seulement pour aider sa mère, dont la fierté était mise à mal par cette

84. Salade sauvage.

situation de nécessiteuse, mais également parce que l'on s'attendrissait plus facilement devant une enfant que devant un adulte ; et, malgré une grimace ou un « tu diras à ta mère que je veux la voir », elle ne revenait jamais avec un filet vide.

Ce samedi-là, lorsqu'elle déposa les piécettes sur le comptoir de la boulangère, celle-ci refusa de lui donner le pain. Le compte n'y était pas. Pas de beaucoup, certes, mais il manquait quelques sous : le pain venait d'augmenter. Carmen s'excusa et promit de rapporter le complément.

Devant l'œil ébahi des clients présents, la matrone se saisit du pain et coupa un floc de quignon[85] qu'elle mit de côté. Elle tendit ensuite le pain tronqué à Carmen.

— Prends ton pain ! Tu en as pour ton argent. Quand tu reviendras avec le reste des sous, tu auras ton quignon !

L'histoire fit rapidement le tour du village et ne fut guère à l'avantage de la commerçante. D'autant plus que, dans bon nombre de boulangeries aux alentours, on vous gratifiait de la « pesée » : une belle tranche d'un gros pain tranché du matin.

— Pour ma sœur, c'était dur à enquiller[86], cette méchanceté. Surtout que, eux, ils avaient des sous comme des puces, conclut amèrement José.

Ils la connaissaient tous, cette histoire, mais à chaque fois l'émotion les gagnait. On aurait dit que même les insectes s'étaient tus, tant il planait un voile de tristesse. Jusque chez les matous surnageait une ombre de malaise.

— Bien que nous tenions au respect d'une certaine préséance dans nos repas en commun, nous savons partager et nous ne nous gavons pas. Nous laissons toujours quelque chose à celui qui mange après nous, ne put s'empêcher de commenter la douce Calamity, tandis que Félix conclut doctement :

85. Un large quignon de pain.

86. Supporter, accepter.

— Chez certains hommes, l'argent est semblable à un sixième sens, sans lequel ils ne peuvent pas faire un usage complet des cinq autres.

Elle n'avait guère à redouter de perdre sa clientèle, cette commerçante peu humaine. On n'a jamais connu qu'une seule boulangerie au village. Toutefois, à l'écoute des commentaires désobligeants qui allèrent bon train et de quelques rares familles qui ne franchirent plus sa porte, elle décida de faire un geste. Elle proposa d'embaucher Carmen le dimanche matin. Elle lui serait utile, surtout au moment du coup de feu de la sortie de la messe.

En fait, la présence de la petite lui permettait de s'esquiver et de préparer le sempiternel menu dominical : un poulet au four et un bras de Vénus dont se régalerait la famille pour le déjeuner. Régulièrement, elle passait la tête dans la boutique pour vérifier si tout se déroulait à sa convenance, n'hésitant pas à houspiller plus que de raison sa jeune aide.

Ces effluves de peau rôtie, ceux suaves du dessert éveillaient l'appétit de la gamine. Son estomac se tordait. Que n'aurait-elle pas donné pour une simple part de cette volaille dorée à souhait... Il lui était arrivé de revenir à la maison avec des gâteaux invendus, de la veille car le lundi était jour de fermeture. Toutefois, cela restait très rare, car le boulanger préférait manquer de gâteaux plutôt que de devoir « en perdre » et, le pain qui restait, il le repassait au four pour le vendre en pain pour la soupe. Rien ne devait être gâché ! La générosité n'était pas l'apanage du couple.

En guise de rémunération pour ces quelques heures, elle lui allouait un simple franc que Carmen dépensait souvent, chez Louisette, en bonbons qu'elle partageait avec ses frères. En effet, sa mère, consciente des sacrifices que subissaient ses enfants, n'avait jamais voulu accepter sa piécette.

À cette époque, l'on payait encore en espèces, même si certains comptes ne se soldaient qu'en fin de semaine. Puis, dans les années qui suivirent, arriva l'utilisation généralisée

des chèques, notamment pour les commandes importantes lors des fêtes de famille. Chaque fois qu'un client sortait son carnet pour régler, la boulangère lui demandait de remplir entièrement le chèque.

— Vous comprenez, je n'ai pas mes lunettes. Aussi, si vous pouviez le remplir...

En fait, ses lunettes n'étaient jamais bien loin. Aussi, Carmen, qui continuait à travailler à la boulangerie, dans des conditions plus rémunératrices, flaira rapidement quelque chose. Elle tendit un piège à sa patronne, découvrant ainsi son total illettrisme. Capable de manier la monnaie ainsi que les billets en se référant aux figures et aux images, elle était totalement hermétique aux comptes écrits. Jusqu'à présent, elle se contentait de tracer des bâtonnets et se fiait à sa mémoire éléphantesque pour tout ce qui touchait à l'argent qui lui était dû.

Une idée germa dans l'esprit de l'adolescente. Discrètement, elle révéla aux familles les plus démunies l'incapacité de son employeuse à lire et à écrire. Si bien que, chaque fin de mois, lorsqu'il s'agissait de solder la note, elle n'hésitait pas à diminuer la somme due par les nécessiteux, se rattrapant parfois sur celle de ceux connus pour avoir des moyens suffisants, et s'excusant lorsqu'ils relevaient une erreur à leur détriment. Le manège dura plusieurs mois durant lesquels Carmen évacua ainsi cinq ans de haine à l'encontre de cette femme pétrie d'orgueil et toujours insatisfaite.

André, ignorant la fin de l'histoire, interrogea José :

— Pourquoi dites-vous « plusieurs mois » ? La boulangère s'est-elle aperçue du manège de Carmen et l'a-t-elle renvoyée ?

— Son mari, avançant en âge, décida de partir s'installer en ville. Mais, là-bas, il y avait la concurrence et, pour fidéliser la clientèle, il faut être aimable, savoir attirer. Or, si tu ne donnes pas, tu ne reçois pas. Ça, elle ne l'avait jamais compris et leurs affaires en ont pris un bon coup dans l'aile.

— C'est qu'il y a une justice ! murmura Tiger en même temps que José, chacun dans leur langage.

Comme quoi, la noblesse des sentiments et le sens de la justice sont bien les mêmes, que l'on appartienne à la confrérie des chats ou à celle des hommes.

*
* *

Décidément, ces vacances s'avéraient remuantes. Il y avait déjà eu les premiers travaux pour permettre aux maisons d'André et de Malika de communiquer. Ensuite, on dut supporter, de l'autre côté, les voisins qui arrivèrent, accompagnés d'un énorme camion de déménagement et de deux costauds aux pas lourds et à la voix puissante. Il leur fallut pratiquement la journée pour tout installer, au milieu d'un brouhaha seulement interrompu par la pause du déjeuner.

Rapapouègue redoutait le bruit. L'extrême sensibilité de son oreille, qui lui permettait, comme à tous ses congénères, de distinguer simultanément deux sons émis au même endroit, lui ouvrait un champ sonore beaucoup plus élargi que celui des hommes. Incommodé aussi bien par les cris que par le moindre tapage, il décida de se réfugier dans son territoire secondaire, chez Sweety.

Sweety lui était instinctivement soumis. Quand on avait séparé le chaton de sa Calamity de mère, il s'était retrouvé aussitôt avec Rapapouègue, le prenant instinctivement pour mère de substitution. Bien que le sentiment de paternité n'existât guère chez les chats, Rapapouègue n'en avait pas moins un tempérament doux où la tendresse le disputait à ce rôle nouveau de chat responsable. Il avait ce côté protecteur qui convenait parfaitement à Sweety, son rejeton. Ce dernier venait se blottir contre lui, la truffe enfouie dans la chaude fourrure ventrale de son père qu'il pétrissait méthodiquement, patounant[87] avec extase, comme il l'avait fait autrefois lorsqu'il tétait Calamity.

---

87. Pétrir, tricoter du bout des pattes avant.

Or, Rapapouègue, n'ayant plus à s'affirmer pour survivre, découvrait à peine les plaisirs du jeu alors qu'il n'était, lui-même, qu'un tout jeune adulte. Partageant leurs premières expériences ludiques, ils en gardaient un enthousiasme qui les soudait irrémédiablement.

Finalement, le calme était revenu, et Rapapouègue s'apprêtait à rejoindre sa noble équipe de la soirée, lorsqu'il perçut un léger miaulement qui provenait, apparemment, de chez ces voisins qui s'exprimaient dans une langue inhabituelle. Il ne s'étonna guère qu'André n'ait pas noté la présence d'un autre chat, le champ auditif de l'homme étant beaucoup moins étendu. Il fallait donc qu'il en ait le cœur net.

Il franchit le palier et se campa, sans animosité, devant la maison des nouveaux venus. La porte d'entrée était restée ouverte. Il se serait bien hasardé à pénétrer dans ces lieux inconnus, mais il hésitait à franchir le seuil. Quel accueil lui réserverait-on ?

Il se frotta consciencieusement contre le chambranle de la porte pour y déposer ses phéromones et signaler ainsi sa présence. Ce qu'il n'avait jamais fait jusqu'à présent, mais qui risquait de s'avérer dorénavant nécessaire s'il voulait s'imposer. Tandis qu'il s'affairait, il discerna le pas feutré d'un chat qui s'approchait depuis l'intérieur de la maison.

Bientôt, une truffe noire et deux grands yeux verts apparurent, timidement interrogatifs. Il ne ressentait aucune agressivité à son égard, seulement une curiosité amicale. Toutefois, circonspect, il s'avança prudemment vers le nouveau venu, en le toisant. L'étranger baissa les yeux comme pour demander à être toléré sur un territoire qui n'était pas le sien.

Rapapouègue perçut d'emblée ce signe d'allégeance. Quelques reniflements d'usage, les truffes qui se rapprochèrent, et les présentations furent vite expédiées.

En fait, il s'agissait d'une superbe « Isabelle », à la robe tricolore. Mais quel ne fut pas son étonnement lorsqu'il

entendit un « Tiger » impératif accompagné de quelques mots dont il ne comprit pas le sens.

Surprise, la chatte s'était retournée, mais ne bougea pas, trop intéressée par ce compagnon amical dont elle avait décelé qu'il lui ferait découvrir ce monde qui devait dorénavant être le sien.

Elle le suivit le long du trottoir, s'aventurant en terre inconnue. Il l'entraîna quelques ruelles plus loin jusqu'au lieu de leur rendez-vous quotidien, au grand dam de ses maîtres qui la cherchaient dans la maison. Elle avançait précautionneusement. On aurait dit qu'elle marchait sur des œufs : attentive, elle regardait où elle posait ses coussinets délicats et tentait de mémoriser le chemin.

Pourtant, elle ne risquait guère de se perdre. Non seulement elle avait Rapapouègue pour guide, mais son cou s'ornait d'un joli collier rouge d'où pendait une médaille sur laquelle étaient gravés son nom et son adresse. De plus, son maître, qui la cherchait déjà, ne tarda pas à les rejoindre alors qu'ils venaient à peine d'arriver.

Les papés, toujours à l'affût de la moindre nouveauté, répondirent volontiers au salut de cet estranger au village. En fait, il s'agissait bel et bien d'un étranger venu de par-delà les frontières. John et son épouse, Jane, arrivaient d'outre-Manche, après avoir parcouru, plusieurs mois durant, les océans lointains à bord d'un bateau. Pour ces anciens, dont la plupart n'avaient guère connu que l'Espagne et leur province, voire Paris pour quelques rares d'entre eux, ces voyages lointains prenaient des allures irréelles.

John s'exprimait suffisamment en français pour que la conversation puisse être possible. Après les présentations d'usage et une bienvenue sincère, on en arriva à la curiosité. Parmi les nombreuses questions, celle de la vie sur le bateau retenait particulièrement l'attention. Depuis qu'il siégeait devant chez Roure, ce sénat d'anciens avait pris l'habitude de côtoyer ces chats qu'ils avaient, pour la plupart, ignorés

leur vie durant. Dorénavant, ils faisaient partie de leur univers quotidien.

— Vous aviez la chatte avec vous ?

— Bien sûr ! Elle avait à peine trois mois quand nous sommes partis. En fait, jusqu'à présent, elle a passé la plus grande partie de sa vie à bord.

— Elle ne descendait jamais à terre ? Vous n'avez jamais eu peur de la perdre ?

— Elle a son certificat de bonne santé et de vaccinations. Ça lui est arrivé de s'échapper une seule fois. Nous avions accosté dans le port d'une petite île grecque, Poros, non loin du Péloponnèse. Nous ne devions y passer qu'une nuit, juste le temps de faire le plein de provisions. C'était très drôle, car, sur le coup de cinq-six heures du soir, les matous attendaient, sur le quai, le retour des pêcheurs qui leur assureraient leur ration de poisson. Tiger était en chaleur et nous n'avions pas compris que ses miaulements plaintifs et prolongés n'étaient que l'appel au mâle. Elle avait dû en repérer un, car nous ne l'avons pas revue de deux jours. Nous sommes restés à quai, attendant anxieusement son retour, et je peux vous assurer que nous connaissons, à présent, tout de cette petite île.

John raconta la naissance des chatons et leur placement, car ils trouvèrent tous un foyer : un à Malte, un autre à La Canée, un autre encore à Gibraltar, chez des amis…

Cependant, une chose titillait Émile :

— Votre chatte, la Tiger, vous lui parlez en anglais, je suppose. Alors, si nous lui donnons un ordre en français, est-ce qu'elle va comprendre ?

Les anciens se mirent à rire à l'unisson. Émile, satisfait d'avoir attiré l'attention sur lui, poursuivit en se tournant vers les matous :

— Et vous, vous la comprenez ? Elle miaule aussi en anglais ?

Doudou sourit en entendant cette remarque, tandis que Félix y alla de sa science :

— Ce sont les hommes qui ont conçu ces frontières qui les ont divisés, créant, avec l'éloignement, la diversité des coutumes, des langues, des manières de vivre. Nous ne sommes qu'une seule espèce, avec un langage universel puisque basé sur notre sensibilité, notre intuition et nos instincts. Nos émissions vocales et notre langage corporel restent les mêmes depuis la nuit des temps.

Notre Tiger ne voulait pas être en reste. Il n'était certes pas réellement jaloux, tout juste quelque peu vexé de constater qu'une femelle portait le même nom que lui. Mais, à bien y réfléchir, c'était plutôt le risque de la confusion, que cette double appellation pourrait provoquer, qui le contrariait. Il continua donc doctement :

— Grâce à nos cinq sens, nous comprenons mieux les choses que vous, les humains, qui n'êtes que des somnambules ancrés dans vos habitudes. Vous mesurez l'intelligence à votre capacité de domination. Tandis que nous, même si notre cerveau est largement plus petit que le vôtre, nous en exploitons pleinement les capacités, alors que vous n'arrivez qu'à en utiliser environ 10 %.

Comme toujours, Félix tenait à avoir le dernier mot, aussi ajouta-t-il :

— L'intelligence n'a rien à voir avec l'intellect. La preuve : tous les dégâts que vous causez à la planète par votre quête continuelle de progrès dont vous ne saisissez pas les conséquences !

Jusque-là, Lady Tïger(e) ne s'était pas exprimée ouvertement. La question de la langue des hommes ne lui posait guère de problèmes : le regard, les sons, les intonations en disent tellement plus long que la moindre parole…

— Notre langage est corporel, tandis que les hommes, avec l'apprentissage et l'élaboration de leur langage, ont émoussé leurs capacités sensorielles et leur sens de l'observation.

Messire Tiger, qui ne voulait pas être en reste, lâcha :

— Avec les mots, ils ont développé le mensonge.

Mais toute cette philosophie féline échappait à ce groupe d'anciens qui n'avaient connu pour maître que dame nature. Seuls ceux qui ont été chats dans une autre vie, ou qui prennent le temps de partager leur vie, acceptant de voir le monde d'un œil plus félin, auront le privilège de percevoir le mystère et la sagesse de leur compagnon. Quant à ceux qui n'aimaient pas les chats, n'auraient-ils pas été souris dans une vie antérieure ?

*

**

André s'était lié d'amitié avec Francis, un cousin éloigné de Malika qui habitait le village, dans une maison moderne qu'il avait fait construire alors qu'il venait tout juste de convoler avec Claire. Il travaillait à l'entrée de Montpellier tandis que son épouse était correspondante pour *Midi Libre :* elle rédigeait des articles, des articles souvent accompagnés de photos, sur le moindre événement significatif du village et de ses proches alentours. Les deux couples se fréquentaient assez régulièrement et ils finirent par s'inviter.

André se souvenait toujours avec une tendresse douloureuse de cette première soirée passée chez eux. Ils étaient tous installés au jardin, isolés des voisins par un luxuriant rideau végétal de lauriers roses, buissons ardents et viornes en tout genre. Un arbuste, aux branches recouvertes d'une multitude de feuilles claires et allongées, au milieu desquelles éclataient des grappes de petits fruits rougissants, se détachait de l'ensemble, attirant l'attention de l'invité.

— C'est l'arbre à Étoile ! déclara Francis presque dans un soupir.

André n'y connaissait pas grand-chose en arboriculture, mais cette appellation poétique l'incita à en savoir davantage.

— En fait, c'est un pistachier. Nous l'avons planté pour Étoile, lorsqu'il nous a quittés, compléta Claire dont le regard se voila soudain.

Sur la demande d'André, le couple ne se fit guère prier pour évoquer cette Étoile restée, apparemment, si chère à leur mémoire.

En fait, tout avait commencé lors du vernissage de l'exposition d'un peintre régional, dans le vieux caveau du village transformé en galerie et, à l'occasion, en salle de spectacle. Un artiste peintre y exposait ses dernières toiles, principalement des fleurs sauvages aux couleurs pimpantes. Jardinier de formation, il était devenu paysagiste. Puis, l'âge de la retraite sonnant, il avait fini par planter ses choux, ou plutôt son chevalet, dans la Vallée dorée, tout en continuant à louer, à l'occasion, ses services pour améliorer sa pension. Depuis ces derniers mois, son talent commençait à être reconnu et ses tableaux se vendaient régulièrement.

Il habitait une petite maison dans la campagne, éloignée de deux bons kilomètres de la ville de Clermont. D'un côté, les champs se perdaient dans la plaine parsemée de hameaux, tandis que, de l'autre, des bosquets sauvages s'accrochaient aux garrigues naissantes.

Cette petite « Minette », ainsi qu'il l'avait appelée, l'avait longuement observé la première fois, tandis qu'il œuvrait avec ses pinceaux. Tant qu'il ne bougeait pas, elle ne semblait pas effrayée, mais elle s'enfuyait dès qu'il faisait un pas dans sa direction. Avec le temps, il avait remarqué qu'elle était sensible à cette appellation de « Minette » : un petit clignement des paupières, ses oreilles qui remuaient légèrement, ses yeux qui se plissaient… une reconnaissance tacite l'un de l'autre.

Les semaines passèrent avant que la chatte franchît l'espace qui les séparait et se rapprochât de la maison. Notre peintre, Laurent, reconnaissant de cette marque de confiance, entreprit de déposer régulièrement une assiettée que Minette venait dévorer après inspection des lieux.

Quand Laurent s'aperçut qu'elle était gravide, il compléta le menu par du lait que la chatte lapait avec

délice. Malgré son envie, le peintre ne put jamais l'approcher. Elle avait dressé entre eux une invisible barrière infranchissable.

Une nuit, sous un ciel majestueux, piqueté d'une multitude d'étoiles, la chatte mit bas, cachée dans un recoin de l'abri de jardin ouvert aux quatre vents, où il entreposait semis, greffons, outils et produits. Elle donna naissance à trois petites boules d'un doux et soyeux gris perlé qui attendrirent aussitôt l'homme solitaire.

Au fil des jours, les chatons s'habituèrent à lui, même si la mère continuait à refuser toute approche. Laurent n'osait plus s'absenter plusieurs jours durant : ces chatons avaient besoin de lui, de ce supplément qu'il leur apportait. La solution de l'adoption s'imposait. Les deux petites femelles, d'un gris bleuté et foncé, ne tardèrent pas à trouver famille. Restait ce petit mâle aux longs poils cendrés, canaille en diable, qui refusait toute approche autre que celle de Laurent, comme s'il ne voulait pas le quitter.

— En attendant, il va falloir que je te donne un nom, estima à juste titre Laurent en observant le jeune insouciant.

« Étoile » s'imposa à lui ; d'abord à cause de la touffe blanche qui ornait son plastron, étoile claire surgissant du velouté du pelage, ensuite parce que, la nuit de sa naissance, le ciel était constellé de points lumineux qu'il s'était attardé à observer rêveusement.

— Tu es prédestiné à porter ce nom. Je suis certain que tu seras une bonne étoile pour la personne qui t'adoptera.

Les mois passèrent. Étoile se cachait systématiquement dès qu'un nouvel arrivant se présentait. Il avait appris à chasser et, malgré sa petite taille, s'avérait un redoutable prédateur, croquant sur place ses victimes.

En dépit de l'affection qu'il lui portait, Laurent continuait à chercher un foyer d'adoption pour l'intrépide, d'autant plus que la mère allait de nouveau mettre bas et qu'il lui faudrait, une fois de plus, placer la portée future.

Il n'était pas question de laisser rentrer le jeune félin, car ce dernier possédait de redoutables griffes acérées qu'il se plaisait à planter avec délectation dans la table de jardin. Craignant pour l'intégrité de ses toiles et de ses tubes de peinture, le peintre ne pouvait pas prendre le risque de le laisser s'installer chez lui.

Ce fut donc au cours de ce vernissage qu'il rencontra Claire, venue pour couvrir l'événement. Peu de temps auparavant, elle avait brutalement perdu un chat dont elle partageait la vie depuis plus de quinze ans et qui aurait certainement encore vécu, dans de bonnes conditions, de nombreuses années, si un chauffard mal venu ne l'avait bousculé juste devant le portail. Elle ne fut guère difficile à convaincre. À la fin de la soirée, Étoile avait enfin trouvé un foyer.

Il atteignait les neuf mois. Claire ne voulait plus courir le risque de voir son chat, troublé par d'impératives amours, s'éloigner de la maison. Elle décida de l'emmener chez le vétérinaire avant toute installation.

L'arrivée au village fut rude pour le jeune opéré : réveil en terrain inconnu, nourriture bien différente du riz agrémenté de l'huile contenue dans les boîtes de sardines dont se nourrissait Laurent. Le premier jour, il refusa de sortir sa truffe de dessous l'armoire, boudant toute nourriture. Le deuxième jour, il s'aventura très prudemment, regagnant sa cachette au moindre bruit et ne s'alimentant toujours pas.

À la demande de Claire, Laurent vint avec une coupelle remplie des menus qu'il avait l'habitude de lui confectionner. Le chaton, reconnaissant la voix et la nourriture, se montra un peu plus sociable.

La conquête fut difficile, certes, mais plus rapide que ce que craignaient Claire et Francis. En fait, le chat réagissait mieux à la voix masculine de Francis qu'à celle de Claire.

Au bout d'une semaine, on ne le reconnaissait plus. Il avait forci, mais, surtout, il se lovait, des soirées durant sur les genoux de la jeune femme qu'il avait décidé d'adopter en priorité.

Il avait choisi un angle du canapé pour se faire un nid et il y déposait des objets qui appartenaient au couple : la montre de Francis, une brosse à cheveux, un gant de toilette, jusqu'à une petite peluche qui trônait sur la table de nuit de leur fils.

Claire lui sacrifia volontiers sa brosse tandis que Francis récupéra sa montre, bien entendu. Toutefois, ils se mirent à lui acheter quelques peluches que le jeune chat adopta aussitôt, faisant maintes cabrioles en jouant avec, et dormant toujours avec l'une d'entre elles.

Au fil des semaines, il se mit à vouer une passion à Claire qui le lui rendait bien, au demeurant. Il la suivait partout dans la maison, répondait dès qu'elle l'appelait. Levant vers elle des yeux élargis d'amour, il s'installait sur ses genoux aussitôt qu'elle s'asseyait. La nuit, il dormait entre son oreiller et la tête de lit. À tel point que, lorsque Francis parlait d'Étoile à Claire, il l'appelait « ton chat ».

Étoile cherchait-il à rattraper ce manque d'amour de ses premiers mois ? Ou pressentait-il qu'il ne disposait que de peu de temps pour en profiter ? Prescience, intuition féline qui a fait des chats, au cours des siècles, tantôt des êtres divins et tantôt des suppôts de Satan ?

Un jour, apparut une plaie sur le cou d'Étoile. Ses poils se mirent à tomber par plaques. Son ventre enfla. Il perdit l'appétit, alertant ses maîtres qui avaient déjà essayé plusieurs médications pour le soigner. La truffe chaude, il arriva à la clinique vétérinaire. Malheureusement, le verdict tomba : couperet implacable. Il était atteint d'une maladie qui n'avait de drolatique que le nom, car, à ce stade avancé, elle s'avérait sans espoir de guérison : une PIF, une péritonite infectieuse féline, qu'Étoile portait en lui vraisemblablement depuis sa naissance, car sa mère semblait présenter, à son tour, les mêmes symptômes.

Son état empirait de jour en jour, amenuisant les espoirs que le couple s'efforçait d'entretenir malgré l'avis des vétérinaires. On essaya plusieurs traitements qui le traumatisèrent

plus qu'ils ne lui apportèrent ne serait-ce qu'un soupçon de soulagement.

L'âme chavirée, il fallut donc se résoudre à l'épreuve finale, car Étoile ne se nourrissait pratiquement plus. Quand il s'agit de l'emmener pour son dernier voyage à la clinique, il se redressa fièrement et planta son beau regard dans celui de Claire, comme pour lui laisser l'image de l'animal superbe qu'il avait été. Tout le long du trajet, il se blottit contre elle et s'abandonna, las de ses tourments.

Francis l'enterra dans ce coin de jardin et planta sur sa tombe ce pistachier qui s'étoffa d'année en année, préservant ce lien entre le vivant et l'au-delà.

Bien sûr, plus tard, il y eut un autre chat. Toutefois, le temps ne faisait pas son œuvre d'oubli. Francis et Claire gardaient au fond de leur cœur, précieusement enfouie, une petite étoile dont l'extrémité pointue des branches continuait à les blesser.

Et ce matou qui, justement, venait se frotter aux jambes d'André, reniflant consciencieusement les odeurs laissées par Rapapouègue, focalisait sur lui toutes ces années d'amour vécues avec les différents chats qui avaient partagé la vie de Claire et de Francis.

Ce récit avait profondément marqué André. Que se passerait-il s'il devait perdre ce compagnon félin qui s'était installé dans sa vie, lui offrant cette affection simple et spontanée ? Jamais, autrefois, il n'aurait imaginé qu'une simple petite bête, d'à peine quelques kilos, tiendrait une telle place dans son existence. L'amour n'est pas compliqué avec un chat, du moment qu'on lui ouvre notre cœur et qu'on accepte son amour. Coups de griffe indélébiles que leur disparition vous laisse, à jamais, au cœur…

*

**

Plusieurs membres de la famille Vinatier, à laquelle appartenait Malika par son père, étaient regroupés par-delà la route départementale qui traversait la partie basse du village et qui, véritable frontière, séparait deux quartiers distincts. La voie se révélait particulièrement dangereuse à franchir, tant pour les hommes que pour tout animal, depuis que, dans un souci d'économie, le sémaphore tricolore avait été remplacé par un simple panneau de stop. Depuis bien des années, la construction d'une route, destinée à contourner la bourgade entière, était envisagée, mais elle dormait toujours au rang des projets. Les subventions, difficiles à obtenir, n'étaient pas suffisantes : les frais que les travaux engendreraient grèveraient fortement le budget communal et généreraient une trop lourde imposition pour les habitants.

Or, dans ce quartier bas résidait Ginette, une sœur du grand-père de Malika. Elle comptabilisait un nombre vénérable de printemps, qui avaient grandement amputé sa mobilité. Odette, sa benjamine de vingt ans, habitait la maison jouxtant la sienne, tandis que, plus loin, du même côté de la rue, c'était Émilienne, sa fille, qui était venue s'installer lorsque son mari et elle avaient pris leur retraite.

Odette et sa nièce Émilienne étaient donc pratiquement du même âge. Elles s'entendaient à merveille et toutes deux étaient aux petits soins pour Ginette. Toutefois, Malika se sentait particulièrement proche d'Odette : une femme sensible et calme dont la vie avait été faite d'amour partagé avec un mari aujourd'hui disparu. Le couple avait fait tant de projets pour ce troisième âge : ces voyages rêvés pour retrouver leurs enfants, installés outre-mer, l'espace de quelques jours ! La vie n'a pas la même saveur ni le même intérêt lorsqu'on ne la regarde plus qu'en solitaire. Et les affres de son veuvage pesaient lourd sur le cœur d'Odette ! Émilienne essayait de l'entraîner avec elle à la moindre occasion. Au début, elle s'y refusa. Puis, petit à petit, elle accepta plus volontiers. Cependant, les larmes lui venaient toujours aussi

facilement lorsqu'elle se retrouvait dans un lieu qui lui rappelait son époux.

Un soir, sur le coup de six heures, alors qu'Odette venait d'arriver chez Ginette, elle entendit le crissement des pneus d'une voiture lancée à trop vive allure sur la chaussée, en même temps qu'une sorte de cri humain. Se penchant par la fenêtre, elle ne remarqua heureusement rien d'anormal et retourna, derechef, à ses occupations.

Alors qu'elle était descendue au jardin de sa sœur pour y étendre le linge, son attention fut attirée par des marques qui semblaient être des gouttes de sang. Alarmée, elle suivit l'inquiétant ruban qui la conduisit vers les thuyas qui bordaient le mur.

Un chat était allongé sur le côté, presque inerte, la bouche maculée de sang et de terre. Son regard reflétait la souffrance. Elle s'approcha de lui, lentement, craignant un mauvais coup de patte griffue. Elle l'examina attentivement. Il ne bougea pas lorsqu'elle lui caressa le flanc. Visiblement, il était gravement blessé, certainement bousculé par le chauffard qu'elle avait entendu freiner. Décemment, elle ne pouvait pas l'abandonner ainsi, tandis qu'il s'enfonçait vers une mort évidente et pénible.

Après plusieurs appels téléphoniques, à cette heure avancée de la journée, aucun vétérinaire n'était disponible pour venir au village afin de mettre fin aux douleurs du matou. Seul le bègue lui proposa de l'emmener à son cabinet. Il lui expliqua comment le soulever sans trop le heurter. Après avoir disposé une épaisse serviette éponge sur le siège à côté d'elle, elle l'y déposa. Il n'avait pas fait le moindre mouvement, il avait simplement émis une sorte de plainte quand elle l'avait pris. Elle s'efforça de conduire sans à-coups. Tout le long du trajet, elle lui parla, l'âme chavirée devant une souffrance innocente. Il ne la quittait pas des yeux, gardant sur elle son beau regard cuivré, et ne baissant les paupières que quelques brèves secondes, comme pour récupérer. Il semblait apaisé.

Sur la table d'auscultation, froide et dure, il s'abandonnait. Le vétérinaire palpa tout son corps, bougea ses

membres et se pencha longuement sur sa tête meurtrie. Par contre, le blessé se laissa difficilement manipuler lorsqu'il voulut examiner sa cavité buccale. Il se passa près d'un quart d'heure avant que l'homme de science ne rendît son diagnostic : contusions, mais surtout mâchoire cassée.

— C'est une belle bête, arriva-t-il à expliquer dans son charabia bégayant. À part cette balafre qu'il faudrait recoudre, il ne souffre que de cette mâchoire vilainement fracturée. Mais, apparemment, le nerf mentonnier ne semble pas atteint.

Dans la tête d'Odette, il était bien clair que le matou ne pouvait pas survivre à ses blessures, et, depuis qu'elle l'avait trouvé, elle n'avait pensé qu'à faire abréger ses souffrances. Elle n'éprouvait aucune attirance particulière pour les animaux de compagnie, n'ayant jamais réellement partagé leur vie.

— Une opération pour le cercler, et puis je le garde en observation une journée pour surveiller la miction : il vaut mieux tout vérifier. Et il devrait être tiré d'affaire, ajouta le vétérinaire.

Constatant l'étonnement, voire l'effarement d'Odette, il conclut :

— Par contre, si je l'opère gratuitement, vous vous engagez à le garder ! Alors décidez-vous : c'est l'euthanasie ou la vie !

À ce moment précis, le chat se leva pour s'enfuir de la table. Instinctivement, Odette allongea le bras pour le retenir. Au contact de sa main sur son corps, le chat se mit à ronronner fort. Odette ne parvenait plus à enlever sa main : cette manifestation de vie et de confiance, ce fluide qui émanait de lui, tout cela était bien trop précieux pour être détruit. Le chat venait de sceller son destin à celui d'Odette. Une histoire d'amour débutait.

— Vous l'opérez ! répondit-elle instinctivement.

Cette nuit-là, elle eut du mal à s'endormir. Elle revoyait la scène où le chat lui avait manifesté son amitié en lui offrant cette musique faite de vibrations émanant de tout son être.

Elle regretta presque de ne pas l'avoir déjà à ses côtés. Demain, elle irait lui acheter tout ce dont il pouvait avoir besoin.

Elle réfléchit au nom qu'elle allait lui donner. « Moncrif » s'imposa à elle. Au dernier anniversaire d'André, elle lui avait offert une réédition de *L'Histoire des chats*, ouvrage de François-Augustin Paradis de Moncrif, poète, musicien, académicien et fervent défenseur de la cause féline au point que Voltaire l'avait, par dérision, qualifié d'« historiogriffe ». Au travers d'une croustillante satire de l'érudition pédante, l'auteur s'attachait en fait à la réhabilitation du chat. Et les différents extraits qu'elle avait lus l'avaient sincèrement amusée.

Moncrif s'installa donc sans complexe dans la vie d'Odette : d'emblée, une relation simple mais loyale qui rassurait les deux protagonistes et qui dériva rapidement vers une affection qui, au fil des jours, se transforma en passion. Sa robuste constitution lui permit d'affronter sans trop de problèmes le régime forcé auquel il fut soumis, le temps qu'il dut garder la mâchoire cerclée.

Il sortait peu de la maison, se hasardant parfois jusqu'au jardin, mais restant toujours à bonne distance de cette route dont il gardait un souvenir effrayé. Jamais nos matous ne l'avaient rencontré, mais Rapapouègue en entendait parler à chaque fois qu'Odette venait retrouver Malika ou André.

Combien de fois n'avait-elle pas évoqué ce ronronnement prémonitoire qui avait transformé leur vie ! Rapapouègue s'amusait de cette ébauche de discernement du comportement félin. Certes, le ronronnement était un signe de contentement, mais il se transformait également en un cri d'alarme et était la manifestation d'un besoin de réconfort lorsqu'arrivait la souffrance ou la crainte. Désormais, Odette, tout comme André d'ailleurs, était au nombre de ceux qui avaient appris à discerner les différentes tonalités de cet appel, soit à la tendresse, soit à la consolation.

Dorénavant, Odette n'opposait plus guère de réticence aux sollicitations d'Émilienne : leurs sorties étaient devenues

fréquentes. Ses yeux se perdaient moins souvent dans un lointain embrumé d'affliction. Elle évoquait fréquemment les agissements de Moncrif, comme on le fait d'un enfant.

Et lorsque, seule chez elle, les larmes la gagnaient ou la tristesse l'accablait, elle pressait son Moncrif tendrement contre elle. Celui-ci, qui, généralement, n'aimait pas voir ses mouvements entravés, acceptait alors l'étreinte et se collait à elle comme s'il voulait absorber la douleur d'Odette pour l'en délivrer. Le charme agissait et Odette en sortait détendue et distraite.

Combien de fois n'avait-elle pas conté les bienfaits de ces moments d'abandon du chat contre elle ? Rapapouègue, là encore, savait ce que les hommes n'étaient pas en mesure de comprendre : cette faculté de lire à livre ouvert dans le cœur des gens, ce champ magnétique, cette aura qu'ils dégagent. Cette capacité féline à absorber et à évacuer les impuretés de ce champ magnétique qui permet de soulager tant d'âmes en peine… Thérapie féline qui atténuait les blessures enfouies au fond du cœur d'Odette.

*
**

En cette période de l'année, la région attirait non seulement ces incontournables estivants en quête de leur plein de soleil pour l'année à venir, mais également ceux qui souhaitaient migrer définitivement vers des cieux plus cléments. Dans la petite ville voisine, distante d'une petite douzaine de kilomètres, les agences immobilières étaient nombreuses et leurs panneaux se montraient aguichants. Il fallait capter, parfois en un mot, l'intérêt d'un acheteur potentiel.

Chaque vendeur ayant son secteur attitré, les villageois s'étaient habitués aux personnages. L'un d'entre eux, le Julien, l'aîné des fils des Martin, était d'ailleurs un enfant du village : il y avait encore de la parentèle, et notamment

ses grands-parents, qu'il visitait régulièrement. Parfois, après le travail, lorsqu'il se trouvait dans le secteur, il venait rejoindre les papés et se mêlait volontiers à leurs commentaires, y allant aussi parfois de son histoire.

Ce soir-là, justement, c'était lui qui était sur la sellette. La veste tombée, le col de la chemise largement ouvert, il oubliait sa journée chargée, passée à essayer de convaincre une clientèle qui n'avait que l'embarras du choix. Pourtant, la maison des Rousson semblait bien lui plaire, à ce couple descendu de son Orléanais. Il n'y avait qu'un petit détail qui freinait ces gens dans leur choix : Roméo !

— Roméo ? Est-ce un fantôme que vous appelez ainsi ? À ce que j'ai entendu dire, cette maison a plusieurs fois changé de propriétaires, ces dernières années, interrogea André dont la culture locale s'étoffait grâce aux récits des papés.

— Roméo n'a rien d'un ectoplasme, loin de là ! Il s'agit d'un gros matou tigré, au demeurant fort courtois et attachant, répondit l'agent immobilier.

En fait, ce chat était devenu en quelque sorte la mascotte du village. Chacun respectait le courage et la ténacité de l'animal qui avait su imposer sa volonté et son attachement au sol qui l'avait vu naître. Il aurait pu en apprendre à ces jeunes qui, en quête des facilités urbaines, désertaient le berceau de leurs parents !

Il y avait tout juste une dizaine d'années que les Rousson avaient vendu leur bien. Ils avaient pris tardivement leur retraite. Les ans pesant lourd et accentuant la fatigue, la maison et ses escaliers devenaient une véritable charge pour eux. En outre, leur fille unique avait épousé un ostréiculteur installé à Marseillan, sur les rives de l'étang de Thau. Deux petits enfants étaient nés de cette union sans problème.

À cette époque, la bonne trentaine de kilomètres qui séparaient les grands-parents de leurs petits-enfants ne leur posaient guère de problèmes. Jusqu'au jour où le père Rousson fut pris d'un bref malaise, et qu'il évita de justesse une

voiture qui venait en face. Après concertation, ils décidèrent de quitter le village et de s'installer à Marseillan, dans une villa moderne, de plain-pied.

L'opération fut rapide et ils organisèrent le déménagement sous l'œil inquiet de Roméo, jeune chat issu de nombreuses générations félines, toutes nées dans cette demeure ancestrale qu'ils s'apprêtaient à quitter. D'abord intrigué, il finit par passer le plus clair de son temps à bouder dans sa corbeille, installée sous les escaliers, et évita le plus possible de s'en éloigner.

Le jour de leur départ définitif du village, le père Rousson avait installé Roméo sur la banquette arrière, dans un panier d'osier retenu fermé sur le dessus par une baguette devenue quelque peu flexible avec le temps et les utilisations. Chemin faisant, tandis que le conducteur s'était arrêté pour soulager un impérieux besoin urinaire, son épouse entreprit d'entrouvrir légèrement le dessus de la prison dans laquelle se morfondait bruyamment le matou. Elle voulait l'apaiser par une caresse.

Mal lui en prit, car Roméo, réalisant qu'une chance d'évasion se présentait à lui, bondit comme un fauve hors de sa tanière, sans qu'il soit possible de l'arrêter. En ce jour où brillait un soleil radieux, la vitre était restée ouverte et notre animal eut tôt fait de se retrouver hors du véhicule.

Rien n'y fit : ni les appels tendres, ni les appels plus menaçants, ni les supplications. Il ne voulut rien entendre. Les Rousson, particulièrement dépités, finirent par reprendre la route avec, au fond du cœur, cette blessure de la crainte d'un avenir dangereux pour celui qui avait été leur petit compagnon depuis près de quatre ans. Le trajet fut morose, pesants moments de silence entrecoupés par les manifestations de rage du mari à l'encontre de son épouse qui avait laissé échapper le chat.

Trois jours s'étaient à peine écoulés qu'ils reçurent un appel téléphonique des acquéreurs de leur maison. Le matou avait regagné son ancien domicile, fatigué et amaigri, certes, mais pas en mauvaise condition physique et visiblement apaisé et heureux d'être de nouveau installé dans ses pénates.

Cette fois-ci, personne ne s'attendrit sur les miaulements perçants du chat enfermé dans son panier de transport, durant le trajet jusqu'à Marseillan. Il fut particulièrement cajolé à son arrivée dans la nouvelle maison. Toutefois, ses maîtres décidèrent de le garder enfermé, au moins les premiers jours, afin qu'il prenne définitivement ses marques.

Avec le temps, comme il grattait désespérément derrière la porte d'entrée, réitérant des miaulements impératifs, ils finirent par le laisser à nouveau sortir dans le jardin. Au fil des jours, il semblait s'habituer et, s'il s'éloignait de plus en plus du domicile des Rousson, il ne découchait jamais.

Puis, un soir, rien ! Plus de Roméo ! Les époux eurent beau l'appeler, le chercher dans les environs, alerter les voisins, Roméo ne répondait pas.

— Va-t'en voir qu'il se soit perdu ! En plus, avec ce temps qui se mascare[88]...

Puis à l'inquiétude succéda la peine : il était arrivé malheur à l'intrépide. Les semaines passèrent jusqu'à ce qu'un nouveau coup de téléphone les prévînt que le chat était de nouveau revenu dans cette maison où il était né. Après réflexion et concertation, il fut convenu que, puisque Roméo avait choisi, il resterait au village auprès des nouveaux occupants qu'il avait très facilement séduits.

Comme si rien ne s'était passé, Roméo retrouva aussitôt ses anciennes habitudes et s'installa, sans difficulté, dans le cœur et la vie de cette nouvelle famille. Ce furent quelques brèves années d'un bonheur partagé, jusqu'au jour où le mari, en pleine force de l'âge, mourut d'une maladie incurable. Durant ces semaines d'angoisse et de souffrance, Roméo n'avait pas quitté le malade. Il était resté couché contre son flanc, comme s'il voulait lui insuffler un peu de sa capacité à survivre, de sa force, ou, tout simplement, l'aider à affronter ce passage vers l'au-delà.

88. Le temps qui se gâte.

Le problème se posa au sortir du cimetière. Le défunt avait eu, d'un premier mariage, deux enfants. Ces derniers, devenus adultes, réclamèrent, sans vergogne, leur part d'héritage à sa veuve dont il n'avait pas eu de descendance. Cette dernière, ne pouvant leur payer la part de la succession qui leur revenait et devant leur intransigeance, n'eut comme solution que de mettre la maison en vente.

Bien entendu, avec meubles et bagages, elle emmenait avec elle ce Roméo auquel elle s'était sincèrement attachée. Elle s'installa à la périphérie de Clermont-l'Hérault, dans un petit appartement au premier étage d'un immeuble neuf. Un balcon permettait à Roméo de ne pas se sentir trop reclus dans cet univers confiné.

Il ne fut guère difficile au chat de sauter du balcon et de reprendre la route du village, guidé sans erreur par sa boussole biologique interne. De guerre lasse, il fut convenu que Roméo resterait désormais là où il avait, une fois de plus, choisi de retourner vivre.

Seulement, voilà que cette maison était à nouveau à vendre et que, devant la volonté sans faille du matou et les risques qu'il avait pris, on ne pouvait, désormais, guère l'en déloger. Aussi fut-il décidé, à l'agence, d'inclure sur l'annonce « Maison à vendre, avec beau terrain… et chat ronronnant ».

Et c'était vrai qu'en matière de séduction, Roméo portait bien son nom ! La maison fut rapidement vendue et les acquéreurs firent même rajouter une clause : « avec le chat » !

— Celui-là, on n'a pas eu besoin de le fidéliser en lui frottant les pattes sur la crémaillère de la cheminée, comme on faisait autrefois, conclut Victor.

*

**

Le vieil Alfred vitupérait. Lui qui espérait se régaler d'une daube longuement mijotée et retrouver les émotions

gustatives de son enfance, il avait dû affronter son premier Big Mac en guise de repas. Son fils l'avait invité pour déjeuner en famille, avec les petits.

Alfred adorait ses petits-enfants qui le lui rendaient, d'ailleurs, bien. Mais cette fois, il s'en voulait de les avoir interrogés sur ce qu'ils aimeraient manger. La réponse avait fusé et, dans son ignorance, il avait proposé aux parents de satisfaire les enfants. Il avait donc, pour la première fois de sa vie, franchi le seuil d'un McDo.

Certes, il avait entendu parler des démêlés de l'enseigne avec les écologistes, cependant, quelle ne fut pas sa surprise quand il vit l'assortiment de sandwiches proposés !

— On dirait un pan-bagnat comme ceux qu'on mangeait à Nice quand nous sommes allés nous promener sur la Côte d'Azur. Moi, il m'en faut au moins douze comme ça pour me rassasier. Encore que, dans ceux-là, il y a une espèce de viande drôlement colorée.

Sa réflexion tomba dans l'oreille d'une hôtesse qui lui signala qu'un Big Mac était garni de trois steaks, rien de moins ! Alfred se laissa convaincre et se retrouva attablé devant ce sandwich tout en hauteur, qu'il ne savait pas comment attaquer.

— Il faut une braille[89] de crocodile !

Les joues maculées de l'orange de la mayonnaise et du rouge du ketchup, il finit par mordre un bout de viande qu'il mastiqua longuement du bout des dents.

— Ça alors ! Ce n'est pas un beefsteak de première bouche ! On dirait que quelqu'un me l'a déjà mâché ! s'exclama-t-il, furieux.

Sa colère, autant que ses mimiques et ses réflexions amusaient la galerie de nos papés, comme toujours réunis à cette heure apéritive. Les commentaires allaient bon train sur cette restauration dite « rapide » qui n'était définitivement

89. Bouche, gueule.

pas de leur génération, laquelle avait l'habitude de cultiver l'art de la table, même avec des « riens ».

— Si tu voulais bien manger, tu n'avais qu'à les inviter à la brasserie des Quatre Chemins. On est certain d'y faire bonne chère.

— C'était vrai, autrefois. De nos jours, le restaurant a perdu en qualité, depuis que le fils a repris l'affaire.

Pour l'avoir fréquentée au temps de son ancien patron, tous les anciens connaissaient cette table qui n'avait de brasserie que le nom. Certains en étaient même, à l'époque, d'assidus clients.

— À vrai dire, je n'y suis encore jamais allé. Le nom ne m'inspirait guère, déclara André, un peu déconfit en raison de son ignorance.

— À une époque...

André comprit qu'il pouvait se caler confortablement, le récit allait démarrer. Les oreilles légèrement à l'avant, la tête droite et les yeux mi-fermés, les matous réunis s'installèrent également, déjà prêts à se laisser bercer par ces intonations vibrantes d'émotion qui venaient du cœur de leurs anciens. Moments de calme, de plénitude, où l'horloge du temps semblait s'arrêter.

— Tu te souviens, ces gabatches[90] qui avaient monté une entreprise de défonçage et de gros œuvre ? Ils travaillaient en famille, le père et ses fils. Jusqu'à sa fille qui leur faisait la comptabilité ! Quand ils voulaient embaucher, ils faisaient venir le candidat, de préférence en fin de matinée. D'abord, parce que, le reste de la journée, ils n'avaient guère de temps : c'étaient des gros travailleurs. Ensuite, parce que c'était le test.

En effet, celui qui se chargeait de l'embauche invitait le postulant à se joindre à lui pour déjeuner à la brasserie des Quatre Chemins. À cette époque, le cuisinier alliait une savoureuse nourriture de terroir à des menus riches et consistants.

---

90. Audois ou Aveyronnais d'origine qui avaient migré vers la plaine héraultaise.

L'invité ignorait que de son coup de fourchette dépendrait son entrée dans l'équipe.

Or, s'il chipotait et mangeait peu, il ne serait pas capable de tenir le rythme imposé par ses futurs employeurs. S'il s'attardait trop à table, il amputait d'autant son temps de travail. Un appétit costaud, satisfait en un laps de temps acceptable, valait toute connaissance ou toute formation pour ces valeureux entrepreneurs : « Quand le ventre est à jeun, le bras ne remue guère ! »

Le patron du restaurant était, d'ailleurs, devenu un ami et connaissait les règles de ce jeu. C'était, lui aussi, une force de la nature qui, malgré son rôle de commerçant, n'hésitait pas à clamer haut et fort ses idées. Par contre, un jour, ce qui lui avait joué un tour était resté ancré dans toutes les mémoires locales.

C'était vers 1965, à l'époque où le général de Gaulle présidait aux destinées de la France. Non seulement notre restaurateur roumégait[91] à loisir contre ce président qu'il désavouait, mais il déclarait ouvertement qu'il n'hésiterait pas à le « flinguer » (tels étaient ses termes), s'il venait à croiser son chemin.

Ce jour-là, la salle, qui n'était qu'à moitié pleine, résonnait des fulminations de l'aubergiste qui ne digérait pas la dernière décision du chef de l'État : se retirer de l'OTAN. Tête en l'air, sans se soucier des personnes attablées, il avait violemment réagi quand un familier, connaissant ses emportements, l'avait volontairement orienté sur le président.

— C'est pas sa grande taille qui va m'impressionner ! déclara-t-il à qui voulait l'entendre.

Et la litanie reprit.

— Il vaut mieux pas que j'aille à Montpellier, car, si je le rencontrais, je ne me gênerais pas pour lui faire la peau !

À cette époque, la campagne présidentielle allait bientôt démarrer et le président était justement venu prendre des « bains de foule » dans la région.

91. Râlait, rouspétait.

Précisément, ce midi-là, parmi les habitués, se trouvaient, près de la fenêtre qui donnait sur la place, deux clients que personne ne connaissait. Ceux-ci avaient interrompu leur conversation et tendu l'oreille dès qu'ils avaient entendu citer le nom du Général. Cette diatribe les concernait particulièrement, car ils appartenaient aux Services Généraux venus, précisément, s'assurer que l'on ne préparait pas d'attentat contre le Général. D'autant plus que ce dernier, pendant son périple héraultais, devait justement traverser la ville, deux jours plus tard.

La veille de ce déplacement officiel, la gendarmerie de Lodève fit irruption dans le restaurant. Rien moins que quatre pandores venus chercher ce réfractaire aux idées du chef de l'État ! Certains d'entre eux connaissaient bien le contrevenant et savaient qu'en fait c'était un brave homme, un peu benêt, dont la méchanceté n'était que verbale.

Stupéfait de la démarche, le restaurateur crut d'abord à une plaisanterie. Puis, devant le sérieux de la situation, il s'agita théâtralement et clama qu'il se soumettrait à la force publique. D'autant plus que les gendarmes, connaissant son impulsivité, lui avaient annoncé qu'ils ne l'emmenaient pas en prison, mais pour une simple « surveillance complète » dans leurs locaux de Lodève.

Il les suivit donc sans grande discussion, mais seulement après avoir précautionneusement calé dans leur camionnette un gros faitout de fonte empli d'une daube de sanglier cuite de la veille, dont l'odeur, tout au long du trajet, éveilla les papilles des gendarmes.

Bien au-delà de tout patriotisme, nos gendarmes furent reconnaissants au président de ce voyage officiel qui leur avait permis de partager une inénarrable daube, laquelle avait largement comblé leur gourmandise.

L'histoire fit rapidement le tour de la région, de Pézenas à Lodève : une publicité qu'apprécia grandement l'aubergiste qui, depuis lors, faisait toujours table ouverte à tout membre de la force publique qui poussait sa porte. Il s'était d'ailleurs

forgé une renommée à toute épreuve : on y mangeait très bien, et il gâtait particulièrement ceux de ses clients auxquels il tenait particulièrement.

Or cette famille d'Audois, qui recrutait au coup de fourchette, s'était imposée dans le tissu économique régional. Rapidement, d'ailleurs, elle avait figuré au nombre de ces favorisés. Lorsque l'un des responsables recevait un client important ou un fournisseur avec lequel ils devaient traiter un contrat conséquent, leurs accords se finalisaient rituellement à la brasserie des Quatre Chemins. Là se succédaient les plats : étalage de charcuterie et de salades diverses, poissons, puis rôtis accompagnés de leur gratin, sans compter fromage et gâteau. Dès qu'une bouteille se vidait, le restaurateur s'empressait de la remplacer sans alourdir l'addition. L'affaire se concluait dans la bonne humeur et les pensées émoustillées par un repas pantagruélique, largement arrosé d'un généreux cru local. Et les quelques heures passées à ces agapes restaient dans toutes les mémoires.

Les papés, incorrigibles bavards, se remémoraient avec envie ces festins mémorables qui leur étaient désormais interdits. Même si certains d'entre eux avaient toujours un bon coup de fourchette, les problèmes de leur âge les freinaient dans leur alimentation.

— Aujourd'hui, il faut que ça aille vite. Depuis que les femmes se sont mises à travailler au-dehors, elles ne s'attardent plus en cuisine, constata amèrement Émile.

— Tu n'as pas à te plaindre, me semble-t-il ! reprit Victor, lui faisant remarquer son confortable tour de taille.

— À ce qu'on dit, ta femme, elle est obligée d'enfermer le foie gras, quand elle le prépare, dans un garde-manger qu'elle ferme avec un cadenas.

Tandis que le ton de la discussion montait, André, constatant que Malika ne tarderait plus à rentrer, se leva et souhaita le bonsoir à l'assemblée. Tandis qu'il s'éloignait, il entendit la remarque d'Émile :

— En tout cas, notre Parisien, ça lui réussit, la vie de couple : il se remplume ! On voit qu'il apprécie la cuisine de Malika !

— Vous allez voir que ça va finir par un mariage, continua José.

— Les jeunes ne se marient plus de nos jours !

— Ce ne sont plus des tendrons. Ils ne sont plus de toute première jeunesse, ni l'un ni l'autre.

— L'amour n'a pas d'âge, il est toujours naissant.

Les supputations allaient bon train ; l'accent chantant et traînant, ce ronronnement propre aux gens du Sud, parvenait aux oreilles félines. La complainte s'accompagnait parfois d'exclamations, tirant alors les matous de leur abandon rêveur, allant même jusqu'à les faire sursauter.

Sous le large micocoulier qui étalait ses branches devant chez Roure, ce soir-là, André faisait, de nouveau, les frais des conversations du sénat local. Rapapouègue en était fier et attendri : comme toujours, il aimait entendre évoquer son André. Il s'identifiait à lui au travers d'une passion fusionnelle.

Qu'il était loin le temps où il chassait pour survivre ! Saurait-il encore préparer sa proie pour la manger aisément ? Les mulots ne lui avaient jamais posé de problème. Par contre, les oiseaux, c'était une autre affaire. Il lui fallait ôter les plumes avec soin pour parvenir à planter ses dents dans la chair. Et là, c'était toute une technique : il devait bloquer sa victime avec ses pattes avant, puis, saisissant une touffe de plumes avec ses dents, il était obligé de pratiquer une véritable gymnastique avec sa tête pour arracher le plumage récalcitrant.

À présent, devenu fin gourmet, il comprenait aisément cette gourmandise des papés. Dorénavant, il ne se jetait plus sur n'importe quelle nourriture. Il avait ses préférences, et il adoptait des airs extasiés pour qu'André sache lui offrir ses aliments préférés. Les repas variés prenaient des allures de festins que ne démentaient pas les flancs arrondis de Rapapouègue ainsi que la touffe de poils blancs qui pendait sous son ventre et qui ballottait lorsqu'il se déplaçait d'un pas rapide.

*
**

Les jours raccourcissaient et la chaleur se faisait moins accablante. Le village retrouvait son animation quotidienne. La campagne était drapée du vert des feuillages abondants des vignes en pleine maturité. Les ceps s'alourdissaient de grappes gorgées d'un soleil généreux.

Septembre venait de s'installer, ramenant avec lui cette période particulièrement chargée au cours de laquelle explosait l'activité du village. Déjà, on préparait les vendanges : on lavait les comportes, nettoyait les machines, vérifiait le matériel. D'ici quelques jours, la cave coopérative rouvrirait ses portes et les rues résonneraient à nouveau des va-et-vient des tracteurs attelés de leur remorque.

L'école avait, elle aussi, retrouvé son effervescence. Les cris joyeux des enfants retentissaient dans les rues du village, au moment des récréations, tandis que mères et grands-mères se retrouvaient devant le portail, attendant l'ouverture qui libérerait le flot de leur jeune progéniture.

Ni Malika ni André ne pouvaient être présents à la sortie des classes. Amélie aurait pu regagner seule la rue Haute et se pencher sur ses devoirs. Seulement, elle était bien jeune : s'enfermer aussitôt entre les murs épais de la maison n'était guère épanouissant pour une petite fille et n'était pas rassurant pour sa maman. Aussi Malika avait-elle sollicité Fanette pour prendre en charge sa fille jusqu'à son arrivée.

À proximité du nouveau lotissement, la maison s'imposait au centre d'un grand jardin clos, planté de nombreux arbres et de bosquets aux essences typiquement méditerranéennes : oliviers, mûriers, orangers, lauriers roses… dont la floraison égayait le lieu des mois durant. À l'arrière, abrité par un épais mur de pierres du pays qui séparait le terrain de celui du voisin, Fanette entretenait un petit potager dans lequel elle faisait

pousser, outre quelques incontournables aromates, les légumes préférés de la famille. Car elle avait deux enfants dont le dernier, Adrien, comptait à peine trois années de plus qu'Amélie.

Bonne mère et épouse attentive, elle avait la réputation d'être une bonne ramonette[92]. Devant les déboires professionnels de son mari, Joël, elle recherchait dorénavant un complément rémunérateur pour l'aider dans son quotidien. Elle avait envisagé de garder des enfants. Aussi, Malika n'avait pas hésité à lui confier sa fille.

Amélie était ravie de pouvoir profiter de cette liberté surveillée et d'avoir quelqu'un pour lui faire répéter ses leçons. D'autant plus que Fanette, qui élevait ses deux enfants, savait se montrer à la fois ferme et affectueuse. Très rapidement, d'ailleurs, elle s'attacha à Amélie, de même que ses deux fils qui la prirent rapidement sous leur aile, comme une petite sœur.

Fanette avait donc connu, financièrement, des jours bien meilleurs. Lorsqu'elle avait épousé Joël, celui-ci travaillait à l'occasion avec son grand-père qui, sa vie durant, avait voulu monter sa propre cave et élaborer un vin d'exception dont il était certain de détenir la formule.

Lorsque le grand-père avait pris sa retraite, il avait voulu partager ses biens entre ses quatre enfants. Deux des garçons étaient intéressés par la propriété tandis que sa fille et son benjamin, le père de ce Joël, précisément le mari de Fanette, avaient délaissé le travail au profit d'emplois rémunérés régulièrement dans des entreprises de la ville.

Joël était allé au lycée, y avait réussi malgré son manque d'enthousiasme pour les études. Il obéit aux directives parentales et finit par décrocher un diplôme de comptable. Mais c'était compter sans la fascination qu'il ressentait pour ce grand-père dont il écoutait religieusement la moindre des histoires. Il demandait systématiquement à passer ses vacances auprès de l'aïeul, ce qui arrangeait finalement bien les parents citadins.

---

92. Une femme qui gère bien sa maison.

Le grand-père lui faisait découvrir ces secrets que la nature n'accepte de révéler qu'à ceux qui la respectent. Il possédait, là-haut, derrière les collines ondulantes de Garafatche, un petit mazet, à moitié dissimulé par les branchages proliférants des viornes qui n'avaient plus connu de taille depuis bien des années. Il fallait avoir une bonne poigne pour faire tourner la grosse clef dans le pêne rouillé. Elle grinçait fort, mais ses accents plaintifs résonnaient comme la plus belle des musiques aux oreilles de l'enfant qui identifiait au paradis ce lieu léché par un air pur et vivifiant.

Devant s'étendaient des rangées d'une vigne que le grand-père entretenait difficilement. Toutefois, il n'avait pas voulu s'en séparer. Ce large lopin de ceps noueux ardemment entretenus contrastait avec l'exubérance sauvage de la folle garrigue qui l'entourait. Il avait précieusement gardé pour lui cette vigne, car elle détenait un secret dont il estimait que seul son petit-fils serait le digne dépositaire.

Lorsqu'il y montait, il partait tôt le matin, la besace dûment garnie d'un solide casse-croûte qui lui permettait de tenir jusqu'au soir. Parfois, son âne l'accompagnait pour l'aider dans ses travaux de la terre ou pour transporter du matériel.

— Je vais à mon laboratoire, avait-il coutume de déclarer à son épouse qui le voyait, toujours avec quelque réticence, s'éloigner, solitaire.

Car il n'était plus tout jeune pour affronter une telle course. Surtout qu'en plus elle ne croyait guère en ses projets. Mais le papé tenait bon. Il était persuadé que c'était la main de Dieu qui l'avait, un jour, guidé là-haut.

— Arrête de te *capricer,* lui répétait la mamé.

Le papé répondait alors :

— Je le ferai, un jour, tu verras ! Et je l'appellerai Le Clos des Dieux !

Joël savait que son grand-père cachait au fond de son mazet un vieux foudre de chêne qu'il avait racheté à un

viticulteur bordelais et qu'il avait rempli du vin produit par cette vigne d'altitude.

— La vigne, ça aime la difficulté. Les racines doivent descendre profond pour aller chercher l'humidité. Plus elle souffre, plus les raisins sont beaux et bons, expliquait-il à Joël qui l'écoutait, convaincu.

Lorsque, au grand dam de ses parents, Joël déclara vouloir devenir vigneron-caviste, son grand-père en fut particulièrement ému et fier. Il l'entraîna aussitôt sur le plateau et décida de lui transmettre son savoir. Il lui expliqua tout dans le détail – la date précise de la taille par rapport à la lunaison, les effets du temps sur la pousse, la manière de rabattre la terre, etc. – et surtout il lui confia le secret de sa vinification.

Les années passèrent, emportant l'aïeul trop âgé pour constater les résultats de tous ses soins. Joël se retrouva seul maître de cette vigne excentrée, qu'il entretint avec la même vigilance que son grand-père.

Ce vin enfoui, depuis quelques automnes, sous les feuillages sauvages, s'était métamorphosé en un sublime breuvage qui relevait presque du miracle. Il était, de loin, le meilleur des vins produits par les propriétaires environnants et ne manquerait pas de figurer en bonne place parmi les grands crus de la région.

Il fallait s'équiper. Joël engloutit une bonne partie de ses économies dans le matériel indispensable pour créer son chai. Restait donc aussi à trouver un nom à ce nectar. En mémoire de ce grand-père, il reprit cette appellation qui lui tenait à cœur et intitula sa cuvée « Le Clos des Dieux ».

D'emblée, ce breuvage divin remporta le succès espéré, asseyant la réputation de son producteur. Les commandes affluèrent, tandis que Joël, qui avait écoulé son stock plus rapidement qu'il n'aurait pu l'espérer, entreprit d'investir pour développer son activité lucrative.

Tout d'abord, il voulut agrandir sa terre et convainquit sans grandes difficultés les propriétaires de lui céder

quelques parcelles sauvages qui jouxtaient la sienne. Il fallait défricher et nettoyer la terre. Il investit dans un gros tracteur qui non seulement engloutit ses gains de l'année passée, mais pour lequel il dut aussi s'endetter. La vieille citerne ne suffisait plus, il dut une fois de plus emprunter.

Tous ces travaux prenaient sur son temps de travail, aussi quitta-t-il son emploi de comptable. Sa vie de famille était, elle aussi, largement amputée. Mais, au vu des résultats des ventes réalisées l'année précédente, il était évident qu'il était en route vers la fortune.

C'était sans penser à la marque d'un produit alimentaire qui s'était répandue sur les marchés et qui répondait à une dénomination approchante. Ses proches le lui avaient bien fait remarquer. Toutefois, il n'avait rien voulu entendre :

— C'est le papé qui a trouvé le nom. Alors, je le garde en mémoire de lui. Et puis, de toute façon, l'un se boit et l'autre se mange : on ne peut pas confondre les produits.

Il y eut confrontation, puis, les arguments des uns et des autres épuisés, il y eut menace de procès. Joël ne voulait pas céder et tenait à garder cette appellation, d'autant plus qu'elle était, maintenant, reconnue par ses clients. Le tribunal finit par trancher en sa défaveur. Outre les frais élevés, engendrés par la procédure, et les pénalités pécuniaires qui lui furent infligées, il dut envisager un autre qualificatif. L'addition était lourde, mais, avec la belle saison qui arrivait, la vendange s'annonçait prometteuse.

Mais, là encore, c'était compter sans le destin fâcheux et sans cette grêle, suivie de trois journées de gros orages qui déversèrent des trombes d'eau sur les collines, tavelant les grains déjà bien formés et endommageant gravement l'aoûtement des sarments. Aucun traitement ne pouvant être pratiqué en raison de la pluie persistante, les grappes se recouvrirent de pustules blanches, développées par un rot blanc dévastateur, ce champignon parasite qui se développait sans pitié après la grêle.

Joël et Fanette étaient anéantis devant les mensualités à rembourser et le manque à gagner. Cependant, Joël n'était pas homme à abandonner. « Le monde appartient aux patients », avait coutume de lui répéter son papé. Peut-être avait-il avancé trop rapidement...

En attendant, il fallait faire face et, même s'il avait repris une activité rémunérée, ce n'était pas son salaire de comptable à mi-temps qui leur permettrait de tout éponger. Les quelques sous gagnés par Fanette étaient les bienvenus. Cependant, il convenait de trouver une source supplémentaire de revenus. La maison était hypothéquée auprès de la banque qui leur avait consenti le crédit pour sa construction. Il n'était pas question de vendre le matériel acquis : de toute façon, le prix retiré serait dérisoire, comparé à celui de son achat. Surtout que, « le beau temps revenant toujours après la pluie », Joël était bien décidé à tenter à nouveau l'expérience l'année suivante.

Il lui restait ce terrain, tout près de l'entrée de l'autoroute, à la sortie de la ville. Depuis longtemps, il envisageait d'y faire quelques plantations : arbres fruitiers, oliviers, chênes truffiers... Il ne s'était encore jamais décidé.

Or, en ces temps de crise économique où les prix flambaient, on recourait de plus en plus aux jardins potagers. Il vit rapidement le profit à tirer de cet hectare de terrain inexploité. Il entreprit d'y aménager une vingtaine de jardins, tous clos, et installa des compteurs individuels qui permettaient un accès à l'irrigation du Bas-Rhône, lequel longeait son champ. Il détermina un prix décent qui lui assurerait une location rapide et qui couvrirait pratiquement ses engagements débiteurs.

Cette reconversion inattendue faisait l'objet des conversations vespérales des papés. Certains s'en amusèrent, mais tous approuvaient.

— Pourquoi pas ! En ville aussi, il y en a qui aimeraient bien gratter la terre. Ce n'est pas sur le balcon, encore quand tu en as un, que tu peux faire pousser tomates et courges.

En fait, Joël avait également eu l'avantage de jouir d'une bonne publicité. Claire lui avait fait un bel article que le *Midi Libre* avait publié. Jusqu'à la télévision locale qui était venue le filmer. Devant les difficultés, les gens se retournaient vers cette terre qui ne décevait jamais, du moment qu'ils en prenaient soin.

Les quatre premiers jardins avaient trouvé locataires lorsque Amélie arriva chez Fanette. La seule chose qui contrariait la fillette, c'est que cette « Tatie », comme elle l'appelait, n'avait pas d'animaux, hormis une tortue offrant peu de compagnie. Sweety tout comme Rapapouègue lui manquaient, aussi bien l'un que l'autre. Pour elle, tous deux faisaient dorénavant partie de sa famille, c'était « ses » chats : ils étaient devenus d'inséparables compagnons.

*
**

Comme dans toutes ces bourgades articulées le long d'une circulade, il existait un contraste entre le centre aux demeures séculaires et les abords qui, avec leurs maisons modernes, gagnaient sur la campagne. Là, les crépis de couleur se substituaient aux pierres régulières ou au gris des façades ancestrales, sagement alignées le long des rues, tandis que les villas s'imposaient, selon le goût de chaque propriétaire, souvent au centre d'un jardin tracé au cordeau, parfois creusé d'une piscine. Deux villages différents, aux intérêts parfois divergents, mais qui ne faisaient qu'une seule et même communauté.

Bien entendu, ce développement communal provoquait des controverses et, intérêts jouant, réveillait bien des animosités. Il y avait d'abord eu cette première étape que constituait la transformation de champs de vigne en terrains constructibles, ce dont personne n'avait contesté le bien-fondé. Jusqu'à ces dernières années, les permis de construire accordés étaient venus combler certaines « verrues » dans le paysage cadastral du village. Mais depuis quelque temps, devant les demandes

croissantes émanant autant de vendeurs que d'acheteurs, il avait fallu élargir le cercle frontière de la commune.

Gilles et Francine, qui se trouvait être la nièce d'Émile, avaient fait construire leur maison sur l'un de ces derniers terrains encore inoccupés et laissés en verger, à l'intérieur du village, tout en bordure d'une vigne centenaire qui appartenait à Antonin, dont les prodigalités attisaient commentaires et désapprobation. Un bel hectare de pieds noueux qui, mis en fermage et bien entretenu, assurait un honorable rendement.

Ils avaient quitté la ville voisine, où ils occupaient une maison de village, pour s'installer au grand air. En même temps que les murs montaient, ils firent creuser une piscine, objet de leur rêve et de celui de leurs enfants. Dans leur déménagement, il y avait, bien sûr, ce Grisou qui partageait leur vie depuis plusieurs années. Un beau matou athlétique, typiquement de gouttière, à la robe soyeuse tigrée de gris roux. Son regard mystérieux avait quelque chose de saisissant, d'inhabituel : son vert était particulièrement lumineux, à la fois brillant et profond.

Il y avait presque quinze jours que la famille était installée dans sa nouvelle maison quand Francine fut alertée par une manière d'agir anormale de la part de Grisou : il se heurtait au chambranle des portes, hésitait avant de grimper sur un fauteuil et semblait chercher son écuelle lorsqu'elle était déplacée. Le comble fut lorsqu'il alla, hésitant, jusqu'au bord de la piscine, à hauteur du bain romain, fort heureusement peu profond. Il continua à avancer comme s'il ne voyait pas le danger. Bien entendu, il tomba à l'eau, mais, d'un brusque coup de reins, il s'en éjecta. On aurait dit qu'il courait sur cette onde bleutée qui recouvrait les premières marches d'accès de la piscine.

Après l'avoir dûment séché, Francine observa son chat qui se laissait faire placidement, comme soulagé d'être pris en charge. Mue par une inspiration soudaine, elle passa sa main devant ses yeux qui ne suivirent pas son mouvement.

Aucun réflexe : ni de clignement des paupières ni mouvement de recul. Alarmée, Francine plaça une chaise entre elle et le chat. Elle l'appela. Avançant normalement, il se heurta néanmoins à l'obstacle imprévisible.

Moins d'une demi-heure plus tard, Grisou se trouvait sur la table d'auscultation. Après un examen attentif, le vétérinaire s'efforça d'expliquer à Francine, malgré son bégaiement incorrigible, que l'on ne pouvait plus rien faire pour lui rendre la vue. Il était normal qu'elle n'ait pas pu déceler cette cécité : elle était arrivée petit à petit, laissant le temps à Grisou de coordonner ses membres et de compenser la perte progressive de sa vision.

Il y voyait encore les premiers jours de leur emménagement. Il avait donc eu la possibilité de savoir où se trouvaient toutes les choses de sa vie. Il parvenait à éviter les meubles et se dirigeait sans problème dans un territoire qui lui était devenu familier.

Bien entendu, Francine et Gilles se penchèrent, désormais, sur lui comme sur un enfant handicapé, le surveillant comme le lait sur le feu, et lui assurèrent une vie d'un rare confort. Lorsqu'il disparut, arrivé à un âge des plus vénérables, surtout en raison de son hypertension, ils furent non seulement très malheureux, mais aussi désorientés par son absence.

Un jour, n'y tenant plus, Gilles prit la direction de la SPA. Son cœur se serra devant la grande cage où évoluaient les chats en demande d'adoption. Un gros matou, au pelage blanc tacheté de marron, portant comme un nœud papillon juste sous le menton, se frotta contre la grille. Son regard n'était pas implorant, mais droit et fier comme s'il disait à l'homme : « C'est toi que je veux ! » Et, lorsque Francine vint rejoindre son époux, il renouvela son jeu. Bien entendu, le soir même, il dormait, bourgeoisement installé, dans la villa de ses nouveaux maîtres, ou plus exactement dans « sa » villa.

Filou, car tel était son nom, affichait une corpulence rare, accusant sept bons kilos. Très attachant et en quête de

tendresse, il porta d'emblée au couple une affection jalouse, frisant l'exclusivité. Par contre, il supportait mal les agaceries des étrangers à la maisonnée. Peu aventureux et imperturbable, ce chat de salon s'installa dans une vie de confort et de sécurité. Il ne sortait visiblement pas par besoin d'indépendance, mais simplement pour le plaisir du contact avec la nature, avec ce territoire devenu le sien, presque comme un poète sensuel attaché à « sa terre ». Avec un tel rythme de vie, agrémenté d'un régime gastronomique quotidien, il atteignit et dépassa même les huit kilos.

La fille de Francine et de Gilles avait épousé un professeur récemment muté à Aix-en-Provence. Elle venait d'avoir un bébé que les grands-parents étaient impatients de connaître. Aussi décidèrent-ils de s'absenter quelques jours, confiant les clefs de leur maison et, surtout, leur Filou à une jeune étudiante justement en congé chez ses parents qui habitaient la maison voisine. Son baby-sitting était purement félin et consistait à laisser sortir régulièrement Filou, à le faire rentrer, à le nourrir, à entretenir sa litière et, bien entendu, à l'amuser et à le cajoler.

Le jardin était ceint d'une solide clôture et, apparemment, ne présentait aucun danger. À l'arrière avait démarré, depuis quelques semaines, un chantier de lotissement, perturbant grandement, durant la journée, le calme ambiant. Justement, il s'agissait de ce grand champ qu'Antonin, toujours perdu dans sa folie dépensière, avait cédé à un promoteur immobilier. Finalement, le permis de construire avait été octroyé après un débat houleux qui avait opposé les partisans du développement et ceux qui voulaient préserver l'âme rurale.

Une dizaine de villas devaient sortir du sol, nécessitant d'importants travaux de voirie, des chemins d'accès, des raccordements en tout genre. Parpaings, tuyaux, ferrailles diverses, brouettes et outils occupaient la plupart des espaces restés libres.

Chaque jour, depuis Aix, Francine appelait l'étudiante pour se faire confirmer que tout allait bien. En fait de « tout »,

c'était uniquement de son Filou qu'il s'agissait. Un soir, elle sentit une certaine réticence dans les réponses de la jeune fille. Comme on la réclamait avec insistance, elle raccrocha sans chercher à approfondir. Quand elle s'en ouvrit à Gilles, celui-ci lui répliqua qu'elle se faisait des idées. Mais ces « idées » tournèrent et retournèrent dans sa tête la nuit durant. Le lendemain matin, elle se précipita sur le téléphone. Après quelques hésitations, l'étudiante finit par lâcher :

— Filou n'est pas rentré, hier soir. Je ne l'ai pas vu ce matin non plus.

Il fallut toute la persuasion de Gilles pour ne pas revenir aussitôt au village et se mettre à la recherche du fugueur. Le soir non plus, il n'était pas revenu.

— Tu vas voir qu'il a eu peur qu'on l'abandonne, lorsqu'il ne nous a plus vus !

Trois jours plus tard, le couple écourtait son séjour et reprenait la route du village. Ils avaient à peine déposé leurs bagages qu'ils se mirent à inspecter les alentours et, en tout premier lieu, le chantier. Point de Filou en vue. Il sembla à Francine percevoir un faible miaulement qu'elle attribua aussitôt à son chat. Personne d'autre qu'elle ne l'avait entendu. S'acharnant à sa recherche, elle alerta tous les voisins, le village entier, allant même jusqu'à mobiliser les pompiers. En vain !

Non, il ne pouvait pas l'avoir abandonnée ! Il devait lui être arrivé quelque chose de fâcheux. Francine s'en voulait de n'avoir pas été plus attentive et souffrait de l'absence de son fascinant compagnon. Malgré la fuite des jours, elle restait persuadée qu'elle avait bien entendu Filou l'appeler et qu'elle finirait par le retrouver. Au bout de la deuxième semaine de sa disparition, l'espoir s'amenuisait et la peine devenait douleur. Les chances de le retrouver diminuaient chaque jour un peu plus.

Alors qu'ils venaient de terminer leur dîner en compagnie de quelques proches, dont l'oncle Émile, Francine sortit sur la terrasse pour secouer la nappe et chasser les miettes du repas. Elle ne put se retenir d'appeler, une fois de

plus, son chat. Un faible miaulement la figea sur place. Un miaulement, un appel, qu'elle aurait reconnu entre tous !

— C'est Filou ! Je l'ai entendu !

Gilles, sceptique, la rejoignit. Il était bien là, ne tenant plus debout, le regard implorant et apeuré, mais toujours plein d'amour. Il n'avait plus rien à voir avec l'énorme animal qu'il avait été. Sa peau pendait, lui battant les flancs ; on lui voyait les côtes. Mais il était bien vivant. Elle le porta, le serrant dans ses bras, jusqu'à la cuisine où elle lui servit une soucoupe de lait. Il la lapait avec lenteur, presque avec difficulté, mais avec un réel plaisir.

Vingt et un jours qu'il avait disparu ! Gilles déboucha une bouteille de champagne qu'ils vidèrent, leurs convives et eux, dans l'allégresse de ce retour. Elle le garda contre elle en lui parlant doucement : il semblait si fragile ! Il fermait les yeux autant de plaisir que d'épuisement. Demain, elle l'emmènerait chez le vétérinaire pour qu'il l'examine et lui prescrive quelque remontant.

Elle pensait qu'elle resterait dans l'ignorance de ce qui avait pu arriver. Ce ne fut pas le cas. En fait, le chef de chantier avait ouvert, en contrebas, une buse pour y fixer un raccord. Le chat, vraisemblablement guidé par la lumière, s'était alors échappé de cette canalisation qui le retenait prisonnier près d'un mètre sous terre depuis qu'il était tombé dedans.

Le vétérinaire expliqua à Francine qu'il avait certainement survécu grâce aux suintements qui s'écoulaient le long du tuyau. Son embonpoint, que certains trouvaient excessif, lui avait fourni les réserves nécessaires pour tenir pendant ces trois semaines complètes de jeûne. Et s'il n'avait pas répondu à ses appels réitérés, alors qu'il était tout proche, c'était par souci d'économiser ses forces, car il avait compris que la situation était critique et pouvait s'éterniser. C'est d'ailleurs bien grâce à son endurance que la croyance populaire créditait le chat de neuf vies. Ce fameux chiffre « neuf », porte-bonheur, puisqu'autrefois il évoquait la « trinité des trinités ».

L'histoire des péripéties de Filou avait démarré le rendez-vous quotidien des anciens et des chats. Émile l'avait contée avec émotion, soulignant la joie de sa Francine lors des retrouvailles et la résistance exceptionnelle du matou. Cependant, il tut un secret qu'il était seul à partager avec sa nièce. Le champagne était plus que justifié, car, ce jour-là, précisément, c'était l'anniversaire du père de Francine, le frère aîné d'Émile. Il avait disparu à la fleur de l'âge, sans avoir eu le temps de connaître cette retraite pour laquelle il avait déjà fait moult projets. Francine gardait un souvenir particulièrement fort de cet homme qu'elle admirait, philosophe inné qui avait guidé ses premiers choix, sans jamais lui imposer son autorité.

Probablement que Filou aussi partageait ce secret... Cette date n'était pas anodine.

*
**

Félix, lui, n'appréciait guère de voir « sa » Marie-Louise faire l'objet des cancans des papés. Or, tout marqués par les ans qu'ils étaient, ces derniers n'en conservaient pas moins une vue suffisamment perçante pour saisir ce qui alimenterait leur conversation.

— Remarquez que c'est encore une belle femme. Elle s'est toujours entretenue.

— Ils ne se remisent[93] même pas !

— Vieilles amours et vieilles torches sont toujours promptes à se rallumer... soupira Émile.

Effectivement, depuis le sauvetage des deux petites chattes sur le parking du supermarché, Marie-Louise recevait régulièrement les visites du propriétaire du chapeau qui les avait hébergées pendant le trajet vers le village. On ne savait d'où il était. Seule la plaque d'immatriculation témoignait qu'il

93. Se cachent.

habitait le département. Aussi, les papés, brûlants de curiosité, se perdaient en conjectures, chacun y allant de sa version.

À leur grande surprise, ce fut André qui leur apporta un début de réponse. En effet, il connaissait celui qui suscitait leur intérêt. Il l'avait rencontré lors d'une conférence. C'était un historien émérite de Montpellier avec lequel il avait longuement conversé. Quelle ne fut pas la fierté d'André, et de Rapapouègue aussi, d'en apprendre aux papés, pour une fois !

— On voit que c'est quelqu'un qui a de la culture... Finalement, ils vont bien ensemble.

Ce fut Émile qui souleva le problème :

— Si elle part à Montpellier, la Marie-Louise, les matous, vous allez perdre l'un des vôtres.

— Il va languir, le Félix, là-bas, lui qui est habitué au grand air !

Avec l'âge qui les ralentissait, les papés s'arrêtaient à présent sur les mille et une petites choses que, leur vie durant, ils avaient côtoyées sans y prêter une réelle attention. Occupés, alors, par leurs activités qui s'articulaient principalement autour du règne végétal, dont ils dépendaient, ils s'attardaient à présent sur le monde animal.

Les matous les observaient. Ils les aimaient, ces vieux qui n'avaient plus de bourru que le ton, lorsqu'un sujet les titillait jusqu'à la contrariété. À présent, ces hommes de labeur avaient trouvé la sérénité.

— C'est vrai que les hommes ne savent plus écouter ni regarder attentivement. Ils courent constamment après le temps alors que, nous, nous le prenons, ce temps, pour écouter avec patience et tolérance, avait, un soir, déclaré Félix en les écoutant dérouler un épisode tumultueux et douloureux du village.

En cette soirée d'automne douce et presque frileuse, le ton était plutôt à la nostalgie, même si, pour eux, la parole restait aisée.

— Mon fils François, il vit avec sa famille du côté de Paris. Ils ont un gros matou que les enfants ont rapporté

d'une portée de la Mitsou. Ils l'ont d'ailleurs appelé Moutsy. Eh bien, tout chat qu'il est, il prend tout seul l'ascenseur !

Des regards où se mêlaient ironie et interrogation se portèrent sur Victor qui insista :

— Je ne vous raconte pas des *craques* !

Et il entreprit derechef de leur expliquer le manège de ce Moutsy, exilé en terre urbaine.

La petite famille habitait une cité calme et proprette, composée d'immeubles qui atteignaient la dizaine d'étages. Or, Moutsy, qui avait connu la campagne, avait un besoin impératif de sentir le moelleux de la terre sous ses coussinets paysans, de renifler la chlorophylle des feuillages et de mâchouiller quelques jeunes pousses d'une herbe qui lui apportait ce complément indispensable à son régime carnivore. Il avait bien goûté aux plantes de l'appartement, mais cela ne lui avait procuré que les foudres de la maîtresse de maison, ainsi qu'une irritation digestive qui l'avait agressé deux jours durant.

Quand le besoin de sortir s'emparait de lui, il se plantait devant la porte, poussant un miaulement implorant, appuyé d'un regard dans lequel se lisait toute sa détresse. Devant le manque de réaction des personnes présentes, il changeait alors de registre et ses miaous se faisaient impérieux, tandis que dans ses yeux brillaient des flèches autoritaires. Si l'on n'obtempérait pas rapidement, il s'étirait jusqu'à toucher la poignée, lacérant la porte, et recommençait jusqu'à enfin obtenir gain de cause.

De guerre lasse, on lui ouvrait, on appelait l'ascenseur et on le faisait descendre au rez-de-chaussée, sésame vers des instants d'une relative liberté qui lui étaient indispensables pour survivre dans ce milieu si peu naturel.

Dans la cité, il était connu de tous et personne ne lui aurait fait le moindre mal. Bien au contraire, il faisait figure de vedette. Jusqu'aux chiens qui ne le coursaient jamais. D'autant plus qu'ils étaient généralement tenus en laisse et regardaient avec étonnement cet autre congénère à quatre pattes évoluer sans entraves.

Lorsque, sa promenade terminée, il cherchait à regagner ses pénates, il se plantait devant le sas d'entrée. Le premier venu lui ouvrait et appelait l'ascenseur qui le conduirait à ce neuvième étage où il résidait. Jamais Moutsy ne s'était trompé d'étage, même si l'ascenseur avait interrompu sa course à mi-chemin. Parvenu à destination, il s'installait sur le palier, attendant qu'enfin la porte s'ouvrît.

Félix était pensif. Il n'avait encore jamais envisagé que cette relation de Marie-Louise puisse ainsi risquer de bousculer ses habitudes. Bah ! Après tout, Rapapouègue s'était bien fait à la grande ville et ces déplacements entre Paris et le village revêtaient des allures d'expéditions autrement plus longues et pénibles que la distance qui le séparait de Montpellier.

De plus, ce nouveau compagnon, Louis, ne montrait aucune animosité à son égard. Loin de là ! Entre eux, point d'effusions, seulement un respect mutuel, la reconnaissance de l'autre, un aparté auquel le chat répondait par un léger mouvement d'oreilles, pointe vers l'avant, les paupières presque fermées en signe d'acquiescement.

Quelque chose lui soufflait aussi que, de toute façon, il ne romprait jamais avec le village, avec cette maison qui, dès les premières fleurs, s'emplissait de couleurs et des senteurs, tantôt délicates, tantôt plus musquées, que chaque saison apportait.

Les feux de la discussion dérapaient à présent sur un autre couple qui défrayait la chronique villageoise, ces derniers jours.

— Après tout, elle a raison si elle peut refaire sa vie. Elle n'a de comptes à rendre à personne. Ce sera toujours mieux que l'histoire de ce vieil imbécile d'Antonin !

— Celui-là, à vouloir jouer les *amourous* à son âge, et en plus avec une jeunette, il s'est bien fait avoir et il n'a vraiment rien vu venir !

André souriait, non seulement à la pensée du récit qui s'amorçait, mais également devant cette vieillesse qu'ils reconnaissaient aux autres et dont ils se préservaient. Surtout

que le protagoniste était probablement plus jeune que le benjamin d'entre eux. Le parti pris de ces anciens était évident. En quelque sorte, c'était leur revanche sur ce bellâtre d'Antonin qui avait oublié qu'il était, lui aussi, originaire du village, même s'il était né avec une cuillère d'argent dans la bouche.

En fait, on en arrivait à la conclusion d'une affaire qui divertissait la galerie locale, depuis déjà le début de l'été. Puis le calme était revenu. Il semblait à présent que ce que l'on avait cru terminé n'avait été que le premier épisode.

Il fallait avouer que la Toinette était appétissante et n'avait pas froid aux yeux. Divorcée très jeune, donc libre, elle ne se privait pas de bon temps. Ses parents la badaient[94] et, malgré les bruits répandus, ne voulaient rien savoir de sa conduite. C'étaient des gens discrets qui n'avaient jamais attiré de commentaires malveillants. Le seul point qui les chagrinait était ce célibat dans lequel leur fille s'enfonçait et qui les privait de petits-enfants.

Antonin, quant à lui, ne résidait plus au village depuis qu'il s'était établi à Pézenas, peu après son mariage avec la riche héritière d'un domaine viticole. Il vivait dans l'un de ces hôtels particuliers à la façade ouvragée, au rez-de-chaussée duquel il avait aménagé une lumineuse galerie où il présentait ses pièces les plus remarquables. Une belle affaire de négociant d'art qu'il avait su faire prospérer et qui l'avait installé confortablement dans la vie.

Il avait cependant conservé la belle maison bourgeoise – héritage familial –, qui s'imposait fièrement face à la mairie. Un large portail aux entrelacs savamment travaillés l'isolait de la rue et ouvrait sur un jardinet tracé au cordeau. À son sommet trônaient les initiales de la famille.

Un ministre de Louis XV y aurait séjourné deux nuits de suite. Depuis cette halte, la chambre portait son nom. Antonin, dans une fierté que certains avaient alors qualifiée de

94. La regardaient avec fascination, avec admiration.

« vanité », avait fait poser, sur le mur donnant sur la rue, une plaque de marbre mentionnant ce transit, tout en omettant, cependant, la brièveté du séjour.

En fait, il n'avait jamais été habitué à se plonger dans un quelconque travail. Et, s'il n'y avait pas eu la fortune de son épouse et les relations qu'elle lui apportait, il n'aurait certainement pas pu maintenir le train de vie qu'il menait ni conserver cette maison qu'il ne fréquentait guère que pour ses frasques. À l'insu de son épouse, il n'hésitait pas à dilapider, au gré de ses nombreuses fantaisies, l'héritage que son propre père lui avait transmis : un arpent de vigne pour un luxueux voyage, un autre pour une voiture de sport, etc. Patrimoine amassé par des générations laborieuses qui, entre les mains percées d'Antonin, fondait comme neige au soleil au vu et au su de tous les villageois, choqués par ce manque de respect pour tant de travail et d'économies.

De cette union, aucun enfant n'était né. Depuis bien des années, on n'avait plus revu celle qui partageait officiellement sa vie tandis que lui n'hésitait pas à s'afficher au bras de jeunes conquêtes. Avant Toinette, ce fut un ballet ininterrompu d'amourettes passagères, visiblement éblouies par le charme de ses tempes argentées, par le foulard de soie, savamment noué pour paraître négligé, qu'il portait en guise de cravate et par les bonnes manières dans lesquelles il excellait.

Entre les papés et lui existait un fossé que, d'ailleurs, il s'était toujours efforcé d'entretenir, soulignant ainsi leur appartenance à des milieux différents. Seuls les ans et l'arthrose les rapprochaient. Aussi, ceux-ci ne se privaient pas de l'éreinter lorsque, au moindre faux pas, il dérivait.

Or, voilà que ce qu'il redoutait le plus s'était produit. La Toinette, après lui avoir avoué son état, clamait haut et fort qu'elle était enceinte de lui. Pensant être protégé par les murs épais de la demeure ancestrale, Antonin n'avait pas réalisé qu'en ces temps d'été indien les fenêtres restaient entrouvertes, répandant les accents de leur colère, tandis

que deux ouvriers communaux travaillaient sur une canalisation en bordure immédiate de la demeure. Ces derniers, surpris, puis rapidement intéressés, n'avaient pas perdu une seule des paroles acerbes que les amants échangeaient.

Antonin exigeait l'avortement, mais la jeune femme avait posé ses conditions et n'entendait obtempérer qu'en contrepartie d'une somme rondelette, venant en réparation du préjudice, tant physique que moral, qu'elle subirait. Le montant réclamé était considérable. Toutefois, bien pires seraient les conséquences si l'épouse légitime apprenait cette paternité illégale et demandait ce divorce dont elle avait déjà menacé son volage de mari !

Toinette ne transigea guère et ils convinrent d'une somme qui lui serait réglée selon certaines modalités. Antonin, contraint et forcé, la rage au ventre, dut s'engager par écrit à lui verser le montant de la vente d'un terrain, situé à l'orée du bois accroché au pioch de Caridelle, là où se trouvait un four à chaux déserté par les chaufourniers depuis plus d'un siècle. Récemment, il avait reçu la proposition d'un acquéreur qui voulait faire construire pour son fils. En présence de Toinette, il décrocha son téléphone et, après quelques palabres, accepta la transaction.

Bien entendu, sous couvert du secret « le plus absolu », la nouvelle se propagea vite :

— Surtout, tu me promets de ne pas en parler, mais ça se carcagnait[95] sec ! Tu penses, l'Antonin, il n'a pas envie de voir les sous de sa femme lui échapper, même pour un enfant…

Ce mot d'avortement résonnait mal aux oreilles des familles villageoises où l'on se plaisait à cultiver une morale ancestrale. Une naissance apportait toujours la joie et l'espérance. C'était la meilleure récompense de la nature, une bénédiction de Dieu.

Les parents de Toinette finirent par avoir vent de l'histoire. Ils refusaient de croire ces ragots répandus sur leur fille, d'autant plus que, apparemment, elle fréquentait, depuis quelques

95. Se disputait, se prenait le bec.

semaines, un homme de son âge qui travaillait au cabinet de radiologie. Elle le leur avait même présenté et ils semblaient très épris l'un de l'autre. Bien entendu, Antonin ignorait tout de cette relation.

Les papés aussi s'interrogeaient, car ils la voyaient régulièrement passer au volant sa voiture et prendre la direction de Clermont, à une heure où elle aurait plutôt dû regagner son domicile. Jusqu'au jour où on la croisa en ville : elle donnait tendrement la main à un personnage qui s'accordait autrement mieux avec elle qu'Antonin.

Une fois encore, les hypothèses les plus farfelues alimentèrent les conversations. Pourtant, on le connaissait, cet amant de Toinette : on le savait fauché comme les blés, mais travailleur et sérieux. Sa famille ne venait pas réellement de la vigne et il ne possédait que peu d'économies à déposer dans une corbeille de mariage. Ses seules richesses, et non des moindres, étaient sa ténacité, son honnêteté et sa gentillesse.

Il avait été trop brièvement le fils d'un employé aux écuries de la grande propriété, là-bas sur la route de Pézenas, non loin du moulin de Roquemangarde qui dressait fièrement ses tours médiévales sur la berge du fleuve Hérault. Son père avait disparu dans la fleur de l'âge, mordu par un serpent qui s'était réfugié sous la selle du cheval qu'il venait de monter. Il laissait une femme encore jeune qui travailla sa vie durant comme domestique, mêlant tendresse maternelle et autorité paternelle.

— Vous allez voir que c'est de lui qu'elle est enceinte et non pas du vieux, mais qu'elle a trouvé ça pour le faire cracher…

Contrariés, les parents de Toinette finirent par interroger leur fille sur cette maternité qu'elle aurait déclaré refuser. Surtout que les semaines passaient sans qu'elle s'arrondisse le moins du monde ni qu'elle s'absente, ne serait-ce que quelques heures, de son travail. De toute évidence, elle n'avait jamais été enceinte.

La vérité venait donc d'éclater enfin et échauffait les esprits de nos anciens, toujours prêts à s'enflammer.

Dans la rue Basse, qui ceinturait le village, se trouvait une belle maison qu'un jardinet isolait du trottoir. Quelques arbres préservaient un peu d'intimité à cette demeure qui était inhabitée depuis le décès des Morel. Leurs héritiers y venaient très rarement : ils avaient quitté la région, et la maison était, malgré un certain attachement affectif, plus une charge qu'un agrément pour eux. On la savait à vendre et, même sans y avoir mis les pieds, beaucoup supputaient un prix de vente élevé, tandis que d'autres, au vu des nombreuses visites infructueuses, affirmaient que d'onéreux travaux s'imposaient pour la rendre habitable.

Or, voilà qu'elle venait de trouver acheteurs : rien moins que Toinette et ce jeune homme qu'elle rejoignait régulièrement à Clermont. Pour tous, la provenance des fonds ne laissait planer aucun doute.

— Avec tous ses grands airs, l'Antonin, il aura été encore plus cocu que cocu ! déclara sans vergogne Émile, approuvé par le sénat des sages anciens qui l'entourait.

— Le plus drôle, c'est que, cette maison, autrefois, avant que les Morel ne l'achètent, elle appartenait à Antonin qui en avait hérité d'une tante paternelle qui ne s'était jamais mariée ! glissa Victor à André qui ne possédait pas encore – et de loin ! – tous les arcanes du village.

*
* *

Le vent, soufflant du nord, rafraîchissait la campagne, s'engouffrait en bourrasques dans les rues et dévêtait de leurs feuilles roussies les platanes de la place de la mairie. Le temps des frimas arrivait, et les cheminées crachaient leurs premières fumées. On ne s'emmitouflait pas encore dans d'épais manteaux, mais on ne s'attardait plus au sortir de l'échoppe d'un commerçant.

Les papés reprenaient douillettement leurs quartiers d'hiver. Certains sortaient chercher le pain, ne voulant pas déjà se confiner derrière leur fenêtre la journée durant.

D'autres se rendaient visite, tandis qu'un petit nombre d'entre eux se retrouvait parfois au café, le temps d'une partie de dominos, pour s'informer des derniers potins. Les parties déchaînées de loto avaient repris, regroupant une partie importante des villageois, et les « quines » retentissaient aux abords de la salle des fêtes, les dimanches après-midi.

Nos matous, eux aussi, écourtaient leur promenade. À vivre bourgeoisement, en chats d'intérieur qu'ils étaient principalement, leur mue d'automne ne leur apportait pas ce sous-poil épais qui jouait un rôle essentiel dans leur thermorégulation. Le poil hérissé par le balayage des rafales de vent, les coussinets agressés par l'humidité du sol, ils n'éprouvaient guère le désir d'exposer à la froidure leur truffe délicate et encore moins leurs extrémités qui représentaient les parties les plus vulnérables de leur corps.

La vie se préparait à sombrer dans l'endormissement hivernal. Un nouveau maire avait été élu : il s'agissait tout simplement d'Augustin, cet adjoint cocufié qui, élu à une écrasante majorité, avait lavé son honneur dans la défaite de son adversaire.

Albert, qui pourtant avait longuement présidé aux destinées du village, avait préféré s'abstenir. Il ne s'était pas représenté. Toutefois, il se complaisait dans le rôle de mentor dont il se drapait à présent, depuis qu'Augustin s'était rapproché de lui et sollicitait ses conseils. Il avait, ainsi, de nouveau l'impression de tirer les ficelles de la vie communale.

Par-dessus tout, cette rupture de quelques mois, à la suite de son éviction de la mairie, lui avait permis de se tourner vers d'autres centres d'intérêt. Il s'était trouvé une autre occupation qui prenait des allures de passion : il avait décidé d'écrire, lui aussi, ses « mémoires de guerre », souvenirs d'un conflit qu'il avait traversé enfant, dans ce village dont il apparaissait comme le digne représentant pour en avoir assuré la responsabilité des décennies plus tard.

En fait, l'élément déclencheur avait été ce récit qu'il avait confié à André alors qu'il était venu lui vanter les mérites

de son poulain aux élections. Cette fois-ci, ce n'était pas lui qui avait sorti le pétillant, mais André qui lui avait versé une copieuse rasade d'un calvados ambré, offert par ses collègues à l'occasion de son départ.

L'alcool parfumé et chaud avait poussé Albert à s'épancher et il avait confié son désir d'écrire à André, qui l'avait fortement encouragé. De là, il avait commencé à égrener quelques souvenirs, s'attardant particulièrement sur un passage scolaire, une lueur espiègle au fond des yeux. L'élève qui en apprenait au professeur… presque le monde à l'envers.

À cette époque, les temps étaient rudes pour les viticulteurs. La main-d'œuvre était difficile à trouver : les hommes valides étaient retenus prisonniers en Allemagne tandis que les jeunes gens étaient incorporés dans les « chantiers de jeunesse », instaurés en remplacement du service militaire supprimé en juillet 1940. Les parents d'Albert ne possédaient pas une exploitation immense, mais le père ne pouvait pas assumer, à lui seul, les trente mille pieds de vigne de sa propriété.

Cet hiver particulièrement rude s'éternisait : gel et neige s'étaient installés plusieurs jours durant, une éternité pour tous dans cette région où le soleil était roi. Il fallut donc attendre pour commencer cette taille qui formerait les souches et assurerait la pérennité de la vigne et une production de qualité.

Quand le temps fut venu, il convint d'agir rapidement si l'on ne voulait pas risquer d'endommager les jeunes pampres des futurs sarments portant les ébauches des grappes de raisin. Albert, que l'école ne séduisait guère, troqua volontiers, à la demande de son père, la plume pour le sécateur et fournit largement sa part de travail.

Il avait pour ami Salvador, qui avait à peu près le même âge que lui. Fils d'un immigré espagnol, il était arrivé avec sa famille, à la fin du printemps 1937, peu de temps après la destruction du village de Guernica. Pris dans l'étau de la guerre civile espagnole qui opposait les nationalistes aux républicains, son père adhérait à des idées démocratiques

qui allaient à l'encontre de celles des franquistes. Pour eux, la survie était au-delà de la frontière.

Après quelques semaines de pérégrinations, ils s'étaient installés au village où ils avaient trouvé emplois divers et logement. Le travail ne manquait pas, d'autant plus que le père de Salvador connaissait les soins à apporter à la vigne. Il réussissait à se louer presque à longueur d'année, assurant l'essentiel aux siens.

Lorsque Salvador intégra l'école, sa mère partit aider son époux aux vignes, notamment au moment de la taille ou du palissage. Elle rentrait éreintée, les joues rougies, mais épanouie par sa journée au grand air, peu avant que la cloche ne donne le signal de la liberté aux écoliers confinés dans leurs salles de classe. C'était, en tout cas, une sensation de claustration qu'éprouvait Salvador qui, chaque matin, traînait les pieds pour regagner l'école communale, large bâtiment peint en blanc et orné de grandes lettres noires.

Son accent et ses difficultés dans l'écriture de la langue française qu'il possédait mal lui posaient des problèmes qu'il n'avait guère le cœur à affronter. Il se sentait étranger à ce milieu d'enfants de viticulteurs où chacun était parent, même éloigné, d'un autre.

Les siens étaient arrivés dénués de tout bien, tandis que, malgré les pénuries occasionnées par la guerre, ces familles d'exploitants possédaient caves et garde-manger autrement plus garnis que le simple placard au fond de la cuisine qui servait de resserre.

Le seul bon point qu'il attribuait à cet enfermement était ce verre de lait imposé par le gouvernement Pétain, au moment de la récréation du matin. Par contre, la séance du goûter se révélait généralement comme une épreuve pour le jeune garçon qui regardait ses camarades prendre plaisir à se restaurer tandis que lui n'avait pas grand-chose à se mettre sous la dent.

Ce n'était pas seulement parce qu'Albert avait plusieurs fois partagé son goûter avec Salvador qu'ils étaient devenus amis. Mais ils éprouvaient le même amour pour la pêche, le

braconnage, la cueillette à la pique-oreille, ainsi que la même désaffection pour l'école.

Aussi, en cette fin d'hiver, lorsque le père d'Albert eut besoin de bras pour l'aider, il demanda également à Salvador de se joindre à eux. La vigne était bien plus importante que les cours derrière un pupitre : elle n'attendait pas et elle faisait vivre ses serviteurs.

Salvador aimait ces moments de connivence où la science des mains l'emportait sur le travail de l'esprit. En plus, ce qui ne gâtait rien, c'était cette rémunération qu'il percevait en contrepartie de ces heures passées au grand air. Cette somme, même minime, était toujours la bienvenue. Sa mère l'enfouissait dans une boîte en fer qu'elle gardait au fond du buffet : quelques billets et quelques piécettes parmi les tickets de rationnement.

Par contre, si l'instituteur, maugréant, tolérait encore une courte absence, il n'était pas question qu'elle dure plus de deux, voire trois jours. Or, cette année-là, avec le retard pris, les deux garçons ne reparurent en cours qu'après une bonne semaine d'interruption scolaire.

L'enseignant furieux constata non seulement le retard pris par rapport à leurs camarades, mais aussi le travail que cela demanderait pour qu'ils puissent le rattraper. Il n'avait guère d'illusions, connaissant le côté velléitaire de ces deux élèves. Toutefois, le comble fut atteint, précisément le jour où ils revinrent, quand, du haut de son estrade, il les aperçut affalés sur leur pupitre, l'œil tout aussi fermé que l'oreille : tout juste s'ils ne ronflaient pas, bienheureux dans leur position avachie !

Les deux contrevenants, dûment réveillés par la voix tonitruante de l'instituteur vexé, se retrouvèrent sous le préau, bannis de la salle de classe *ipso facto*. Dans l'engourdissement de leur fatigue, ils s'installèrent sur l'étroit banc de bois qui courait le long du mur où étaient accrochés les manteaux des élèves. Le froid était vif et mordait douloureusement leurs genoux découverts.

— Je vais me prendre une avoinée par ma mère, lorsqu'il va le lui dire, maugréa Albert.

Les deux garçons étaient pensifs. Mais leurs états d'âme n'étaient que fugitifs. Leur insouciante jeunesse reprit rapidement le dessus.

— Avec ce froid, je mangerais bien quelque chose. Ça creuse ! Si on attaquait le goûter ?

L'œil de Salvador glissa sur les poches boursouflées des manteaux qui tapissaient le mur.

— Qu'est-ce que tu crois qu'il mange aujourd'hui, le gros Benoît ?

Et il plongea derechef la main dans la poche du vêtement provocant qui, inerte et fier comme une sentinelle, se tenait au-dessus de lui. D'un linge plié en quatre, il sortit une tranche d'un pain dont il ne connaissait plus la saveur depuis des mois, accompagnée d'un morceau de pâte de coing. L'eau lui monta aussitôt à la bouche, réveillant en lui un féroce appétit.

— Ça fait bien longtemps que je n'ai plus mordu dans une pâte de fruits, soupira-t-il.

Alfred, amusé, lui lança le défi :

— Vas-y, ne te prive pas ! Après tout, au point où on en est, autant se faire plaisir. Et puis, on a le choix : on se croirait au restaurant !

Méthodiquement, ils entreprirent de fouiller les poches qu'ils savaient les mieux garnies, découvrant un véritable trésor dont, de toute évidence, ils ne viendraient pas à bout : morceaux de saucisse séchée, caramels faits de raisiné, figues et abricots séchés, jusqu'à des parts de fromageons dont l'odeur aiguisait encore plus cet appétit qu'ils s'empressèrent d'assouvir. Pour un festin, cela en fut un, comme jamais ils n'auraient pu le rêver en ces temps de pénurie, voire de disette, surtout pour Salvador.

Lorsque la cloche de la récréation retentit, ils étaient somnolents, presque couchés par terre, le dos au mur, une expression de bien-être rayonnant sur leur visage. Le retour à la réalité

fut particulièrement rude, malgré leurs menaces envers les plaignants qui s'empressèrent d'aller moucharder. Le maître était hors de lui : ce vol était contraire à toute la morale et aux grands principes que le Maréchal demandait aux enseignants de distiller auprès de leurs élèves. Mais toutes ces belles théories n'avaient jamais rempli le ventre d'un enfant affamé et restaient bien utopiques pour un jeune exilé comme Salvador : « Travail, Famille, Patrie », c'était bien joli, mais quand on a faim…

Bien entendu, l'instituteur convoqua les parents des deux contrevenants. La séance fut rude et les punitions tombèrent de part et d'autre. Les deux garçons durent également faire le tour de toutes les familles dont les enfants avaient été spoliés de leur goûter pour leur présenter leurs excuses. Ce fut tout juste si l'instituteur ne mit pas en cause leurs propres parents. Mais, devant l'hostilité affichée des pères d'Albert et de Salvador, il préféra tempérer sa diatribe.

L'intransigeance du maître montrait son incapacité à se mettre à la portée de ceux qui dépendaient de la terre. Fier, voire imbu, de son appartenance à l'élite intellectuelle de son pays, il avait cependant son talon d'Achille : une moto « 250 » sortie des ateliers Terrot, ceux-là mêmes qui avaient fourni d'importantes commandes pour l'armée française. Il la bichonnait à souhait. Il faut dire qu'il avait investi toutes ses économies dans cet achat : près de quatre mille francs qui représentaient pour certains des années de revenus.

Il parlait avec délectation, et même avec gourmandise, des performances du moteur, de la ligne « aérosport », ainsi qu'il la qualifiait, et du réservoir, du guidon et du silencieux, dont le chrome constamment lustré brillait. Dans l'une des sacoches, il gardait une peau de chamois qu'il ressortait à la moindre occasion pour effacer le plus petit soupçon de tache.

Albert revivait la scène comme si elle venait de se passer. Il s'animait, modulant le ton de sa voix, ajoutant des détails qui rendaient le récit encore plus vivant. Il révélait un talent insoupçonné de conteur.

— C'était évident que nous nous ferions clausquer[96] ! Mais nous étions tellement vexés et en rage d'être condamnés par cet homme présomptueux que nous ne pouvions pas en rester là.

Effectivement, les deux gamins incriminés eurent tôt fait d'envisager leur vengeance. Cette moto, c'était le point sensible qu'il leur fallait viser. Bien sûr, il n'était pas question de l'endommager : seulement la rendre indisponible d'une manière ou d'une autre, sans que l'on puisse leur en imputer ouvertement la responsabilité. Nombreux étaient ceux auxquels l'instituteur était antipathique.

Leur imagination s'emballa sans, toutefois, leur apporter de solution satisfaisante... jusqu'à ce que, tandis qu'ils se préparaient pour la messe, chacun dans son foyer, ils furent saisis de la même idée. On ne pouvait se rendre à l'office dominical qu'habillé de propre, les cheveux plaqués, les chaussures lustrées par un suif bien gras qui rendait leur cuir tout aussi lisse et poli que la glace qui recouvrait les flaques d'eau gelée au plus fort de l'hiver.

Quelle belle partie de patinage en perspective et quel dérapage spectaculaire si l'on en badigeonnait copieusement les pneus de la moto ! Il fallait toutefois agir sans être vu. Mais cela ne serait guère difficile.

Tandis que l'un faisait le guet, l'autre astiquait avec une minutie inhabituelle l'épaisse couche de gomme, n'hésitant pas à frotter comme jamais il ne l'aurait fait pour ses propres chaussures. Lorsque l'opération fut finie et qu'ils s'apprêtèrent à quitter les lieux, Salvador sortit de sa poche un morceau de papier journal dont s'échappa une odeur fécale lorsqu'il le déplia.

— Prends la peau de chamois ! J'ai ramassé une belle crotte de chat avant de partir. Elle était encore toute chaude. On va lui en faire cadeau. C'est mieux que tout pour astiquer sa moto ! assura-t-il en pouffant.

---

96. Attraper.

Avec des fous rires plein la gorge, ils la déposèrent dans la basane, en appuyant bien dessus après l'avoir repliée, comme pour mieux l'imbiber de ce dépôt malodorant. Leur forfait achevé, ils détalèrent et s'installèrent en retrait du lieu du crime, de manière à voir sans être vus eux-mêmes.

Le résultat fut conforme à leurs espérances : avec volupté, le motard fit vrombir son moteur, attirant ainsi les regards et notamment ceux de certains élèves préalablement informés et spécialement postés pour assister à ce départ tonitruant. Bien entendu, il n'enfourcha sa moto que sur quelques mètres. Interloqué, il dérapa aussitôt.

Fort heureusement, il ne s'était fait aucun mal. Il souffrait seulement de voir son engin à terre. Avec moult difficultés, sans que personne ne s'avance pour lui venir en aide, il le releva tant bien que mal et le cala avec soin sur sa béquille. Il l'inspecta soigneusement : il convenait d'enlever les salissures causées par cette chute dans la poussière. Un bon coup de ce linge miraculeux, et le tour serait joué.

Pour être joué, le tour le fut ! L'instituteur, le visage cramoisi de rage, ne put se retenir de lancer une bordée de jurons ; mais, inspectant la cantonade, il comprit que c'était exactement ce que l'on attendait de lui. Dans un sursaut de fierté, il essaya d'afficher une indifférence qui sonnait totalement faux. On ferait déjà bien assez de gorges chaudes de sa mésaventure !

Il se garda bien, cette fois, de tancer les coupables et de leur imposer une quelconque punition, bien qu'il n'eût guère de doute quant aux responsables. Le mieux aurait été d'étouffer cette histoire, seulement elle se répandit comme une traînée de poudre, provoquant l'hilarité générale. Constatant le regard amusé des parents, il comprit qu'il n'aurait pas le dernier mot. Alors, il se drapa dans sa dignité, se retrancha derrière son savoir qu'il érigea désormais en barrière entre ces frustes paysans et l'homme érudit qu'il estimait être.

— À vrai dire, je crois que ce goûter a été le meilleur de ma vie ! Nous nous sommes rempli la panse et il a soudé

notre amitié avec Salvador, ajouta en conclusion Albert, un franc sourire aux lèvres.

Le temps était vite passé, une fois de plus. Albert était sensible aux félicitations d'André qui l'encourageait à écrire. Surtout qu'il en avait tant à révéler…

— Eh oui, l'amitié, ça ne s'explique pas, mais c'est tellement beau ! C'est aussi profond que l'amour, ajouta-t-il tout en regardant Rapapouègue qui, après quelques gestes précautionneux, avait fini par s'installer sur les genoux d'Albert, qu'il pétrissait consciencieusement.

Ce dernier avait d'abord sursauté. Mais il n'avait pas cherché à le repousser. Il avait fini par faire glisser sa main le long de l'échine musclée de l'animal, lentement, doucement, répétant son geste comme si le contact de cette douce fourrure vibrante lui apportait détente et bien-être.

— Finalement, vous avez bien hancapé[97] avec ce chat. Il a déjà une belle histoire… et vous aussi d'ailleurs. Il y a des gens qui écrivent sur les chats. Vous devriez le faire pour le vôtre !

André sourit. Il y aurait tant à dire sur cette affection inconditionnelle, cette complicité et cette confiance qui les unissaient. C'était vrai qu'il n'était plus le même depuis que Rapapouègue s'était abandonné dans ses bras en ronronnant.

L'histoire tout comme la littérature sont jalonnées de ces compagnons indéfectibles dans le bonheur, la tourmente, l'inspiration :

« C'est l'esprit familier du lieu ;
Il juge, il préside, il inspire
Toutes choses dans son empire ;
Peut-être est-il fée, est-il dieu ? »

avait écrit Charles Baudelaire.

Les chats n'auraient-ils pas eux aussi des choses à écrire sur ces bipèdes auprès desquels ils s'imposent et dans le cœur desquels ils s'installent ? Après tout, Murr, matou poète qui

97. Vous êtes bien tombé.

avait appris à lire et à écrire, n'avait-il pas rédigé son autobiographie, sous la plume anthropomorphique d'E.T.A. Hoffmann[98], avec lequel il partageait sa vie ?

*

**

Même la porte fermée, des éclats de voix portaient jusque dans la rue. Amédée ne décolérait pas devant cette injonction que le maire lui avait remise en main propre. En fait, c'était davantage la formulation de cet ordre, de cette obligation d'obtempérer sans appel, qui le contrariait, plutôt que le fond même de l'objet de cette contrainte.

Les papés avaient délaissé leurs dominos. Une partie leur suffisait. Ils s'arrêtaient à présent sur les derniers potins, interrompus fréquemment par les accents contestataires du patron du bistrot, qui les prenait à témoin.

— Pour sa première action de maire, l'Augustin, il a fait fort. Vous ne croyez pas qu'il avait d'autres chats à fouetter ?

Encore une expression qui sonnait mal aux oreilles de nos délicats félins. Mais ils étaient absents puisqu'ils étaient interdits de séjour dans l'établissement d'Amédée. Et pourtant… c'était bien ce petit écriteau qui interdisait l'entrée aux animaux et celui qu'un arrêté municipal lui imposait dorénavant qui suscitaient sa colère. Dans sa forme, tout était correct si ce n'est que, chez Amédée, il y avait des nuances qui n'étaient pas précisées.

— Finalement, tu ne risques plus guère. Guy, il ne l'a plus, son chien. Il y a déjà quelques semaines qu'il est mort.

C'était en fait ce compagnon canin qui avait été l'élément déclencheur. À l'époque, les portes du café étaient ouvertes à tout quadrupède, que l'on soit chien ou chat, du moment que l'on accompagnait son maître consommateur.

98. Écrivain allemand (1776-1822).

Guy était un assidu d'un « petit noir bien tassé », le matin, puis d'un autre petit, mais « jaune », cette fois, lorsqu'il avait fini sa journée de labeur. Il rentrait de ses vignes, son Titou sur les talons : un petit bâtard aux allures de ratier, le poil dru, le regard de biais et toujours sur la défensive dès que l'on s'approchait de son maître. Sa lèvre relevée montrant ses crocs, et ses grognements n'impressionnaient personne. Par contre, cette patte qu'il levait sans complexe et ce jet d'urine qu'il dirigeait sur les pieds des tables et le bas des pantalons exaspéraient tout particulièrement Amédée et irritaient encore plus les clients dûment arrosés.

Prétextant, à juste titre, qu'il servait également à manger le midi et dans le respect d'une indispensable hygiène, Amédée apposa bien en évidence, sur la porte d'entrée, ce fameux panneau interdisant la présence d'animaux dans son établissement. Bien entendu, s'il voulait continuer à fréquenter les lieux, Guy dut se plier à la consigne.

L'hiver, Titou restait dehors : les premiers temps, il vociférait, grattait la porte et essayait de se faufiler avec le premier entrant. Puis il prit rapidement l'habitude de se coucher et d'attendre, levant un regard miséreux et implorant vers quiconque franchissait le seuil. L'été, les tables installées sur le trottoir lui permettaient de rester auprès de Guy qui délaissait alors le comptoir.

Or, depuis quelques mois, avait migré au village un solitaire aux allures de baroudeur, les épaules légèrement voûtées. Atteint par le troisième âge, mais toujours affable, il était prévenant et parfois drôle lorsque son regard ne s'envolait pas vers de tristes réminiscences. Ce n'était un inconnu pour personne, même s'il avait vécu jusque-là dans le Lodévois, là-haut où commence la montagne, où le climat est plus rude, la végétation plus fournie et les terrains en espalier chargés d'arbres fruitiers. Avec son épouse, ils y avaient tissé leur nid, dans l'une de ces vieilles bâtisses faites de lourdes pierres sombres et accrochées au flanc du coteau. Ils avaient tout refait, installant

un confort moderne au cœur d'une nature riante et généreuse. Deux enfants étaient nés de cette union. Ils grandirent, bercés par le vent du nord qui bousculait les grands pins, par les rimes des poèmes écrits par leur père journaliste et par les sanglots mélodieux du violon sous l'archet expert de leur mère.

Lorsque, devenus adultes à leur tour, ils s'éloignèrent pour les besoins de leurs professions respectives, Guilhem, leur père, s'était forgé une renommée qui dépassait largement le cadre régional. Chantre de la langue occitane, il s'était affirmé dans le monde littéraire par de multiples travaux d'écriture, abordant la poésie, le théâtre et le roman. On ne comptait plus ses parutions. Les milieux universitaires faisaient même appel à lui pour animer des conférences sur cette langue d'Occitanie qui variait selon les régions, mais qui restait si chère au cœur des anciens.

Une vieillesse qui se profilait, paisible, enchanteresse, avec, enfin, ce loisir immense de disposer de son temps. Mais tout avait subitement basculé lorsque son épouse était tombée malade, victime d'un de ces maux qui permettent peu l'espoir. Au travers des poèmes qu'il lui consacrait quotidiennement, il avait essayé de lui insuffler de sa force. Il finit par la perdre et resta anéanti devant cet amour qui n'existerait plus, dorénavant, qu'enfoui au plus profond de son être.

Chaque tableau, chaque meuble, la couleur des rideaux, ces assiettes empilées qui rappelaient ces repas partagés, tout lui était autant d'épines au cœur. Cette maison, ils l'avaient conçue ensemble. Il était impensable qu'ils n'y vivent plus ensemble. Certes, il n'était pas question de s'en défaire : elle contenait ce qui avait empli sa vie, ses joies, ses espoirs. Ses enfants y avaient grandi et l'aimaient.

Il décida tout simplement de la quitter, de la laisser à ses héritiers. Il ne voulait plus pousser la porte d'entrée pour se retrouver face à sa douloureuse solitude. Il chercha donc un petit logement, plus bas, vers la plaine, où la vie était moins rude lorsqu'arrivaient les frimas de l'hiver ou les pluies de printemps qui écrasaient de leur violence les flancs de la montagne.

Il venait de louer un petit appartement refait à neuf, quelques maisons plus loin, sur le même trottoir que le bistrot d'Amédée. Il y vivait au milieu de ses livres et de ses papiers, d'une manière plutôt ascétique, avec quelques meubles qui n'avaient que le mérite d'être fonctionnels.

Un jour, tandis que, les bras encombrés de cartons, il avait laissé ouverte la porte donnant sur la rue, un gros matou pénétra sur ses talons. Inspectant d'abord la pièce, il finit par s'arrêter et releva légèrement la tête. L'air à la fois rêveur et concentré, son sixième sens en éveil, il détectait l'atmosphère de ce lieu où il envisageait d'élire son nouveau territoire.

Ce ne fut que le soir que Guilhem s'aperçut de sa présence. Une onde de chaleur envahit d'emblée le poète. Il n'était plus tout à fait seul. Mais, à bien y regarder, ce gros tigré rouquin, au perçant regard vert, devait avoir un foyer : il avait tout d'un chat bien nourri et bourgeois. Cependant, ce dernier semblait vouloir élire domicile chez Guilhem, et quand il voulut le faire sortir, il était bien évident que ce n'était pas dans les intentions du chat.

— Après tout, chacun est libre de choisir sa voie. Alors, si tu veux rester pour cette nuit, on avisera demain.

Guilhem avait coutume de prendre son petit déjeuner chez Amédée : un cappuccino accompagné d'un croissant et d'une tartine beurrée. Il s'installait à une table, sortait généralement un simple cahier d'écolier et couchait sur le papier les vers que la nuit lui avait inspirés. Parfois, il parcourait le journal du matin. Quelques paroles échangées avec les uns et les autres, et une bonne heure s'était écoulée.

Ce matin-là, il n'y avait pas longtemps qu'il s'était attablé lorsqu'il vit son compagnon de la veille gratter impérativement à la porte tout en le fixant. Son manège ne tarda pas à être remarqué. Des miaulements réitérés et impératifs poussèrent Amédée à lui ouvrir cette barrière inacceptable pour tout félidé. D'emblée, il se dirigea vers Guilhem et, sans complexe, sauta sur la chaise libre, à côté de lui, déversant des flots de ronrons sonores.

— C'est votre chat ?

— Non, il est rentré hier soir chez moi et depuis il ne me quitte plus. Il doit avoir des maîtres, car il n'est pas maigre.

Personne, parmi les consommateurs présents, ne savait d'où il sortait. Guilhem tendit un morceau de croissant à l'animal qui, après l'avoir reniflé minutieusement, s'en saisit délicatement et entreprit de le manger avec un visible plaisir. Assis, droit, il fixa Guilhem pour réclamer un autre petit morceau et il agit ainsi jusqu'à ce que, enfin repu, il s'installât en boule pour s'oublier dans un somme réparateur, sans même lever le moindre regard vers le choucas bruyant qui trônait en bout de comptoir, près de la caisse.

Finalement, sans complexe, le matou s'était installé dans l'étroit logement de Guilhem, discrètement, ne demandant qu'à pouvoir être libre de ses journées. Quand il fut question de lui trouver un nom, le premier qui vint à l'esprit de l'écrivain fut « Honey », en référence à la belle couleur miel de son pelage. Mais, devant le manque de réaction de la bête, un véritable refus, il fallait trouver autre chose.

— Répondrais-tu à Honeymoon ? Après tout, c'est une lune de miel que nous vivons ensemble ! Surtout que tu sembles apprécier mes écrits puisque tu ne te couches jamais dessus, mais toujours à côté.

Le chat releva la tête, cligna des paupières comme pour acquiescer. Honeymoon sonnait bien à ses oreilles ainsi que les modulations du ton d'appel. Il devint donc Honeymoon, critique littéraire félin depuis que Bernard Pivot avait déclaré que, lorsqu'un chat se couchait sur les écrits, c'était pour signifier à son auteur qu'ils n'étaient pas bons et que cela ne servait à rien de persister. Toutefois, on ne connaît pas à cet éminent journaliste littéraire d'interview de chat…

Les habitudes furent vite prises entre les deux protagonistes. Le matin, c'était l'incontournable petit déjeuner à l'estaminet d'Amédée. Honeymoon s'échappait par la fenêtre restée entrouverte et venait y rejoindre Guilhem, en longeant

précautionneusement le trottoir. Chaque jour, à moins d'un déluge, le rituel était identique : le partage d'un croissant suivi d'un repos, prémices d'une journée où chacun vaquerait à ses propres occupations avant de retrouver l'autre le soir.

Au sortir du café, le chat s'éclipsait et prenait une direction inconnue de l'homme avec lequel il partageait son confort. Chacun respectait, à sa manière, la liberté de l'autre. À son retour, un bol de croquettes l'attendait. Il les mangeait sans voracité. Parfois, il se levait la nuit pour assouvir un creux naissant, puis retournait se lover au fond du seul fauteuil de l'habitation.

Au début, cette présence animale agaçait particulièrement Chochotte, ce corbeau des clochers blessé qu'Amédée avait ramassé sur la chaussée et qui, sans son intervention, aurait connu un bien triste sort. Peu farouche de nature, il s'était très vite habitué à son nouvel entourage. Ses yeux, à l'iris blanc, étaient constamment en mouvement, observant le moindre geste des uns et des autres. En fait, à l'exception de Guy, il s'était imposé aux clients.

Chochotte, omnivore, prit goût au pastis qu'il sirotait le plus sérieusement du monde, noyant son bec court dans les fonds de verres, au plus grand amusement de tous. S'ensuivait alors une série de cris aigus qui résonnaient jusqu'au bout de la rue.

Les premiers temps, les passants, interloqués, crurent qu'un drame se déroulait, ne pouvant s'imaginer qu'il ne s'agissait que d'un corvidé frisant l'éthylisme. Bien vite, il devint citoyen à part entière du village sans jamais quitter le coin de comptoir qui lui avait été imparti. Toutefois, certains n'appréciaient guère les croassements bruyants, et parfois même les déjections de l'oiseau lorsqu'il était trop ivre.

— Quand je pense qu'il interdit son bar à mon Titou et que, maintenant, il y a ce corbeau et un chat ! C'est pas normal ! maugréait Guy, vexé.

Chochotte, ivre plus que de raison, surtout pour un volatile, prenait toutes les allures d'un poivrot, titubant sur place. Amédée décida de le restreindre et incita ses clients à faire de

même. Toutefois, ce semi-sevrage entraîna de tonitruantes vociférations et des protestations de la part du corbeau en manque, dont les échos portèrent largement par-delà la place de la mairie et les îlots avoisinants. Moins il épanchait son besoin d'alcool, plus ses cris aigus et fréquents portaient loin. Un véritable concert qui ne connaissait guère d'interruptions durant la journée et qui perturbait grandement l'ordre public, notamment à l'heure de la sacro-sainte sieste.

Bien entendu, Guy ne se privait pas d'attiser les rancœurs. Tant et si bien que nombreux furent ceux qui portèrent plainte en mairie.

— On ne lui demande pas de le trucider ni de s'en séparer, mais qu'il lui cloue un peu le bec, à son Chochotte !

Puis les hurlements presque humains se transformèrent en une longue lamentation moins sonore, presque une plainte dans laquelle s'exprimait la souffrance de la bête en manque. Le bruit en devenait supportable, si ce n'est qu'il émouvait ceux qui étaient sensibles à la souffrance animale.

Jusqu'à Honeymoon qui, percevant sa douleur, le regardait, étonné et attristé, sans pouvoir lui venir en aide. Un jour, il se prit de bravoure et s'approcha de lui. L'oiseau se laissa renifler, releva sa tête grise, presque apeuré. Le chat s'éloigna sans avoir reçu le moindre coup de bec. La déprime remplaçait à présent l'arrogance.

Chaque matin, le manège se répéta. Le matou, avant de rejoindre Guilhem, passait quelques secondes près du corbeau. Une simple reconnaissance. Puis il regagnait sa chaise tandis que l'oiseau le suivait de son regard perçant. De temps à autre, il regardait dans la direction de ce compagnon fugace.

Au fil des semaines, la désintoxication faisait son œuvre. Progressivement, les cris se firent plus doux, plus persuasifs. Chochotte redevenait sociable.

Et c'était maintenant, tandis que le calme revenait, qu'Augustin débarquait avec son arrêté interdisant la consommation d'alcool tant aux jeunes qu'aux… animaux !

*
**

Dorénavant, Amélie partageait son existence entre maison, école et Tatie Fanette. Après la sortie des classes, le temps passait vite, entre le goûter, les devoirs et une brève récréation devant des dessins animés ou dans le jardin, avant que Malika ou André ne viennent la chercher.

Par contre, le mercredi, elle se languissait. Fanette n'était pas toujours disponible pour jouer avec elle. Toutefois, depuis le début du mois, un important événement bousculait un peu cette routine qui s'installait. Christine, la voisine et amie de Fanette, venait d'avoir un bébé.

La première fois qu'Amélie se trouva devant le berceau, elle fut surprise de voir un si petit être dont l'existence se limitait à dormir et à réclamer. Elle s'attendait à un échange quelconque et se trouvait face à une vie végétative. Elle comprenait mal l'attendrissement des adultes. Ce ne fut que lorsque Christine le lui confia, et qu'elle sentit contre elle ce frêle corps chaud et vibrant, qu'une onde de tendresse s'éveilla en elle.

Depuis, Amélie se penchait avec délicatesse sur le berceau, observant le moindre changement chez le nouveau-né qui, chaque jour, s'ouvrait un peu plus à la vie. Instinctivement, elle lui offrait son intérêt et son affection, et, à sa manière, le bébé répondait, chaque jour un peu plus, à ses approches.

En semaine, les soirs où elle ne le voyait pas lui semblaient mornes. Les dessins animés n'arrivaient plus à la captiver. Elle se languissait alors de ses chats, car, à présent, dans sa tête juvénile, il était bien clair que Rapapouègue et André étaient devenus des membres à part entière de sa famille.

D'ailleurs, André ne franchissait plus la « frontière » entre les deux maisons que pour s'enfoncer dans son bureau envahi de livres et de papiers. Seul Rapapouègue continuait

à fréquenter la chambre qu'il regagnait dès que Malika et André s'isolaient dans la leur.

Sweety, depuis le début, avait élu domicile dans celle d'Amélie et s'était attribué un landau de poupée. Les premiers temps, petite boule de fourrure, il s'y perdait. Devenu adulte, il l'occupait entièrement, laissant parfois dépasser une patte pour mieux s'étaler. Cependant, il n'avait jamais déserté ce nid et Amélie, amusée par ce poupon improvisé, ne l'en avait jamais écarté. En fait, il ne négligeait sa couche que lorsque son Rapapouègue de père venait se reposer sur le canapé ou que quelqu'un de trop bruyant envahissait son domaine. Il fuyait alors dans la maison adjacente.

Rapapouègue passait donc une grande partie de la nuit sur ce lit qu'André et lui avaient longtemps partagé. Aux premières heures du matin, alors que la maisonnée, silencieuse, s'abandonnait encore dans le sommeil, il arrivait discrètement et s'installait sur le siège empaillé d'une chaise de cuisine : en fait, toujours la même, celle d'André.

Le petit déjeuner était un moment de retrouvailles, scandées de ronronnements, parfois de rappels à l'ordre, le tout dans une atmosphère bon enfant. Bientôt s'installerait à nouveau la paix ambiante, une fois tout le monde parti vaquer à ses activités quotidiennes.

Pour Amélie, comme pour ses camarades d'école, un autre animal s'imposait, à présent, dans leur vie : c'était un grand chien un peu efflanqué, aux allures de husky, le regard clair et doux, presque suppliant. Un matin, on l'avait trouvé couché sur le perron de la poste. Il ne manifestait aucune hostilité envers les personnes qui poussaient la porte d'entrée et ne cherchait même pas à pénétrer dans le local. Il appréciait la caresse, une parole douce, et retournait se poster, tranquille, attendant, comme pour la saluer, la prochaine personne qui pousserait la porte du bureau de poste.

Visiblement, il n'avait pas de foyer et personne ne l'avait jamais vu auparavant. Une crinière touffue sur un pelage gris,

un large poitrail blanc, cette rayure noire qui descendait de son crâne jusqu'à la truffe, il avait belle apparence. Il quémandait autant la caresse qu'une friandise ou de quoi se sustenter : un morceau de pain frais, quelques déchets offerts par le boucher qui n'avait jamais repoussé le moindre animal errant…

Au bout de trois jours, il était connu de tout le village. Certains avaient évoqué la fourrière, d'autres la possibilité de lui trouver une famille d'adoption. Gilles, le fils d'Alfred, fut le premier à se proposer de l'adopter.

— Il n'a pas de tatouage. Il a l'air de bien aimer les enfants. Les petits seront contents et puis je le prendrai à la vigne avec moi. Ça me fera un compagnon : les journées sont parfois bien longues. Alors, une présence, ça sera bien agréable. Allez ! Le chien, on y va !

Fier, sa robuste queue fendant l'air, il suivit derechef, visiblement heureux d'être sollicité. Il franchit sans hésiter le portail aux côtés de Gilles. Effectivement, il fit fête à tous les membres de la famille, sobrement, passant de l'un à l'autre, quémandant une caresse contre un regard éperdu qu'il leur dédiait.

La panse remplie d'une belle assiettée, il s'installa pour une digestion confortable devant la porte du garage. À cette époque de l'année, les nuits étaient froides, surtout quand s'époumonait le vent du nord. Alfred lui ouvrit le garage et, dans un coin, empila quelques sacs de jute. Le chien comprit d'emblée l'utilité de cette couche. Un reflet de bonheur au fond des yeux, il l'adopta sans hésitation.

La nuit fut rude pour Gilles et sa famille. Les lamentations de l'animal recueilli portaient jusque dans la maison. Bientôt, ce furent des grattements contre la porte. Gilles, excédé, alla lui ouvrir.

— Espèce de grand couillon, tu étais quand même mieux au chaud !

Devant la joie que sa présence procurait au chien, il ravala sa colère. Après tout, demain, il aviserait et trouverait bien de quoi lui faire une niche.

Le lendemain matin, point de chien, mais un gros trou dans la clôture. Les enfants furent déçus de ce départ. Gilles aussi, un peu. Cette grande bête l'avait attendri.

Quelle ne fut pas sa surprise de le retrouver devant l'entrée de l'école, posté dans l'attente de l'arrivée des enfants auxquels il manifestait sa joie sans brusquerie, à leur plus grand plaisir.

— C'est un chien érudit, il aime l'école ! commentèrent certains parents amusés par le manège.

Toutefois, le directeur ne l'entendait pas de cette oreille, craignant un coup de dent inopportun.

Ils furent plusieurs villageois à vouloir l'adopter, mais le rituel se répétait sans faillir. Sorbonne, puisque tel était désormais son nom, en référence à son goût pour l'école, avait pris ses habitudes. Le matin, il attendait devant la porte d'un élève ou d'un autre, l'accompagnait jusqu'au groupe scolaire. Il se laissait cajoler par tous ces enfants, parfois même malmener par des gestes maladroits, sans manifester la moindre véhémence.

Ensuite, il regagnait la maison de Geneviève, une jeune femme qui, une fois ses enfants en cours, consacrait une heure à une marche alerte aux alentours du village. Ils parcouraient ensemble quelques kilomètres et rentraient détendus et contents. Elle lui versait alors une eau bien fraîche dans la bassine qui désormais trônait devant le portail. Car jamais notre Sorbonne ne franchissait cette barrière qui risquerait de porter atteinte à sa précieuse liberté.

Il flânait ensuite dans les rues, allant de l'un à l'autre. Il évitait toutefois les chats et il s'écartait précautionneusement lorsqu'il en croisait un. À midi comme sur le coup de cinq heures, il était invariablement devant la sortie de l'école, attendant les enfants qui l'avaient adopté. Il avait porte ouverte chez plusieurs personnes qui lui assuraient eau fraîche et déchets appétissants.

Le village, comme tant d'autres aux alentours, malheureusement, connut des épisodes violents et destructeurs. Un petit groupe, sans conscience, venait salir les murs de ses

graffitis, casser des réverbères. Une nuit, ces individus endommagèrent même plusieurs dizaines de voitures stationnées le long des rues en griffant la peinture, cassant des vitres et prélevant ce qu'ils pouvaient en extraire. Actes gratuits qui ulcéraient, à juste titre, une population respectueuse qui n'aspirait qu'à une vie paisible. Malgré les interventions d'une gendarmerie surchargée qui couvrait plusieurs villages, les méfaits se répétaient, créant un réel malaise dans la population locale.

Une nuit, ce fut la mairie qui fut la cible de ces malfaiteurs. On venait de renouveler le matériel informatique au vu et au su de tous les habitants, conformément à l'information réglementaire de toute dépense publique. Mais c'était compter sans Sorbonne qui mit rapidement en fuite les malfrats. Il faut dire qu'il était impressionnant lorsque, perdant ce sourire qui adoucissait sa face, il retroussait les babines et montrait ses crocs robustes et acérés. Quelques puissants aboiements supplémentaires entre deux grognements eurent tôt fait d'alerter le voisinage et de faire décamper les malintentionnés.

Après concertation, il fut proposé d'embaucher un vigile, à temps partiel, pour des rondes de nuit : quelques heures qui ne devaient pas grever le budget communal. La décision fut rapidement adoptée en conseil municipal.

Ce garde possédait un port d'arme et avait longuement pratiqué les arts martiaux qui lui avaient permis de mener sans trop de dommages une carrière consacrée à la sécurité urbaine. À présent en retraite, il appréciait doublement que l'on fasse appel à lui. Tout d'abord, le complément pécuniaire était le bienvenu, mais aussi le fait de voir qu'il pouvait encore être utile lui faisait chaud au cœur.

Dès sa première ronde de nuit, Sorbonne lui emboîta le pas. Spontanément, l'entente entre le vigile et l'animal s'établit. Chacun était ravi de la compagnie de l'autre. Sorbonne écoutait les directives de l'homme et prenait très au sérieux ce nouveau rôle qui lui était imparti. Les voyous n'avaient plus qu'à bien se tenir !

Bien entendu, certains esprits grognons vinrent se plaindre de déjections animales sur les trottoirs et allèrent jusqu'à exiger que ce point soit mis à l'ordre du jour d'une prochaine réunion du conseil municipal. Mais Sorbonne n'était pas le seul chien du village à arpenter les rues...

Lorsque le débat arriva, on éluda ce problème. Plusieurs conseillers s'indignèrent. Car, si Sorbonne n'avait pas de maître, il était devenu le chien du village. On se devait bien de lui reconnaître cette citoyenneté ! De maître, il n'en voulait point. Il rendait suffisamment de services pour que l'on respecte cette liberté qui lui était si chère !

Son cas fut donc abordé, mais pas comme l'auraient souhaité ces quelques inconditionnels aseptisés de la lutte contre ces microbes qu'apporteraient les animaux. L'hiver s'annonçait et il fallait lui procurer un abri. Il fut convenu que les employés municipaux consacreraient une partie de leur temps à lui construire une niche que l'on installerait sous l'auvent de la mairie. Il serait ainsi protégé au mieux des excès de la nature et pourrait aller et venir librement.

— D'ailleurs, il serait bon aussi de prévoir un budget pour l'achat de sacs de croquettes. Sorbonne ne peut pas dépendre de l'aumône des uns et des autres !

Il n'y eut aucune discussion et cette proposition fut adoptée à l'unanimité.

*
**

Chez Armand, la boucherie se transmettait de père en fils, comme une charge notariale, et jusqu'à présent aucun garçon n'avait échappé à la règle. Mais les choses risquaient de changer... car Valentin, le fils d'Armand, avait décidé de rompre cette chaîne. Depuis longtemps, il souhaitait se consacrer à la science du vin, alchimie entre la nature et la main de l'homme.

Les odeurs âcres de viande fraîche, celles plus lourdes et grasses des cochonnailles finissaient par lui soulever le cœur. Il leur préférait cette noble moisissure des raisins qui éveillait en lui une large palette de saveurs.

Au village, toutes les familles d'ancienne souche, y compris d'ailleurs ses parents, possédaient quelques arpents de vigne et y passaient leur temps libre, tout comme d'autres le consacraient à leur jardin potager. Le travail quasi quotidien de la vigne intéressait l'adolescent. Toutefois, ce qui le captivait, c'était l'élevage du vin, son vieillissement, ces mariages de cépages, cette élaboration savante qui conduisait aux grands crus, ceux qui trouvaient leur place sur les tables les plus raffinées et comblaient les palais les plus difficiles.

Les seuls points communs qu'il avait avec son père, c'étaient cet entêtement et ce verbe haut qui acceptaient mal la contradiction, mais que Valentin, respectueux, tempérait, même s'il n'était aucunement décidé à se plier à la volonté paternelle.

— Chez nous, au village, on fait du vin. On a notre nez, mais le nez ne suffit plus. Il faut étudier ! déclarait-il à son père.

— « Œnologue » : c'est encore un de ces mots à la mode ! déclarait Armand, écorchant volontairement ce terme qu'il estimait imprononçable. C'est Joël qui t'a mis cette idée dans le crâne. Celui-là, ce n'est pas une référence, pour ce que ça lui a réussi ! renchérissait-il.

Juste avant l'été, Valentin avait passé avec succès son brevet des écoles. Le temps de l'apprentissage était arrivé pour lui et, malgré ses réticences réitérées, son père avait établi un contrat en alternance afin qu'il embrassât le digne métier de boucher. Plus tard, lorsque sonnerait le temps de la retraite, il lui succéderait tout naturellement.

— Un métier, plus on le connaît, plus on le pratique, plus on l'aime, martelait le père.

— Peut-être, mais, en attendant, ce n'est pas celui que je voudrais faire, répliquait de moins en moins timidement le fils.

Être « forts en gueule » était donc l'une des caractéristiques des mâles héritiers de cette lignée. Les éclats de voix de son père finissaient, malgré tout, par tétaniser Valentin : il savait que, quoi qu'il fasse, il le ferait mal. La rébellion sourdait chaque jour un peu plus, s'infiltrant irrémédiablement au plus profond de l'adolescent.

Valentin n'appréciait rien tant que le bruissement des feuillages caressés par le vent, l'odeur un peu acide de la terre desséchée par le soleil d'été, la vue des grains qui s'alourdissaient. Et, par-dessus tout, il était transporté par les arômes de fermentation, surtout lorsque, après les orages du début de l'automne, les grappillons commençaient à se décomposer.

L'émotion le gagnait au printemps, lorsque, des souches dénudées, naissaient ces premières feuilles d'un vert encore pâle, puis lorsque les grappes se formaient, laissant présager ces tailles qui orienteraient la véraison et les récoltes. Bref, il vivait au rythme de la vigne, en étudiait l'évolution tout en rêvant à ce breuvage qui faisait chanter les hommes.

Effectivement, comme le pensait Armand, Joël l'encourageait dans cette voie. Cependant, il n'avait guère eu à le pousser. Valentin l'avait rejoint plus d'une fois dans sa vigne de Garafatche. Ils avaient rêvé ensemble, le plus sérieusement du monde ! Finalement, le déclic s'était produit lorsque Joël lui avait proposé de le prendre en alternance, s'il décidait d'entreprendre des études d'œnologie. À eux d'eux, ils réaliseraient de grandes choses… En attendant, Joël louait ses potagers avec succès, ce qui lui procurait des revenus réguliers. Il avait pris en fermage de nouveaux tènements, plus que jamais persuadé que la réussite était au bout du chemin.

Valentin se voyait donc tenant précautionneusement un verre à pied, examinant couleur et robe d'un cru élaboré, plutôt qu'un couteau à la main, prêt à extraire une poire ou un merlan de la cuisse d'un bœuf. Certes, il convenait qu'il n'y avait point de sot métier et celui de boucher encore moins qu'un autre puisqu'il avait permis aux siens

de vivre. Mais cet art lui échappait et sa pratique en arrivait à l'écœurer. Si sa mère l'avait compris et le poussait à temporiser, son père restait intraitable.

— Tout ça, c'est de la poésie ! Un baudet qui n'en fait qu'à sa tête ne mange qu'à moitié !

Ce matin-là, Armand s'était levé aux aurores afin de préparer certaines de ses spécialités qui fidélisaient sa clientèle gourmande. Dès potron-minet, des effluves de court-bouillon agrémenté de thym et de laurier avaient d'abord envahi la maison. Puis ceux de la viande de cochon, du girofle et même du vin blanc avaient complété cette palette odoriférante. C'était le jour du fromage de tête et de ses fameuses bougnettes, dont Armand détenait une recette ancestrale que lui avait confiée, sous le sceau du secret, l'un de ses confrères des hauts plateaux, là-haut du côté de La Salvetat.

C'était jour de marché au village et il fallait être fin prêt pour accueillir la vague des fidèles lève-tôt qui sortaient de chez eux, cabas sous le bras, dès le premier étal installé. Aussi Valentin devait-il assumer sa part de travail plus tôt que de coutume. Tandis que les portes du magasin n'étaient pas encore ouvertes au public, Valentin rapportait les plats de présentation pour y disposer les morceaux qu'il avait préalablement découpés.

— Qu'est-ce qui t'a pris de déparer de la sorte ces côtelettes ? Il n'y a plus un pet de gras ! Tu veux ma ruine ? D'autant plus qu'un peu de gras ça ajoute au goût !

Hébété, le jeune homme regardait son père gesticulant et vociférant. Ces côtelettes, il s'était « échiné » à les rendre les plus présentables et les plus attractives possible pour la clientèle. À l'évidence, trop, pour son père !

Il sentit la moutarde lui monter au nez, mais se contint. « La colère, c'est l'arme des faibles, quand ils sont à bout d'arguments », estima-t-il pour lui-même. Toutefois, il recherchait l'occasion, l'unique, qui prouverait à son père son incapacité totale à entrer dans la profession.

Sans mot dire, il repartit dans la cuisine chercher le fromage de tête encore tout tiède. Il en revint les bras lourdement chargés de larges assiettes de porcelaine blanche coiffées du plat de terre contenant la préparation du matin. Il ne savait pas où poser son pesant et délicat fardeau. Il se tenait droit, imperturbable, perdu dans ses pensées et ses ressentiments, essayant de se maîtriser face à Armand qui poursuivait ses remontrances.

Armand venait à peine d'ouvrir que ses premières clientes se postèrent devant le présentoir. De guerre lasse, le boucher battit l'air de sa main en signe de découragement :

— Bon, laisse tomber !

Valentin eut une inspiration subite : il sentit que le moment crucial était enfin arrivé. Après tout, puisque, au domaine de la bêtise, il semblait être prince, il allait montrer qu'il l'était irrémédiablement, usant des seuls arguments que son père pouvait entendre. Alors, le fixant droit dans les yeux, et malgré la présence des deux clientes, il écarta les bras et laissa choir tout ce qu'il portait. La vaisselle se fracassa bruyamment sur le carrelage, éclatant en mille morceaux.

Armand n'en croyait pas ses yeux, incapable d'articuler le moindre mot devant les plats dont aucun n'avait résisté à la chute. Bouche bée, il bégayait de stupeur. Il sentit une vague de chaleur le parcourir des pieds à la tête, congestionnant ses joues et martelant ses tempes. Il tremblait de rage. Quand, enfin, il retrouva la maîtrise de lui-même, ses premières paroles furent pour fustiger l'indignité de son fils.

— Ce fada ! Je vais le patafioler[99] !

— Pour « laisser tomber », comme tu me l'as dit, tu vois, c'est fait et irrémédiablement fait en ce qui me concerne, déclara d'un ton étonnamment maîtrisé Valentin tout en tirant sur le nœud de son tablier.

99. Lui mettre une rouste.

S'en étant défait, il le plia tranquillement, le posa sur la banque et, d'un geste tout aussi délicat qu'ironique, passa la main dessus pour effacer un éventuel faux pli. Sans prononcer un mot de plus, avec fierté et lenteur, il franchit le seuil de la boutique et s'éloigna sans le moindre regard pour son père. Il se sentait enfin libéré.

Pendant ce temps, la bouchère s'empressait d'ôter les débris, essayant, en alcôve, de récupérer du fromage de tête ce qui pouvait être sauvé. Lorsque, le rideau baissé, le couple regagna son logement, Valentin n'était pas rentré, se doutant des foudres qui l'attendraient. En fait, il était parti se réfugier chez Joël.

Les fenêtres fermées ne laissaient guère échapper les propos furibonds du boucher, même si, parfois, des éclats de sa voix portaient jusque dans la rue.

— Ne te donne pas en spectacle ! C'est mauvais pour les affaires !

L'argument porta, laissant un bref répit à son épouse. Enragé, il ne fut pas long à reprendre de plus belle ses vociférations. La femme, exaspérée, tapa alors du plat de la main sur la table, lui intimant l'ordre de se taire. Elle enchaîna aussitôt une litanie de reproches contenus depuis tant d'années, et que son mari était bien loin de soupçonner.

— Quant à mon fils, il n'est pas question que je m'en prive à cause de toi. Et s'il ne regagne pas la maison, c'est moi qui m'en irai !

Maugréant, Armand lâcha :

— S'il tourne mal, tu en prends la responsabilité. Moi, j'ai fait ce que j'ai pu. C'est ton problème !

C'était sa manière d'abdiquer sans trop perdre la face. Car, en son for intérieur, du plus caché de son être, un brin de nostalgie surgit. Lui aussi, en son temps, il aurait préféré travailler à la vigne. Mais, sans trop de réticence, il était passé sous Les Fourches caudines paternelles, intransigeantes.

Si, à la maison, l'épisode des plats brisés ne fut plus jamais évoqué, il en fut tout autrement dans le village où l'aventure s'était répandue comme une traînée de poudre. Cependant, une fois l'excitation passée, la philosophie de la vie reprenait le dessus.

— Et pourquoi qu'il ne le laisserait pas faire, ce petit ? Ici, il faut bien que la vigne évolue. La terre est de bonne qualité et le soleil généreux. On peut faire aussi bien que ceusses de Bordeaux. Alors, qu'il le laisse apprendre son métier d'expert et vous verrez que, de sa vigne des Combettes, il nous en sortira quelque chose de bien !

Ce fut Émile qui conclut :

— Après tout, le bien-manger et le boire sont complémentaires. L'un met l'autre en valeur. Finalement, Armand et Valentin ne sont pas si éloignés l'un de l'autre…

Par contre, cette nuit-là, la poubelle du boucher fut le lieu de rendez-vous de quelques matous en maraude qui, sous une lune blafarde, firent un festin inespéré.

*

**

Les branches du sapin disparaissaient sous les guirlandes et les boules aux multiples couleurs vives. À son sommet se dressait, fière, une étoile argentée. À plusieurs reprises, il avait fallu houspiller Sweety, attiré par ces décorations frissonnantes qui sollicitaient son naturel joueur. Rapapouègue continuait à afficher ce calme qui lui était naturel. En fait, jusqu'à ce que son destin croise celui d'André, il ne s'était préoccupé que de survivre, cherchant nourriture et tendresse. Solitaire, il n'avait donc jamais appris le jeu. Il ne l'avait découvert que déjà adulte et ne s'y prêtait que très rarement.

Les vacances étaient arrivées pour Amélie et André. La petite passait une grande partie de ses journées chez sa Tatie

Fanette. André l'y conduisait après le départ de Malika et venait la chercher plus tôt que d'habitude. Il ne savait pas s'occuper d'une enfant. En outre, la petite se serait ennuyée avec lui, d'autant plus que, confiné dans son bureau, il avait entamé la rédaction d'une étude pour laquelle il se plongeait avec délice dans des recherches les plus sérieuses. Et son sujet n'était rien moins que les chats dans l'histoire des hommes : matous légendaires, adorés ou maudits, compagnons de gens célèbres… ces Raminagrobis, ainsi dénommés par Jean de La Fontaine qui s'était inspiré d'un langage de terroir où « rominer » signifiait « ronronner » et « gros bis » désignait un homme imbu de sa personne.

Certes, son Rapapouègue n'avait rien, en apparence, d'un de ces *matagots* chers aux anciens du Midi, ces chats noirs, chats sorciers, qui, s'ils étaient bien soignés, apportaient la fortune à leur maître ! Cependant, il continuait à lui réserver, bien souvent, une bouchée de son repas. Et, si le matou ne lui rapportait pas d'écus d'or, il le dédommageait largement en valeur affective. Il lui avait appris, de mille façons, à remplacer un futur et ses éventualités par un présent bien réel. Il avait « domestiqué » André et l'avait conduit vers cette sérénité qu'apporte l'acceptation de soi qui débouche sur celle des autres. « L'homme est civilisé dans la mesure où il comprend le chat », avait affirmé Bernard Shaw.

Chez Fanette, il y avait foule : ses enfants et bien souvent le nourrisson de Christine auquel Amélie s'attachait un peu plus à chacun de ses progrès. « J'aimerais bien aussi qu'on ait un bébé à la maison », soupirait Amélie, taisant toutefois cette remarque devant sa mère. Surtout ces derniers jours, où l'atmosphère était morose. Malika affichait des cernes prononcés sous ses yeux emplis de fatigue et supportait mal le désordre de la jeunesse de sa fille. Elle rentrait parfois fort tard, visiblement accablée par la charge de son travail. André s'efforçait de lui simplifier au maximum la vie à la maison. Voulant faire au mieux, il en devenait parfois maladroit.

Amélie s'installait devant le poste de télévision, passant d'une cassette de dessins animés à une autre, abandonnant les adultes à leurs problèmes. Instinctivement, elle n'appréciait guère ces péripéties où Jerry, la souris, tenait la dragée haute et faisait subir mille souffrances à Tom le chat. En général, Rapapouègue et Sweety la rejoignaient et les jeux s'ensuivaient.

Un soir, juste avant le repas, Malika s'étant assoupie sur le canapé, Rapapouègue était venu, à pattes de velours, se blottir contre elle. Ronronnement apaisant, repoussant la tension perturbatrice : efficace thérapie féline, faite d'harmonie, de douceur. Une fois de plus, Rapapouègue savait...

En cette soirée de Noël, Sweety s'excitait devant le spectacle inhabituel de ces aériennes boules blanches qui dansaient jusqu'au sol, ouatant le monde extérieur. Rapapouègue en connaissait les désagréments : ce froid agressif qui brûlait les délicats coussinets, cette mouillure qui salissait le poil, ces flocons qui rentraient dans les yeux. Originellement, le chat n'avait-il pas été conçu pour vivre dans le désert où l'eau se fait rare ? Alors, devant cette maigre neige tourbillonnante, Rapapouègue, toujours allongé, étira ses pattes avant, voluptueusement, en bâillant, appréciant d'autant plus son confort douillet et chaud à souhait.

Enfin arriva le moment tant attendu d'ouvrir les cadeaux déposés au pied du sapin. Amélie procédait à la distribution. Chaque paquet portait le nom de son destinataire.

— Le père Noël s'est trompé d'étiquette, déclara-t-elle en voyant sa mère déballer un doux petit ours en peluche d'un blanc immaculé.

Une lueur de contrariété traversa fugacement le regard de Malika. Par contre, cette dernière resta médusée lorsqu'elle découvrit le contenu du paquet suivant. Elle rabattit aussitôt le papier d'emballage pour le dissimuler à la vue. Ses joues se teintèrent vivement et ses paupières s'ourlèrent de larmes. Elle serra contre elle la petite boîte comme pour taire tout ce qu'elle évoquait en elle.

L'œil vif, Amélie avait entrevu une paire de minuscules chaussons pour un pied de nouveau-né. La petite fille s'était arrêtée net, comme foudroyée, les yeux braqués sur sa mère qui ne parvenait plus à dissimuler sa gêne.

— Pour qui ? commença-t-elle à questionner, laissant sa phrase en suspens.

André affichait un drôle de petit sourire, comme s'il voulait se contenir. Le silence régnait, égrenant si lentement les secondes...

— J'aimerais bien qu'on ait un bébé, murmura enfin Amélie.

Les adultes se regardèrent. Dans l'esprit de Malika, la confusion se dissipa soudain. Elle qui n'avait vu que des contraintes lorsqu'elle avait appris sa grossesse sentait se réveiller en elle, déjà depuis quelques jours, ce besoin de maternité. Elle avait déversé tant de reproches sur André, affiché tant de contrariété que même le futur papa en était arrivé à douter de l'opportunité de cette naissance.

Mais, en cette soirée de naissance divine, seul l'espoir régnait. Elle s'en voulut d'avoir tant douté.

Tout chez Rapapouègue affichait un bonheur confiant. André observait ce bien-être qui illuminait la face de son chat et dont l'aura se répandait sur toute la famille. Une fois encore, il lui parut que son Rapapouègue souriait en regardant Malika. Rapapouègue avait compris d'emblée et il l'avait même su avant l'intéressée elle-même...

Cet ouvrage a été imprimé par

La Nouvelle Imprimerie Laballery
à Clamecy

en mai 2023
pour le compte de
Christine Bonneton éditeur

Dépôt légal : juillet 2023
N° d'impression : 305054
Imprimé en France